Mr.

DU MÊME AUTEUR

Alice, Denoël, 2015.

La Maison, Flammarion, 2019 ; J'ai lu, 2020.

EMMA BECKER

Mr.

ROMAN

DENOËL

J'AI LU

Les pires tyrans sont ceux qui savent se faire aimer.

SPINOZA

J'ai croisé le fils aîné de Monsieur, sur la ligne 1, à Charles-de-Gaulle-Étoile. C'était à l'heure de la fin des cours, et tous les wagons étaient pris d'assaut par des hordes de lycéens bruyants. Il a fallu que je me lève pour qu'une nouvelle fournée puisse s'encastrer dans mon wagon déjà comble, et c'est lorsque j'ai senti un coude atrocement pointu s'enfoncer dans mon dos que j'ai lâché mon livre du regard – pour sacrifier au traditionnel échange d'excuses indifférentes, sans même débrancher nos iPod respectifs. J'étais comme d'habitude moyennement convaincue de l'utilité de m'excuser ; de quoi ? D'exister ? D'avoir un dos ?

Je ne peux pas dire que sa voix en elle-même, à peine audible de toute façon, ait été l'élément déclencheur de quoi que ce soit. Pour une raison ou une autre, je l'ai regardé – et en un quart de seconde j'ai su, sans possibilité d'erreur, qu'il était son fils. Rien de magique, juste cette scandaleuse ressemblance entre le modèle et son avatar, mais qui m'a frappée avec la toute-puissance d'un sortilège. Il m'a fallu l'entière détermination du monde pour détourner mes yeux de ses grands yeux aux paupières lourdes, empesées de cette intolérable sensualité héritée de Monsieur, et dont il n'avait sans doute aucune conscience. Dans ma tête le disque était tout rayé : c'est lui c'est lui c'est lui c'est lui c'est lui. Lorsque j'ai senti qu'il allait trouver étrange ce regard subjugué qui l'escaladait, j'ai fait mine de retourner à André Breton – mais je n'espérais même pas pouvoir penser à autre chose.

Jamais je n'aurais imaginé qu'il soit si atrocement douloureux de sentir cette présence près de moi, cette odeur ténue de jeune garçon que ne parvenait pas à éclipser une eau de parfum un peu forte. Je n'ai même pas vu arriver ma station – je crois que j'aurais pu le suivre n'importe où.

Charles. Le premier né. Ce mardi matin, dans la chambre bleue d'un hôtel du quinzième, j'avais stupéfié Monsieur en énumérant ses garçons – Charles, Samuel, Adam, Louis et Sacha –, tous les cinq issus d'une vie que je ne pouvais qu'imaginer. Je savais de l'aîné des détails dont il n'avait peut-être aucun souvenir – cette dispute au dîner à propos d'un fait d'armes historique où Charles, borné comme le sont les adolescents, avait dans un sursaut de rage tapé du poing sur la table, ce qui avait bien failli lui valoir une taloche paternelle. Cet après-midi où il était revenu du lycée complètement défoncé, ses épais cheveux noirs exhalant de traîtres relents d'herbe. Monsieur qui l'aimait passionnément – il ne fallait pas être grand clerc pour le deviner. Monsieur qui l'aimait d'un amour à côté duquel la vague tendresse qu'il avait un jour montrée à mon égard était d'un ridicule sans borne.

Le train a eu une embardée, et à nouveau Charles s'est cogné contre moi, de tout son corps inconnu mais si étrangement familier.

— Pardon, a-t-il dit, avec cette fois un sourire un peu gêné qui portait les fossettes de son père, les mêmes incisives très blanches et carnassières.

J'avais devant moi Monsieur qui me regardait, pour la première fois depuis six mois, Monsieur comme vu à travers une loupe grossissante qui me révélait et m'expliquait tout : ses enfants, sa femme, tout ce qu'il avait construit, tout ce pourquoi il s'était tué à la tâche, se tuait encore aujourd'hui, toutes ses chaînes aux pieds, ses réussites et les limites de son royaume. Et j'aurais pu me laisser aller à la compassion, à l'attendrissement même, mais Charles peinait encore à se détacher de moi, multipliant les excuses souriantes (chaque sourire m'évoquant Monsieur étendu sous moi après l'amour), et toute l'énergie dont je disposais était aspirée par mes efforts pour ne pas hurler mais arrête avec cette bouche que je connais par cœur, enlève de ma main les doigts crispés de ton père qui jouit en me griffant les hanches, tourne ta tête, je ne veux pas – *je ne peux pas* – voir ces yeux gris qui ne sont même pas à toi, rien dans ce visage n'est à toi, pas même ce long nez cadeau de ta mère, peut-être le seul élément qui fasse de toi une personne à part entière née de l'amour de Monsieur pour une autre femme, alors arrête s'il te plaît : *arrête*. Je me mordais les joues pour me taire, garder les lèvres closes et m'empêcher de lui dire pourquoi, en quel honneur, en vertu de quoi cette jeune femme dans le métro l'escaladait des yeux, alors que l'insistance avec laquelle il me regardait valait un certain nombre de questions.

Qui je suis ? Je m'appelle Ellie (prénom qui ne signifie rien pour toi, qui n'a même pas de sexe, et pourtant Dieu sait qu'il fut une époque où pour Lui il voulait tout dire, le boire, le manger, le dormir, et tout ce qui se passait entre), j'ai presque ton âge, à peine deux ans de plus qui ne comptent guère puisque je n'ai pas changé tant que ça depuis l'époque où je portais mes cahiers de maths dans un vieil Eastpack mité, et je te regarde comme ça parce que tu me rappelles tellement ton père, Seigneur, tu me le rappelles à un point qui n'a même plus rien à voir avec de la ressemblance – c'est au-delà, il y a dans tes yeux sombres la même langueur inconsciente qui me pétrifiait, cette faim dévorante des femmes qui me passionnait ; là comme ça, au milieu de cette foule de gens, on dirait le regard qu'il avait sous son masque de chirurgien quand je l'observais en train d'opérer à la clinique. Bien sûr, Charles, que ça ne devrait pas me suffire : mais regarde-moi avec mes bras ballants et mon bouquin enfin refermé, mes œillades sournoises sous ma frange, j'en oublie presque que tu n'es qu'une première et talentueuse ébauche de lui, avec trente ans de moins.

Trente ans de moins – c'est presque le même fossé qui nous sépare lui et moi, pourtant j'ai été sa maîtresse, et j'ai aimé ton père d'un feu où brûlaient toute mon admiration et toute ma gratitude, aveuglément, évidemment. Brûlé comme de l'amadou, au point qu'aujourd'hui il m'est impossible de ne pas imaginer qu'un soir je pourrais te croiser à une fête chez des amis communs, partager un joint avec toi et voir tes yeux s'embrumer comme s'embrumaient les siens, apprendre ce qui te fait rire et finir par étouffer un gloussement hystérique dans la douceur gourmande de tes lèvres sues par cœur. Ce serait tellement facile et tellement naturel, être ta copine et venir te chercher chaque soir au lycée – ça aurait pu se passer comme ça : je suis à peine trop vieille pour toi, juste assez pour tout te faire découvrir et te marquer à jamais, mais du haut de mes vingt ans je m'en sens désormais vingt de plus. Ça ne te paraîtrait pas très logique ou crédible si je te disais qu'après avoir entendu parler de toi tant de fois par ton père, tu es devenu presque un enfant à mes yeux, asexué. Si je t'embrassais maintenant, comme je l'ai souvent rêvé, comme j'en meurs d'envie, ce serait avec toute la force du désespoir, parce que tu es le fils de cet homme que je ne parviens pas à oublier, et que tes baisers me feraient sans doute le même effet que la méthadone prescrite en pis-aller aux héroïnomanes repentants – si tu savais combien je les ai cherchés, ces Presque, ces Pas tout à fait, ces Oui mais non. Imagine quelle valeur tu as pour moi, qui me suis gorgée de copies imparfaites de ton père. Je te tiens là juste en face, à quelques centimètres, captif, éphémère et silencieux, tranquille comme le sont les adolescents dont les yeux ne connaissent pas encore la salissure du désir, sa violence, dont les yeux ne font encore que tâtonner – et je me souviens des siens. Bien sûr que ça ne devrait pas me suffire.

Salut Charles, je m'appelle Ellie, tu ne m'as jamais parlé et tu ne me reverras sans doute jamais, mais je sais le nom de chaque membre de ta famille et sans te connaître, parce que j'ai vu ton père dont tu es la troublante copie conforme, parce que je l'ai tenu si fort entre mes bras, sans te connaître je te connais tellement... On dirait une blague, hein ? Ou un film de Truffaut. Une inconnue parmi mille autres monte dans le même métro que le fils de son amant. Elle le reconnaît ; son visage se superpose parfaitement avec toutes ces photos qu'elle a trouvées de lui, de sa famille. Ç'aurait pu être n'importe qui, mais c'est moi. C'est moi qu'il rejoignait le mardi matin lorsque vous partiez tous en cours ; en caressant vos têtes chéries c'est à la mienne qu'il pensait déjà. Moi, cette insignifiance en jean Bensimon, surmontée d'une insignifiante queue-de-cheval. Cette tête. Ces mains qui suent sur un livre de poche dans l'air épais du sous-sol parisien, mais qui quelques mois plus tôt, Charles, *il y a à peine six mois*, enfonçaient leurs ongles dans la chair patricienne d'autres mains impérieuses – celles que tu sentais dans ton dos lorsque tu faisais tes premières longueurs à vélo dans les allées du Luxembourg. Tu ne sais rien de tout ça, et tu me regardes comme tu dois regarder toutes les filles, quand je suis sans doute la personne au monde que tu mépriserais le plus, pour l'envie que j'ai de me glisser dans ta poche et passer ma soirée près de lui à table, même s'il ne se passe rien. Juste comprendre. Juste le voir. Accéder quelques instants à ces moments sacrés que tu laisses passer sans leur accorder la moindre attention, vos discussions aux repas, l'odeur du baiser qu'il vous fait lorsque vous allez vous coucher, des trucs sans importance comme ses premiers mots en ouvrant la porte d'entrée le soir. Ces impressions qui constituent la trame de votre vie quotidienne sont pour moi mystérieuses, fabuleuses comme un luxe que je ne pourrai jamais m'offrir – puisque tout l'or du monde, toutes les ruses possibles ne me donneront pas cinq minutes avec vous tous autour d'une table. Cinq minutes de votre confortable et rassurante petite vie, un dîner de tous les jours, toi en train de tenir tête à ton père qui, accaparé par le débat, en oublie de manger, ta si belle mère prenant l'air las de ces affrontements mâles, tes quatre petits frères hésitant à se ranger d'un côté ou d'un autre – et moi dans un coin qui vous dévore des yeux comme le meilleur film du monde, indécemment, me goinfrant d'images et d'odeurs, de fantômes à convoquer plus tard, une fois seule. J'y pense comme un jeune adolescent se tripote, toujours à demi écrabouillée de culpabilité.

À Châtelet, il m'a jeté un dernier coup d'œil sous ses longs cils noirs et s'est contorsionné pour s'imbriquer dans la foule des gens qui quittaient le wagon. Je me suis accrochée à sa longue silhouette jusqu'à ce qu'il ait totalement disparu, aspiré au milieu de centaines de têtes anonymes, désormais invisible, marchant vers le métro 4, puis, plus tard, émergeant sur l'île Saint-Louis. Une porte, un numéro, une clé pour accéder au grand appartement familial où sa mère écoutait Adam lui raconter sa journée en sixième. Monsieur rentrerait vers neuf heures le soir, les enfants auraient déjà dîné. Mais ils le côtoieraient de mille autres manières, se cogneraient à lui en allant se brosser les dents, iraient recevoir ce dernier regard paternel en disant bonne nuit. Et Charles s'endormirait sans avoir gardé le moindre souvenir de moi, alors que depuis son départ le wagon me semblait si terriblement vide.

Pleure. Hurle. Éclate de rire. Siffle. Retourne à ton livre.

Mon menton a commencé à trembler comme fait celui des petites filles à qui l'on vient de taper sur la main. J'ai remonté mon col très haut, jusqu'à mon nez, et jusqu'à Nation, accompagnée par le providentiel *Belle Nuit* d'Offenbach, j'ai sangloté misérablement, planquée dans mon manteau et dans ma morve. Cela me semblait la meilleure chose à faire.

Livre I

Dieu, que tu étais jolie ce soir au téléphone !

Sacha GUITRY, *Elles et toi*

Avril

Lolita, de Nabokov. Voilà bien un livre qui m'aura poussée à ma perte. Je ne pense pas, tout compte fait, qu'on puisse trouver un autre coupable dans ma bibliothèque. Je suis passée à travers Sade, à travers Serpieri et Manara, à travers Mandiargues, à travers Pauline Réage, mais ça n'est pas d'eux que je tiens ce vice qui m'a jetée dans les bras de Monsieur. Je le vois bien, maintenant. Il aurait fallu me tenir écartée de cette vieille édition jaunie qui traînait dans le salon, l'air de rien. J'y ai tout appris d'un certain type d'homme, d'un genre mondain d'ennui profond qui précipite leurs regards, leurs tempes grisonnantes vers les jeunes filles, comment se cristallise le désir sur des corps qui ne sont plus ceux d'enfants, et pas encore ceux de femmes. J'y ai connu leur croix, la force qu'il faut pour la traîner indéfiniment sur ces chemins perclus de nymphettes.

J'ai appris à lire sous leurs sourcils nobles d'hommes responsables le puissant attrait du vice, l'adoration pour cette divinité aux petits seins pointus, aux cheveux fous, qu'ils ont appelée Lolita.

Lolita. Exigeante au-delà de toute raison, accaparante et jalouse, engagée dans un combat sans fin (et gagné d'avance) contre toutes les autres femelles du genre humain, qu'elle domine de son mètre quarante, de son *unique chaussette*, de ses longs membres graciles. Notons que le passage de la fiction à la réalité fait naître la nymphette à l'âge précis où Nabokov lui donnait la mort (ce qu'il considérait comme étant bien pire que la mort, en vérité – le lycée) : quinze ans. Ces hommes dont nous parlons, qui souvent marchent le plus droit du monde dans leurs souliers et leurs vêtements outrageusement sérieux, sont désespérément à genoux devant ces petites Chéries – pour des raisons qui ne sont pas forcément mauvaises mais paraissent sordides au bas peuple. Pour la peau douce. Pour les fesses et les seins qui crachent à la gueule de Newton. Pour la criminelle innocence. Pour les doigts naïvement impudiques, pour les mains petites à émouvoir mais qui parviennent par Dieu sait quel miracle à contenir un émoi qui ne les émeut guère, qu'elles manipulent avec des audaces encore enfantines – imaginez qu'à part ça elles n'ont jamais rien tenu de plus gros qu'un Magnum aux amandes (il y a quelques relents de gourmandise dans la manière dont elles embouchent cette friandise d'un genre nouveau). Pour les coups d'œil comme des harpons jetés à l'aveugle, gratuitement. Pour le parti qu'elles ont pris, au contact des hommes, de soutenir leurs yeux énamourés dans la rue, aux repas de famille, à la barbe de leurs parents, partout, car l'intérêt leur fait oublier toute pudeur, partant toute politesse. Je connais à présent tout de la curiosité des hommes pour ces créatures – mais que sait-on de la quête des nymphettes ? Qu'est-ce qui les précipite loin de leurs jouvenceaux chevelus, entre les draps et les bras parfumés de sulfureuses copies de leur père ? Nabokov n'a jamais évoqué ce qui pouvait bien se passer dans la tête de Lo lorsqu'elle s'est assise sur Humbert Humbert ce pâle petit matin d'été. Ni pourquoi, quelques pages plus tôt, elle sautait sur ses genoux en maltraitant sa pomme, culotte aux quatre vents, gazouillant à l'envi pendant que son coupable adorateur tentait de contenir discrètement une effusion quasi adolescente. C'est cette lecture parallèle qui m'a manqué, l'impossibilité de savoir ce qu'il serait advenu de l'histoire si on y avait laissé parler Lolita. Sans chercher d'excuses – dont je sens, de toute façon, qu'elles sont inutiles –, il me semble que c'est munie de visées épistémologiques que je suis entrée pour la première fois dans le lit d'un homme de quarante ans, en octobre (je ne compte pas ces ébats presque accidentels avec un jeune chef d'entreprise lorsque j'avais quinze ans : il y a les hommes, et ceux de quarante ans. Ceux qui trouvent la nuance facile manquent cruellement de subtilité – à croire que les nymphettes accèdent à un niveau d'analyse ultra pointu qu'elles perdront sans doute par la suite, pas une de celles qui peuplaient ma horde n'a jamais confondu ces deux races. Les nymphettes et les hommes de quarante ans, par un hasard exquis, sont l'un et l'autre leur totem.)

Cet homme – son nom, déjà ? –, s'il ne m'a pas laissée au matin épuisée de plaisir, a eu le bon goût de ne pas vexer mon attirance pour l'immensité de ses semblables. J'irai plus loin en affirmant que c'est même son inappétence et son manque abyssal de toute sensualité qui m'ont lancée dans ma quête. Peut-être que j'étais trop exigeante ; peut-être que je tenais trop à l'accomplissement parfait de mes scénarios de petite fille – moi, courbée entièrement sous le joug et les mains et les mots d'un professeur d'âge idéal, à tout ouvert et rompu aux moindres manipulations que mon corps lui permettrait. Je ne voulais pas avoir mon mot à dire – et à vrai dire personne n'a rien dit jusqu'à quatre heures, lorsque je me suis lassée de ne plus sentir de sa queue qu'un fantôme pitoyable, aux antipodes des vigoureuses excitations qui peuplaient mon imaginaire. C'est en le branlant d'une main ferme que j'ai réalisé que, Dieu merci, la liste de ceux qui pourraient me rendre un hommage à ma mesure était plus longue que celle du Père Noël : j'ai souri largement lorsqu'il a joui, songeant déjà à la proportion de mâles qui sans m'être réservés m'attendaient de pied ferme, inconsciemment. Le lendemain, alors qu'épuisée par le manque de sommeil je trottais vers le métro, il m'a semblé évident que je ne savais rien de plus qu'en arrivant la veille. Que les hommes plus âgés puissent avoir des difficultés à bander, c'était une chose dont j'avais toujours été consciente. Cela n'avait rien à voir avec les excitations psychologiques que j'avais attendues, avec les mots dont je rêvais, et je n'avais pas reconnu dans ce corps-là les marques sulfureuses de cette maturité encore verte, bien plus verte qu'à vingt ans. Lâchement, j'ai cessé de répondre au téléphone lorsque son numéro s'affichait et, au bout de quelques semaines de silence coupable puis irrité, j'ai reçu ce message lapidaire : « Je suis fatigué de te courir après, Ellie. On ne joue pas à Lolita – tu es de toute façon trop vieille pour ce jeu-là, et je n'ai aucune envie d'être Humbert Humbert. »

Je ne prétendais pas à ce titre avant qu'on me le refuse.

Je ne connaissais pas Monsieur. Je ne lui voulais aucun mal – ni aucun bien ; je m'en fichais. J'avais entendu son nom mille fois, au cours de repas avec mon oncle Philippe – forcément, puisqu'avant même d'être amis ils étaient collègues, et ce nom puait l'hôpital, littéralement. Je ne *connaissais* pas Monsieur. S'il faut être honnête, tout est la faute de ma mère. C'était en février de cette année, je crois ; je n'avais rien demandé à personne, je remontais en rampant de ma chambre au sous-sol, ma bible sous le bras (*La Mécanique des femmes,* de Louis Calaferte), à l'affût de quelque activité salvatrice en ces temps de grève étudiante. Impossible de savoir ce à quoi elle pensait lorsque maman m'a cité le nom de ce chirurgien, qui selon elle était la seule personne à part moi à pouvoir apprécier une pareille cochonnerie littéraire – c'était un *obsédé*. Au début, je me suis contentée d'exprimer une indifférence tout à fait sincère : un collègue de Philippe, de toute façon, représentait un monde absolument inaccessible pour une jeune fille de mon âge et de mon extraction, obsédé ou non. Je me voyais mal débarquer à la clinique, mes papiers sous le bras, pour causer d'érotisme avec un type de quarante-cinq ans.

Quarante-cinq ans.

Quarante-cinq ans.

L'ennui qui me rendait malsaine a mis quelques mois à engraisser cette idée vague, rencontrer cet homme. Je répétais son nom comme pour jouer, étonnée de lui trouver à présent un éclat tout autre, outrageusement sulfureux. Me risquant à solliciter Facebook, je regardais l'unique résultat que l'on me proposait pour cet élégant patronyme – persuadée de la nécessité de me trouver une bonne raison de l'ajouter en ami. Je voulais arriver sournoisement dans son monde, armée d'un prétexte imparable – la littérature comme charmant cheval de Troie cachant dans ses profondeurs traîtres ma version de Lolita, déjà blette peut-être, mais de meilleure volonté. Le besoin de savoir, tout savoir de lui me grattait comme un bouton de moustique ; deux ou trois questions sournoises adressées à Philippe m'avaient permis d'apprendre que toute petite, pendant les visites qu'il rendait à ses malades de la clinique, j'avais croisé le fameux C.S. dans les couloirs. Et à force de me torturer pour extirper un quelconque souvenir, j'ai revu brusquement cet anniversaire de mon oncle, deux ans passés : toute une soirée à déambuler parmi les vieux sans le remarquer, sans remarquer un homme que l'on m'avait décrit comme *obsédé*, qui lisait les mêmes livres que moi, avec juste vingt-cinq ans d'avance sur tout. Vingt-cinq ans ; c'est énorme. Vingt-cinq années à caresser des corps de femmes, à détourner les visées procréatrices du coït, pendant qu'innocente de tout encore je me cramponnais aux seins de ma mère. Dois-je parler aussi de ce lien qui reliait Monsieur à ma famille, aussi fin mais solide qu'un fil de nylon, aussi tranchant également ? Les filles à vingt ans ont en tête des scripts improbables, d'un romantisme ou d'une inconséquence sans égal – il y avait l'étudiante et le chirurgien, elle ne sachant rien, lui connaissant tout, et au milieu, l'oncle inconscient du drame qui se déroule (et nul doute que s'il l'apprenait, cette historiette érotique tournerait au drame racinien !).

Donc, sans trop savoir comment, j'ai accosté à ce rivage, en mars de la même année. La simple raison pour laquelle je n'avais même pas essayé d'imaginer un visage à Monsieur, c'est qu'il a commencé par être un élément totalement interchangeable de mon imaginaire sexuel. Voilà la vérité. Le fait qu'il soit chirurgien, qu'il ait les mêmes penchants que moi, qu'il soit en plus marié et père de famille bien sûr le distinguait suffisamment de la masse, puisque tous ces attributs le plaçaient dans un monde presque parallèle, celui des Adultes (les vrais : c'est une aberration de donner un statut comme celui-là à des individus de mon âge). Interchangeable n'est vraiment pas le mot ; disons que le concept de Monsieur me contentait déjà bien au-delà de mes espérances, sans avoir besoin pour cela d'une quelconque affinité physique (tant qu'on ne poussait pas jusqu'au dégoût). Alors que j'écris, je l'entends s'indigner, à sa manière théâtrale : « En fait, tu aurais pris n'importe quel gros mec ! » Ce à quoi je répondrais, probablement. Mais que Monsieur se rassure : la suite de l'histoire nous montre assez bien que son piège était parfait en tout point.

Un jour, je me suis fatiguée de lui tourner autour sans même qu'il en soit un tout petit peu conscient ; c'était au mois d'avril. Frémissant mois d'avril. Il pleuvait du pollen de marronniers et je bouillais d'ennui. La grève perdurait, je ne voyais personne – alors que le printemps revenait, tous mes amis étaient tenus d'aller en cours, et moi je passais mes journées vautrée sur la terrasse, au soleil, crevant du besoin de voir des gens, de rencontrer des hommes, de connaître – je ne sais pas – la fièvre, l'extase, la passion, n'importe quoi mais plus cette léthargie constante, mortifère. J'avais tant tourné et retourné la situation dans ma tête que l'appréhension m'était devenue étrangère : je ne faisais qu'attendre, tapie dans l'ombre, le moment d'apparaître à Monsieur.

Bonsoir,

Vous ne devez pas trop savoir qui je suis, même si vous m'avez gentiment ajoutée, eh bien je vous le donne en mille – je suis la nièce de Philippe Cantrel, qui exerçait il y a peu encore à la clinique. C'est par lui que j'ai appris que vous étiez un lecteur de Bataille et Calaferte – j'avoue nourrir une certaine curiosité à l'égard des hommes qui ont lu et aimé *La Mécanique des femmes*, cela me fait me sentir moins seule… !

Cela étant dit, je m'appelle donc Ellie, j'ai vingt ans, suis en études de lettres et publie dans une revue littéraire érotique. Rien que vous n'apprendrez en parcourant mon profil Facebook – je trouvais néanmoins correct de me présenter un peu.

Je me doute que vous êtes quelqu'un d'occupé, néanmoins si vous aviez le temps un jour de m'expliquer en quelques lignes ce qui vous a plu chez Calaferte, j'en serais très heureuse.

Je suis moi-même en pleine rédaction d'une « Mécanique des hommes », tout ce que je peux obtenir est bon à prendre.

Bonne soirée à vous.

Ellie

Je me souviens qu'à cette période, j'ai été prise de relents de peur égoïste, fondée sur des principes auxquels Monsieur – je l'apprendrais plus tard – n'avait pas la bêtise d'obéir : j'imaginais Philippe mis au courant de mes manœuvres sournoises par son ancien collègue traumatisé, écumant au téléphone : « Qu'est-ce qui te prend d'aller draguer un mec de cet âge-là ? Attends un peu que je le raconte à ta mère, tiens, elle trouvera ça élégant ! » Moi, blêmissant, rougissant, suant comme une misérable crapule qui sent la corde se resserrer : « Comment ça, *draguer ?* Je ne voulais que parler de littérature érotique ! »

Explique, Ellie. Explique à cet homme qui a changé tes couches et jeté des regards mauvais à tes premiers galants où se situe la différence subtile entre discuter d'*Histoire d'O* et flirter éhontément avec un homme. Philippe verrait bien au-delà des mots. Il répondrait de cette voix sèche qui t'a toujours terrifiée : « Tu me prends pour un cave ? Tu crois qu'un *mec* sait faire la différence entre littérature érotique et opportunité de tirer un coup ? »

Parce que, en effet, si la différence entre les deux est si subtile, c'est peut-être qu'elle n'existe pas : je n'ai jamais eu la stupidité de croire que l'amour seul des lettres motiverait une réponse de Monsieur. Je voulais voir. Comparer mes scrupules aux siens. Jauger le pouvoir de mes vingt ans, savoir s'il avait un poids quelconque contre un mariage et des enfants. Et déjà, au nom de mon absence totale de principes, il me prenait des envies de post-scriptum enjôleurs, l'assurant de ma plus complète discrétion pourvu qu'il consente à me montrer ce que c'était, un homme, un vrai, celui qui remplit à la fois le corps et la tête.

Monsieur

Ellie,

Moi aussi je suis troublé de trouver quelqu'un de vingt ans qui s'intéresse à ces auteurs. Je ne me souvenais d'ailleurs pas avoir raconté cet intérêt culturel à Philippe. J'aime énormément la littérature érotique, avec une collection assez conséquente autour d'André Pieyre de Mandiargues. Ma vraie passion, à part mon boulot, c'est ça.

On peut se voir et en parler quand tu veux.

Dans quelle revue écris-tu ?

(Je préfère le tutoiement.)

À bientôt.

Au début, je n'en ai parlé à personne. Porter ce secret, c'était comme avoir une surprise dans sa poche et se retenir de le hurler. Et puis, ce même soir où Monsieur m'a répondu, Babette est venue passer la nuit avec moi. Je me souviendrai toute ma vie je crois de ses sourcils attentifs alors qu'elle lisait les deux premiers messages, pesant scrupuleusement chaque mot – et derrière son épaule je lui soumettais mes observations, mes hésitations.

— Non, mais sincèrement, Babette. *Sincèrement.* Tu crois qu'il y pense ?

— Je pense.

Bien plus confirmée que rassurée je lui fournissais encore des arguments :

— Je lui ai juste proposé de parler par mail, je te signale. C'est lui qui parle de se voir.

— Et il est *troublé,* rajoutait Babette, d'un ton de détective.

— *Troublé,* ça n'est pas anodin. S'il avait juste voulu parler de lettres, il aurait marqué

« je suis surpris » ou alors « tiens, c'est rare de rencontrer des gens qui lisent Mandiargues ».

— Je pense qu'il y pense.

— Qu'est-ce que je fais ?

— Je n'en sais rien. Qu'est-ce que tu veux faire ?

C'était dans ma chambre, à Nogent. J'ai allumé une clope avant de répondre :

— Dans les grandes lignes ? Je veux le rencontrer, parler avec lui.

— Parler avec lui ?

Babette a haussé les sourcils, l'air dubitatif.

— Malgré tout le bien que je pense de la littérature érotique, ça va être difficile d'installer une relation cordiale avec un homme si tu le branches sur ce sujet.

— Tu m'as demandé ce que je voulais *dans les grandes lignes*.

— Tu veux surtout voir ce qu'il a dans le ventre.

— Il est marié, il a cinq enfants, il a quarante-six ans et c'est un ancien collègue de mon oncle. Si la situation devient vraiment ambiguë, ça voudra dire que ce type a des couilles.

— Ou que c'est un pervers.

Déjà concentrée sur mon clavier d'ordinateur, j'ai répondu sans regarder Babette, qui feuilletait négligemment une de mes misérables éditions de Bataille :

— Qu'est-ce que c'est, la perversion ? Pour moi, c'est uniquement la faculté de traquer le plaisir partout où il se cache. Je ne connais pas beaucoup d'hommes qui pensent à chercher dans les livres. Surtout ce genre de livres, à ce niveau. Ça vaut le coup de prendre un certain nombre de risques. Enfin, je crois.

Ellie

Bonsoir,

Si vous préférez le tutoiement, je vais essayer de m'y faire, néanmoins – et j'ignore si c'est le fait de mon éducation ou plutôt une coquetterie – j'avoue avoir une certaine tendresse pour le charme désuet du voussoiement ; vous savez, l'emploi du Vous ornemental.

J'ai écrit il y a peu dans une revue littéraire érotique qui s'appelle *Stupre*, montée par un ami à moi, et qui a pour le moment publié trois numéros. Elle paraît de manière relativement confidentielle, il est donc probable que vous n'en ayez jamais entendu parler.

Je serais enchantée de vous rencontrer dans la semaine, si votre travail vous en laisse le temps ; en ce qui me concerne, j'ai tout le mien, ma fac étant en grève depuis Mathusalem et ne comptant pas s'arrêter là.

Je me doute que vous n'êtes pas constamment connecté sur Facebook, aussi je vous donne mon numéro de téléphone, ce sera plus simple : 06 68...

À très bientôt j'espère,

Ellie

(promis, la prochaine fois je vous tutoie)

(ou pas)

Monsieur

J'aime bien aussi le vouvoiement, par choix alors, et c'est vrai que cela rend la relation un peu solennelle... ce que j'aime aussi d'ailleurs... le Tu es un réflexe, le Vous un choix.

Je vais essayer de trouver *Stupre*... et vous lire avant de vous voir... pour avoir quelques idées sur votre... sensibilité...

Mon numéro est le 06 34... et mon mail ******

Je vous appelle vite.

À bientôt.

— Tu ne vas quand même pas coucher avec ce mec !

Alice après lecture roulait des yeux effarés – un effarement auquel je ne m'attendais absolument pas. Ou peut-être que si, un peu. J'ai pu avoir aussi ce genre de scrupules, un jour – je ne sais plus trop quand.

— Ça va pas ! ai-je osé m'exclamer en la regardant dans le blanc de l'œil, avec un aplomb qui aurait vite fait de s'effondrer.

— En tout cas on dirait.

— Mais il y pense, non ?

Peut-être Alice a-t-elle lu l'espoir dans mon regard fuyant. Aussitôt elle s'est fendue d'un long soupir de vierge :

— C'est *toi* qui y penses.

— Mais lui aussi ! C'est pas parce qu'il en a envie que je vais coucher avec lui, je te signale.

— Si tu n'en as pas l'intention, alors pourquoi tu lui sèmes des allusions aussi grossières ?

— Je n'ai pas semé la moindre allusion. Pas la moindre. Je ne fais que parler de littérature érotique, ce qui est tendancieux, *d'accord*, mais ce type lit les mêmes bouquins que moi. Lui parler de mes goûts n'a rien à voir avec lui proposer de baiser.

— Évidemment, tu ne pouvais pas aimer le sport ou les animaux.

Un moment, assises en tailleur sur mon lit, nous nous sommes tues. Il en va ainsi de nos conversations lorsque ma sœur s'indigne de mon comportement. Nous regardions toutes les deux nos pieds, clope à la main, avec la musique derrière qui faisait habilement la jointure. Je ne m'inquiète jamais de perdre Alice définitivement – elle est aussi corruptible que moi et a un tel humour que, si je trouvais quoi que ce soit de drôle dans cette histoire de chirurgien, ce serait gagné. Le problème, c'est que je ne voyais pas d'humour dans cette situation – pas encore. La facilité à corrompre cet homme m'amusait, mais je n'excluais pas l'hypothèse d'être la seule à en rire. Soudain, elle a ouvert la bouche :

— De toute façon, je sens bien que tu vas le faire. Ça ne sert à rien que tu me dises le contraire.

— Alors ne me pose pas la question.

Re-silence embarrassant. Alice me haïssait sans doute et tirait sur toutes les ficelles de son amour sororal pour me défendre malgré tout ; quant à moi, en parfaite égoïste, je ne cherchais qu'un mensonge bien rodé – ou, à la limite, une excuse imparable. J'aurais pu lui jurer de ne pas toucher à ce mec, mais cette histoire se profilait, qu'on le veuille ou non, et je ne saurais jamais m'empêcher de lui en livrer les moindres détails. Ce serait plus fort que moi. Alors, après un élan assez semblable à celui qui précède un saut à l'élastique, j'ai lâché :

— Il m'intéresse. D'accord ? C'est mal, c'est immoral, il ne faut absolument pas que ça se sache, mais le fait est qu'il m'intéresse. Je ne sais pas encore si je vais coucher avec lui, mais il est probable que je le fasse si j'en ai l'occasion. Donc vas-y, engueule-moi.

Alice, avec sa moue classique de « je suis en train de fléchir et ça m'énerve », a bougonné :

— Si Philippe apprend ça...

— Je ne vois vraiment pas pourquoi Philippe saurait ça. Et je te signale que, jusqu'à présent, c'est lui qui m'a proposé de me voir. Et c'est lui qui m'allume.

Ellie

Bonsoir,

En pièce jointe, mon grand œuvre. Gentiment, j'essaie de vous éviter la peine de chercher *Stupre* indéfiniment, sachant que mon texte se trouve dans le premier numéro – aujourd'hui c'est sans doute un collector, je vous l'apporterai si vous voulez. Je tiens tout de même à préciser que c'est là ma première publication, plutôt naïve – mais c'est le seul commentaire que je ferai, car je me souviens avec émotion du jour où je l'ai eu entre les mains. Fierté totale. Ma famille a fait semblant de n'avoir jamais entendu parler de *Stupre*, je voyais simplement la revue se déplacer de pièce en pièce, comme par magie. Mon oncle n'a pas compris que le narrateur était un homme, j'ai dû batailler longtemps pour qu'il cesse de me croire lesbienne…

Concernant le vouvoiement, sachez que je n'avais nullement l'intention de vous empêcher de me tutoyer. Faites comme vous le voulez, vous êtes même libre de changer en cours de route. J'ai d'ailleurs construit toute une théorie érotique du mode d'élocution (qui n'amuse peut-être que moi), que je me ferai un plaisir de vous expliquer plus longuement, quand vous le voudrez.

Je reste, jusque-là, à votre totale disposition.

Monsieur

Merci de m'avoir gentiment évité de l'acheter… Mais j'en veux bien un exemplaire quand même… dédicacé…

Étonné… Vous avez vingt ans ?… Qu'avez-vous lu, qu'avez-vous vécu ? J'aimerais savoir comment tout ça est venu dans votre esprit… pas si naïf… pas toujours, en tout cas… vous passez de « minou » à « chatte » très rapidement…

Vous m'intriguez. Et votre oncle n'a pas compris que vous étiez Lucie ?… Heureusement peut-être…

Parlez-moi de votre théorie érotique de l'élocution. George Steiner, dans un texte récent qui s'appelle, je crois, *Les Livres que je n'ai pas écrits*, donne un chapitre sur ce sujet. Il parle plutôt de la variation de la couleur de l'érotisme en fonction des langages.

« Totale disposition » c'est beaucoup, mais j'aime bien. J'aime bien aussi « en cours de route ».

À bientôt.

P.-S. : Je ne peux résister à l'envie de vous envoyer ce poème de Baudelaire, qui s'appelle *Les Bijoux*.

La très-chère était nue, et, connaissant mon cœur,
Elle n'avait gardé que ses bijoux sonores,
Dont le riche attirail lui donnait l'air vainqueur
Qu'ont dans leurs jours heureux les esclaves des Mores.

Quand il jette en dansant son bruit vif et moqueur,
Ce monde rayonnant de métal et de pierre
Me ravit en extase, et j'aime à la fureur
Les choses où le son se mêle à la lumière.

Elle était donc couchée et se laissait aimer,
Et du haut du divan elle souriait d'aise
À mon amour profond et doux comme la mer,
Qui vers elle montait comme vers sa falaise.

Les yeux fixés sur moi comme un tigre dompté,
D'un air vague et rêveur elle essayait des poses,
Et la candeur unie à la lubricité
Donnait un charme neuf à ses métamorphoses ;

Et son bras et sa jambe, et sa cuisse et ses reins,
Polis comme de l'huile, onduleux comme un cygne,

Passaient devant mes yeux clairvoyants et sereins ;
Et son ventre et ses seins, ces grappes de ma vigne,

S'avançaient, plus câlins que les Anges du mal,
Pour troubler le repos où mon âme était mise,
Et pour la déranger du rocher de cristal
Où, calme et solitaire, elle s'était assise.

Je croyais voir unis par un nouveau dessin
Les hanches de l'Antiope au buste d'un imberbe,
Tant sa taille faisait ressortir son bassin.
Sur ce teint fauve et brun le fard était superbe !

— Et la lampe s'étant résignée à mourir,
Comme le foyer seul illuminait la chambre,
Chaque fois qu'il poussait un flamboyant soupir,
Il inondait de sang cette peau couleur d'ambre !

Ellie

Les Fleurs du mal, Monsieur ! Vous visez très juste ! Voilà pourquoi j'aime lire : pour ce genre de miracles.

Concernant ma théorie du vouvoiement ; le mot « théorie » est peut-être un peu fort. Disons une esthétique du vouvoiement, que j'ai développée en grandissant. À l'âge où j'ai commencé à m'intéresser aux hommes je me suis aperçue qu'il y avait dans le vouvoiement un charme très capiteux, une tension certaine qui rendait les rapports non pas solennels, comme vous l'avez dit, mais plutôt ambigus. Et le fait de conserver un certain temps cette politesse inutile fait du tutoiement un changement palpable. De plus le paradoxe lié au vouvoiement est savoureux ; dire « Vous » dans certains contextes, est d'une rare indécence. J'espère que je suis claire, je suis un peu fatiguée ce soir…

Les questions que vous soulevez dans votre premier mail sont épineuses. Ce que j'ai vu, ce que j'ai connu... à la fois peu et beaucoup de choses. Suffisamment je pense, pour écrire ce que vous avez lu. Trop peu pour utiliser le mot « chatte » dès les premières lignes – même si aujourd'hui que j'ai vingt ans, et non plus dix-huit comme à la publication de ce texte, je pense avoir atteint un palier de vocalisation un peu plus évolué. En tout cas, j'espère. Ce serait dommage d'aimer autant les mots et de ne pas savoir les utiliser...

Ce que j'ai connu... si telle est votre question, je ne crois pas qu'il y ait besoin d'avoir connu beaucoup d'hommes pour écrire sur eux. Calaferte n'avait pas loin d'une soixantaine d'années lorsqu'il a écrit *La Mécanique des femmes*, et même si je pense qu'il n'a pas dû passer beaucoup de temps dans son propre lit, j'ai relevé de nombreuses maladresses dans ses interprétations, qui rendent sa connaissance profonde des femmes irrégulière. Par exemple, je me souviens d'un passage où il fait dire à une femme quelque chose comme « de toute façon si tu n'étais pas venu, j'aurais pris le premier venu. Une bite, c'est tout ». Or, à l'âge que j'ai, et avec mon expérience (qui vaut ce qu'elle vaut), je suis intimement persuadée qu'une femme ne peut jamais vouloir qu'une bite. Je pense qu'il y a dans le désir féminin, si complexe et aléatoire qu'il puisse être, une sorte d'instinct de vie qui nous pousse toutes à rechercher une fusion, une tendresse avec l'homme, même et surtout lorsque nous sommes mues par un besoin épidermique et animal de se sentir remplies. Ce que je veux dire, c'est qu'il ne m'est jamais arrivé de ne vouloir qu'un morceau du corps d'un homme – même ce morceau-là. Et beaucoup des femmes que je connais ne peuvent concevoir une bite sans le torse, le dos, les mains, l'odeur et le souffle, et les mots, de l'homme qui va avec.

Alors écrire sur les hommes à vingt ans... il y a sans doute beaucoup d'erreurs dans ce que j'écris, mais je ne pense pas que la connaissance soit la pierre angulaire de cette entreprise. Ça n'est pas la connaissance des hommes – à jamais inachevée, de toute façon. C'est l'intention qui compte ; l'amour des hommes, avoir envie de se plonger dans ce monde de mains larges et de voix qui portent. Chercher à les connaître. Pour le moment, cela me semble une jolie vocation.

Ce que j'ai lu ? Beaucoup de choses. Le texte que vous avez lu a été, je pense, très influencé par Calaferte, qui fut pour moi une révélation. Je l'avais trouvé dans ma cave quelques mois auparavant, et l'élocution dans la peau d'un homme m'avait plu. Car voyez-vous, à cette époque-là j'étais avec un garçon depuis déjà un an, un garçon pour lequel j'écrivais sans arrêt, mais qui, malheureusement, n'était pas capable de me pondre la moindre ligne en échange. Alors lorsque *Stupre* m'a proposé cette publication, je me suis fait un plaisir d'inverser les rôles… Vous aviez donc bien deviné, j'ai quelques traits de Lucie, et cette scène a bien eu lieu… Je serais curieuse, d'ailleurs, de savoir ce qui vous a mis sur la piste.

J'ai lu également deux ou trois Sade, mais je ne suis pas une grande fan, et j'ai l'impression d'avoir tout lu de lui juste avec *La Philosophie dans le boudoir* et *Les Cent Vingt Journées*. Cela énerve beaucoup un de mes amis, qui est un sadien convaincu… (mais ce type déteste Queen et les Beatles, peut-on vraiment se fier à lui ?).

Bataille, bien sûr. J'ai adoré *Le Mort*, dont Régine Deforges a fait une adaptation d'une ahurissante pauvreté. *Ma Mère* m'a beaucoup troublée, mais il y a encore quelques zones d'ombre : le style littéraire de Bataille est épineux.

En revanche, ce qui m'énerve beaucoup, c'est que je parle énormément, et que j'ai encore plein de choses à dire. En plus, je ne sais pratiquement rien de vous. Quel dommage. Cela vaut bien un café. Ou un verre de vin. J'ai beaucoup de questions à vous poser. J'avoue être fascinée par les hommes qui lisent. Surtout lorsqu'il s'agit de ce genre de littérature. Cet intérêt pour l'érotisme est extrêmement parlant. Mais je réserve ce débat pour plus tard – imaginez que vous n'ayez rien à me dire. Je suis peut-être rasante ?

Comme je le disais, je suis disponible un peu n'importe quand.

Vous avez mon numéro.

Ellie

(Je pense que je ne suis pas rasante. Je peux même devenir très drôle. J'espère.)

Monsieur

J'avoue avec un peu de honte avoir attendu votre mail avec une impatience presque… fébrile. J'ai bien fait d'attendre…

Je crois quand même, malgré votre délicieuse, impressionnante et précoce sensibilité, que le temps et les expériences permettent d'agrandir l'univers érotique. J'ai découvert l'érotisme dans la littérature à dix ans avec Pierre Louÿs, qui me paraissait à l'époque le comble du subversif. J'ai ensuite beaucoup lu et certaines de mes lectures décrivaient des sensations, des excitations, des émotions que je ne comprenais pas et que je n'ai comprises que plus tard. Je crois, et je sais, qu'une femme à un certain moment, souvent d'ailleurs après ou pendant une excitation intense, peut vouloir n'importe quelle queue… je l'ai entendu… vécu… on me l'a dit, même si à un moment effectivement il y a eu dans l'esprit un dos, une odeur et tout ce dont vous parlez avec talent. Mais à un moment tout bascule, et là l'objet du désir de façon étonnante peut basculer, être interchangeable : n'importe qui, n'importe quelle bite, et c'est ce que Calaferte raconte.

Sade pose les principes sur lesquels se fonderont tous les autres et son écriture n'est pas très sensuelle, c'est ce qui choque un peu aujourd'hui. Mais ce dont il parle est fondamental. Parce qu'il traite du décalage qui provoque l'érotisme, la bascule, la proximité de la violence.

Il y a aussi Bataille, que vous connaissez. Pour la théorie il faut lire *L'Érotisme*. *Histoire de l'œil* est sublime… *Madame Edwarda* aussi…

Je savais que vous étiez Lucie après avoir longuement et avec étonnement regardé vos photos sur Facebook, votre sourire, vos yeux, votre peau.

Écrivez-moi vite.

P.-S. : Ne montrez pas mes mails à votre oncle…

Je mets mon vit contre ta joue
Le bout frôle ton oreille
Lèche mes bourses lentement
Ta langue est douce comme l'eau
Ta langue est crue comme une bouchère
Elle est rouge comme un gigot
Sa pointe est un coucou criant,
Mon vit sanglote de salive
Ton derrière est ma déesse

Il s'ouvre comme ta bouche
Je l'adore comme le ciel
Je le vénère comme un feu
Je bois dans ta déchirure
J'étale tes jambes nues
Je les ouvre comme un livre
Où je lis ce qui me tue.

Babette entamait une clope roulée, lorsque j'ai poussé un glapissement.

— Quoi ? Quoi ? s'est-elle exclamée en bondissant à côté de moi.

— Je viens de recevoir un poème dégoûtant, ai-je grincé, à demi souriante, en déchiffrant avec une répugnance mêlée d'amusement les premières strophes. Un poème qui parle de bifle. Je me suis empressée de lui répondre. Babette, après avoir répété mille fois bourses et vit, a lâché :

— Comme tu le vois, cet homme est déjà dans ton lit. Je dirais même plus, il est en train de s'y vautrer.

Ellie

Très cher, vous pensez bien que personne n'est au courant de rien, et surtout pas mon angélique tonton…

Derniers quatrains fort jolis… Quand vous vois-je ?

Monsieur

J'ai très envie mais ne devons-nous pas attendre un peu ?

Ellie

Attendre ? Pourquoi donc, attendre ? Voulez-vous quelques autres poésies ?

Monsieur

Il y a quelque chose de magique à se parler de choses crues sans se connaître… mais je ne vais pas résister longtemps…

— J'aime votre prénom. Ellie. Ellie. Ellie, Ellie.

— Vous en faites un joli mantra, en tout cas. Comme si ça m'étonnait, en fait : j'ai toujours su que j'avais un nom d'alcôve.

— C'est drôle, votre ton est différent par SMS.

— Différent ? Vous me préfériez peut-être un peu moins dessalée ?

— Dessalée ? C'est drôle… non, j'aime les deux.

— Et pourtant, vous hésitez à me voir.

— Non, j'en rêve… mais j'aime nos échanges…

— C'est vrai que cette tension littéraire est fort agréable. Elle tient chaud au ventre.

— Vous voyez ? Savoureuse… délicieuse… mardi matin ?

— Quelle bonne idée, mardi matin !

— Où pourrions-nous nous rencontrer ?

(Peut-être Monsieur a-t-il eu tort de me laisser autant de mou. Peut-être Babette a-t-elle eu tort de s'en aller si tôt. Une fois seule, je n'avais pas à conserver un semblant de moralité.)

— J'ai bien une idée, mais j'ai peur de vous paraître indécente.

— Rien n'est indécent… et même l'indécence me plaît… Où ?

— J'ai pour habitude de travailler à l'hôtel, parce que chez moi, tout me distrait. Donc, en vous proposant cela je ne fais que vous inviter à passer à mon bureau. Je suis souvent dans le quinzième, rue des Volontaires.

— Je prends… vous m'intriguez… rue des Volontaires alors. Je vous laisse. Écrivez-moi encore…

— Je vous écrirai.

— Il est possible que mes rêves…

— Rapport obligatoire demain, docteur.

Très cher,

Réponse tardive à un point dans votre mail qui m'a chiffonnée.

Alors vous comptez contrecarrer mes impressions de petite fille par vos expériences d'homme… soit… Donc une femme peut ne vouloir qu'une bite. J'attends avec impatience le moment de vous donner raison, cela dit je doute fort de m'entendre un jour dire « peu importe laquelle je prends. Une bite, c'est tout ».

Peut-être que cela m'est déjà arrivé, en fin de compte. Mais pour en arriver à ce point, je devais être dans un état proche de l'Ohio.

Mon Dieu, et la poésie, alors ? J'ai mal rien qu'à penser qu'une femme puisse être animale au point de ne plus chercher que cette partie-là, fondamentale soit, d'un homme.

C'est certes faire assez rapidement abstraction de toutes ces nuits où je me tournais et retournais dans mon lit, au supplice, clouée à mes draps par une passion finalement assez christique, totalement affamée. Mais peut-être avez-vous raison… peut-être que je ne cherchais alors que ça… d'autant que j'ai passé la soirée avec une amie qui m'a relaté ce même genre d'expérience. Très Peter Pan, lorsqu'on la raconte, mais je suis sûre que vous serez capable de l'apprécier. Cela se passe la nuit, donc. Je dis « la » nuit, parce qu'elles sont multiples. Nuit noire, une heure indue, et la Petite au premier étage, confinée dans sa chambre bleue de gamine, se tortille dans ses draps moites, incapable de trouver le repos, littéralement crucifiée par ce besoin impérieux d'être remplie – ce besoin qui est le seul phénomène transformant une petite fille en femme. J'ai remarqué qu'il est alors inutile de chercher soi-même le soulagement, car ce qui pourrait être un coup de grâce n'est en réalité qu'une stimulation de plus ; aussitôt l'orgasme passé les pensées reviennent à la charge. Et à maintes reprises je me suis surprise à attendre étalée sur mon lit que quelqu'un ouvre ma porte, n'importe qui, et dispose entièrement, complètement de moi. N'importe qui, le fils du voisin qui passe sa vie à sa fenêtre à me guetter en vain, le type qui vient réparer la chaudière, un cambrioleur, même. Un corps d'homme ; juste ça. Un corps d'homme et des mains d'homme et des exigences impérieuses d'homme et l'indescriptible, délicieuse et profondément scandaleuse odeur de l'homme. J'attendais cela comme j'attendais, petite, que Peter Pan vienne me chercher. C'est drôle, d'ailleurs, cette histoire de Peter Pan. Il y a peu, j'écrivais à un garçon : « Tu sais que Dieu a inventé les chemises de nuit pour que les filles ne mettent pas de culotte en dessous ? Je pense que c'est pour ça que Peter Pan venait voir Wendy. Cette petite garce devait dormir les jambes ouvertes. »

Avez-vous lu ce roman de J.M. Barrie ? C'est, je crois, la plus belle et la plus triste histoire qui soit, à la fois sur la mort des enfants et sur l'éveil érotique enfantin. Car, mine de rien, je suis sûre qu'elle ne portait rien sous sa chemise de nuit... et puis ce capitaine Crochet !

Tout cela pour dire que ce désir des jeunes filles, qui provoque d'insoutenables insomnies, a cela d'émouvant je pense, qu'il est totalement paradoxal et désespéré. Je connais peu de filles de mon âge qui ont réussi à connaître un véritable orgasme dans les bras d'un homme, et ce que j'entends par « véritable » orgasme, c'est tout simplement celui qui naît de la pénétration.

J'ignore à quoi cela est dû. Au fait qu'à vingt ans notre propre corps soit encore un continent à explorer ? Au fait que les garçons de notre âge n'aient pas le bagage suffisant pour nous comprendre totalement ?

Quoi qu'il en soit, le plaisir qui nous est le plus facilement accessible est de notre fait. Or, lorsque nous nous trouvons prises par cette envie quasiment hystérique de sexe, c'est une perte de temps complète que de vouloir en finir seules. Parce que ça n'est pas cette partie-là du corps qui hurle. C'est alors un désir qui vient du fond du ventre et qui exige le ventre d'un homme, tout simplement par instinct purement animal, parce que les choses sont ainsi faites, parce que physiologiquement nous sommes faites pour être accrochées au dos d'un homme dont nous sommes pleines. Qu'il y ait ou non opportunité de jouir importe peu. Donc, vous avez peut-être raison, en ce sens. « Une bite, c'est tout. »

Il est difficile, d'ailleurs, et presque humiliant, de se sentir à ce point rabaissée. De se sentir à ce point prête à ramper, à supplier.

Pour passer du coq à l'âne, je n'avais pas relevé lorsque vous me disiez en substance ne pas vous souvenir d'avoir parlé de votre goût pour Mandiargues et Calaferte à mon oncle. Vous en aviez en fait parlé à ma mère, lors d'un week-end à Jersey, ou quelque chose dans ce genre. La vérité nue, la voilà : il y a environ six mois, ma mère, me surprenant encore avec Calaferte sous le bras, m'a dit : « Je ne comprends pas que tu relises ce truc ! » Ce à quoi j'ai répondu qu'il s'agissait peut-être de l'un des plus beaux livres du monde. Et là, elle m'a dit, je crois : « C'est drôle, tu t'entendrais bien avec un des collègues de Philippe. »

Moi : ?

Maman : « Un des chirurgiens qui bossent à la clinique, il adore la littérature érotique. »

Voilà l'histoire. Voilà à quoi nous devons ces messages, depuis quelques jours. Donc, bien entendu, personne n'a besoin de savoir. Mais ça, vous le savez autant sinon mieux que moi.

3 h 30 à présent.

Encore une fois, veuillez excuser les éventuelles maladresses et fautes d'orthographe, c'est qu'à l'heure qu'il est je ne me contrôle plus tout à fait…

Ellie

Quand je vous lis je sursaute souvent… j'ai parfois l'impression que vous êtes une sublime création de mon inconscient et ma mémoire réunis… *Peter Pan*… mon inoubliable première émotion érotique consciente…

— Hier j'ai d'abord englouti avec gourmandise toutes les lignes de votre blog… pendant que je faisais défiler les photos de votre profil Facebook… j'avoue que cela a eu une certaine influence sur le contenu de mes rêves. J'attends votre réveil avec impatience… pourtant je ne déteste pas vous imaginer abandonnée et lascive endormie dans une tenue inconnue dont l'évocation me procure de répréhensibles et délicieux frissons…

— Je me réveille doucement – il fait tout rouge dans ma chambre. Lascive… vous avez le sens des mots, Monsieur. Je suis lascive, à peine réveillée, et j'attends le réparateur de chaudière.

— C'est là que je regrette d'avoir passé quatorze ans à apprendre la chirurgie alors qu'un BEP de réparateur de chaudière m'aurait tellement suffi aujourd'hui…

— Oh non, et la poésie alors ? Je ne connais rien de plus joli que votre métier. Et puis, ça me va aussi, un chirurgien. Comme vous me voyez, je viens de me tordre la main. J'aurais bien besoin que vous me rendiez visite. Pour me soigner, évidemment.

— Évidemment… pour vous soigner… mais vous êtes seule ?

— Mon père travaille dans le bureau… pourquoi, vous vouliez passer ?

— … difficile de résister… pour être honnête, ma pensée est envahie… mardi semble bien trop loin…

— L'attente, ça fait comme des petits coups de dents dans la chair du ventre.

— Délectable… des morsures pour vous explorer… votre chair tremblante d'impatience… et moi en consultation un peu inconfortable priant pour que l'incongrue tension à peine cachée par un austère pantalon sombre ne soit pas visible pour toute ma salle d'attente…

— Arrêtez un peu ! Ça me donne presque envie d'avoir la main réduite en miettes !

— Ce serait dommage que votre petite main soit en miettes, vous ne pourriez pas dans mon bureau libérer l'étau de ma ceinture… vos irrésistibles yeux clairs effrontément plantés dans les miens…

— Cher, je suis en réunion avec des amis journalistes. Cessez de me rendre les joues roses.

(La vérité : je suis terrée dans mon lit comme une allumeuse prise de court, incapable de trouver quelque chose à répondre d'aussi licencieux, incapable même de m'imaginer le fixer en débraguettant son pantalon de costume.)

— J'aime rendre vos joues roses… Vous m'avez vous aussi… ému… très fort… Est-ce mal aussi ? Tout cela est-il mal ? Et si oui, qu'est-ce que ça change ? Je peux vous appeler ?

Cet homme, à l'autre bout de Paris, à l'autre bout du fil, à des années-lumière de moi, montre une délicatesse désuète dès lors qu'il me sait effarouchée par son verbe leste de mâle adulte. Maintenant que je me suis livrée à lui, en mots et par petits morceaux qui arrivent en vibrant sur son portable de chirurgien, il veut entendre ma voix. En ce qui me concerne je suis littéralement terrorisée à l'idée d'avoir une lecture gratuite des sulfureux compliments qu'il se permet, sur mon corps ou ma bouche – qu'il n'a jamais vus. Je n'imagine pas sa voix ; je n'imagine pas ces rires de gorge pour ponctuer mes traits d'esprit ou juste pour le plaisir de me savoir brusquement rougissante. Pourtant je me doute qu'il a la voix du diable, qu'elle soit basse et profonde ou claire et précise. Et comme je ne sais pas comment tenir la dragée haute au diable, je regarde l'appel en absence de Monsieur avec une culpabilité de gamine qui piège des mecs sur un forum Internet.

Plus tard dans l'après-midi, comme je n'ai rien de mieux à faire, je vais avenue Daumesnil me faire épiler dans un institut pour petites vieilles ; du moins, c'est ce que j'ai déduit de l'air soucieux de l'esthéticienne quand je lui ai parlé d'intégrale. À côté de moi, mon portable vibrait sourdement. Appel privé. Appel privé. Appel privé.

Une fois dépourvue de tout poil, j'ai trouvé l'aplomb pour répondre.

— Ellie ?

Je savais que c'était lui. Ç'aurait pu être n'importe qui, mais cette voix avait un prénom, déjà. Immobile dans une flaque de soleil, mes Wayfarer sur le nez :

— Bonjour, Monsieur.

Ai-je dit combien l'air sentait bon, ce jour-là ? Une fin de soleil rendait toutes les façades de tous les immeubles orange. Plantée au beau milieu de la rue Dugommier, je me croquais les doigts en soupesant timidement le timbre de cette voix, la profondeur de ce rire. Autour de moi les gens se traînaient à ce rythme langoureux qu'on ne prend qu'en été – innocents de quelle intrigue se nouait là, sous leurs yeux. Malgré la brûlure sourde de l'épilation un étrange fourmillement se propageait sous ma robe, et de peur que Monsieur puisse le remarquer – d'une manière ou d'une autre – je l'entraînais sur des discussions naïves. Il répondait, lentement, poliment, complaisamment même, mais quelque part c'était presque pire que de parler de sexe. Cet homme savait. Cet homme m'avait lue. Par galanterie peut-être il s'amusait à faire semblant de croire à mon numéro d'étudiante effarouchée. A-t-il jamais su à quel point je l'étais ? À quel point je l'ai toujours été ?

On ne pourrait qualifier que de spontané l'élan irrépressible qui m'a poussée à m'exclamer :

— Votre voix fait tellement jeune !

Il éclate d'un rire qui me fait rire aussi, et aussitôt gênée je m'empêtre dans des justifications maladroites.

— Non pas que vous soyez vieux ! C'est juste que votre voix fait jeune par rapport à… enfin, je crois que je m'attendais à…

— À une voix de croulant ! complète Monsieur en riant.

— Non, à une voix *plus grave !*

Sous ma blouse en soie, mon dos est trempé.

— Votre voix me manque déjà…

— Quand je disais que vous aviez une voix jeune, c'était un compliment. Votre voix est très belle, à la fois claire et grave. Jeune – mais vous l'êtes, également. Bien sûr, pas autant que moi qui suis un bébé, surtout depuis que je suis passée entre les mains de cette esthéticienne.

— Mmmhh j'adore… mes lèvres tremblent d'envie de s'écraser là…

— Arrêtez de m'envoyer ce genre de messages ! Je me suis étouffée avec ma cigarette !

— Vous voulez que j'arrête d'envoyer quel genre de message ?

— Celui qui parlait de ma tonsure.

— Je n'arrête pas d'imaginer cette motte un peu rougie par le soin récent.

— Vous êtes le diable. Je viens de vous dire que j'étais désormais nue et démunie, et rien que par texto vous en profitez. J'espère au moins qu'en face vous en abuseriez aussi bien.

— J'en abuserais… sans limite… vous m'auriez découvert en me sentant très dur contre vous… tendu… au bord de votre peau de bébé…

— Quel parfum scandaleux pouvez-vous bien mettre, vous ?

— Habit Rouge de Guerlain. Plus mon odeur.

— Est-ce que vous parlez ? Je veux dire, pendant. Êtes-vous bavard ?

— Je parle, j'écoute.

— Merveilleux.

(À cinq ans, l'équivalent de l'érection matinale, c'est le chocolat du calendrier de l'avent, qui attend sagement qu'on le décachette. Quinze ans plus tard, il y a les messages de Monsieur, qui provoquent un infarctus.)

— Je viens d'arriver en Hollande… mes pensées pleines de mèches blondes, de sourires mutins et de sexe adolescent… vous m'obsédez, mademoiselle… je compte les heures… je ne ferai pas de bruit… je me déshabillerai… et ma langue ira se coller contre votre ventre endormi… mes mains curieuses vous envahiront… mon sexe vous cherchera fébrilement… vous feindrez de dormir… mais quand ma langue aura exploré vos doux replis… que j'aurai happé quelques délicieuses gouttes claires qui perlent entre vos cuisses… je sentirai votre souffle s'accélérer… vos mains tordre les draps… je mordrai votre nuque presque à vous arracher un cri que vous garderez pourtant pour l'instant où vous engloutirez ma queue très dure dans votre exquise petite chatte… pendant que mes doigts fouillent votre petit cul qui frémit… ma queue va plus loin… vous faisant balbutier des mots très sales… vos suppliques sont trop indécentes pour être écrites et je cède à toutes… vous vous retenez de jouir et c'est comme un supplice… mais l'espoir d'une explosion plus intense vous fait tenir encore… vous râlez sans plus aucune pudeur… empalée… agitée… suante d'excitation… les yeux hagards… votre petite langue rose dépassant légèrement de vos lèvres entrouvertes…

— Avez-vous reçu les textos de cette nuit ? Étais-je trop cru ?

— Mais… point du tout ! Cru, oui – mais savoureux. Je travaille, je ne peux pas vous répondre immédiatement. Attendez un tout petit peu.

— J'ai du mal à attendre, mademoiselle… vous m'envoûtez… Puis-je vous appeler ?

— Je suis dans la voiture de mon père. Il ne faut absolument pas me faire rougir !

— Je serai obligé de vous faire rougir, toutes mes pensées sont devenues indicibles !

— Racontez-moi comment vous serez lundi, quand je vais entrer dans la chambre… et parlez-moi de vos seins… moi je suis allé dans le froid pour que mon jean soit moins… univoque…

— Mes seins sont petits. Ronds. Ils pointent très vite et très dur, mais voyez comme la nature est mal faite ! À cause de leur taille, les hommes les négligent souvent, à mon grand malheur – puisque les petits seins sont les plus sensibles.

— Vos seins, je ne vais pas les négliger. Je vais les vénérer, embrasser, caresser, écraser, lécher… et peut-être me ferez-vous jouir sur eux.

— C'est vrai que c'est assez drôle, sur les seins. Tout comme sur le visage.

— J'ai avalé le couscous de travers…

— Voilà ce qui arrive quand on est trop vicieux. Vous me direz, c'est ma faute.

— Parle-moi de tes fesses.

— J'ai le dos tellement cambré qu'elles ont l'air grosses, mais moi je les trouve super. C'est la partie de moi que je préfère. Grosses peut-être, mais au moins elles tiennent et elles sont rondes.

— Vos fesses, j'ai envie que vous les écartiez… à quatre pattes… et que ma langue doucement s'insinue dans votre petite porte… qui s'entrouvre en tremblant… humectée de salive… m'aspirant comme une divine ventouse… vers les profondeurs sombres de votre désir…

— Quelle est la procédure à suivre en recevant un message pareil ?

J'ai tendu mon portable à Alice, qui fumait près de la fenêtre de la salle de bains.

— Mais il est SALE ! a-t-elle hurlé en lançant presque l'appareil dans le lavabo. Sale comme tout !

— Je fais quoi ? Je réponds quoi ? ai-je demandé en me savonnant, incapable de trouver une réponse adéquate à ce genre de brûlot.

— Que tu laves ta divine ventouse ?

— Laissez-moi vous appeler.

— Je suis dans mon bain.

— Je voudrais être là... vous coller ventre contre le sol froid de la salle de bains, visage contre le carrelage... et vous pénétrer...

— Maintenant, je suis vraiment mouillée. Je suis curieuse de voir tout ce que nous pourrons faire. Les possibilités sont infinies. Sauf si vous mourez avant, étouffé par le couscous.

— Aucune chance... tout mon corps est tendu et n'attend que ça... mon âme aussi...

Ellie

Je le disais, mais je le répète ; journée atrocement longue. De huit heures à huit heures (soit douze heures plus tard) je suis restée debout à emballer des pots de muguet et à manquer de me blesser chaque fois que je recevais vos messages. Bilan de ce vendredi 1er mai ; j'ai mal à mes jambes et là, tandis que je me mets en pyjama (avec mes copines qui discutent dans la pièce d'à côté), je ne peux plus me regarder en face. J'ignore comment vous avez fait, mais il semblerait que vous ayez pris possession de mes yeux, et chaque coup d'œil que je pose sur mon corps me brûle. Rendez-moi à moi-même.

Je suis totalement ébahie par cette idée de vous avoir déjà vu – j'y reviens, tellement cela me hante. Ça veut dire, en fait, qu'il y a un an et quelques vous étiez assis en face d'un abdomen ouvert en deux, je vous regardais faire, vous deviez sentir, peut-être subir, ce regard sur vous, mais ni vous ni moi ne savions encore rien. Imaginez un seul instant l'érotisme intolérable de cette situation. Vous aviez sans doute les mêmes yeux, la même bouche, les mêmes mains, le même corps, la même voix – j'étais quant à moi plantée à côté de vous, impossible à reconnaître dans un uniforme qui m'allait autant qu'une culotte fendue à Golda Meir… Nous n'existions pas encore l'un pour l'autre, je n'étais pour vous que la vague nièce du Dr Cantrel, et je vous ai fait une impression si vive que vous ne vous en souvenez pas du tout… un bébé.

Résultat des courses : d'ici plus ou moins deux jours vous serez profondément enfoncé à l'intérieur de moi.

La notion de bien et de mal : ce que nous faisons est effectivement très mal. Je ne pense pas que qui que ce soit pourrait nous défendre en son âme et conscience. C'est encore pire de penser que c'est justement parce que c'est mal que c'est délicieux. (Cela étant, et pour clore ce chapitre, j'aimerais tout de même dire que selon les critères de Sade nous sommes des scouts. Des petits chanteurs à la croix de bois. Des premiers communiants.)

S'il est quelque chose qui m'énerve de manière souveraine, c'est de penser que des années durant, avec mon ancien copain, j'ai été traitée de vicieuse. Pour rire, peut-être. Mais je ne crois pas. Je pense qu'il était fermement persuadé que j'étais la pire chienne au monde. Et il n'avait pas tort du tout. Repenser à ce que j'ai pu faire avec lui me pétrifie totalement. Je l'ai poussé à me dire des choses absolument abominables, et moi-même, sous le coup de l'excitation, je me suis surprise à former des phrases que je ne peux même pas réécrire ici.

Donc, ce qui m'énerve, c'est d'avoir pu être si sale, si dépravée, et d'ouvrir des yeux ronds comme des soucoupes en lisant vos messages.

Vous marchez sur mes plates-bandes.

D'habitude, c'est moi qui brode des mots innocents entre eux pour finir par donner quelque chose comme… je ne sais pas, moi… « envoyez tous les messages que vous voulez, promettez tout ce qui vous semble bon, mardi je vous tiendrai tellement serré et captif en moi, je serai si chaude et brûlante et fondante autour de vous, crispée comme une petite main de petite fille autour de votre queue, qu'il faudra vous battre pour durer plus de deux minutes ».

Ou encore, par exemple, « j'ai beau avoir l'air niaise et gênée au téléphone, je sais d'avance que j'absorberai vos mots avec un abandon tout autre lorsque je serai agrippée à vous ». Plus soft.

Je peux aussi faire plus vil. Exemple : « Si ça n'était pas la pensée la plus criminelle au monde, je pense que je vous dirais que j'adorerais me glisser sous la table à laquelle vous êtes assis, et vous sucer en vous faisant durer le plus longtemps possible. »

Citer Calaferte, pourquoi pas : « Pense à ça. Rien qu'à ça. Très fort. Ma chatte et ta queue. »

Vous dire que j'ai envie d'être à la fois pute et petite fille, que vous pouvez me faire devenir ce que vous voulez.

Dire aussi que mardi c'est à la fois loin et proche. Et que je suis déjà dans un tel état à J-2 que je n'ose pas imaginer la nuit que je passerai lundi soir. Je n'ai même pas envie de toucher à quoi que ce soit ; j'adore cette impression que j'ai, depuis mille ans il me semble, d'être faite de feu.

Écoutez le Velvet Underground. Je me ferai un plaisir de vous expliquer pourquoi je trouve cette musique extraordinaire. Même si je me doute que vous connaissez. Une, en particulier, est pleine de tension à la fois sexuelle et morbide : *Heroin*. Ma préférée, de loin. Avec *Venus in Furs* (qui fait l'amour à mes oreilles chaque fois que je l'écoute sur mon iPod), *I'm Waiting for The Man* et *After Hours*.

Avec un seul verre je trouve que je me débrouille déjà bien, non ? Je file rejoindre les Filles, qui vont commencer à se demander à qui je parle.

Heureusement que Dieu, dans sa grande mansuétude, a créé les portables. Je serais sans doute devenue folle sans le mien, et sans vos textos qui font palpiter mon petit cœur de

fausse	traînée
vraie	sainte-nitouche

(Reliez les propositions adéquates. Exercice de difficulté niveau 4.)

Les heures vont me sembler plus longues encore… Je me réveille l'esprit encore envahi par les images de vous… un mélange de photos parcourues avec gourmandise sur votre page et de textes que vous m'avez écrits… comme si le personnage immobile des photos se mettait à bouger… à sourire… à se déshabiller doucement… ma queue est très dure ce matin… après avoir mouillé la paume de ma main avec ma langue, je me caresse presque négligemment… vos yeux imaginés dans les miens, l'odeur de votre chatte inventée sur mon palais… l'évocation de votre cul me donne des convulsions dans le poignet et je sais que le plaisir peut venir vite… mais je me retiens… je veux mardi exploser dans vos douces entrailles… inonder votre sombre et moite petit secret interdit… remplir votre gorge de longues et chaudes coulées de foutre brûlant…

La chambre où j'ai attiré Monsieur ce premier matin de mai se trouvait – et se trouve encore, je suppose – dans le quinzième, quartier où je ne mettais jamais les pieds, et où je ne les ai depuis pas remis. Ma fenêtre donnait sur la rue des Volontaires, quelques immeubles vétustes, et un hôpital en modèle réduit, pris dans un cocon de verdure totalement incongru.

« Bien arrivée ; il y a même une clinique au cas où je tomberais en pâmoison dans vos bras », ai-je envoyé à Monsieur.

C'était un lundi soir et je tremblais comme une feuille morte, alignant clope sur clope assise au balcon. Derrière moi la chambre était déjà dans un état pitoyable, jonchée de fringues, les draps tachés de mûres fraîches et de mangue trop mûre. Dix-huit heures trente. Babette passait la soirée avec Simon, Inès était à Deauville, Juliette et Mathilde se faisaient un ciné – en bref j'étais seule et partie pour l'être jusqu'à dix heures le lendemain. Pas une présence amie pour me tenir la main dans cette interminable et fissurante attente. De temps à autre Monsieur distillait de ces messages qui savaient, par quelque révoltant miracle, rendre les heures à la fois plus courtes et plus abominablement longues : voilà le seul contact que j'avais avec le reste du genre humain – et quel genre. À chaque vibration de mon portable je frôlais la défenestration. Et une fois la lecture passée, il y avait toujours une ou deux secondes durant lesquelles j'hésitais à reprendre toutes mes affaires et partir comme une voleuse, sans prévenir Monsieur qu'au petit matin le lieu du crime serait lâchement déserté. Tant de choses me poussaient en même temps à le faire : l'idée de mon oncle, celle de ma sœur qui m'avait vue partir de la maison les bras chargés de victuailles, mais surtout l'angoisse immense de me retrouver face à cet homme qui depuis cinq jours m'imaginait sans doute comme la plus affranchie de toutes les gamines qu'il avait pu étreindre (alors que, seule sur mon grand lit en fer forgé, je m'interdisais déjà certaines positions qui auraient pu révéler à Monsieur mon épilation douteuse ou ce capiton sur ma fesse gauche, vestige d'une époque d'embonpoint pas si lointaine). Je mourais de peur. Durant ces deux secondes d'intense balancement une petite voix suraiguë m'assommait de ses observations : *Et comment c'est, la peau d'un mec de cet âge ? Est-ce que c'est encore élastique et ferme ou bien d'une douceur un peu fripée, comme les bras des vieux ? Et qu'est-ce qu'on fait s'il ne me plaît pas du tout ? Si c'est un vieux avec le crâne dégarni et un gros ventre ? Avec un front plein de sueur ? S'il lui manque des dents ? Qu'est-ce que je peux bien faire s'il s'avère – et après tout, c'est plus que possible – qu'il est absolument abominable ? Et sa bite ? Hein ? Comment on fait pour bander à cet âge-là ? Est-ce qu'on bande encore très dur ?*

Reçu pendant mon monologue intérieur, ce message : « Je meurs d'envie d'être près de vous. »

Comme si tout cela n'avait jamais été qu'une sorte de long rêve éveillé, je ne garde que peu de souvenirs de cette soirée où mes amis de *Stupre* sont venus me tenir compagnie. Il y a ce carnet en cuir dans lequel Benjamin a fait de mon visage des croquis à la Francis Bacon, avec une fraise écrasée qui en vieillissant a pris cette couleur délavée du sang sec. Il y a aussi cette photo prise par Kenza alors qu'appuyée aux montants du lit je regardais dans le vide, ma clope à la main. C'est le seul portrait existant, le témoin le plus poignant de cette histoire, de moi avec la tête pleine de cet homme. Deux mois après les faits il me semble que mon visage a définitivement changé. Peut-être pas dans les formes – malgré le poids que j'ai pu perdre – mais dans le regard. C'est ce regard que je n'ai plus jamais eu. Cette profonde absence.

Après, alors que la nuit était bien avancée, je me suis lavé les cheveux pendant des heures – enfin, ce qui m'a semblé représenter des heures, et ne remplissait sans doute qu'un petit quart d'heure à vaser sous l'eau chaude, entre coma alcoolique et rêveries sans queue ni tête. Les miroirs étaient disposés de telle manière que mon image nue sous la douche se répercutait jusque dans la chambre. Et cette particularité qui nous avait passionnés toute une soirée d'un point de vue photographique se révélait à présent fort troublante ; je me souviens avoir pensé très clairement qu'à présent tout se passait entre la chambre et moi. Quel que soit l'angle sous laquelle je la regardais, cette petite pièce biscornue drapée de lourdes tentures vibrait tout entière de l'attente de Monsieur. Les glaces dans lesquelles je me reflétais seule cherchaient sa silhouette inconnue. Le lit encore fait semblait trépigner, et les meubles, ces vieux meubles chinés qui avaient tant vécu se demandaient déjà quelle serait leur fonction lorsqu'il arriverait.

Mal dissimulée par une serviette trop petite, je me suis accoudée à la fenêtre pour fumer une énième cigarette. J'avais du mal à trouver Paris ou le quinzième totalement normaux : l'air était lourd d'une tension impalpable – comme si j'attendais le diable ou le Messie. Ou la fin du monde.

Mon portable a vibré – dernier message de Monsieur qui semblait au fait de cette tension, disant : « Je vais me coucher. Mes prochains mots seront à ton oreille. »

Et la profonde vérité de cette déclaration m'a fait instantanément jeter ma clope sur le capot d'une voiture garée en bas. Stressée à mort. J'avais donné à Monsieur le numéro de ma chambre, l'étage ; il aurait pu apparaître n'importe quand – et moi j'avais les cheveux dégoulinants, le visage plâtré de maquillage fondu, des poils aux jambes. Ça n'était pas que ça, en réalité ; c'était bien plus que l'angoisse de ne pas lui plaire. La mémoire me terrifiait : j'aurais pu recréer tout son visage à partir de sa bouche, dont je me souvenais (mais pourquoi ?). Lâchement, je me dérobais devant le petit effort qui aurait complété ce portrait-robot fantomatique, dressé depuis des jours en pensée. Le spectre qui me hantait était enrobé d'une brume rassurante, sans nez, sans yeux, sans traits réels – juste doté de cette bouche. Cette bouche.

Mon Dieu, qu'il peut être bon de me souvenir de cette soirée, quelques mois plus tard, tandis qu'à moitié ivre dans le métro j'écris par pur amour du contact de mon crayon sur le papier. Je me souviens de mes moindres gestes. Je pourrais faire de cette nuit un film sans en louper un seul détail. Comment je me suis couchée devant un reportage d'Arte sur les jeunes rockeurs biélorusses, hypnotisée par le manque d'intérêt abyssal que m'inspiraient tous ces gens et leur misère. Comment j'ai mis mon réveil à six heures du matin avant d'éteindre lumière et télé, restant tout à fait seule dans la lueur bleue des rues vides. L'odeur polie des draps d'hôtel, qui sont toujours un peu trop rêches et qui ne tiennent jamais assez chaud – mais c'était précisément le genre d'inconfort dont j'avais besoin. Je n'avais aucune envie de passer une trop bonne nuit.

Lorsque je me suis réveillée (en sursaut, à la première sonnerie), il faisait rouge dans la chambre. Un très bon rouge, à peine trop lumineux. C'était un début de semaine radieux. À travers les rideaux filtrait la lumière encore incertaine d'une jolie journée. Ciel bleu, uniformément. J'attendais comme on redoute un examen, tordue par des crampes d'angoisse ; au fond, rien qu'au fond, résonnait la petite corde ténue du désir, dont je reconnaissais le vibrato incessant noyé au milieu du tumulte. Nichée en position fœtale sous l'énorme couette blanche, je regardais passer les heures et grimper le soleil, désespérée de ne pouvoir dormir et n'atteignant qu'une léthargie maladive entrecoupée de rêves étranges qui sentaient la fièvre et les matins agités – presque la maladie. J'étais toute à l'écoute des bruits dans l'escalier, toute à mon agonie, confinée dans cette petite chambre étroite tapissée de bleu roi du sol au plafond. Seule occupation compatible avec la position allongée : compter les fleurs du papier peint, les répertorier et analyser leur stade d'épanouissement. Tulipes roses très ouvertes déjà, renoncules à trois têtes qui perdaient leurs pétales. Dans le bois sombre de la crédence près de la fenêtre, un lis royal et ses longues feuilles déployées.

L'éventualité que Monsieur ne me plaise pas m'avait effleurée sans une seconde susciter de véritable appréhension. Je crois qu'il y avait autre chose ; comme la certitude que lui et moi avions, rien que par téléphone, touché à quelque chose d'infiniment plus grand qu'un mardi matin dans une chambre d'hôtel parisienne, quelque chose fondé sur des attirances bien plus subtiles que physiques. Ça n'était pas de l'amour, ou un sentiment aussi noble, mais plutôt je crois la même attirance périlleuse pour une relation aussi cérébrale qu'immorale. J'aurais pu fuir encore pour ne plus penser à combien était excitant le tabou de coucher avec Monsieur, combien j'aimais l'idée d'avoir vingt ans et d'attendre nue, juste ornée de bas qui rendaient la nudité plus crue encore, un ancien collègue de mon oncle, quarante-six ans, marié et cinq enfants. Un homme un peu plus âgé que mon propre père. Mais l'absence totale de moralité dans ce rendez-vous me retenait aussi bien que des chaînes et un boulet aux pieds. J'ai rarement connu une excitation psychologique aussi violente ; mélange de grand huit, d'oral du bac et de première fois. Dans la douce pénombre d'en dessous de la couette, j'observais les pulsations de mon cœur sur la peau tendue de mon ventre, comme si l'essentiel de mes fonctions vitales était désormais étrangement concentré dans cette zone hypersensible. Les heures passaient, laborieusement.

Au-delà du désir, au-delà de toute considération sexuelle, j'ai fini par attendre en Monsieur mon seul soulagement, l'espoir de respirer sans en souffrir à nouveau.

J'éprouvais une technique de respiration alternative, lovée sous les oreillers, feignant de dormir, lorsque Monsieur a poussé la petite porte grinçante restée entrebâillée. Pas lents de l'homme, assourdis par la moquette. Mon cœur qui avait tant battu, à chaque craquement dans l'escalier, s'est arrêté presque net, pour reprendre sa course sans hâte : au diapason du reste, dans l'expectative. Je ressentais sa présence nouvelle, intruse, avec une acuité poignante : l'air déplacé, aussi dense et cotonneux qu'un brouillard sucré ; le bruit du loquet que l'on abaisse (puisque désormais on n'attend plus personne, ce qui doit se passer n'est qu'à quelques secondes de là et ne dépend que de nous), le chuchotement indiscret d'un manteau que l'on dépose sur une chaise, et surtout son approche feutrée, que je ne pouvais que deviner. D'ailleurs, j'ai longtemps peiné, mes yeux entrouverts sous un rideau de cheveux, à situer Monsieur dans l'espace. Il pouvait être partout à la fois, et les seuls indices que j'obtenais tenaient dans l'apparition brève d'une ombre pourpre sur les murs bleus.

Je cherchais toujours fébrilement lorsque le doute a été définitivement levé : le matelas, à ma droite, s'est affaissé sous son poids – son poids ô combien lourd de sens.

C'est drôle, on peut sentir de manière assez précise dans quel état se trouve un homme juste à sa façon de s'asseoir tout près sur le lit. Chez certains, l'immobilité complète trahit un désir sourd, paralysant. Chez d'autres il ne se passe que peu de temps avant le début des caresses – l'impatience enfantine. Et chez Monsieur, quelques secondes brûlantes à sentir son regard sur mon dos à moitié découvert, à soupçonner la lente érection d'une main dans l'air puis son atterrissage sur ma nuque, le tout semblant d'une fluidité sans ambages. J'entendais son souffle, d'un calme olympien. Parfaite maîtrise apparente de la situation. Le frôlement du tissu de son costume, le cliquetis de sa montre au poignet, tout un enfilage de perceptions anodines qui me révélaient un homme encore profondément civilisé, celui qu'avait dû croiser le réceptionniste, deux étages plus bas. Même les doigts posés dans mon cou avaient l'air habillés, d'une fraîcheur élégante. Plusieurs minutes ils ont papillonné le long de ma colonne vertébrale, caresses encore inconnues au bataillon, qui m'ont laissée habitée d'un trouble sourd.

Tout Paris semblait retenir sa respiration.

L'infime portion de mon cerveau qui n'était pas accaparée par le trajet des doigts fins sur mes omoplates tournait à plein régime : j'essayais de trouver un contact familier, un détail qui aurait placé ces phalanges dans une chronologie et leur aurait attaché des souvenirs, des affects. Réussir à déterminer comment je pouvais être aussi sûre que ces mains étaient bel et bien les siennes, et non pas celles d'un inconnu monté par hasard dans ma chambre ; pourquoi ces caresses n'étaient en rien anonymes.

Lorsque la grande paume aux ramures vibratiles s'est ouverte pour englober une de mes fesses, je me suis étirée comme un chat, imitant à la perfection le réveil soudain d'une enfant au sommeil décidément bien lourd. Monsieur a alors compris que je savais, que je sentais, et il a chuchoté quelque chose que les froissements des draps m'ont empêchée de comprendre – mais j'ai reconnu la voix, profonde et grenue comme le sont celles des hommes qui vous rendent folle.

Dix heures sonnaient à un clocher lointain tandis que Monsieur, allongé, incrusté presque dans la cambrure de mon dos, dessinait mon corps du bout des doigts – et moi je poursuivais mon lent processus de reconnaissance. Sur l'épaule la douceur d'une joue fraîchement rasée, l'éclatement muet d'un baiser par cette bouche comme un point lumineux au milieu du brouillard. Monsieur ne disait rien. Respirait juste, tempérant de son souffle régulier mes étouffements rituels d'ébahissement. Semblait ignorer quelle torture pouvait être la sensation d'une boucle de ceinture réchauffée seulement par sa queue dure sous le tissu du costume, à quelle violence elle exhortait. J'étais terrifiée à l'idée de me retourner et le voir, à cause de ce désir très cérébral que j'avais de lui, une sorte de savant mélange d'attirance et de répulsion impossible à expliquer. La patience de Monsieur outrepassait mes limites – ne pas avoir vu mon visage n'était pas un problème, ou manifestement pas – mais tout comme moi il reniflait la beauté et la lascivité là où elles se trouvaient, sans chercher à en avoir une appréciation globale. Moi je savais juste que ces mains étaient douces, que cette peau sentait bon, et parce que la joliesse se nichait dans d'aussi infimes détails il me semblait que Monsieur dans son entier ne me décevrait pas.

J'ai d'abord cru que je pouvais jouer avec lui comme avec n'importe lequel de mes amants d'une trentaine d'années, tenir les rênes et le rendre à moitié fou de désir en ondulant sciemment des fesses contre sa queue tendue ; mais il avait sur moi un regard mêlant parfaitement le désir cru et cet attendrissement d'adulte devant ma lubricité théâtrale – et je me suis trouvée désarmée. J'ai su alors que Monsieur pouvait feindre de me donner le pouvoir, mais ça n'était jamais qu'une illusion : même silencieux, même dos à moi, cet homme avait des yeux qui me laissaient pieds et poings liés.

Soudain les doigts se sont affolés, cherchant les plis et les failles, dérivant partout où la chaleur de la chambre et l'impatience m'embuaient. Sortie de mon enveloppe charnelle, je me regardais me débattre comme un lapereau pour éviter l'investigation, mais Monsieur d'un bras m'a neutralisée et d'un seul coup j'étais nue, jambes ouvertes fesses tendues ventre béant – et mes tentatives acharnées pour m'extirper de son emprise ne produisaient plus qu'une vibration d'animal entravé. La lumière du jour, même assombrie par les rideaux, était telle qu'ainsi disposée je n'avais plus aucun secret pour lui. À la distance à laquelle il se tenait, il était impossible que Monsieur puisse manquer de voir combien j'étais déjà chaude et mouillée.

(La chambre sentait le vieux bois ciré et la poussière, mais pas l'odeur agressive et étouffante qu'elle revêt parfois. Une odeur millénaire et étrangement familière de maison bourgeoise, que l'encaustique n'aurait jamais pu éclipser. Monsieur avait une main contre ma bouche mais le parfum de cette pièce était le seul à me parvenir, tandis que je happais chaque bouffée d'air avec exaspération, balbutiant « non, non » dans sa manche de costume.)

Mes joues ont atteint une température inédite lorsque j'ai senti très fort que Monsieur regardait entre mes jambes – ce regard insaisissable qu'ont les hommes pour cette région du corps d'une femme – et cet instant de tension qui reliait ses yeux et ses doigts m'a paru tout bonnement interminable. Je suppose que c'était un regard d'amour, car je n'ai jamais rien vu d'autre sur son visage lorsqu'il repliait mes cuisses chaque mardi matin : mais c'était un amour à apprivoiser, intimidant dans sa nouveauté, ardent et brut, qui n'existait pour moi que dans les vers d'Apollinaire ou dans les couleurs de Courbet. C'est à ce moment-là, je crois, que j'ai commencé à me dire que Monsieur ne pourrait que me plaire, indépendamment de toute considération physique, juste pour cet amour brûlant de désir et d'admiration pieuse, que j'avais cru mythologique. Et qui ne l'était pas.

Enfin il m'a touchée – et dans mon embarras et ma stupéfaction c'est là que j'ai *su* que cet homme me plaisait. Et qu'il me plaisait qu'il sente que j'étais serrée autour de son pouce, dure sous son index, gonflée dans sa paume, touchée comme une poupée ou un tableau, avec une précision et une intuition que l'émerveillement ne parvenait pas à émousser. L'assurance de cette main d'homme dans mes cheveux et mes dentelles.

En un souffle Monsieur a été nu – et je ne peux pas écrire ces mots, ou les suivants, sans être prise d'une grande contraction de tout le corps, au souvenir de sa chaleur contre ma chaleur, au souvenir paralysant de sa queue contre mes fesses. Je n'ai pas la moindre idée de quel pouvoir il disposait pour se déshabiller si vite, presque sans bruit. La chose ne lui avait pris que quelques secondes, et je n'ai jamais compris s'il fallait être flattée ou vexée par cet empressement barbare – ayant grandi sous des hommes dont les raffinements s'étendaient à un lent kidnapping de nos vêtements respectifs. J'ai à peine eu le temps de réfléchir à ce sujet ; soudain l'ombre immense de Monsieur s'est profilée dans mon dos. Je l'ai senti tendu au bord du gouffre, puis la chambre a fondu autour de nous comme de la guimauve. Juste au moment où il m'a prise, j'ai ouvert les yeux pour ne voir que ses mains posées de part et d'autre de mes hanches, des mains longues et fines, l'éclair frappant de l'alliance – ces mains alors sont entrées dans mon monde, pour n'en jamais ressortir.

S'il est une chose que je n'ai jamais pardonnée à Monsieur – une parmi cent autres – c'est sans doute de m'avoir prise à cru ce premier matin, trop vite pour que je puisse seulement opposer un veto, et d'avoir ainsi créé ce malentendu qui plus tard me perdrait : l'idée que je devais être la seule à ses yeux pour mériter une telle prise de risque (les dangers s'étendant évidemment à la femme de Monsieur, qui manquerait indubitablement d'humour si elle devait un jour apprendre qu'elle me devait une blenno). Je mentirais si je disais que cette troublante nudité supplémentaire m'a préoccupée plus de quelques secondes, car Monsieur m'a pénétrée centimètre par centimètre, à la fois lentement et très fort, jusqu'à atteindre le fond de mon ventre en un bruit mouillé de succion qui m'a anéantie, un bruit de chatte de film porno. J'ai prié bêtement pour qu'il n'ait pas entendu, mais le silence autour était tel que rien n'avait pu échapper à Monsieur, rien en tout cas de ce qui touchait à mes fesses ou à cet endroit brûlant où se soudaient son corps et le mien.

Deux mois après, il fait une chaleur écrasante et je suis assise à mon bureau avec la même combinaison que je portais ce mardi ; j'écris comme un long empoisonnement, et je me trouve si bête d'avoir seulement le souvenir de la Pénétration – mot qui a vu son sens perverti par l'exquise lascivité de Monsieur (et qui n'a pas réellement besoin d'une majuscule pour sonner comme un requiem). J'ai tout oublié de cette première étreinte, excepté son début et sa fin, parce que j'étais trop occupée à m'émerveiller de ce que j'étais pleine de cet homme-là, pleine de cette queue précise qui avait bandé si fort pour moi. Et je nous contemplais au point de n'avoir gardé aucun souvenir de plaisir ou de déplaisir – assez en revanche pour qu'une fois couchée haletante contre lui j'aie eu envie de revoir, et de revoir, et de revoir encore cet homme. Monsieur brûlait tout entier d'un incroyable potentiel sexuel, me laissait deviner des mondes inconnus que j'entrevoyais juste assez pour vouloir en ouvrir grandes les portes. Je garde des flashs : moi assise sur lui et désespérant chaque seconde de lui avoir temporairement ravi son empire. Moi rampant le long de son ventre toutes narines dehors – ventre plat n'ayant jamais connu le régime, peau douce et ferme d'homme mince, que les années pourtant avaient redessiné, de manière presque invisible à l'œil nu, perceptible uniquement contre mes joues et sous mes doigts.

Je sais que j'ai couvert Monsieur d'un regard d'ensemble juste avant de le prendre dans ma bouche – enfin, j'ai regardé son corps, fascinée comme à mon habitude par l'impudeur des hommes en érection, par cette fierté même de leur spectaculaire nudité. Monsieur avait les jambes assez écartées pour que je puisse m'y nicher, et sous les froufrous de mes cils je distinguais la soie brune d'où jaillissait sa queue comme un point d'exclamation. Son goût mêlé au mien dans des proportions aussi secrètes et diaboliques que la recette du Coca. Je n'osais pas faire étalage de ma science en ce domaine ; pire encore, j'étais soudain dépourvue de toute science. Si tentante que fût l'idée d'impressionner Monsieur par ma connaissance et mon amour du corps masculin, je ne pouvais pas me résoudre à lui montrer qu'en dépit de mes vingt ans j'étais peut-être aussi vicieuse que lui.

Un flash, dont la crudité m'achève : au bout de quelques secondes seulement, il est sorti de ma bouche et m'a retournée brusquement sur le ventre, si vite qu'au moment où j'ai crié en mordant le gras de sa main dans ma gorge coulait encore ce mélange de salive et de foutre qu'il n'avait pas pu retenir. Il m'a alors semblé que Monsieur parlait, et sans comprendre un traître mot j'en étais presque à piaffer d'excitation, mon Dieu, me rouler dans l'ordure de cette voix, de cette voix encore sans visage ! J'ai été mortifiée de constater qu'en réalité Monsieur ne disait rien, tout entier à sa contemplation, tout entier à mon souffle qui se brisait. Ce que j'avais pris pour des insultes n'était que le bruit de sa queue entrant et sortant profondément de moi, celui de son ventre qui se cognait contre mes fesses – et il a fallu que je me dévisse le cou pour éloigner tout doute : mon cul tremblait à chaque coup de reins, mais Monsieur m'ôtait toute velléité de l'en empêcher, de ses mains ouvertes et de ses ongles plantés dans ma chair. Même avec le piètre angle de vue dont je disposais, je voyais sa bite lorsqu'elle glissait presque entièrement de moi, et le son qu'elle produisait en tapant au fond de ma chatte aurait tout à fait pu avoir une forme et une couleur. J'étais si embarrassée, mais si abominablement excitée à la fois, que je me suis mise à crier plus fort encore, tout d'abord pour masquer ces bruits du mieux possible ; mais ce qui est sorti de ma gorge n'avait en rien la sophistication attendue, semblait être l'écho exact des mouvements de Monsieur, l'écho de leur force et de leur profondeur, leur vibration émerveillée. Des cris de chienne.

Puis Monsieur tout à coup s'est dégagé de moi, et je suis restée béante, rose et vaincue, convulsive sous ses yeux, avant qu'il ne me rejette sur le ventre ; juste avant de fermer les paupières, j'ai eu mon premier aperçu, insoutenable, de qui était cet homme qui empaumait sa queue en caressant mon corps du regard.

J'ai connu le goût du foutre de Monsieur bien avant de reconnaître enfin son visage, d'ouvrir les yeux et de le voir, de le voir vraiment. Sous l'odeur forte de son sperme j'ai soulevé une paupière douillette, et soudain il existait. Ses grands yeux gris avaient cette lourdeur sensuelle levantine partagée avec son fils aîné (découvert en photo quelques jours auparavant) et la bouche dans sa rondeur, dans sa douceur, hurlait sa propension à l'amour et au plaisir. Son nez était fondu entre les deux de manière parfaite, un nez à se glisser entre mes cuisses et à cavalcader dans mon cou. Monsieur était dans son entier une invitation à se tortiller comme une chatte sous son regard. Ou peut-être était-ce juste cet aveu du triomphe, coulant de mes joues jusque dans l'aqueduc de mes lèvres, qui corrompait ma perception ?

Qui étiez-vous, Monsieur ? Qui étiez-vous, au juste ? Qu'aviez-vous dans le ventre pour faire de ce mardi matin ordinaire ce qu'il est devenu dans ma tête ? Eussé-je été à votre place, il y a fort à parier que je n'aurais pas osé pousser la porte de votre chambre, en tout cas pas avec votre assurance, cet air de me penser votre dû, cet air d'avoir eu faim de moi toute votre vie. Je contemplais, à proprement parler, la manière dont vous évoluiez près du lit, dont vous investissiez mon monde. Je me suis laissé envahir sans la moindre protestation : cette chambre n'avait jamais été qu'à nous.

Vous rappelez-vous comment se sont passées les vingt minutes d'après l'amour ? J'étais collée contre votre torse et tentais discrètement d'essuyer votre foutre dans la couverture, mais croyant que je cherchais à vous échapper vous me reteniez d'une main : « Mais reste là ! »

Des câlins forcés, en somme. Je crois n'y avoir pris goût que bien longtemps après, alors que vous n'étiez déjà plus là pour me contraindre à la tendresse. Triste, non ?

Longtemps nous n'avons rien dit. J'avais peur de recroiser à nouveau vos yeux. Je reprenais mes esprits. J'étudiais la densité particulière de ce silence. Mais c'est tout de même moi qui ai parlé la première.

— Vous êtes venu, alors.

Pas parce que je n'avais rien trouvé d'autre ; juste parce que j'étais encore ébahie que vous ayez eu le cran de partir plus tôt de chez vous, de parcourir les petites rues étranges qui séparent le Quartier Latin de Convention, en sachant pertinemment ce que vous alliez trouver en montant les deux étages biscornus de ce minuscule hôtel. Que le risque à prendre, après ces quatre jours à bander pour des textos, vous ait finalement paru – comme à moi – bien trop tentant pour reculer.

Je serais incapable de retrouver toutes les subtilités de notre dialogue d'alors, et c'est dommage : que ne donnerais-je pas pour pouvoir me repasser à l'infini le film de cette première matinée dans vos bras ! J'écoutais le ton de votre voix, qui sonnait comme une musique. La voix parfaite des amants sans visage qui me pétrissaient, pendant dix minutes les soirs où je peinais à m'endormir. Et puis, vous m'avez clouée sur place pour la première fois.

— Tu n'imaginais pas que ça se passerait comme ça ?

— Comme quoi ?

— Que je serais comme ça. Tu pensais que ça serait aussi doux ?

(Aussi doux, Monsieur. Quelle justesse de terme.)

— Que j'entrerais sans bruit dans ta chambre, que je te caresserais, que j'attendrais que tu te réveilles ? J'aurais tout à fait pu entrer en trombe, me précipiter sur toi et te violer. Déchirer tes bas et te sodomiser.

Sodomiser ! Monsieur ! Quelle idée avez-vous eue là ! Sans en avoir un souvenir particulièrement impérissable, je pense que mes oreilles ont dû se recroqueviller vers l'intérieur de ma tête. J'ai eu un spasme de bref dégoût, pensé qu'« enculer » aurait beaucoup mieux sonné dans votre bouche (nous en avons eu des preuves, un peu plus tard, lorsque vous l'avez murmuré au-dessus de moi un autre de nos mardis matin). Tout, mais pas « sodomiser ». Un jour, Monsieur, j'entrerai à l'Académie française et je rayerai ce mot du dictionnaire, même si c'est la seule chose que je dois y faire.

Vous rappelez-vous que, plus tard, vous m'avez à regret relâchée, et j'ai enfilé cette combinaison en liberty, roulée à la taille ? J'ai allumé ma cigarette, et des éternités durant, accoudée aux montants en fer forgé du lit, je me suis pavanée sous vos yeux comme une parfaite petite roulure, sans cesser une seconde de me caresser le bout des seins. Vos yeux brûlants d'intelligente appréciation m'enveloppaient comme une couverture. Je pouvais m'étudier simultanément dans le grand miroir en face de moi et, ma clope au bec, je prenais des attitudes en vous parlant de livres, de ma fac, des amis qui m'avaient tenu compagnie la veille. Un vrai ballet de cuisses ouvertes, de pirouettes précieuses dressées sur la pointe des pieds, de contorsions contre la barre de métal et de feintes pour « ramasser mes barrettes » (vous montrer mes fesses). Vous aviez encore ce sourire d'attendrissement à la fois sexuel et paternel, qui collait complètement à la situation ; il ne faisait que couronner ma jeunesse et votre maturité avec une insolence parfaite. Monsieur allongé comme un roi dans un lit d'hôtel autour duquel papillonnait sa Messaline postadolescente à demi nue, encore ouverte de son hommage.

C'était un matin comme on n'en voit qu'en mai ; le soleil montait lentement dans le ciel, mais le temps semblait suspendu, immuable.

Vous arrêtiez parfois la conversation pour vous exclamer, brusquement sérieux :

— Qu'est-ce que tu es belle !

Et je me sentais briller au milieu de toute cette lumière. (Plus tard, vous vous demanderiez comment j'ai bien pu m'investir autant dans cette histoire, et finir par me passionner pour vous. Cette adoration mêlée de défiance que je vous manifestais vous laissait stupéfait, incapable de déterminer pourquoi les rôles traditionnels s'étaient si brusquement inversés. Je n'en sais pas vraiment plus que vous ; mais je suis à peu près sûre et certaine que vos compliments et cet amour dans vos beaux yeux sombres y sont pour beaucoup.)

Puis je me suis recouchée contre vous, imbriquée entre vos genoux et vos bras, et vous avez d'une main englobé mon sein droit.

— Il va se sentir si seul, ton petit sein, quand je serai parti, avez-vous prédit.

Et la vérité est qu'il a fallu attendre encore une semaine pour que ces caresses, tout comme le reste, me manquent. Cette moralité déformée par l'amour du vice que je devinais avait l'attrait insoutenable des choses toxiques. Et comme mes mains s'approchaient de vos hanches sans les toucher vraiment, comme je n'osais que vous dévorer des yeux, vous me nichiez contre vous, vous caressiez mes cheveux, comme si je n'avais jamais eu lieu de m'inquiéter. Comme s'il n'y avait rien de paradoxal à jouir sur mon visage puis me câliner. Quand je restais sans bouger près de vous plusieurs minutes de suite, j'avais l'impression de cuire. Vous ne compreniez pas ; mes incessants allers-retours lit-fenêtre vous exaspéraient, de plus en plus au fur et à mesure que le temps passait et que vous redeveniez dur. Vous deviez très bien savoir à quel point je pouvais être impressionnée par vous. La veille, je m'étais fendue d'un texto particulièrement honnête : « J'ai quand même un peu peur. »

Le grand méchant loup que vous étiez avait répondu : « N'aie pas peur, je suis le plus gentil de tous. »

Mais vous saviez bien que c'était faux, Monsieur. Vous saviez bien que votre douceur, votre tendresse, même, ne devaient rien à cette prétendue gentillesse. Vous ne faisiez que prendre votre élan pour mieux sauter. Je le voyais à vos yeux, tandis qu'en discutant nous improvisions un concours de celui qui lâcherait le regard de l'autre en dernier. Concours que j'ai perdu misérablement.

Vous m'avez laissée vous fuir, l'air amusé. Tu ne perds rien pour attendre, disaient vos charmants sourcils ; acculé à la tranquillité, vous avez sorti de votre mallette de chirurgien une très vieille édition d'un Mandiargues que j'adorais, protégée par un petit coffret bleu outremer en carton précieux. Vous n'avez pas idée, Monsieur, de ce que j'ai pu vivre alors : un matin de Noël. D'accord, j'étais venue à vous pour votre amour de la littérature érotique, mais en avoir la confirmation d'une aussi jolie manière... vous étiez un peu saint Nicolas en plein mois de mai. J'osais à peine feuilleter les pages jaunies, je poussais des cris d'enfant à Disney, les yeux écarquillés. Puis, au bout d'un interminable moment, je vous l'ai rendu, un peu triste d'avoir accédé à votre monde de livres rares et d'éditions exceptionnelles. Et vous, à moi qui abîmais mes petites mains dans un magasin de fleurs pour quatre cents euros par mois, à moi qui dormais entourée d'éditions de poche pour étudiants, vous avez dit :

— Non, garde-le. C'est à toi, je te l'offre.

Et j'ai eu beau protester, pousser des cris de putois en vous tendant l'objet de manière hystérique, vous me l'avez appuyé contre la poitrine avec un tel sourire que je n'ai pu qu'accepter en baissant les yeux, d'avance révoltée à l'idée de le coincer dans mon sac pour le voyage, entre mon ordinateur et ma trousse de toilette, *L'Anglais* cohabitant de mauvaise grâce avec un tube de dentifrice mal fermé.

(Savez-vous ce que j'ai fait en rentrant chez moi, isolée de mes parents dans ma chambre rose au sous-sol ? J'ai déchiré un petit morceau de papier et, entre les pages divines de Mandiargues, glissé une note griffonnée au stylo-bille : « offert par C.S., le 5/5/09. » Petite cocotte dressant la liste des cadeaux de ses galants.)

Un instant j'ai pu me sentir comme une courtisane. Et puis je m'en suis presque rengorgée ; même Zola n'avait rien trouvé d'aussi piquant qu'une courtisane payée à coups de livres rares.

Lorsque vous m'avez reprise, en position fœtale, j'étais concentrée sur l'odeur de mangue trop mûre qui embaumait la pièce, je la sentais glisser sur moi comme de l'huile, ses notes capiteuses de térébenthine et d'alcool se mélangeant avec le Guerlain sur vos doigts (votre parfum sucré et entêtant d'homme à femmes). J'osais à peine ouvrir les yeux ; voir quelque chose aurait sans doute retiré de la magie à cette sensation cruelle de satiété puis de famine, cette impression de vous appeler en pleurnichant, sans bruit, chaque fois que vous sortiez de moi. Saviez-vous que nos deux corps s'entendraient aussi bien ? Moi, je n'en avais qu'une idée très vague : sans vous connaître, bien sûr qu'il était gratifiant de s'imaginer une telle osmose. Ça n'était pas le plaisir qui m'étourdissait, mais plutôt cette fluidité avec laquelle nous baisions, cette communion de mouvements orchestrés avec une sensualité hypnotisante, l'enchaînement parfait de votre souffle et du mien. Moi, Ellie, vingt ans, petit corps dodu peinant à se débarrasser de ses rondeurs enfantines, et vous Monsieur, vos quarante-six ans de caresses et de lèvres lourdes, ensemble dans un lit clandestin, à l'heure où tous les gens que nous connaissions partaient travailler. Vous avez joui en moi dans un dernier cri, tandis que je vous serrais comme un casse-noisettes de tous mes muscles.

— Heureusement que j'ai un stérilet, ai-je souri après, en bondissant assise sur toi. Heureusement que je prends des précautions. Tu ne m'as même pas demandé si tu pouvais jouir en moi sans risque.

— Je me doutais que tu faisais attention, as-tu répondu en pinçant le bout de mes seins.

— Tu ne peux pas savoir si je suis saine. Si ça se trouve, je couche avec n'importe qui sans capote.

— Mais tu ne le fais pas, as-tu conclu, sans plus de ponctuation.

J'étais estomaquée. Je ne savais plus quoi dire devant cette insouciance d'adolescent. Du coup, j'ai pris le parti d'adopter le même comportement que toi : balayés Andréa, les risques, ta femme. J'ai tout misé sur le fait que tu étais marié et que théoriquement, très théoriquement, tu ne pouvais pas te permettre de trimbaler une sérologie médiocre. Voilà mon premier faux pas.

— Viens me regarder opérer, m'as-tu demandé quelques minutes après, en mordant dans mon cou.

Il était question de prendre le risque énorme de te rejoindre à l'ancienne clinique de mon oncle, dans une partie très mignonne du Marais, où des hordes entières d'infirmières risquaient de reconnaître en moi la petite fille en babies vernies qui courait dans les couloirs pendant les visites du bon Dr Cantrel. Il était question d'inventer un mémoire pour la fac afin de justifier ma présence, mentir à une bonne vingtaine de personnes et n'avoir aucun scrupule à étaler jusque dans l'asepsie du bloc opératoire la tension sexuelle et l'immoralité de notre histoire. Tenir jusqu'au bout le rôle de la cocotte et de son amant chirurgien, sur un territoire forcément hostile.

— Avec plaisir ! ai-je répondu, simplement.

Puis tu es parti, au beau milieu d'une conversation passionnée dont ton téléphone maudit avait sonné le glas. J'ai bondi sur le lit, dans une avalanche de coussins et d'oreillers, en poussant un glapissement qui m'a ôté dix ans :

— Non ! Reste encore un peu !

Et pourtant j'avais étrangement hâte de me retrouver seule et d'effeuiller mes souvenirs comme un herbier. En ta présence je ne pouvais penser à rien : je me contentais d'emmagasiner des images précises de toi, des morceaux de phrases et ta voix basse de luxure contentée mais constamment en éveil. Peut-être savais-je déjà que ce poids qu'a l'air près de toi me manquerait.

— Je ne peux pas, ma chérie. Il faut que j'aille travailler. Mais crois-moi…

Nouveau regard coulant, pétri d'incrédulité.

— … je n'en ai pas la moindre envie.

Et de fait, j'en entendrais bien d'autres, de ces excuses stéréotypées qui soulignaient notre précarité, ces parenthèses qui encadraient notre histoire. Avons-nous jamais vécu sans scénario ? Rappelle-toi ta fuite, après un long regard grave à mi-course dans l'escalier, moi plantée seins nus sur le palier, dans l'embrasure de la porte encore fumante de stupre. Tu avais l'air de sortir de scène. Une fois seule dans cette chambre que ta diversion soudaine avait traumatisée, j'ai eu les attitudes d'une actrice après un spectacle, remballant mon maquillage, repliant tous mes vêtements, lasse et heureuse. J'ai fumé seule assise sur le lit devant la fenêtre ouverte, je crevais de faim. Physiquement je me sentais comme après ma première fois, la même lassitude inimitable ; une envie impossible à raisonner de me remplir, pâtes, frites, cacahuètes, panaché et crème Mont Blanc, pour me sentir entière à nouveau.

Mais une fois arrivée chez moi, après avoir lancé mes sacs sur mon lit, je n'ai pas eu la force de remonter à la cuisine. Étendue sous ma couverture j'ai fermé les yeux, le temps peut-être de puiser en moi la force de mettre une casserole à chauffer – je me suis réveillée à dix-sept heures, en pleine forme. Ma sœur en me voyant noyer la moitié d'un paquet de Prince dans du lait froid (et mes cernes mauves de maquillage et de fatigue) a froncé les sourcils.

— Un problème ? ai-je hasardé, d'un ton peut-être un peu agressif.

Elle était à côté de moi à la table, et j'ai entendu très distinctement le bruit de ses narines qui happaient l'air – et les preuves.

— Non, aucun, a-t-elle répondu sans me regarder, et j'ai su qu'elle savait.

Tu vois, je n'ai rien dit. Tout parlait pour moi.

Ellie

Je t'écris depuis le grand lit froid de ma petite chambre, chez mes parents (dommage que tu ne puisses pas venir ici – trop dangereux – car j'ai collé un immense miroir au mur qui fait face à ma tête de lit, et les images que l'on peut y créer sont éminemment savoureuses).

Je comptais faire le débriefing de ce matin, mais je pense que tout ce que je pourrai dire ne fera qu'amoindrir ce que je pense. Je n'ai aucune envie de faire pâlir cette matinée en m'embrouillant dans des adjectifs superlatifs bidons. Tout était superlatif, de toute façon.

Quand je te dis que j'ai la tête ailleurs, c'est qu'un ancien amant à moi est en train de me parler de cul sur Facebook et je me suis déconnectée illico presto pour ne pas avoir à faire la mielleuse. Aucune espèce d'envie de lui plaire, aujourd'hui.

J'ai réfléchi, je pense qu'il vaut mieux ne pas mettre mon oncle au courant si je viens au bloc mercredi. Déjà parce qu'il est en Angleterre et qu'il est injoignable, mais en plus parce qu'il me dirait sans doute que je ne peux plus voir d'opérations maintenant qu'il travaille ailleurs. Et c'est plutôt délicat d'insister en disant « mais y aurait pas moyen d'entrer, par exemple grâce à ton copain... ». J'en ai trop parlé ces derniers temps pour avoir l'air crédible. Dis-moi ce que tu en penses ; mais ça m'étonnerait beaucoup que les anesthésistes ou les infirmières téléphonent à mon oncle pour lui raconter que j'étais au bloc. Et puis je fais ce que je veux. Pour Philippe j'ai encore quatre ans, une sucette à la fraise dans la bouche, et je passe mes journées à gambader au Luxembourg avec un ballon gonflé à l'hélium – il n'y verra que du feu.

J'ai menti, j'ai très mal dormi cette nuit, pas arrêté de me réveiller pour regarder l'heure qu'il était. À six heures je me suis levée tant bien que mal pour prendre une douche et je ne me suis rendormie qu'à neuf heures et demie. L'angoisse me faisait des crampes dans le bas du dos, chaque fois que je fermais les yeux. Et figure-toi que j'ai rêvé de toi. J'ai même cru qu'il s'agissait de la réalité, tu étais venu à côté de moi sur le lit et je sentais ta cuisse entre mes jambes, j'étais excitée comme tout. Lorsque j'ai ouvert les yeux, j'ai vu que j'étais seule, que le soleil se levait à peine – et j'ai eu le cœur battant jusqu'à ce que tu arrives. Tu me diras, après aussi. Mais j'étais mieux, j'étais où je voulais être depuis cinq jours.

Je vais aller faire une micro-sieste avant de préparer mon repas de ce soir (repas que j'ai autant envie de préparer que de m'enfoncer moi-même des cure-dents sous les ongles), je t'écrirai un peu plus longuement après…

Ellie

P.-S. : Je viens de prendre mon bain et j'ai retrouvé un poil à toi. Devine où. C'est pas très dur.

Heureusement que ma mère dort encore. Je ne sais vraiment pas comment j'aurais pu expliquer ma tenue, un mercredi matin en pleines grèves étudiantes. À huit heures tapantes. Sans même m'en rendre compte, j'ai enfilé la parfaite panoplie de la cocotte. Le monde autour ne le sait peut-être pas, mais moi je le sens. Il n'y a qu'à voir comme mes mollets peinent, avec ces talons que je ne mets qu'en soirée et cette jupe qu'on dirait expressément dessinée pour être relevée à la hâte.

Je harponne un taxi, qui me semble la voie royale pour accéder à ce quartier confortable du Marais. Et de toute façon, je suis déjà en retard. De bien vingt minutes. Jusqu'à la gare de Lyon, je surveille alternativement l'heure et le compteur, et mon portable qui ne sonne pas encore. Je crains. Je ne sais même pas être une maîtresse convenable. J'ai vingt ans, je ne fiche rien, je passe ma vie à dormir – je devrais arriver avant Monsieur partout.

Et puis, je ne sais pas pourquoi tout change comme ça, je vois l'église Saint-Paul, ses ardoises flamboyantes dans le soleil déjà chaud du petit jour, tous ces cons en costume qui partent s'enterrer dans leurs bureaux de deux mètres carrés, pendant que je porte une jupe ample et des talons pour aller voir cet homme qui m'a prise il y a des années (ou vingt-quatre heures), dans ses habits de médecin, riant allégrement au nez du danger que représentent les infirmières et tous les docteurs qui ont dîné chez mon oncle quand j'avais cinq ans et un palmier sur la tête. Il faut que je parle à quelqu'un. Il faut que j'appelle quelqu'un, sinon je hurle de bonheur et de trac, sinon j'explose. Il faut que j'appelle Babette. Il est neuf heures moins dix et elle va me tuer mais tant pis.

Babette a dû se coucher tard et fumer beaucoup avec son copain. Elle m'accueille d'une voix de tenancière de PMU.

— C'est important ? Sinon je me rendors pendant que tu me parles.

— Ne te rendors pas, il faut que je partage cet instant de bonheur de vermine avec toi ! Je trépigne, accoudée à la fenêtre où défile la rue de Rivoli.

Babette s'ébroue au bout du fil. La connaissant, elle doit déjà être en train de s'asseoir en tailleur et d'allumer une Lucky Strike. J'aime Babette. Inès aurait raccroché sans aucun scrupule.

— Devine où je suis ?

— Je n'en sais rien. Quelque part où tu es heureuse, comme une vermine.

— Je suis dans un taxi, près de Saint-Paul, et je vais assister à une opération de Monsieur à la clinique.

Une demi-seconde passe sans que Babette produise le moindre son. Je m'autoconsterne.

— Et... je ne sais pas... j'avais envie de dire à quelqu'un qui le comprendrait que je suis submergée par une vague de bonheur intense. Et fugace, depuis que tu fais l'éteignoir à l'autre bout du fil.

— Je me réveille, je te signale. Ou plutôt, j'émerge pour toi quelques secondes. Tu vas voir Monsieur, donc ?

— Tout à fait.

— Mais tu l'as vu hier ! glapit-elle comme si à présent c'était son tour. Tu ne t'arrêtes plus !

— Je lui ai promis de venir au bloc le regarder opérer.

— Et tu te justifies comme si tu satisfaisais un de ses caprices.

— C'est un peu ça..., admets-je, à la fois penaude et fière d'être devenue un caprice.

Les caprices sont très sous-estimés pour la manière dont ils brûlent, comme un feu de paille, pour le manque de maturité qu'ils suggèrent ; mais c'est oublier un peu vite quelle poussée vitale ils constituent, quel intense élan vers ce qui nous semble être plus beau. Après tout, à vingt ans, que pourrais-je être d'autre ? Je préfère consumer Monsieur comme de l'amadou plutôt que de n'être pour lui qu'un petit corps existant uniquement dans la chaleur d'un lit d'hôtel. Je me fiche bien de me lever à sept heures et demie un jour de grève et de me trouver une place dans l'emploi du temps de Monsieur, juste parce qu'il veut voir dans mes yeux autant d'admiration que de désir. Mais Babette n'a pas la même conception des choses.

— Tu m'as plombée, copine. Je volais comme une mouette dans un ciel sans nuages, et tu essaies de me tirer dessus depuis le début de la conversation.

— Pas du tout. De toute façon, tu sais bien que lui et toi n'allez nulle part. Autant prendre tout ce que tu peux pendant qu'il est temps.

— Tu t'es fait mal à me dire ça, non ?

Juste le temps de jeter le chauffeur dans la rue du Roi-de-Sicile (on se rapproche, je suis au bord de la syncope), et Babette éclate d'un rire frais à me rappeler combien je l'aime.

— Je ne veux juste pas te ramasser à la cuillère. Mais va donc batifoler et te faire pincer les miches par Monsieur sous ton pyjama bleu horrible.

— Tu me donnes ta bénédiction ? *Juste là, à droite, s'il vous plaît.*

— Full Bénédiction. Je vais le regretter quand tu auras les yeux tout mouillés, mais nous sommes des cigales : aucune clairvoyance quant à l'avenir. Ou plutôt si, clairvoyance complète. Mais on s'en bat la race. Deux secondes de plaisir pour deux semaines de malheur, c'est pas grave, on fonce dans le tas.

— OK, je vais raccrocher maintenant. Premièrement parce que je suis devant la clinique et deuxièmement parce que tu vas commencer à me noircir l'horizon.

— C'est ça, casse-toi. Va te soûler de bonheur comme une cigale en guenilles.

Je rigole franchement, mais je sens déjà que cette dernière phrase de Babette va me peser sur la conscience toute la matinée, sans bien sûr parvenir à me sortir du bourbier que constituent Monsieur et ses exigences de bébé chirurgien. Je sors du taxi avec un jeu de jambes minable, et ça y est, j'y suis, la clinique, rappelle-toi Ellie, à dix ans tu aurais tout fait pour ne pas te trouver là, et dix ans plus tard tu viens de payer trente euros pour y arriver plus vite.

À cette époque, je me cachais dans les couloirs pour échapper aux visites : vingt minutes à subir les caresses des malades attendris de voir une grappe de fillettes blondes pendues à la blouse du Dr Cantrel, dans des chambres qui puaient l'éther et la douleur, avec parfois, en bonus track, un aperçu forcé d'énormes points de suture sanguinolents sur les genoux de vieilles pleurnicheuses. Je me rappelle ma sœur Louise incapable de manger le morceau de chocolat offert par les infirmières, arguant qu'il avait le goût exact des croûtes monstrueuses qu'elle venait de voir sur les tibias d'un ouvrier algérien. Nous restions planquées des heures – ce qui nous semblait être des heures – dans la salle de garde, Alice intimidée par les docteurs, se cachant dans les jambes de Philippe. Dans mon dégoût profond des blessures et de l'odeur lourde des médicaments, j'étais fascinée au-delà des mots par le regard de tous ces gens sur lui, le profond respect et la gratitude – on pouvait donc être un grand chirurgien et courir avec une ribambelle de gosses dans les allées du Luxembourg, ou tenir nos petites mains poisseuses de pop-corn pour traverser la rue de Rennes. Il a fallu que, bien des années plus tard, il me fasse entrer au bloc pour que je *réalise* que j'avais un docteur dans ma famille. C'est aussi et surtout la première fois que j'ai croisé Monsieur – du moins, la paire d'yeux gris anonymes qu'il était alors.

Second souvenir d'une confrontation réelle, un peu moins de temps auparavant. Me le rappeler, a posteriori, me fait l'impression d'un rêve – ou d'une scène d'un très bon film érotique. Une soirée pour l'anniversaire de mon oncle ; j'atteignais péniblement la barre des dix-huit ans, et nous ne nous étions accordé aucune attention.

(C'est tout de même étrange – ces hommes aimés existent bien avant que notre regard et notre perception changent au point de les faire entrer dans un monde familier.)

J'aurais aimé qu'il sache déjà, à cette époque, que le petit bout blond de lycéenne assise à cette table pas si loin de lui aurait un jour les jambes enroulées dans son dos. J'aurais aimé cette tension insupportable, lui glisser au détour d'une conversation très formelle « je vais être votre maîtresse » et repartir comme j'étais venue, dans mon uniforme d'écolière, lui laissant tout loisir de deviner sous le tee-shirt des seins, sous ma tenue entière un corps de femme qu'il caresserait deux années plus tard. Me faufiler comme un serpent entre les tables et les chaises pour lui laisser l'empreinte de mon odeur et la mouvance de l'air déplacé par mes mains. J'aurais aimé savoir déjà alors, juste pour étudier son corps en toute impunité, lui adresser la parole et le faire rire, m'imaginer nue contre lui. Je vois très bien la soirée passée à se coller de pièce en pièce sans jamais oser un geste ; puis dans un coin de la maison peu fréquenté, Monsieur et moi aurions commencé à parler de littérature, lui assis dans le fauteuil de bureau, moi en tailleur sur le lit à l'autre bout. La porte restée ouverte, il n'aurait toléré aucun sous-entendu, aucune allusion périlleuse, pourtant ces quelques minutes furtives loin des autres invités auraient été empreintes d'une lourde brûlure au creux des reins. Monsieur est tout à fait de ceux qui comprennent les regards de velours des jeunes filles, lorsqu'elles ont cet âge auquel les hommes hésitent encore à leur rendre sourire pour sourire. Il est de ceux qui captent ces premières rougeurs aux joues, ces premières langueurs de la prunelle, et y répondent naturellement, parce qu'ils devinent déjà les femmes sous les filles.

Va expliquer à ton oncle que c'est pour ça que tu es plantée devant la clinique aujourd'hui.

J'appelle Monsieur, que j'entends sourire sans même avoir besoin de voir son visage : « J'arrive, chérie. »

Une secrétaire blonde me regarde comme si elle avait capté notre conversation. Absolument pas envie de lui adresser la parole, ou de justifier ma présence. Je me tourne vers la fenêtre pour avaler mes dernières gouttes de café, prise des mêmes crampes d'angoisse que mardi matin. Le silence dans la petite salle bleue est si lourd que je me mets à fredonner hystériquement en lisant les rapports d'hygiène scotchés au mur. Quelqu'un marche derrière la porte de gauche, celle par laquelle on arrive au bloc. La secrétaire à quelques pas de moi trépigne littéralement en feignant de trier des papiers. J'aimerais avoir le visage pixelisé en entier, je crois que je mourrais s'il me fallait, là maintenant, trouver une raison d'être là, ou pire, lui raconter ma vie si elle reconnaissait la nièce du Dr Cantrel. Heureusement, alors qu'elle est sur le point d'ouvrir la bouche, la porte mystérieuse s'entrebâille et c'est Monsieur qui en sort, immense dans ses vêtements de chirurgien, ses cheveux contenus par une calotte bleue. Je le sens qui se retient de me prendre dans ses bras, quant à moi je me contente de bondir vers lui, mais c'est évident que mes joues brûlent et que mes yeux brillent, je me sens rayonner littéralement. Le sourire de Monsieur est une caresse dans les cheveux, même si ses mains restent sagement dans ses poches.

La clinique est faite de telle manière que nous sommes totalement invisibles durant quelques mètres de couloirs biscornus, et aussitôt dans ce lieu de non-droit Monsieur me saute dessus, soudant sa bouche à la mienne, me violant de la langue dans une parenthèse temporelle qui pourrait s'apparenter à un évanouissement, tant j'en perds mes repères et ma conscience. Je subis un peu ce baiser qui sent si fort l'urgence, qui dit « je ne vais pas pouvoir tenir si tu es là entre tous ces gens et que je ne dois pas t'embrasser ». Je crois que je viens de comprendre d'où vient cette répulsion savamment mêlée à l'attirance magnétique qui fait de Monsieur un être chargé d'affects paradoxaux : tout en même temps que cette liaison avec un homme aussi brillant et sensuel me fascine. J'ai eu l'impression d'être une proie si facile que Monsieur n'est peut-être pas un si grand chasseur que ça, après tout ; même s'il se défend plutôt bien pour ne pas ressembler à ces vieux qui se font briser le cœur par des minettes à peine sorties du lycée. Par moments, je sens une telle fébrilité dans ce désir d'homme adulte que je ne sais plus s'il faut être flattée ou avoir pitié de lui. Je me trouve investie d'un pouvoir que je pourrais utiliser très habilement, mais qui me dépasse.

Dans le vestiaire Monsieur me couvre d'un regard lourd de sens en me tendant un pyjama.

Pendant que je m'efforce de me créer un peu d'intimité derrière des étagères bancales, il s'empare de mon sac.

— Je le pose dans mon casier, chérie. Prends juste ton portable avec toi.

Mon cœur arrête un instant de battre ; cachée derrière une étagère, je balbutie :

— Comment tu m'as appelée ?

— J'appelle tout le monde chérie, ici, explique Monsieur que j'ai à présent envie de gifler pour ce faux espoir d'avoir déjà un nom d'amour.

Une infirmière m'aide à rentrer mon immonde queue-de-cheval dans la calotte blanche. J'ai à présent l'air d'un œuf, et devant le grand miroir je tente de m'arranger tout en guettant les errements de Monsieur. J'avais l'impression d'être discrète, mais je suis à peu près sûre que la petite brune à mes côtés m'a repérée. Elle a dû voir que je voulais redevenir sexy avant que Monsieur ne se retourne vers moi – donc, que je cherche à lui plaire. Elle n'a pas l'air de se demander pourquoi. Quelque chose me dit que je ne suis pas la première jeune fille inconnue à franchir les portes de ce vestiaire au bras de Monsieur ; il n'irait peut-être pas jusqu'à se compromettre avec ces demoiselles en blouse bleue, mais elles doivent jaser entre elles des agissements du Dr S. Monsieur n'est pas spécialement le genre à éprouver gêne ou scrupules, ou à s'empêcher de lorgner ce qui lui fait envie : il n'a pas peur, il est sur son territoire. Les femmes pourront bien causer, ça ne l'empêche pas de m'entraîner avec lui dans cet ascenseur tellement flippant qui emmène le personnel au bloc. Je veux dire, c'est cousu de fil blanc : nous ne sommes que deux à grimper dedans. Elles doivent sans doute savoir que s'il se trahit, c'est maintenant. Et bien entendu, au moment où les portes se referment, Monsieur qui me paraît si grand depuis que je suis collée contre son torse, Monsieur me pétrifie d'un baiser qui a le goût des situations dans lesquelles il ne faudrait jamais se fourrer – mais ce goût ne peut pas grand-chose contre cette sensation quand il promène ses mains longues sous mon haut de pyjama, cette sensation de glisser lentement dans un bain d'eau brûlante qui engourdirait tous mes muscles. Cet homme est un tourbillon de doigts sur mes seins et dans mon pantalon. J'adore protester pour la forme, plaquée visage contre une cloison, l'érection grandissante de Monsieur me frôlant le bas du dos ; le problème est juste que je m'excite moi-même, et lui m'excite abominablement à refuser mes dérobades. Ainsi, juste au moment où l'ascenseur s'arrête, je respire déjà très fort. Un observateur extérieur aurait tôt fait de suggérer que je mouille pour le cliché du docteur masqué, anonyme, tentant de m'asservir par tous les moyens, même s'il faut pour cela m'entraver les poignets d'une seule grande main contraignante ; alors qu'en réalité, sans même que nous prononcions le moindre mot, les crissements de protestation qu'émet ma tunique frottée par la sienne reproduisent à la perfection une sorte de dialogue silencieux qui me semble bien plus excitant que le reste.

— Calmons-nous, Monsieur ! Pas ici, pas dans cet ascenseur, pas dans cette clinique !

— Je te ferai tout ce qui est en mon pouvoir en un minimum de temps, malgré toi si c'est nécessaire.

— Je t'en supplie, arrête !

— Tais-toi donc, donne-toi un peu ! Au moins un peu !

Cette scène aura duré six secondes maximum mais je prie de toute mon âme pour que personne ne remarque que l'éminent chirurgien est en érection, et que la petite blonde masquée à côté de lui pourrait parfaitement en porter la responsabilité.

Dès que les portes s'ouvrent, je reconnais quelques brancardiers, et une horde d'anesthésistes que je pourrais nommer sans trop d'efforts. C'est fou, l'élégance et la noblesse qu'il a en arpentant les couloirs du bloc ; ça n'est pas cet air de posséder les lieux qu'il arbore partout. Cela tient plutôt à sa manière de marcher, de déplacer l'air en y laissant partout son odeur que celle de l'éther ne parvient pas à dominer. Il y a quelque chose de magique dans la démarche de Monsieur. De salle en salle on sent s'il est passé par là ou non.

Je me trouve une place à laquelle j'espère ne gêner personne, pendant qu'il me présente comme une étudiante en lettres venue se documenter pour un mémoire sur le Corps (j'imagine bien l'entretien en face à face avec

Monsieur, dans son bureau fermé à clef). C'est fou, toutes ces femmes asservies à cet homme, qui lui attachent sa blouse avec une bonne volonté instinctive, préparent ses instruments, se servent de son nom prestigieux pour rassurer le premier patient. C'est fou aussi, toute cette gentillesse, sans la moindre trace de condescendance, que Monsieur montre au patient allongé derrière le champ opératoire, lui que je n'ai jamais connu qu'à demi cynique. Comment est-ce possible, un tel changement, chez quelqu'un d'aussi arrogant que lui ? Là maintenant, penché sur la radio à distribuer ses ordres, Monsieur est d'une telle bonté que j'en viendrais presque à vouloir me casser le nez en mille morceaux.

— On peut y aller, docteur, annonce une infirmière en ouvrant une pochette de sutures.

Et aussitôt le ballet commence. Monsieur sous son masque me rappelle, presque sur un ton de taquinerie :

— Si tu commences à te sentir mal, tu peux sortir et t'asseoir dans le couloir.

— Ne t'inquiète pas, réponds-je en tentant les mêmes yeux de miel. Ça n'est pas le genre de choses pour lesquelles je m'évanouis.

Comme il ne me lâche pas du regard, j'ajoute, d'une petite voix :

— Il y a quelques années, pas tant que ça en fait, je voulais devenir médecin légiste.

— Médecin légiste ?

Ses yeux sont comme de petits doigts qui me pincent partout sous ma blouse, semblant rire franchement de ce qu'une petite blonde aux fesses si roses, au verbe si leste, puisse avoir considéré l'hypothèse de vivre avec des chairs mortes et sourdes.

— Quelle idée, ajoute Monsieur d'un ton taquin, après quelques secondes qui m'ont rougie. Puis il se penche avec son bistouri sur l'homme endormi devant lui. Comme ça, sans avoir pris d'élan, sans avoir réfléchi quelques secondes de plus, comme s'il ne venait pas de nous trahir un peu – rien qu'un peu. Ce bruit que font la peur et l'admiration dans ma cage thoracique. Cette précision qu'ont ses gestes. Incroyable. Maintenant que je sais cela, je vais me concentrer un peu plus sur la manière dont il me manipule, voir si cette minutie chirurgicale se retrouve jusque dans les plis informels de nos draps parisiens.

— Parce que si tu t'évanouis, poursuit Monsieur sans me regarder, on a tout ce qu'il faut pour te remettre d'aplomb.

— Je me connais ; je ne tombe pas dans les pommes pour du sang.

— Oh, tu sais, on tombe dans les pommes pour de multiples raisons. La douleur, par exemple, ou la faim…

Sans me regarder, il laisse planer sa grande main au-dessus du chariot, hésite entre plusieurs instruments, et reprend son piquant inventaire, dont je devine déjà la fin :

— La peur…

Je baisse les yeux vivement, empourprée sous mon masque. Osera-t-il, n'osera-t-il pas ?

— Le plaisir…

Je me mords le gras des joues, et un goût de sang aussitôt m'emplit la bouche.

— La sensation d'oppression, aussi.

Les grands yeux gris escaladent mon corps pour se planter dans les miens, effrontément.

— Mais, a priori, rien ne différencie très nettement un évanouissement d'une *pâmoison*.

Je m'arrache de force à cette étreinte muette, fascinée par les risques que prend Monsieur à employer ces mots pervertis dans mes textos. Je le soupçonne de sourire sous son masque, puis il retourne à son grand œuvre, tandis que mon cœur bat encore à pleine vitesse. J'aurai frôlé l'infarctus vingt fois ce matin.

Il refuse de confier les sutures aux infirmières, par souci de perfection – coud comme on confectionnerait de la dentelle, avec la même concentration féminine et farouche.

— Imagine à quel point c'est important, le nez. À quel point un nez ponctue un visage. La taille et la beauté de la cicatrice sont très importantes.

Monsieur a dit « beauté » quand tant d'autres auraient parlé d'aspect : cette nuance me renvoie un instant un jour plus tôt, dans la petite chambre bleue. Il caressait mes hanches, et au bout de quelques minutes j'avais remarqué que ma peau nue se trouvait sous un rayon de soleil qui ne me pardonnait rien. Mais étrangement, je m'en fichais un peu. J'étais bien. J'avais souri.

— Tu regardes mes vergetures ?

Et Monsieur très sérieusement avait murmuré dans mon cou :

— C'est si joli, tu as des rayures. On dirait un petit tigre.

Au moment où il repose ses instruments, une infirmière lui annonce des visites à rendre à l'étage du dessous. Retour dans l'ascenseur, avec pression atmosphérique intolérable. Avant même de m'avoir touchée il est dur contre moi, d'une dureté qui ne deviendra impérative que d'ici quelques heures, lorsque je serai partie et que je lui enverrai des textos de sale petite allumeuse. Je m'empoisonne longuement à son haleine chaude de café. Au rez-de-chaussée, comme je suis encore totalement abandonnée contre lui, Monsieur se désespère : « Mais comment je vais faire, dis-le moi un peu. »

Question oratoire à laquelle il répond par un long soupir, en me regardant comme il me caresserait.

Je l'attends assise dans le vestiaire, les yeux perdus dans le vide, lorsque mon portable s'agite. Monsieur qui écrit : « Tu me plais ! »

(C'est-à-dire que même si cet habit ne me va absolument pas, je suis nue comme un ver en dessous. Quand il l'a constaté, Monsieur a failli devenir fou.)

Galvanisée à l'idée que je ne puisse définitivement pas me faire violer dans une clinique, quoi que je dise, je réponds quelque chose d'obscène – pour le regretter aussitôt. J'ai peur de voir revenir Monsieur, pourtant celui-ci réapparaît l'air impassible – l'air d'un docteur revenant de ses visites. Mais en vérité le feu couve : cet homme doit pouvoir opérer ou faire n'importe quelle activité demandant un peu de concentration en pensant à des choses innommables (auxquelles je participe sans doute, Seigneur – et que m'arriverait-il si tous ces gens disparaissaient de la clinique en un claquement de doigt ?).

Je viens par texto de le traiter de vieux vicieux. Dans l'ascenseur, Monsieur fait mine de se fâcher, il n'a pas compris l'affection dans mes simili-insultes.

— Ça va mal se finir, cette histoire, gronde-t-il en me pinçant les tétons sous ma blouse. La prochaine fois que je t'ai à ma disposition, il va y avoir une énorme fessée pour toi.

Une fessée de Monsieur, c'est un coup à avoir une trace de doigts toute bleue pendant quinze jours, et à inventer un énorme pipeau à mon cher et tendre et naïf Andréa (la chute dans l'escalier, grand classique). Mais avant la fessée, rien que la traversée du couloir s'annonce comme une épreuve périlleuse. Je glousse d'avance à l'idée que je vais avoir les seins qui pointent à en percer le pyjama, devant cette horde de gens. Monsieur Dieu sait comment réussit à faire oublier à tout le monde qu'il bande effrontément. Et revoilà le grand professeur dressé qui investit un autre bloc, examinant le ventre d'un autre malade. Je l'abrutis de questions que j'espère cohérentes ; à mon plus grand émerveillement, Monsieur sans cesser d'ouvrir, d'écarter, de couper ou de cautériser, me répond avec la meilleure volonté du monde. Il n'y a pas trace dans sa voix de cette condescendance atavique ressentie chez d'autres chirurgiens plus jeunes que lui, qui me parlaient sans jamais m'expliquer quoi que ce soit, et ne daignaient me répondre que pour souligner l'abysse qui séparait leurs connaissances des miennes. Mardi matin, il m'a montré comment on posait des prothèses mammaires, en me caressant d'une manière étrangement docte – et je me sentais à la fois recouverte d'attentions et manipulée comme un mannequin devant un amphi plein à craquer d'étudiants en médecine. Délicieux, en somme.

Dans la salle principale du bloc, la prochaine patiente de Monsieur se fait anesthésier.

— Va regarder, c'est très intéressant, me dit-il, sentant que mon intérêt risque de fléchir au bout de quelques sutures.

J'essaie de me faire la plus discrète possible pour me poser dans un coin près de cette jeune femme qui pleurniche. Une anesthésiste que je connais – j'en suis sûre à cent pour cent – plante une aiguille dans la peau blanche à l'intérieur de son bras, balayant sa patiente d'yeux où éclate cet apitoiement appris des médecins.

— C'est si douloureux que ça, une anesthésie ? je lui demande, tandis que des brancardiers transportent le lit dans le bloc où Monsieur plaisante avec un malade.

Pour elle, c'est sûr, répond le Dr Simon (voilà, je me souviens, je lui avais tenu la jambe des heures quand Philippe faisait une liposuccion à cette énorme bonne femme ! Isabelle Simon ! Mon Dieu !).

Et tandis qu'elle m'explique d'une manière diplomatique que cette patiente est une comédienne, j'hésite à la regarder sous mon masque comme le font les gens normaux lorsqu'ils discutent, ou à baisser les yeux comme je suis très tentée de le faire. Depuis mon arrivée au bloc, j'ai compris combien un regard peut être bavard lorsque le reste du visage est réduit au silence. La preuve, je l'ai reconnue aux ridules qu'elle a quand elle sourit. Si sa mémoire est aussi bonne que la mienne, je suis fichue. Avec un peu de chance, en plus elle est déjà venue déjeuner à la maison, mon oncle étant peu porté sur le protocole et incrustant les gens les plus improbables à ses dîners dominicaux. Je ne peux pas déterminer si elle m'a démasquée ou non, il semblerait qu'elle surveille les allers et retours des uns et des autres tout en parlant. Cela dit, les quelques moments où son regard et le mien se croisent installent le doute : durant une poignée de secondes, elle a l'air prête à me demander de lui rappeler mon nom (qui je suis et pourquoi je suis là sont des intrigues qu'elle n'a pas encore résolues). Puis Monsieur à voix haute s'inquiète de savoir où j'ai bien pu passer, d'un ton de père cherchant sa mouflette dans les allées du Monoprix. Lorsqu'elle entend « Ellie », Isabelle Simon me transperce du regard. Fichée, je suis fichée. Elle vient en un éclair de reconnaître la petite Cantrel, aujourd'hui nichée sous l'aile du sémillant Dr S., et pour quelle raison ? On préfère ne pas savoir. Connaissant le bonhomme, ça ne peut pas être de la pure générosité de sa part. Donc, la situation est aussi simple que méprisable : cette ex-gamine et cet homme marié père de famille ont une liaison. Peu importe comment elle a commencé et ce qu'elle signifie pour eux, tout ce qui compte est qu'ils aient l'impudence de la trimbaler jusqu'ici.

« Ça n'est pas ce que vous pensez », disent mes yeux au-dessus du masque. « Mais quand même un peu », précisent mes joues cramoisies.

Manque de chance, à peine me suis-je éloignée que le téléphone sonne dans le couloir.

— Docteur, c'est votre épouse ! braille une infirmière en fendant la foule amassée autour de la patiente pleurnicharde.

Voilà l'ombre ultime qui plane au-dessus de nous. Isabelle Simon me fixe une dernière fois, longuement, avant de tourner les talons, et je me tasse dans un coin de la pièce, coincée entre ces deux femmes pour qui je représente, à des niveaux différents, une présence intruse. Il échange quelques banalités un peu expéditives, sans une fois utiliser de surnoms tendres à son égard – mais il y a dans cette sobriété une force, une complicité tacite, qui n'a pas besoin pour s'exprimer de ces fioritures mièvres auxquelles les amoureux ont recours. La femme de Monsieur : en voilà, un Continent Noir. Presque aussi vaste que le couple qu'ils forment. Regarde cet homme, dont les beaux yeux orientaux semblent irrémédiablement attirés par chaque spécimen de la gent féminine, et dis-toi que seule cette voix, seuls ces doigts qui quelque part vers Châtelet tiennent le combiné familial ont réussi à lui faire courber l'échine. Dis-toi qu'il pourra aller aux quatre coins du monde avec vingt filles différentes, toutes plus jeunes les unes que les autres et aussi tentantes qu'un livre aux pages encore incoupées, mais c'est vers Elle qu'il reviendra toujours. Sans doute un divorce lui coûterait-il très cher, mais ce genre de détail n'a aucune importance. Monsieur n'est pas le genre à partir pour une autre femme sur un coup de tête. Et il n'est pas du genre à tomber amoureux des filles qu'il baise furtivement, même pas de moi qui pourtant l'obsède complètement ces derniers temps. Il peut me couvrir des noms les plus doux qui soient, mais il a besoin, c'est évident, de ces racines, de ces fondations inébranlables pour jouer autour. Monsieur aime sa femme, depuis si longtemps qu'il ne le sent probablement pas vivement, comme on aime à mon âge. C'est épidermique : elle fait partie de lui.

Monsieur raccroche et sans me regarder, moi qui me fais toute petite derrière une des portes coulissantes, il se penche sur sa patiente qui se dilate le gosier. En italien. Monsieur lance quelques phrases rassurantes dans la même langue, d'un ton de GO hyper motivé. Ils sont séparés par un large champ opératoire, et il pourrait s'en donner à cœur joie, mais pas une fois il ne se plaint des cris théâtraux de la jeune femme. Il n'essaie même pas de la freiner. Monsieur montre une compassion que je pensais ne jamais lui voir. Une infirmière caresse les quelques cheveux noirs qui dépassent de la calotte, en lui disant combien ses nouvelles dents sont belles.

— Montre-les au docteur, qu'il voie comme tu es jolie !

La jeune Italienne, entre ses larmes, parvient à esquisser un sourire de petite fille qui combat la douleur. Technique éculée pour lui faire oublier qu'elle a mal – mais on dirait que ça marche. Monsieur entre tout entier dans ce simulacre de séduction, surenchérit :

— Voilà, elle est toute belle. Et bientôt son petit bidon le sera aussi.

La jeune femme ne s'arrête plus de sourire. J'aimerais bien intercepter le regard de Monsieur, sentir que même informe sous mon pyjama, même loin de lui, il me sent encore.

— Et vous avez vu, docteur, elle a perdu beaucoup de poids, poursuit l'infirmière qui espère sans doute que Monsieur la suivra jusqu'au bout, car la patiente recommence à gémir.

— C'est vrai, admet-il, mais il va falloir en perdre encore, parce que quand on passe ses journées immobile, avec la bouffe française...

La jeune femme glousse. Mortifiée pour elle, je darde sur lui des yeux écarquillés dans lesquels j'espère qu'il pourra lire les lettres. « R.U.S.T.R.E. ». Mais non, Monsieur badine, dresse en riant l'inventaire des spécialités culinaires qui ont valu à sa patiente ses cuisses imposantes.

— Comment tu as pu lui dire une chose pareille ? je lui demande tandis qu'il retire sa blouse et son masque.

— Je t'assure, quand elle est arrivée à la clinique elle était énorme. Maintenant elle est juste grosse. Il y a encore du travail, c'est tout ! répond-il en se lavant les mains.

(J'adore la manière dont le savon mousse dans les poils doux de ses avant-bras. Rarement vu quoi que ce soit d'aussi viril.)

— Je n'aimerais pas entendre ça dans ta bouche, dis-je, après quelques secondes où contemplation et réflexion se sont inextricablement mêlées.

— Ça n'arrivera pas.

Monsieur me sourit en appelant l'ascenseur.

— Toi, tu as un petit corps adorable.

Un brancardier qui passait par là force Monsieur à retarder ses avances. Mais, comme si les éléments et les objets inanimés de cette clinique lui obéissaient, l'ascenseur branlant fait son apparition et, une fois de plus, nous échappons miraculeusement à la catastrophe.

C'est en tout cas avec cette impression de semi-apocalypse que nous nous engouffrons dans la cabine. Au moment où je soupire théâtralement pour exprimer mon soulagement, mon haleine de vieux café et de ventre vide se répercute dans le masque et m'agresse. Voilà pourquoi les gens qui boivent du café ont toujours des chewing-gums sur eux. Brusquement, je me fiche bien d'Isabelle Simon, de la patiente trop grosse ou du brancardier : le monde ne tourne plus qu'autour de mon souffle putride – et comment vais-je bien pouvoir l'empêcher d'atteindre Monsieur ? Le voilà déjà qui m'attire à lui d'une main douce sur ma nuque, picore mon nez de ses lèvres soyeuses. Le bout de ses doigts triture les élastiques de mon masque.

— Arrête !

Je me raccroche à ce morceau de carton comme à ma dignité, me débattant comme une anguille entre ses bras, mais Monsieur ne l'entend pas de cette oreille. Impossible pour lui de comprendre que ma bouche puisse être si près de la sienne et lui échapper tout de même. Au désespoir, je suis obligée de me justifier :

— Je n'ai bu que du café ce matin, je pue du bec !

— Je m'en fous, trépigne Monsieur tandis que les portes se rouvrent sur le vestiaire. Je suis docteur, je connais toutes les odeurs du corps humain.

Peine perdue, des infirmières nous regardent.

— Ça n'est pas le problème *du tout*, réponds-je, et je retire mon masque avec l'impression de lui montrer ma chatte (connaissant Monsieur et son sens des symboles, c'est sans doute à peu près la même chose). Je l'ai mille fois entendu contrer mes indispositions potentielles en arguant de son métier, devenu art de vivre. Argument fantôme. Je n'ai jamais considéré Monsieur de cette manière : il a toujours été un homme avant d'être un médecin, sensible aux mêmes stimulations que les autres spécimens de son espèce, qu'il en sache ou non les tenants et les aboutissants. Il me confirme malgré lui dans cette nuance : lorsque je lui demande mon sac resté dans son casier, l'irréprochable praticien en profite pour frôler mes fesses de son bras tendu. Après un coup d'œil entendu, Monsieur intercepte ces feuilles d'un rose clitoridien que j'ai recouvertes de phrases byzantines à son intention.

— C'est pour moi ? chuchote-t-il, et sans attendre ma réponse les fourre dans la poche de sa veste.

J'acquiesce tout de même, pour la beauté du geste.

Dans un coin des vestiaires, pendant que j'enfile ma jupe Monsieur se déshabille en discutant avec un autre docteur qui vient de passer la porte. Il est question d'un collègue, François Katz : pour le coup, j'ai sauté sur les genoux de cet homme il y a dix ans de ça, et je m'en souviens parfaitement.

— Il s'est calmé, le Katz, note Monsieur sur le ton de la plaisanterie tout en s'étirant, torse nu.

J'aime la couleur des tétons de cette poitrine large. Ce qu'elle dégage sans que Monsieur en soit conscient, cette impression de puissance involontaire, cette apparente fragilité ; sa peau lisse, aussi douce que celle d'une femme, lui donne l'air beaucoup plus jeune et délicat qu'il ne l'est en vérité – mais je sais à présent quel venin court sous ce duvet de brun.

— Quand tu penses à ce qu'il a gueulé quand ils ont changé le planning des blocs ! poursuit l'autre médecin inconnu au bataillon, et Monsieur étouffe un court rire en dénouant sa calotte bleue.

Ses cheveux où se mêlent noir et argent retombent dans son cou, et d'un seul geste de ses doigts il se recoiffe. Me voilà presque seins nus mais je ne m'en rends pas compte, hypnotisée comme je le suis par l'architecture à la fois simple et sophistiquée de ses bras. On reconnaît dans la longueur, dans la finesse de ses muscles, l'animalité travaillée d'un homme vivant dans un environnement qu'il n'a pas eu besoin de combattre pour dominer ; et cette force qu'il détient sans s'en servir vraiment ne ressort que lorsque je suis un terrain à conquérir dans ses bras. Sous son nombril s'étend le chemin des Dames, qui entraîne savamment le regard dans sa chute et pousse l'imagination dans des derniers retranchements qui n'étaient pas forcément prévus. Comment suivre cette route toute tracée sans frémir de la voir disparaître sous le pantalon bleu ? Ainsi encadrée par l'affleurement de ses hanches étroites, elle semble un nota bene pour indiquer qu'à quelques maigres centimètres près les chastes poils du ventre, sans changer de texture ou de couleur, s'auréolent d'un éclat ô combien sulfureux.

Je m'apprête à tomber tête la première dans des rêveries ayant toutes pour point de départ la queue encore étrangère de Monsieur, quand mon portable me rappelle à l'ordre en vibrant bruyamment sur le banc : ma mère. Qui braille. Qui veut savoir où je suis, ce que je fais, avec qui. Quand je rentre. La première excuse qui me vient à l'esprit n'est indubitablement pas la meilleure : je joue au poker chez Timothée. Oui, à onze heures et demie un mercredi matin. Ma mère feint de me croire, sans toutefois faire le moindre effort pour jouer la comédie proprement. Elle ne peut se douter de rien – ce serait chercher trop loin, Ellie dans un bloc opératoire – mais parle par monosyllabes, sèchement, comme s'il était plus probable que je participe à un gang-bang qu'à un tournoi de hold'em.

— Tu fais ce que tu veux, conclut-elle de ce ton pète-sec qui m'horripile.

— Maman, où veux-tu que je sois ?

En deux phrases, elle a su me pousser à bout. Comme j'ai haussé la voix, Monsieur me jette un regard interrogateur.

— Je n'en sais rien, Ellie. Enfin peu importe.

(Oh, ce soupir interminable de « ma fille est un échec social complet » ! Je pourrais la tuer, parfois. De mes mains nues.)

— J'espère que tu as tes clés, je ne suis pas à la maison.

— Alors tu es vraiment incapable de me croire, quand je te parle ?

— Tu fais ce que tu veux, répète ma mère. Amuse-toi bien.

Ça, c'est le pompon. La phrase type qu'elle incruste à la fin de chaque conversation pour faire monter la pression et me saper définitivement toute possibilité de m'amuser pour de bon, un peu comme un nuage de cartoon qui me suivrait partout en déversant des litres de flotte glacée.

— Qu'est-ce qui se passe ? demande Monsieur qui boutonne sa chemise à côté de moi.

— Rien. Ma mère voulait savoir où je suis.

— Qu'est-ce que tu lui as dit ?

Monsieur n'a pas su s'empêcher d'être inquiet. « Vermine », je pense. Ce court appel de ma mère m'a malgré moi confrontée au fait que toutes nos disputes récemment sont liées à la manière dont j'occupe supposément les heures passées avec Monsieur, au téléphone également. Samedi soir, alors que je ne l'avais même pas encore vu, il m'a mise en très mauvaise posture. Je rentrais du boulot, et au moment où j'ai posé mon manteau dans l'entrée mon téléphone a sonné. Sans trop m'expliquer, je suis retournée dehors avec Monsieur dans l'oreille, qui me poussait au crime. Pendant un quart d'heure, nous avons discuté de lingerie et d'orgasmes vaginaux, mon chien pleurait derrière le portail pour me rejoindre et ma mère ne cessait de m'appeler à table, depuis des endroits de la maison chaque fois différents. Lorsque je suis rentrée, elle s'est mis en tête de savoir qui j'avais eu au téléphone. Comme je me doutais que pour me poser une question pareille elle devait avoir saisi quelques bribes de conversation, j'ai préféré ne pas bluffer totalement.

— Un copain.

Un copain que je vouvoie ?

— Oui, Timothée. On se vouvoie. (Merci à lui d'exister et d'aimer effectivement l'élégance du Vous.)

Pourquoi parlais-je de cul avec lui ?

— Tu dis si tu veux écouter mes conversations ! me suis-je insurgée, dégoûtée pour elle et pour moi que ma propre mère ait pu m'entendre parler de l'avantage des culottes fendues en des termes peu farouches.

— Tu parlais fort, s'est-elle justifiée.

— Je parlais à un volume tout à fait inaudible pour toi si tu étais restée dans la cuisine, ai-je répondu.

Elle n'a rien ajouté, mais quelque part dans son visage j'ai vu qu'elle sentait venir une embrouille qui ne comprenait pas un facteur aussi simple que Timothée.

Donc, je risque à tout moment de semer le chaos dans ma famille à cause de lui, et la seule chose dont Monsieur se préoccupe est de savoir si je l'implique dans ma chute d'une manière ou d'une autre.

— Je lui ai dit que j'étais chez une copine.

Et comme il ne me lâche pas du regard, encore mal rassuré ou doutant de mes capacités à mystifier mes parents, je conclus par une pointe qui ne semble même pas l'effleurer :

— Ne t'inquiète pas.

Il passe outre, va même jusqu'à ajouter :

— Fais attention, quand même.

Je me suis toujours douté que Monsieur était profondément égoïste : il faut l'être pour réagir aussi promptement aux avances d'une fille, quand on est soi-même marié avec des enfants. Il faut l'être pour prendre l'énorme risque de faire venir sur son lieu de travail une jeune femme dont il connaît la famille, tout ça par caprice, tout ça pour me voir folle d'admiration. Il n'y a qu'un égoïste qui puisse ainsi miser sa vie entière pour quelques heures de plaisir. Monsieur est mû par une inconséquence irrégulière, parfois enfantine, et à d'autres moments très maîtrisée, contrôlant les baisers qu'il peut me faire et à quel prix, contrôlant jusqu'au nom que je lui donne dans mon répertoire téléphonique. Mais dans tous les cas, chaque fois qu'il nous met en danger, il est intimement persuadé que l'issue sera déterminée par ma prudence ou mon étourderie. J'ai déjà du mal à m'occuper de moi, et soudain j'ai sur les bras un bébé de quarante-six ans qui joue à se faire peur et à me terrifier. Et pourtant, pourtant… il suffit que je voie ces yeux si différents des miens pour comprendre qu'à bien des égards Monsieur et moi sommes faits du même bois. Dans ces prunelles auxquelles l'absence de masque a rendu leur sulfureuse subtilité, je retrouve la rouerie et l'égocentrisme que je me connais, même si lui et moi les exploitons à des fins et par des moyens qui diffèrent sensiblement. Si j'ai foncé tête baissée dans le piège exquis que représentait Monsieur, c'est avant tout parce que je retrouvais un peu de moi dans cette immoralité d'enfant, dans cette perversion polymorphe – ou du moins qu'il me ressemblait suffisamment pour m'intriguer et me plaire, dans des mesures que je peine toujours à quantifier.

— Je te dépose quelque part ? me demande Monsieur devant la clinique.

— Ça va aller, dis-je, sans plus le détester vraiment.

— C'est vrai que tu prends un taxi, note-t-il avec un sourire qui me blesse sans qu'il le sache.

Il croit s'adresser à la parfaite courtisane, venue en taxi et qui repartira de même – comme si lui et moi financièrement jouions sur le même terrain. Je suis à l'âge où chaque billet de cinq euros a une vraie signification ; j'ai ce pragmatisme étudiant constamment en butte à une flemme de cocotte désargentée qui pourrait me pousser à prendre un taxi, mais ça n'est même pas une considération pécuniaire qui m'en empêche.

— Je vais aller voir une copine, à quelques stations de métro. Ne t'embête pas, je t'assure.

Monsieur ne comprendrait pas. Il connaît le luxe de la conduite et le souci de rapidité depuis trop longtemps pour comprendre qu'après une telle matinée la seule chose que je veuille soit de passer une heure dans un train avec mon iPod, pour revoir chaque scène, tout analyser, couver longuement l'envie de le voir et de le posséder totalement, pas furtivement, pas avec trente personnes autour. Cette solitude et ce recueillement, cette flânerie en sous-sol, me sont un luxe que Monsieur ne goûterait pas.

Debout sur mes talons, j'ai l'œil las et engourdi d'une femme qui sortirait d'un lit. Il me semble avoir fait l'amour avec lui durant tout ce temps que nous avons passé au bloc.

— Embrasse-moi une dernière fois, chuchote Monsieur qui se tient de cette manière que j'adore, les deux mains dans les poches de son pantalon de costume – on dirait l'étudiant qu'il était il y a vingt ans, cultivant une désinvolture de surface.

Et dans un angle mort de cette petite rue baignée de soleil, là où personne sinon les riverains ne peut nous voir, je me dresse sur la pointe des pieds, yeux fermés, et Monsieur tient mon visage entre ses belles mains d'amant. Les secondes passent, comme si notre ravissement nous isolait complètement du monde environnant. Son parfum éclipse celui des marronniers en fleur, ses pouces qui caressent mes joues me rendent totalement indifférente au vent frais. Puis il semble réaliser que nous ne sommes pas aussi seuls que dans notre cocon du mardi matin. En quelques secondes l'atmosphère change imperceptiblement, l'urgence redevient palpable – et Monsieur m'embrasse, ou bien c'est moi qui l'embrasse, en fait nous nous embrassons, de telle manière que durant un temps infime nos visages ont l'air de s'emmêler sous ces fenêtres parisiennes. À mi-voix je balbutie :

— C'est terrible.

— Qu'est-ce qui est terrible ? demande Monsieur.

J'ai un sourire triste.

— Tu sais bien ce qui est terrible.

Le silence qu'il m'oppose en réponse, ses admirables sourcils n'exprimant rien qu'une empathie mystérieuse, sonne comme un restant de naïveté que l'expérience ne serait pas venue défricher : *que tu sois toi, que je sois moi. Qu'il y ait nos deux vies à tous égards incompatibles, ta femme, tes enfants, mes parents, Andréa. C'est terrible que je ne pense même plus à eux. Regarde-moi. Mon copain est parti au Brésil depuis une semaine, et avant de te rencontrer je ne faisais qu'attendre son retour. À présent son retour m'effraie, parce que je n'ai pas la moindre idée de comment gérer cette histoire en même temps que la nôtre. Je ne sais même pas comment je peux faire tenir deux hommes dans ma tête, et actuellement tu prends toute la place, et je ne veux pas, je ne sais pas faire. Ça, c'est terrible.*

— Je vais voir comment on s'organise pour mardi, dis-je en m'éloignant en marche arrière.

— Tu ne peux pas savoir à quel point j'ai hâte, répond Monsieur en effleurant mes doigts une dernière fois.

Chez moi aussi, la pulsion de vie triomphe tout le temps : la seule chose à laquelle je pense, en trottinant vers la rue de Rivoli, c'est l'aspect de mes fesses quand je marche. Sans avoir besoin de le vérifier je sens le regard de Monsieur qui ne me lâchera pas jusqu'au premier tournant.

— Tu es belle, écrit-il deux minutes après.

Monsieur

Ta lettre… une grenade dégoupillée.

Ellie

Je crois que tu n'as pas compris mon problème de nerf dans la jambe, tout à l'heure. Je te réexplique, parce que si ça se trouve, c'est très grave et il faudra m'opérer. Les symptômes sont les suivants : dès que tu me parles, j'ai ma jambe droite qui devient toute molle et toute lourde, comme si je me transformais en limace. Le même effet se produit lorsque je pense à toi, quel que soit l'endroit. À un stade critique, l'engourdissement monte de la cuisse jusqu'à la fesse et j'éprouve dès lors un manque de discernement, ou devrais-je dire une perte de repères, qui transforme toute activité impliquant mes muscles en stimulation sexuelle. La marche, par exemple, devient un préliminaire. Alors moi je m'en fiche, dans l'absolu, mais lorsque je ne suis pas seule c'est un peu gênant. Comme si j'avais un orgasme chaque fois que je bâille – c'est gênant.

Je ne sais pas quel est le nom de ce nerf, mais il serait je pense de bon ton d'éclaircir ce problème au plus vite. Je n'ai aucune envie de me transformer en huître (les huîtres passent leur journée ouvertes afin d'attraper au vol le sperme des huîtres mâles, qui se balade dans la mer. Toutes des garces).

Cela dit ne nous faisons pas trop de souci, j'ai appris ce soir que mardi matin a lieu un séminaire sur les nerfs inconnus de ma cuisse. Relativement court, le séminaire, mais compact. Je veux bien être le sujet de toutes les expériences du monde, à condition d'être traitée comme il faut et de trouver un peu de soulagement. À l'heure où j'écris, je suis pratiquement incapable de bouger ma jambe.

D'autre part, comme je vois que tu n'as pas encore reçu mon message sur la manière dont j'ai occupé l'heure allant de seize à dix-sept, au risque de radoter je tiens à insister sur l'aspect tétanisant de mon orgasme vespéral. Annihilant, même. Je ne me suis jamais fait surprendre par mes parents à ce moment-là, mais j'aurais détesté qu'ils choisissent ce soir pour entrer en trombe armés d'un prétexte pathétique. Déjà que pendant n'importe quel orgasme médiocre il est difficile d'afficher un visage humain et une conscience idoine pour répondre à maman que « naaaoooon, je ne sais pas où est passé ton carré Hermès, laisse-moi tranquille ! »... Cela dit, habituellement je crois que je reste à peu près regardable – je n'ai pas les yeux blancs ni les oreilles cramoisies. Par contre là j'ai bien failli tomber en pâmoison.

Ne me parle pas de pâmoison au bloc. Après je suis toute pâmée.

Je n'ai toujours pas percé le mystère des griffures qui apparaissent dans mon dos chaque fois que je te vois. J'ai pensé aux stigmates de la culpabilité, mais c'est impossible, je n'ai pas une once de culpabilité. Je me sens intouchable, c'est terrible ; depuis deux jours je suis totalement incandescente et je ne trouve aucun répit.

Tout ça pour dire qu'il faut absolument que l'on se voie mardi. Voilà pour ce qui est du « sûr ». Et j'attends tous les « peut-être » dont tu me parlais au téléphone.

Et je vais me coucher.

Et je vais me toucher.

Et je pense à toi.

Et j'espère que je ne t'ai pas importuné ce matin.

Et qu'il n'y a pas de caméra dans l'ascenseur.

Et dis-leur qu'il faut faire un ascenseur plus vétuste, qui mette trois plombes à monter les étages.

À demain.

Ellie

Monsieur

Tu me manques.

Câlinerie téléphonique avec Monsieur, sous ma couette brûlante à huit heures du matin. Je me réveille à peine, prise dans une torpeur exquise.

— Tu as écrit un peu hier ?

— Pas vraiment. J'ai tourné autour de mes feuilles, finis-je par préciser avec un agacement mêlé de honte.

— Il *faut* que tu écrives ! gronde Monsieur.

— Je sais, je sais...

— Sérieusement, Ellie. Tu sais sur quoi tu devrais écrire ?

— Mmh ?

— Écris sur nous. Sur notre histoire.

— Et... ? Qu'est-ce qu'il y a à écrire sur nous ?

— Mais... je ne sais pas, moi ! C'est toi l'écrivain ! Quand je relis tes mails, j'ai l'impression de lire un roman. Invente un roman autour de nous !

Je me caresse négligemment tout en parlant, titillée par la frustration de ne pas entendre cette voix si belle, si bandante, chanter sur des thèmes plus lestes – mais non, l'écriture, l'écriture... Monsieur en ce moment me pousse tous les jours à gratter. Dit comme ça, ça semble extrêmement bateau, l'histoire d'un homme marié avec la nièce d'un de ses collègues. Mais je ne vais pas froisser inutilement son orgueil littéraire.

— Pourquoi pas ? je lance, persuadée que cette nouvelle journée de grève me verra glander, et point final.

— Essaie au moins, répond-il. Je te rappellerai ce soir, ou dans la journée si je peux. D'accord, mon amour ?

— D'accord.

— Promis ?

— Je promets.

— Tu es où, là ?

La conversation prend un nouveau tour.

— Dans mon lit. Je viens de me réveillcr.

— Toute nue ?

— Je dors *toujours* nue comme un ver.

Entre ses dents, Monsieur émet un sifflement presque douloureux.

— Tu me fais bander, putain !

Je glousse d'aise et feins de protester.

— Mais je n'ai *rien* dit !

— C'est ça, va. Tu sais bien que tu en as dit suffisamment, mon imagination fait le reste. Je vais avoir l'air de quoi, si je bande en arrivant à la clinique ?

— Ça va passer, prédis-je en m'étirant, même si je sais déjà que je ferai de mon mieux pour que *ça* ne passe pas – et Monsieur en est parfaitement conscient.

— Ça va passer, et puis dans la journée tu me passeras des textos et je serai dur, à nouveau. Tu crois que c'est confortable, quand j'opère ?

— Si tu préfères, je ne le ferai pas, souris-je.

— Tu es folle ? Envoie-moi des photos de ton cul. Je les regarderai entre deux consultations.

— Et après tu banderas devant tes patientes. Pas très classe.

— Je les emmerde. Ça me détendra de bander pour toi. Tu m'enverras des photos ?

Je reformule une de ces petites promesses anodines, ornementales, qui constituent l'essentiel de nos conversations téléphoniques ; ce qui me fait bander, moi, c'est qu'il soit si facile d'émouvoir Monsieur. De l'imaginer dans son beau costume, ou dans ses habits de chirurgien, nettement tendu, cachant son embarras sous son masque, tout ça à cause de moi. Moi. Mon gros cul et mon inconséquence semblent provoquer chez lui un trouble profond.

— À ce soir, chéri, je roucoule en m'étirant.

— Ta voix m'excite, lâche-t-il, puis, sans autres manières : à ce soir, ma poupée.

Dans la journée, après une heure sur Facebook, je m'enhardis à ouvrir un fichier texte – et je le regarde quelques instants comme une poule qui a trouvé un couteau. Le problème de la page blanche, c'est que c'est éblouissant de vide et d'attente. Si on ne tape que quelques phrases, tout ce blanc agressif a l'air de hurler « nourris-moi » – et comment je fais, moi, pour combler ce gouffre ? Moi qui m'endors depuis un an sur ma seule et unique publication ? Cela fait bientôt six mois que je me sens comme un vieux puits dont on ne tire jamais que quelques gouttes d'eau boueuse – quand l'aridité n'est pas totale. Alors oui, j'écris. Dans des carnets que je perds au bout de quelques jours, dans les pages vierges de mon agenda. Des conneries. De ces rien du tout qui constituent ma vie confortable d'étudiante. Comment puis-je attendre quoi que ce soit d'autre aujourd'hui ?

Je repense à cette voix qu'a eue Monsieur au téléphone lorsqu'il s'est étonné que je connaisse si bien sa vie de ces dernières années, oubliant que ma mère m'avait parlé de ce week-end à Jersey bien des mois avant notre premier contact. Et sans croire vraiment au succès de mon entreprise, sans voir plus loin que quelques lignes de minauderies courtisanes, j'écris :

Il avait l'air constamment épaté d'exister depuis si longtemps dans ma vie – bien que l'existence qu'il ait eue avant nos premières discussions fût très abstraite. Je bâtissais un monde de tout ce que je pouvais grappiller de lui, des détails que je glanais au fil des conversations. Monsieur aimait la littérature érotique ; voilà le détail qui lança ma quête. Parce que j'avais longtemps été considérablement isolée dans mon propre amour de Calaferte, d'André Pieyre de Mandiargues et de tant d'autres, qu'il me semblait même au bout du compte être l'unique lectrice de leurs chefs-d'œuvre, savoir que tout près évoluait un homme brûlant des mêmes passions que moi était un miracle.

Les hommes qui lisent. Il existe tout un univers qui ne tourne qu'autour des hommes qui lisent, qui se plongent et se noient dans cette rêverie éminemment féminine et, mon Dieu, ce charme qu'ils ont. Ce charme qu'ont ces doigts qui tournent des pages, en cornent d'autres, qu'ont ces grands yeux qui tressautent et aspirent chaque caractère, chaque ligne, chaque mot. L'abîme que l'on devine derrière ces fronts plissés au-dessus du papier jauni.

Relire Calaferte en lui sachant ce goût avait une saveur totalement différente. Des heures je m'enfermais dans ma chambre pour y découvrir avec une gêne délicieuse les paragraphes les plus crus, émoustillée par cette conscience aiguë que ses grands yeux gris s'y étaient posés aussi, comme un vernis supplémentaire qui donnait une trouble fraîcheur à ces passages sus par cœur. Comment envisagent-ils tous ces mots, chatte, cul, queue, mouille, foutre, enculer ? Quel impact ont ces mots dans le cerveau d'un homme de quarante-cinq ans, qui a probablement avec l'expérience attaché un signifié derrière tous ces signifiants ? Qu'évoque le mot « chatte » ? À quelle chatte pense-t-il lorsqu'il effleure sans bruit ces six lettres noires ? Quelle femme aura corrompu à jamais de son souvenir, de son odeur, de sa présence, chaque page de la littérature érotique ?

À travers ces lectures, je lui prêtais un bagage nimbé de mystère – ce mystère des hommes plus âgés et des promesses qu'ils font sans même ouvrir la bouche.

Je l'ai envoyé à Monsieur, sans conviction.

— Génial, n'arrête surtout pas ! ai-je reçu en réponse.

Le lendemain, pour la première fois depuis des semaines, je me suis levée tôt et j'ai acheté un cahier.

— Comment était ta journée, mon cœur ?

— Excellente, j'ai passé mon après-midi à bronzer sur un transat du jardin, jambes ouvertes. Je crois qu'à présent la famille qui loge en face connaît tout de ma culotte.

— Comment elle était, cette culotte ?

— En fait, je n'en avais pas. Mais je me suis dit que ça faisait mauvais genre de te le dire comme ça, de but en blanc.

— Tu me fais rire !

— Est-ce qu'on peut faire rire et être bandante en même temps ?

— C'est même complémentaire.

— Je suis un clown sans slip.

— Tu es tellement appétissante…

— Jamais je n'ai entendu de plus joli compliment que « tu es tellement appétissante ».

Il y a des moments de cette histoire dont j'adore me souvenir. Des images qui me reviennent et me font sourire largement, qu'importe le moment, qu'importe mon humeur. La matinée que nous avons passée dans notre petit hôtel de la place de Clichy fait partie de cet herbier exquis, aux feuilles toutes plus précieuses les unes que les autres. Le temps ne semble avoir aucune emprise sur elles.

Je dormais sourdement, d'un sommeil alourdi par la bouteille de vodka vidée la veille avec Babette. Une chambre tapissée de rouge, équipée d'une fontaine en stuc, et moi ronflant comme une ivrogne avec pour seul vêtement ma culotte de roulure Agent Provocateur. Figurez-vous quel tableau de mauvais goût je présidais lorsqu'à dix heures tapantes mon portable m'a réveillée.

— Dix minutes et je suis contre toi, disait Monsieur.

Je me suis redressée comme un ressort dans le lit. Dix minutes pour retrouver un teint de jeune fille et une haleine idoine. On ne me laissait même pas le temps d'attendre, ventre serré et souffle court. Je me suis jetée comme une tornade dans la douche, brosse à dents en bouche, les yeux exorbités de hâte. D'un coup de pied, j'ai fait rouler la bouteille vide sous le lit. Je me sentais globalement piteuse, ma coiffure n'avait rien à voir avec les fantasmes que je m'en faisais la veille au soir, j'avais les paupières bouffies, mais je savais déjà, après deux entrevues, que Monsieur ne verrait pas ça. Monsieur me verrait tout entière.

Je suis sortie en culotte sur le palier, un demi-joint à la main. Me suis assise, les jambes dépassant entre les barreaux de la rampe, battant dans le vide, tandis que je scrutais le rez-de-chaussée. Cette sensation de vertige qui me prenait aux tripes ne devait rien à la hauteur. À côté de moi, mon téléphone a vibré avec une insistance langoureuse.

— Allô ?

— Qu'est-ce que tu fais, ma poupée ? a souri Monsieur à l'autre bout du fil, et j'allais me mettre à roucouler lorsque je me suis aperçue que j'entendais doublement sa voix : dans mon oreille et en bas, au rez-de-chaussée.

— Écoute, pas grand-chose…

Palpitante, je me suis relevée tout doucement, sans oser lâcher une seconde l'angle de vue que j'avais de l'enfilade d'escaliers sous moi. J'ai reculé à tout petits pas dans le couloir, jusqu'à heurter doucement la porte de la chambre.

— Je suis au lit. Et toi ?

— Tout près, chérie. À tout de suite.

Monsieur ne voulait que prendre la température. Je me suis terrée sous les draps, prises de spasmes d'excitation qu'on ne connaît guère qu'à l'occasion d'une partie de cache-cache.

Ai-je déjà parlé de son pas dans l'escalier ? C'est plutôt une absence de bruit à laquelle je pense, la magie avec laquelle il est passé du rez-de-chaussée au deuxième étage sans avoir produit le moindre son pouvant le trahir. À peine une oreille exercée aurait-elle pu saisir la subtilité du craquement de la rampe ou le couinement neigeux de la moquette sous ses chaussures. L'air ambiant venait de changer de texture, d'odeur, de densité : c'était une vague de chair de poule qui me givrait des pieds à la tête – à l'intérieur de ma poitrine, loin derrière mes petits seins tout à coup incroyablement durs mon cœur s'emballait au point de venir battre à mes oreilles, éclipsant les nuances de son trop délicates. Dans un chuintement, le bouton de la porte a basculé vers la droite. Le rai de lumière qui est alors venu strier le sol de la chambre avait l'air d'émaner de Monsieur en personne ; parce que j'étais à peine sortie de mon lit et que les rideaux étaient encore tirés, il semblait m'apporter cette nouvelle journée dans ses mains, et je sentais qu'il mettrait tout en œuvre pour qu'elle débute sous les meilleurs auspices. Après tout, il détenait le pouvoir d'en faire exactement ce qu'il voulait.

L'incarnation masculine de la lascivité est apparue, un instant juste une ombre immobile sur le seuil baigné de lumière. La lascivité comme je l'ai connue ce matin-là avait les cheveux noir et argent. Elle regardait ma chambre en souriant, dans ses yeux sombres néanmoins un émerveillement d'enfant. Me regardait comme si je faisais partie de cette chambre – mais que j'y apportais une fraîcheur exquise – semblant trouver qu'il n'était de meilleur accessoire que moi sur ce lit, près de cette fontaine de conte de fées. Elle s'est ruée sur moi en me laissant à peine le temps de poser mon joint dans le cendrier. Je l'ai serré de toutes mes forces entre mes jambes, Monsieur avec un souffle brûlant m'a caressé l'oreille : « une semaine sans toi, c'est tellement long… ! » et à la fébrilité de ses baisers j'ai senti ce pouvoir que j'avais sur lui – mais qu'il fléchissait. Sans m'en être rendu compte j'avais attendu ce genre de mots, de cet homme adorable et haïssable. Ils sonnaient comme une berceuse – et ça n'aurait pas dû, Seigneur, ça n'aurait pas dû. Monsieur a promené son grand nez le long du mien, murmurant « tu es tellement belle, putain », puis fronçant les sourcils.

— Qu'est-ce que tu sens ?

J'ai eu un rire muet, toutes mes dents découvertes, ivre de joie et de fumée.

— L'herbe ?

Monsieur a souri comme un rayon de soleil dans l'obscurité et, sans cesser de caresser mes tempes :

— Tu as fumé ?

— Il restait un demi-joint dans le cendrier.

— J'adore cette haleine, a-t-il chuchoté en m'embrassant les dents. Et c'est dommage que je ne puisse pas fumer, j'opère aujourd'hui. J'adorerais fumer avec toi. Un jour, si j'arrive à me débrouiller, on fera ça ensemble.

— Mais tu fumes, toi ?

— Quand je peux.

Puis, se redressant pour me retourner sur le dos :

— Comment j'ai fait pour ne pas te violer, mercredi à la clinique ?

Rougissante dans mon oreiller tandis que son regard me cuisait les fesses, je lui ai rappelé :

— Tu l'as pratiquement fait, dans l'ascenseur.

— Ça t'a plu, a demandé Monsieur, sans le moindre point d'interrogation.

Il ne saura jamais ce que m'a coûté ce petit couinement que j'ai poussé pour marquer mon coupable assentiment.

— Ce cul..., s'est-il émerveillé, sans un commentaire pour ma culotte très chère mais en me pétrissant d'une manière fabuleuse.

Je me savais au bord d'une matinée dont mon cul serait le Roi Soleil. Et c'était bizarre. C'était bizarre de sentir ma chatte se désespérer déjà de cette attention qu'elle n'accaparerait pas.

Monsieur m'a retiré ma culotte comme à une petite fille ; quelques jours plus tôt cet homme gérait tout un ensemble de blocs chirurgicaux, des hordes de femmes en blouse le regardaient comme Dieu sur terre, et ce matin ces doigts si puissants condescendaient à caresser une petite étudiante en parfaite santé, juste par sens de l'esthétisme – quoi que cela pût être.

Détail d'une crudité intolérable : les pouces de Monsieur ont dérivé dans ce petit creux en forme de cœur qui sépare les cuisses et fait office d'écrin, et comme ils reproduisaient ce même mouvement circulaire je me suis entendue clapoter – le bruit ne pouvait venir que d'entre mes jambes. Je m'attendais à un commentaire pétrifiant sur mon état d'excitation : point du tout. Monsieur s'est relevé, et tandis qu'en un éclair je me rappelais ses textos et comprenais simultanément ce qui allait m'arriver, il a agi de telle manière que je ne pouvais plus m'échapper. Je me suis débattue comme un animal embourbé dans des sables mouvants, protestant vainement dans les draps, mais Monsieur d'un ton à me briser en deux m'a ordonné de rester tranquille. Une seconde je me suis recroquevillée, instinctivement.

— Pas ça, ai-je supplié en silence, comme si à ce stade-là Monsieur allait abandonner son empire et décider de me faire l'amour poliment.

En de pareilles circonstances l'herbe refusait de faire effet ; j'ai récupéré ma complète lucidité aussitôt que la bouche de Monsieur s'est posée sur moi, ses deux paumes ouvertes de chaque côté de mes fesses. Puis ça a été sa langue, et j'ai braillé de gêne en fronçant les sourcils dans une mimique dégoûtée, priant pour qu'il s'arrête vite, par pitié, *mais comment peut-on vouloir faire ça ? Comment peut-on aimer ça ?* Même si j'avais pu éprouver un peu de ce plaisir mêlé d'embarras, le fait de me trouver ainsi piégée comme un rat, dans cette position d'impuissance, me faisait me sentir ridicule.

(Plus tard, lorsque je lui soumettrais mon humiliation, Babette aurait cette réflexion très juste : « C'est-à-dire que, comme ça, tu ne *peux pas* oublier qu'il est en train de te lécher le trou du cul. Alors que c'est précisément le genre de certitude dont tu te passerais bien. »)

C'était une sensation que je ne voulais pas trouver exquise, mais Monsieur semblait le comprendre très bien, ne s'indignait absolument pas de ma rigidité. Et même, lorsque je tentais le plus petit mouvement de révolte, sa main forte me retenait face contre le matelas. Alors j'ai utilisé la dernière feinte, celle dont je savais qu'elle ne me trahirait pas. Avec une ondulation d'anguille, je me suis frotté la joue contre sa queue, encore prise sous la flanelle grise. Sans son aide, mais sous son regard, j'ai défait les quelques boutons qui me séparaient d'elle et, la bouche sèche, je l'ai prise presque en entier, sur ma langue immédiatement son goût d'héroïne et d'hormones en transe, cette sensation d'être pleine envers et contre tout.

Monsieur est resté statique, se contentant d'exprimer sa mobilité par l'étreinte impérieuse de sa main emprisonnée dans mes cheveux, les rassemblant en une lourde natte blonde. Puis, lorsqu'il en a eu assez de se repaître de mes chatteries de petite fille, il m'a rejetée en arrière d'un geste royal, comme si dans cette situation je n'avais jamais, même une seule seconde, eu voix au chapitre.

Avec une reptation enfantine, Monsieur encore tout habillé mais sa queue luisante de salive m'a chuchoté d'un ton qui trahissait la querelle intérieure :

— Non, je veux regarder ta chatte d'abord.

D'avance horrifiée, je me suis tordue comme un ver, tentant vainement de refermer mes jambes. C'était peine perdue : de ses mains de prédateur il m'a tenue ouverte, et durant quelques minutes m'a feuilletée comme on tourne les pages délicates d'une bible rare, de dix doigts infiniment précautionneux. Alors que je me confondais en geignements embarrassés, j'ai levé mon visage et vu dans le sien tant de sereine fascination que le choc m'a rabattue en arrière : cet homme qui adorait les mêmes livres que moi regardait ma chatte aussi pieusement qu'il aurait lu un Bataille sur papier vélin, avec ses yeux qui connaissaient la courbure lascive des mots « nymphes », « con », « fente », « bouton ». Malgré l'instinct que j'avais de me défendre de cette curiosité, à aucun moment Monsieur ne me donnait l'impression de porter un quelconque jugement négatif sur ce qui lui était présenté. Plus jeune, je craignais comme la mort qu'un homme trouve ma chatte mal assortie à mes faux airs poupins – que cette dichotomie entre corps et visage puisse être déconcertante : mais Lui semblait trouver cela très à propos, considérant sans doute qu'à bien des égards elle était un excellent porte-parole de la salope qu'il soupçonnait en moi. Tout en Monsieur n'était qu'appréciation. Et effectivement, un peu plus tard, tranchant le silence religieux de sa voix chaude comme le Gulf Stream :

— Ta chatte me plaît beaucoup, tu sais.

Juste à ce moment-là, j'aurais aimé être un garçon pour pouvoir faire bander une fille comme il venait de le faire ; mais alors, juste à ce moment-là. Personne ne pouvait se sentir mieux que moi, nue comme un ver devant Monsieur, ouverte comme une bouche et baveuse à souhait, engourdie par une soif de baise spasmodique. Et personne ne pouvait être mieux que moi lorsque j'ai senti barbe drue du matin et lèvres lourdes s'unir quelque part, Dieu sait où, à un endroit impossible à situer mais regorgeant de suffisamment de nerfs pour m'envoyer une décharge de 220 volts dans la colonne vertébrale. Pour le coup, je crois que j'ai bondi, et il a esquissé le sourire suborneur de Satan en personne, celui qui dit : « Tu sais que je sais que tu adores ça, parce que tu es vicieuse et que les vicieuses aiment fondre dans la bouche des hommes. »

Je suis perdue, ai-je pensé sans même frémir une seconde à cette idée.

— Et le goût de ta chatte me plaît beaucoup, a ajouté Monsieur dont la bouche charnue luisait comme une cerise.

Monsieur léchait avec la précision d'un homme rompu à cette caresse, un peu comme un pianiste génial se permettrait des pirouettes artistiques faussement déstructurées, tout en langue de colibri, et je me sentais devenir dure, mais dure, et ruisselante, et molle contre son visage. Qu'il soit en train de me donner le baiser le plus vénéneux du monde me captivait. Car c'est bien d'un baiser qu'il s'agissait ; Monsieur n'était pas homme à se laisser leurrer par la verticalité de ce sourire-là.

Lorsqu'il s'est relevé il bandait encore plus fort, et tout en écartant vivement mes cuisses s'est léché les lèvres avec une gourmandise inconsciente qui m'a achevée.

— Je ne sais pas par où te baiser d'abord, a-t-il soufflé, l'air réellement indécis, le regard perdu dans ce labyrinthe que semblait constituer le delta menant de ma chatte à mon cul.

Puis, revenant à mon visage :

— Qu'est-ce que tu veux, chérie ?

Dieu seul sait pourquoi j'ai répondu :

— Par-derrière.

Monsieur, pour qui ce genre de périphrase n'avait tout de même pas la rigueur sémantique de « sodomie » a fait mine de me retourner sur le ventre.

— Pas comme ça, pas à quatre pattes.

Et enfin j'ai compris que cette herbe agissait sur mon verbe. Galvanisée, j'ai expliqué à Monsieur, tout en défaisant ses boutons :

— J'ai envie que...

— Tu as envie de quoi ?

— J'ai envie que tu m'encules. Mais sur le dos, me suis-je empressée d'ajouter, comme si j'espérais faire oublier le début de ma requête.

J'ignore si Monsieur a compris quel pas en avant je venais de faire, avec l'air de ne rien lui céder. Quand je me suis rejetée en arrière et qu'il s'est avancé vers moi pour replier mes jambes, j'ai su qu'il avait suivi mon idée dès le début, sans avoir eu besoin de la verbaliser, et qu'il l'approuvait totalement. Il aimait que j'aime cette position, pour la conscience mutuelle et tacite qu'ainsi je le laissais complaisamment tout voir. Il aimait que j'aie porté cette pratique à un art au point de ne la considérer qu'allongée et offerte à son regard. Luimême avait des délicatesses d'expert ; il m'a pénétrée très lentement, attentif de manière inédite à mes sifflements, mais toujours ferme, ne renonçant jamais aux parcelles de territoire gagnées. Monsieur sentait, rien qu'à la manière dont je me resserrais autour de lui, à quel moment la douleur cessait de rendre le plaisir plus fort, pour l'éclipser totalement.

J'ai expiré avec l'air de sainte Thérèse en extase, et Monsieur s'est enfoncé en moi profondément, violant mon oreille bourdonnante.

— Tu aimes ça, mon amour ?

Monsieur qui m'encule en me disant je t'aime. Incroyable, la noblesse d'un tel acte lorsque c'est lui qui s'y livre. Le respect profond de l'Autre que l'on y sent. Ça n'était pas un respect plus fort encore que les circonstances, Monsieur savait qu'en me prenant ainsi il me courbait totalement sous son joug ; en tant qu'adulte, il avait une appréciation sophistiquée de ma docilité, et une parfaite conscience de ce rapport de soumission. Mais il y avait quelque chose de magique chez Monsieur, que je n'ai jamais retrouvé ailleurs : cette manière d'agir, cette fermeté d'empereur pour me persuader que tous ces raffinements, ces mots crus, c'était pour mon bien. Et que me débattre, c'était temporairement perdre une occasion de jouir. Car il n'était pas question d'injures, en réalité. Partout où il disait salope ou pute ou chatte, en y pensant bien je n'entendais que des caresses ; que des exhortations à lui céder mes défenses. Pourtant je ne pouvais pas parler. J'en avais envie, de toute mon âme, mais j'en étais incapable. Et Monsieur roucoulait :

— Dis-moi que tu aimes ça, chérie. Parle-moi. Dis-moi que tu aimes que je t'encule.

Je me suis recroquevillée dans mon épaule et dans mes cheveux, rougissante comme une biche, et Monsieur qui bougeait en moi de manière élastique et parfaite m'a susurré :

— Regarde-moi.

D'une main il m'a attrapé le menton. Sèchement :

— Regarde-moi.

Comme je me montrais rétive à la sévérité, Monsieur a tenté la douceur, et d'une voix de miel que mon Dieu j'en bande encore :

— Regarde-moi, chérie. Regarde-moi.

Moi, ouvrant les yeux avec répulsion :

— J'y arrive pas.

Je clignais en ruant du menton, étonnée de peiner autant devant l'idée d'une communication que j'établissais facilement avec d'autres.

— Tu ne sais pas qu'il faut toujours regarder un homme lorsqu'il a sa queue dans ton cul ? a commencé Monsieur, et je l'écoutais comme on écoute un passage de *Lolita :* la même vénération. C'est toi qui as le pouvoir, tu sais. Même si c'est moi qui t'encule (*et là je me suis mordu les lèvres jusqu'au sang)*, je suis pris au piège dans ton petit cul, et c'est moi que tu rends fou.

Petite pause, durant laquelle il a relevé mes cuisses juste un peu plus haut, juste assez pour transformer la position chaste du missionnaire en reptations obscènes ; puis, dans un souffle :

— Tu ne te sens pas un peu salope, comme ça ? D'avoir ma queue dans ton cul ? Dis-moi comment tu te sens ?

Et comme dans le brouillard de mes cheveux j'entrouvrais une paupière, j'ai vu ma chatte grande ouverte mais en crue, et en dessous la bite de Monsieur entrant et sortant lentement de mon cul, et j'ai su que Monsieur avait ce même panorama beaucoup trop sale ; j'ai adoré ça. Je lui ai abandonné des prunelles frémissantes, miaulant :

— Je me sens salope.

Cet infâme corrupteur de Monsieur a sauté sur la faille en me caressant le lobe des oreilles de ses lèvres où mon odeur refusait de s'estomper.

— Montre-moi comment tu te caresses.

Devant cet ordre je me suis trouvée envahie d'un froid glacial ; j'avais une totale conscience que je ne pourrais pas y échapper, peu importent les excuses que je saurais trouver, et cela même si je n'avais à l'origine aucune intention de montrer à cet homme quelque chose d'aussi profondément intime. La perspective de me faire jouir devant Monsieur, alors que j'étais déjà pleine de sa queue au fond de mon ventre, me pétrifiait. Littéralement. J'en concevais un effroi qui me faisait presque regretter de me trouver là, dans cette chambre, avec cet homme. Dans mon cou il chantonnait :

— Fais-le, chérie. Montre-moi comment tu fais. Je suis sûr que tu es tellement belle, quand tu te caresses.

Avec des affectations de courtisane au bord de la compromission, je me suis échappée :

— Mais je n'ai *jamais* fait ça !

— Fais-le, mon amour. Caresse ta petite chatte. Tu sens bien qu'elle est trempée.

— Non…, ai-je gémi en essayant de soulever mes doigts.

Au prix d'un énorme effort (alourdi par ma complaisance à jouer l'effarouchée), j'ai réussi à poser ma main sur mon ventre. Puis, comme elle refusait de bouger plus avant, j'ai poussé un cri de dépit qui m'a brisée en deux : petit chiot tirant au bout de sa laisse. Mais Monsieur ne s'est pas laissé attendrir.

— Branle ta petite chatte. Fais-le, ou je ne te baise plus.

J'aurais aimé qu'il comprenne à quel point je voulais, à quel point je mourais d'envie de me faire et de lui faire ce plaisir. Qu'au final je subissais cette pudeur autant que lui. Et que ce verbe « branler », même bandant à souhait dans sa bouche douce et épicée, m'avait agressée plus que de raison : je ne savais pas trop si j'avais réellement envie de me *branler* devant Monsieur. J'aurais aimé qu'il comprenne cela. Il n'en serait peut-être pas venu à des extrémités comme le chantage. Monsieur a reculé sans sortir totalement de moi, et tout net s'est arrêté de bouger. D'indignation j'ai rué en avant, mais avec deux mains fermes il a bloqué mon ventre.

— Je te jure que je ne te baise plus. Branle-toi devant moi. Tu sais que le meilleur orgasme que tu puisses avoir, c'est en te caressant pendant que tu te fais enculer ?

(Monsieur dit « enculer » avec la noblesse des plus belles pages érotiques. Ça n'est pas du tout le « enculer » injurieux ou espiègle de mes amies. Quand il prononce ces trois syllabes, on sent exactement à partir de quels mots celui-ci a été créé. Même émerveillement que lorsque j'ai lu et compris « déconner » dans un roman libertin du XVIIIe. Cette richesse originelle du français.)

Vexée d'avoir été ainsi piégée, j'ai jeté à Monsieur un regard noir qui ne l'a pas atteint une seconde. Puis, d'un air matois, miaulé :

— Non, baise-moi !

Mais Monsieur était plus rusé que moi – il n'était en tout cas pas homme à se contenter ainsi de mots au point d'en oublier ses amours premières.

— Caresse ta chatte.

Et à sa voix j'ai compris qu'il pouvait tout à fait faire ça, s'éloigner à l'autre bout du lit et se branler devant moi jusqu'à ce que l'exaspération me pousse à faire de même, la mort dans l'âme. Alors j'ai hélitreuillé mes doigts jusqu'à ma fente qui semblait plus de l'avis de Monsieur. Ce fut une scène atroce : je me sentais bouillonner littéralement, et c'est à peine si je parvenais à esquisser un simulacre de caresse. Si je m'y risquais plus de quelques secondes, malgré le plaisir et ce bruit divin de clapotis qui m'emportait comme une vague, le regard de Monsieur m'oppressait et je me crispais de gêne dans les draps moites. Mais, fidèle à sa promesse, il m'a reprise très doucement, semblant glisser dans un bain d'huile chaude, murmurant *Ellie Ellie Ellie oh Ellie caresse-toi mieux que ça fais comme quand je ne suis pas là*, comme s'il était Dieu possible d'oublier sa présence, la vibration qu'il émettait. J'étais tétanisée ; toutes ces exigences représentaient un monde auquel je n'avais jamais eu accès. Avec Alexandre pourtant j'avais cru atteindre un niveau de perversion inédit, mais la fermeté naturelle de Monsieur et la motivation de ses désirs renvoyaient nos éjaculations faciales policées à une version édulcorée des possibles entrevus ce matin-là. Il y avait une indéniable beauté dans ce qu'il tentait de m'arracher ; l'amour simple et grandiose d'un homme pour le plaisir des femmes.

Et puis je me suis vue pleurnichant, avec mes mains qui renâclaient à l'idée d'exécuter en public ce ballet su par cœur, instinctif. Monsieur qui les retenait, dès qu'elles prenaient la fuite. Je ne savais pas qui haïr le plus, de lui ou de moi. Je lui jetais des éclairs de regard à la fois suppliant et irrité, et c'est je pense à ma manière de froncer les paupières qu'il a compris que nous n'allions nulle part. Il m'a couverte d'une œillade qui se plaignait de ce que j'étais une bien mauvaise élève ce matin, mais promettait l'indulgence des grands maîtres lorsqu'ils entrevoient les limites de leurs bambins. De ses deux pouces il a fait mon office de manière admirable, au point que je me sois demandé, l'espace d'un instant, si cet homme était génial au point d'avoir compris aux balbutiements de mes doigts la structure générale et parfaite des manipulations qui me rendaient folle. J'ai senti que quelques minutes suffiraient, mais – je ne sais pas – j'avais envie de voir jouir Monsieur bien avant que de jouir moi-même. Alors, tandis que ma chatte aspirait ses doigts comme un bébé tète, j'ai serré sa queue de tous mes muscles et, mes ongles plantés dans ses fesses, je l'ai entraîné à me baiser très fort. Lui, sans doute pour s'économiser du mieux possible, a rompu toute communication, durant quelques minutes où ses yeux se sont fermés. Et cette infime portion de temps m'a semblé durer une éternité ; brusquement ça n'était plus Monsieur, ça n'était plus cette chambre, et ça n'était plus du tout cette conception du sexe à la fois animale et sophistiquée. Ça n'était plus qu'un vieux grimpant une vicieuse qui aurait pu être sa fille, dans un hôtel glauque d'un coin glauque de Paris, et ils faisaient ça de manière sale. Je n'étais pas bien sûre de vraiment aimer ça, sans le regard de Monsieur ; et sans son regard j'en oubliais presque pourquoi, tout compte fait, cette histoire entre lui et moi n'était pas qu'immorale. Ses yeux dans les miens me rappelaient que si nous couchions ensemble, si nous discutions ensemble, si nous parlions tant de temps au téléphone ou par écrit, c'est tout simplement parce que c'était bon, et que si Dieu avait mis cette chose bonne à notre disposition, la mépriser ou la craindre était un gâchis pur et simple. Et durant cinq bonnes minutes, ou peut-être mille en fait, faire l'amour avec lui est devenu ennuyeux.

— Dieu fasse qu'il ne dure pas des heures, ai-je pensé (supplique que je regretterais quelques semaines plus tard, seule et sans nouvelles de l'insaisissable Monsieur).

Soudain, le visage au-dessus de moi s'est remis à vivre, et d'une voix très grave mais au bord de la brisure, Monsieur m'a dit :

— Je vais jouir dans ton cul.

J'ai suivi, haletante, l'exquise montée du plaisir dans tout son corps long et mince, les derniers allers-retours frémissants où sa respiration s'est faite trébuchante, puis l'ultime ruade, qui l'a projeté tout au fond de moi, et tandis que je le griffais il a poussé un seul cri, un seul essoufflement rauque qui m'a touchée au point qu'un instant j'ai cru que j'allais jouir aussi. Je me suis concentrée de toutes mes forces pour sentir les jets, mais je n'ai capté que les spasmes incontrôlables de sa queue, puis Monsieur en respirant comme on berce s'est niché dans mon cou, encore dur.

— Ton cul m'avait manqué, m'a-t-il dit en sortant de moi – et j'ai été submergée par une sensation de solitude physique terrible. Même après avoir joui j'ai envie de le prendre encore et encore.

Monsieur alors a été pris d'une frénésie de tendresse, me roulant sur lui avec des prières d'enfant.

— Mais embrasse-moi ! Regarde-moi ! Tu ne veux pas de ma tendresse ?

— Mais si, ai-je protesté en me tordant comme un crotale dans ses bras. Je te regarde tout le temps !

— Non, tu sais très bien que ça n'est pas vrai. Je ne peux jamais te câliner, tu t'échappes. Je peux t'enculer, mais je ne peux pas te faire de câlins ?

— Bien sûr que tu peux, ai-je rétorqué sans retenir un mouvement d'impatience.

Et avec un soupir que je ne voulais pas aussi manifeste, j'ai laissé les doigts de Monsieur me domestiquer, menton tourné vers lui. Tout comme la dernière fois, c'est à ce moment précis où il baissait la garde que j'ai récupéré tout mon aplomb. Je me suis dérobée lâchement.

— J'ai fumé avant, je ne veux pas te parler en face.

Et je me suis redressée gracieusement, pour ramasser mon ordinateur. Lorsque l'écran s'est rallumé, Monsieur a vu la photo d'Andréa. Sèchement :

— Qui c'est ?

— Mon copain, ai-je répondu en rallumant le demi-joint dans le cendrier.

— Super, a grincé Monsieur en se laissant retomber sur le traversin.

— Excuse-moi d'avoir aussi une autre vie, ai-je répondu, pour immédiatement regretter ce ton indifférent.

En cherchant vainement de quoi effacer cette phrase de sa mémoire, j'ai mis les Turtles et tiré ma première latte, me déplaçant pour m'asseoir sur Monsieur, toutes cuisses ouvertes sur un spectacle que je lui donnais sans plus trop m'en soucier. Un instant il m'a contemplée, ses doigts étalés autour de mes genoux. Puis, souriant :

— J'ai quelque chose pour toi.

Bondissant à ses côtés avec des paupières languissantes de geisha :

— C'est quoi ?

— Tu m'as dit que tu ne connaissais pas *Le Con d'Irène*, d'Aragon ?

Autre taffe. Retour du sourire incontrôlable :

— Tu m'en as parlé au téléphone.

Monsieur a saisi sa mallette. Il m'en avait parlé deux jours auparavant, à dix heures du soir, alors que totalement nue je fumais une cigarette dans ma cuisine, me pavanant seule devant la porte-fenêtre. Et plus tard j'avais reçu sur ma boîte mail un extrait du livre en question. L'impatience proverbiale de Monsieur lui avait fait couper des passages au hasard, et l'ensemble manquait cruellement de fluidité, bien trop pour ne susciter en moi qu'une curiosité vague. Mais quand il l'a déposé à côté de moi, avec sa couverture improbable d'édition bon marché, son faux auteur au pseudonyme clinquant (Albert de Routisie), j'ai eu un geste de gourmandise qui m'a poussée en avant : j'aimais à la folie cette idée qu'avait eue Monsieur de m'acheter un livre de poche, si familier à mes yeux d'étudiante.

— Oh, merci ! me suis-je exclamée un peu trop spontanément à mon goût, et Monsieur a souri, avec un attendrissement tout aussi manifeste.

J'ai voulu me couler à ses côtés, mais d'un geste très vif il a repris Irène et l'a ouverte au tout début.

— Lis les deux premières pages.

J'aimerais que les gens comprennent ce que j'ai pu vivre alors, assise en tailleur nue sur le tapis à la fois doux et rêche des poils de cet homme, dans l'obscurité lascive et chaude de ma chambre isolée du monde. J'avais rarement été aussi défoncée, à un niveau où tout m'atteignait de manière positive, kaléidoscopique. Juste au moment où j'ai posé les yeux sur les premières lignes d'Aragon, le refrain orgasmique d'*Elenore* a explosé dans le silence moite comme un incroyable tourbillon d'amour et d'enthousiasme ; et, simultanément, ces pages d'ouverture me parlaient de sommeil et de douleur et de la mortelle volupté de la nuit noire en des termes dont la force supplantait tout ce que j'avais pu lire auparavant. Frappée littéralement, je me suis rejetée en arrière, bouche grande ouverte et souriant brusquement de toutes mes dents. J'ai expliqué à Monsieur, d'une voix qui se perdait dans les basses des Turtles :

— Ce texte, plus cette musique... je suis emportée.

Je me suis mise à lire comme on se goinfre, incapable de m'empêcher de ponctuer chaque phrase par des soupirs de pur bien-être. Vide comme une coquille de noix, avec l'impression d'être envahie par toute la beauté du monde, noyée par cette splendeur, et je m'en défendais mollement, trop émerveillée pour m'arrêter. Comment décrire ce moment de solitude profonde mais de totale allégresse ? Je me sentais comme quelqu'un qui aurait vu, touché, entendu le Messie, et je savais que Monsieur, sobre, ne pourrait pas saisir à quel divin nous affleurions. Fumer était un prérequis pour se trouver ainsi démuni de tout mécanisme de défense, et absorber la magie comme une éponge. Pourtant il fallait bien que je le dise, que quelqu'un sache. Que Monsieur comprenne à quel point cet instant avait été, jusque-là, notre apogée. Pour la première fois je pense, j'ai dit son prénom. Et immédiatement après un long souffle de femme gorgée d'amour, une logorrhée de fumeuse de joints :

— Comment peut-on aussi bien écrire ? Je veux dire, ça n'est même pas écrire bien, c'est à des kilomètres au-dessus de ça. Je n'ai jamais rien lu qui soit aussi beau et aussi vrai. Aragon, il me fait penser à Mozart, dans ces deux pages. Si tu enlèves un mot, si tu déplaces une virgule, tout s'écroule. La perfection.

Et Monsieur n'a pas pu saisir le double sens de ma fébrilité ; il n'en a compris qu'un. Comme aspirante écrivain, j'étais partagée entre profonde admiration religieuse et jalousie – ou était-ce plutôt de la consternation ? Comme à ma première lecture de *Lolita* (ô Nabokov) je réalisais que chaque phrase, ciselée avec une minutie d'orfèvre, miraculeuse, ne devait rien au travail ou à la correction. Elle tenait du génie ; pour en créer une aussi belle, il m'aurait fallu des heures et des heures d'exaspération, de renoncement puis d'espoir, cloîtrée dans une chambre vide. Et je savais pertinemment, de manière épidermique depuis cette lecture, que jamais je ne serais ce genre de plume à inscrire au panthéon des écrivains. Je le ressentais presque sereinement, comme on accepte les choses de la nature et de la vie. C'était juste la résignation qui faisait mal.

Monsieur gravement a approuvé :

— C'est beau, hein.

En cet instant, même s'il ne percevait pas la même frustration d'auteur, j'ai pensé à combien il était exquis, sulfureux et grisant, de partager avec un homme le goût du mot et de la chose, de trouver dans cette brutalité masculine un peu de la sophistication perverse des femmes, qui plus souvent qu'eux aiment à languir des heures en lisant, et vivent cinquante pour cent de leur vie par procuration.

Monsieur m'a repris le livre et l'a ouvert plus loin. Tandis que je changeais de musique, il a entamé la lecture de ce passage qui changerait à jamais ma franche appréciation d'Aragon en idolâtrie, la description du con d'Irène. Chaque fois que je l'entendais prononcer les mots « con » ou « vulve » (Aragon étant, de mémoire de femme, le seul à avoir pu écrire vulve sans me confire de dégoût), mon oreille pourtant rompue à ces sons frétillait d'embarras et de plaisir ; qu'ils étaient suaves, ces adjectifs crus dans la bouche adulte et gamine de Monsieur ! À ses yeux brillants, à la joie qu'il semblait tirer de la situation, il montrait sans le voir que, malgré son âge et son bagage, polissonner de la langue devant une jeune fille lui procurait une jouissance toujours intacte. A suivi une conversation inspirée où il m'a décrit les éditions dont il disposait, et je voyais réellement ces piles de bouquins introuvables, reliés de manière improbable, où l'ADN de Mandiargues ou du dieu Calaferte se nichaient peut-être encore. J'adorais aussi Monsieur pour sa bibliothèque, et l'idée de passer deux nuits et deux jours dedans, dans un gros fauteuil en cuir (une tasse de café à la main, nue sous une chemise de Monsieur que l'intéressé viendrait m'arracher toutes les heures – sa conception du marque-page).

Un instant, poussée par quelque pulsion de tendresse, je me suis recoulée dans ses cheveux parfum sucré et peau trop douce. Incroyable, combien je pouvais adorer cet homme, me passionner pour lui jusqu'à l'obsession, et pourtant savoir si mal exprimer affection ou désir. Regimber autant à l'idée de caresser son torse ou l'embrasser spontanément. Visage niché dans son aisselle subtilement parfumée, je le regardais comme un hiéroglyphe. À tant de détails on aurait pu oublier qu'il venait de m'enculer ou de traumatiser ma sexualité bien léchée d'aspirante vicieuse ; Monsieur n'était plus que doux, violemment doux, doux comme les pages de ce livre.

Première scène de ménage entre Monsieur et moi. Tout de go, il m'a demandé :

— Tu as baisé cette semaine ?

— Pourquoi cette question ? ai-je demandé à mon tour, en me détachant imperceptiblement de lui le temps d'évaluer quelle réponse convenait.

— Pour rien, juste pour savoir.

Monsieur en effet avait l'air serein. Haussant les épaules, j'ai répondu :

— Oui, j'ai un peu baisé.

Puis, parce que j'étais un peu fâchée d'avoir été ainsi confrontée à mes ébats banals de la semaine, je me suis permis de lui retourner l'indiscrétion. Affirmation laconique de Monsieur.

Oh, donne-m'en plus !

— Combien de fois ?

— Deux fois.

— Avec ta femme ?

— Oui. Et toi ?

— Avec mon copain.

On peut dire ça comme ça.

C'est peut-être là que j'ai commencé à voir le piège qui m'engluerait. Je mourais d'envie de savoir comment elle et lui faisaient l'amour, au bout de vingt ans de mariage, quels gestes il employait sur son corps su par cœur. Mais cette curiosité me faisait l'effet de gratter un tableau noir – un peu de jalousie que je ne pensais pas du tout ressentir pour lui. Comme une mouche volant connement vers une ampoule halogène, je lui ai demandé :

— C'est comment, avec ta femme ? Ça fait longtemps, quand même, que vous couchez ensemble.

— Ça dépend, a répondu Monsieur avec une voix étrange qui m'a fait penser que je venais peut-être de débusquer une des rares pudeurs de cet homme. Mais oui, au bout d'un laps de temps pareil, c'est souvent bien.

— Vous devez être très... complices.

— Évidemment, a répondu Monsieur, sans se mouiller toutefois.

J'étais littéralement rongée par le besoin de tout connaître, tous les détails ; comment Monsieur baisait cette femme qui avait tout vu, tout entendu de lui, qui savait toutes ses perversions, tout ce qui le rendait fou. Comment était son corps. Comment elle jouissait. Quand l'envie leur prenait. S'ils avaient des positions, des techniques préférées. Des manies. Des choses qu'ils n'avaient jamais faites. Cela m'aurait fascinée. C'était la femme de Monsieur, celle qui m'écrasait sans cesse de son ombre. Comment caressait-on un monument pareil ?

— Et toi ? a-t-il repris. Je suis sûr que c'était nul.

— Pourquoi donc ? me suis-je insurgée, terriblement vexée.

— Parce que les mecs de ton âge ne connaissent rien aux filles.

— Il a trente ans.

— Trente ans ? s'est écrié Monsieur, avec des yeux exorbités.

C'est une blague. Voilà ce que j'ai pensé. Deux secondes je l'ai fixé sans ciller, tentant de déterminer s'il avait ou non feint cet étonnement.

— Encore un vieux ! a-t-il lâché, une ébauche de sourire aux lèvres.

— Tu es jaloux, ce matin ! ai-je souri en retour. L'idée que j'aie un copain te révolte.

— Je ne suis pas jaloux. Je me demande juste pourquoi tu es tout le temps avec des vieux.

Il s'est dressé sur ses bras pour me regarder, comme on regarde un Rubik's Cube. Puis, se ravisant :

— Peut-être que je suis jaloux, en fait. C'est une mauvaise idée, non ?

— Sans doute, ai-je répondu, surprise à l'idée de pouvoir inspirer de la jalousie à un homme, à *cet* homme.

— Alors qu'est-ce qu'on fait ? a-t-il demandé, comme s'il était du genre à se retrouver démuni.

— Comment ça, qu'est-ce qu'on fait ?

— On continue quand même ?

Et la vérité, c'est que je n'imaginais pas vivre en faisant semblant qu'il n'ait jamais existé, quel que soit le prix auquel sa proximité était fixée. Rien que l'idée de vivre si près de lui, de l'avoir vivant à quelques kilomètres de moi *mais de ne pas pouvoir l'atteindre* me coupait le souffle. J'avais envie de comprendre cet homme. De percer ce mystère. Je voulais tant d'autres choses qui étaient douloureuses à penser. Alors j'ai juste répondu, comme si c'était une évidence :

— Bah oui. On continue.

On continue, même si je sens déjà ce que ça va donner. Une catastrophe. Je sens que l'été entier sans lui, si on commence comme ça, ça va être insupportable. Et je n'ai aucune envie de faire comme toutes ces connes qui tombent amoureuses d'hommes mariés, mais allons-y gaiement, on continue.

Une chose qui m'a toujours impressionnée chez Monsieur : sa manière de bander. Facilement, rapidement. Il m'a parlé des heures en me tripotant le bout des seins que j'en devenais épileptique, bandant avec insistance dans le creux de mes reins, murmurant parfois « tu es si belle » en me hérissant le lobe des oreilles. Nous jouions au riche intellectuel et sa courtisane, parlant d'André Breton comme on parle de sexe, inventoriant des auteurs que j'attendais comme le Messie, soufflant dans mon cou des mots d'amour entrecoupés de traits d'esprit littéraires, puis de baisers et de morsures, et presque au beau milieu d'une de mes réponses, comme je m'apprêtais à le contredire, Monsieur m'a enfilée d'un seul mouvement sans concession. Je pensais tellement n'être pas ouverte, et j'étais à ce point partie dans ma phrase, que j'ai englouti le dernier mot dans un cri qu'il a arrêté d'une main ferme comme il fallait. Les premiers allers-retours de Monsieur m'ont laissée anéantie de plaisir, incapable de produire le moindre son ni même de respirer, mais il n'avait pas besoin de ça pour comprendre. Il savait bien ces choses-là.

— Tu aimes ça aussi, dans ta petite chatte, hein ?

— Tu as couché avec quelqu'un d'autre, depuis qu'on est ensemble ?

— Non. Pourquoi ?

— Pour rien, ai-je menti effrontément.

Parce que ça ne m'a pas assez énervée de t'imaginer faire l'amour avec ta femme. Il faut que je sache, empiriquement, que l'idée d'une autre femme sous toi est douloureuse.

Monsieur s'est redressé, assis à côté de moi.

— Tu es jalouse ?

Cette ébauche de jubilation que j'ai sentie dans sa voix m'a irritée. Comme une imbécile, je me suis beaucoup trop défendue pour avoir l'air détachée.

— Absolument pas !

— Tu es jalouse comme tout ! a répété Monsieur, qui jouissait littéralement.

— *Absolument pas*, je voulais juste savoir, comme ça.

— Si. Tu veux savoir si je couche avec d'autres filles pour déterminer si tu es la seule dans ma vie. Donc oui, chérie, tu es jalouse.

Je n'ai qu'à moitié rendu son baiser à Monsieur, qui s'amusait beaucoup de mes trépignements. Renfilant son pantalon (fabuleux, ce dos) :

— Mais dernièrement, si je n'ai pas touché d'autre femme que la mienne et toi, c'est parce que je n'en ai pas envie. Je pense constamment à toi.

Regard brûlant qui m'a coulé le long du dos comme une griffure.

— À ce cul. Je pense tout le temps à ce cul. Tu sais que même quand j'opère, c'est lui que j'imagine ? Toi, dans cette position.

J'étais entortillée croupe en l'air, noyée dans mes cheveux, et je le regardais se rhabiller avec vénération. J'adorais la lumière que dégageait cet homme, et je ne saurai jamais lui dire. Combien je pouvais le trouver beau. Je suivais le troublant strip-tease inversé qu'il m'offrait en renfilant sa panoplie de chirurgien en civil, d'abord le pantalon de costume avec le pli impeccable le long des cuisses, ensuite sa chemise blanche qui ne garderait de sa venue qu'un unique froissement dans le dos. Les hommes ont-ils la moindre idée du fossé – de l'abîme – qui sépare leur nudité de ce moment où ils reboutonnent leur chemise, debout, sans même y penser ? C'est la lente escalade vers le col qui peu à peu force l'instinct animal au silence, et si cinq minutes plus tôt ils se laissaient voir sous toutes les coutures, à présent ils portent à même le corps des siècles et des siècles de sophistication. Mais certains, comme Monsieur, même vêtus le plus élégamment du monde, font sans le savoir la promesse lancinante d'être toujours nus sous leurs habits. La veste de costume qu'ils rajoutent ne fait rien à l'affaire ; elle ne semble posée sur leurs épaules que pour en être ôtée en toute hâte. Ce sont ces hommes que l'on bride depuis la nuit des temps avec toutes sortes de tissus, d'artifices – comme s'il était Dieu possible de contenir aussi grossièrement leur lumineuse sensualité. En regardant les cuisses de Monsieur dans son riche pantalon gris, on devinait déjà les contours de sa prochaine érection.

Les boutons de manchettes.

— Et puis je pense tout le temps à ton corps, mais pas forcément pour te faire l'amour. Juste être près de toi. Parler avec toi. Je ne sens aucune différence d'âge quand je te parle et que tu me réponds.

Comme je ne savais pas quoi dire après ça, j'ai juste souri, extasiée. Et, à la suite d'un interminable gazouillis, je lui ai demandé :

— Les filles de mon âge, elles ne sont pas comme ça ?

— La plupart du temps, non. Elles sont beaucoup plus passives. Elles prennent, sans donner grand-chose.

— Quoique je n'aie pas été très disciplinée, ce matin, ai-je glissé, espérant je crois une promesse de Monsieur, un prochain rendez-vous assuré.

— Ça n'est pas une question de discipline. J'aime ce qui se passe dans ta tête. C'est ça qui m'intéresse. Pas forcément ton corps parmi mille autres.

Comment prendre ça ? Dans le doute, j'ai attaqué :

— En même temps, ce serait vraiment *vermine* de ta part, si tu couchais avec ta femme, moi et d'autres nanas de mon âge.

— Tu dis ça parce que tu es jalouse.

— Encore une fois, pas du tout. C'est juste que là, au vu de la situation…

— Jalouse, chérie.

— *Non*, je dis simplement que ce serait un comportement de vermine. Déjà qu'en fait de vermine, avec ce qu'on fait, on se pose là !

Monsieur brusquement s'est assombri. Il s'est interrompu pendant qu'il refermait son col de chemise, pour s'asseoir à mes côtés sur le lit. Sans me lâcher du regard :

— Je n'aime pas que tu me traites de vermine.

— C'est parce que je n'ai pas dit vermine sur ce ton-là. Dans ma bouche, c'était affectueux.

Et c'était vrai, mais ses yeux étaient si noirs qu'un instant j'ai cru qu'il allait me frapper, ou en tout cas que je venais de lui faire de la peine. J'étais hébétée de le savoir aussi bêtement susceptible.

— Ne me regarde pas comme ça, ai-je chuchoté en me coulant nue contre le tissu froid de son costume. Je te dis que vermine, quand mes copines et moi le disons, ça devient gentil. C'est mignon.

Monsieur n'a pas semblé convaincu, mais il m'a tout de même embrassée, longuement. J'ai ajouté :

— Et du reste, je suis aussi vermine que toi. Avec mon oncle, toute ma famille en fait, je devrais avoir des scrupules à coucher avec toi.

— Je ne vois pas en quoi c'est mal, ce qu'on fait. À part le fait que je sois marié, je veux dire.

— Tu ne vois pas ? Pourtant ça saute aux yeux, l'immoralité de notre histoire. Tu es l'ancien collègue de mon oncle, tu as passé trois jours avec lui et ma mère à Jersey pour un séminaire, toute ma famille te connaît. Et moi, je suis la petite nièce.

— Ça n'est pas comme si je couchais avec sa femme.

— C'est presque pire. Tu sais très bien que mon oncle est fou amoureux de ses nièces. Il n'a pas du tout envie de savoir qu'elles se font toucher par des hommes, et surtout pas par des hommes qu'il connaît bien.

Monsieur avait l'air de faire le débile, mais je ne parvenais pas à déterminer si c'était voulu, ou s'il se croyait réellement blanc comme neige.

— Surtout si ces hommes sont mariés, avec des enfants. Tu comprends bien à quel niveau ça pourrait semer le chaos si quelqu'un apprenait ce qui se passe, ai-je ajouté d'un ton qui trahissait peut-être un peu trop à quel point l'illégalité m'excitait.

— Le problème est uniquement que je sois marié, non ? Moi, si j'étais ton oncle, je préférerais te savoir avec un mec de mon âge, qui a de l'expérience, plutôt qu'avec un petit con qui te traiterait n'importe comment.

— Mais enfin… !

J'ai crié son prénom, exaspérée que Monsieur puisse se montrer à ce point hermétique.

— Tu penses bien que si Philippe te voit avec moi, il ne pensera pas en termes d'expérience ou de confort de vie ! Tu penses bien que même s'il faisait abstraction du fait que tu aies une femme et des enfants – et ça m'étonnerait beaucoup qu'il le fasse – le tableau reste le même : tu as ton âge, tu étais son collègue et quelqu'un qu'il apprécie, ça fait vraiment vermine. Tu penses bien que, pour le coup, ça ne vaudrait même pas la peine d'espérer pouvoir te faire pardonner un jour. Moi aussi il me détesterait, mais c'est mon oncle, il m'aimera toujours. Si pour une raison ou une autre il venait à apprendre pour toi et moi, *ce qui n'arrivera pas*, il ne verrait qu'une chose : que tu as baisé sa nièce.

Monsieur s'est assis près de moi, une main douce et ferme sur ma hanche.

— Sauf que si quelqu'un venait à apprendre pour nous, il suffirait d'ouvrir ma boîte mail pour constater que c'est toi qui es venue me chercher.

Brusquement, alors même qu'il me caressait toujours, j'ai vu dans ses yeux souriants quelque chose qui pouvait s'apparenter à une menace. Pas totalement, enfin ; plutôt le regard qu'aurait pu avoir un mafieux expliquant le fonctionnement du quartier à un commerçant nouveau venu : « On va jouer à un petit jeu qui nous profite à tous les deux. Tant que tu es fair-play, je le suis. Si tu tentes de me vendre ou de me mettre dans une posture inconfortable, j'ai les moyens de te faire chanter et je n'hésiterai pas une seconde. »

Je me souviens avoir pensé très fort « quel salaud », au même exact moment où je regardais Monsieur sans ciller, pour déterminer s'il était sérieux. S'il était du genre à contrer des accusations en livrant notre histoire, morceau par morceau, de telle manière que j'en sois l'instigatrice. À la noire détermination que je lisais dans ses yeux, j'ai fini par penser que oui. Indubitablement. Monsieur serait cet homme.

Sans rien dire, juste en lui souriant en retour, je me suis recouchée contre ses jambes, enroulée comme une chatte. J'étais prise en otage, et Monsieur m'apparaissait autant comme un amant que comme un adversaire ; il me tenait de la manière la plus vile, mais dès que j'y pensais je bandais tellement fort.

Monsieur. Monsieur et ses lèvres pleines de poison.

C'est au moment où il s'est évaporé, pour retourner à sa vie de médecin et d'époux, que je me suis indéfectiblement asservie à lui. J'étais allongée sur le ventre et j'observais le moindre de ses mouvements, absorbée par ma contemplation. Sa mallette à la main, à nouveau parfaitement civilisé, impeccablement élégant, il s'est reposé près de moi sur le lit, me cernant de ses mains. Il aurait pu se contenter de m'embrasser la nuque.

— Dis-moi un mot d'amour avant que je parte.

J'ai ouvert des yeux dans lesquels se mêlaient l'ébahissement et l'incrédulité.

— Tu ne peux pas me laisser être un peu amoureux de toi, si tu n'es pas un peu amoureuse de moi.

C'est peut-être parce que j'ai compris qu'il ne partirait pas avant que je parle, c'est peut-être parce que après tout je crevais d'envie de voir où tout cela nous mènerait, peut-être parce que j'aimais, d'un amour méprisable de cocotte, ce désir fou de moi, mais peut-être aussi parce que c'était vrai, que j'ai fini par répondre sans le regarder, incapable de me comprendre moi-même :

— Je suis un peu amoureuse de toi.

Monsieur a eu un sourire muet, que j'ai senti alors même que je mordais l'oreiller pour ne pas me gifler.

Ma défaite avec Monsieur n'a rien eu de cataclysmique. Maintenant je le vois. Elle est faite de petites redditions de ce genre, anecdotiques. Une. Puis une autre. Jusqu'à ce que la longe autour de mon cou devienne étouffante.

Ellie

Je l'ai dit dans un message, mais il faut que je l'écrive, ça ne veut rien dire, dix mots sur un portable.

Je pensais à toi, ton corps, tes mots, ton odeur, je pensais à ce matin, et à cette lourdeur dans tout le corps lorsque j'avais honte de ce que j'étais en train de faire, je pensais à tout ce que tu as pu me dire (ces mots qui m'ont vrillé les nerfs, comme une interminable griffure de chat dans le dos), et je me suis dit que j'allais avoir beaucoup de mal à tenir jusqu'à mardi. Tu ne peux pas imaginer dans quel état je suis. Si je commence à repenser à ce matin, j'ai une sorte de contraction dans le ventre, de la chair de poule dans les joues, la jambe droite paralysée, et je sens très distinctement ma chatte qui cligne toute seule, comme font mes yeux quand je suis épuisée. On dirait qu'elle crie. Et ça ne fait aucun bruit, mais moi je l'entends. Enfin, je le sens. C'est encore pire.

Tu veux un secret ? Pourquoi je ne peux pas me toucher devant toi. Pourquoi les filles de vingt ans n'arrivent pas à se livrer totalement. C'est l'idée de la honte, je crois. La supposition que si je m'abaisse à faire quelque chose comme ça, je deviendrai aussitôt méprisable. Ce qui est totalement paradoxal, quand même, vu qu'à côté de ça me faire baiser de manière absolument dégoûtante, me faire traiter de tous les noms ne me gêne absolument pas, au contraire je me sens éminemment respectable.

Rends-moi service, il ne faut plus que tu aies pitié de moi. Si je ne t'obéis pas, même malgré moi, je n'irai nulle part, et j'arriverai à soixante ans sans avoir eu le moindre orgasme. Si on ne va nulle part, au moins qu'on aille là ; sers-toi de moi, manipule-moi, modèle-moi, fais de moi une maîtresse parfaite, idéale. Je ne veux plus de cette sensualité sophistiquée pour feindre la gourmandise. Je ne veux plus de stratagèmes et de plans pour avoir l'air bandante – je veux retourner à une véritable sensualité primaire, enfantine, éhontée. Libère-moi. Je sais que tu en es capable. Je n'ai jamais rencontré quelqu'un qui en soit plus capable que toi. Je suis sûre que si je ne jouis pas ça n'est que le fait d'un conditionnement imbécile que je me suis imposé moi-même. Qu'en fait je suis beaucoup plus émotive que ça. Regarde, quand tu me prenais par-derrière ce matin, j'ai longtemps été obnubilée par la douleur, ou l'inconfort, enfin peu importe ; quand je dis longtemps, je veux dire à peu près... cinq, six minutes. J'étais donc majoritairement à cette douleur, et pourtant je savais que j'étais trempée. Tu vois comment je suis ? Mon corps en est réduit à vivre malgré moi. Il saute toutes les barrières que je pose et grappille toutes les caresses qu'il peut avoir. Il faut que tu m'aides pour ça. Il ne faut plus que tu m'écoutes – si tu me laisses protester je ne saurai jamais comment faire, comment faire pour ressembler à toutes ces femmes dont Ils parlent dans les livres, Irène (que je viens de finir) ou les autres. Ces filles qui s'occupent de jouir avant toute chose, pas d'avoir l'air jolie ou digne. On ne peut pas avoir l'air digne en baisant. Ça ne marche pas.

Oh, j'ai encore envie de te parler, mais je veux garder le reste pour demain.

Tout à l'heure, je lisais *Le Con d'Irène*, j'ai trouvé un peu de ton odeur dans les pages. Un peu. Je crois que personne d'autre que moi n'aurait pu remarquer un effluve aussi ténu.

J'adore le mot con. Et que tout le monde le haïsse fait ma joie. Con. Con. C'est le seul pendant féminin de bite ou queue. Parce que, finalement, chatte est très policé. On dit chatte à tout bout de champ. Con, ça c'est vraiment troublant et littéraire, ça a un charme auquel beaucoup de gens sont hermétiques. Il faut avoir lu pour aimer le son claquant du mot Con, lu, baisé, léché et touché des femmes, ou être une femme et se l'être vu murmurer par un homme comme toi.

Aussi, j'ai pris ma douche tout à l'heure, en rentrant chez moi, et – je ne sais pas comment tourner l'histoire de manière qu'elle soit aussi jolie conçue qu'écrite – lorsque je me suis lavée, le savon m'a toute piquée. Et j'étais encore très ouverte, comme si tu venais juste de sortir de moi. Dieu est dans les détails.

Il faut que je m'arrête de parler. Lundi soir. Dors avec moi. Ou viens le soir, repars dormir chez toi et reviens le lendemain. Mais je te veux le plus vite possible.

Mardi 11 mai 2009, 04 h 25

Je ne sais pas d'où viennent les décors que je m'invente quand je me branle. Lorsque je pense à Monsieur le mystère est encore plus opaque ; autour de nous, des tentures bleues mouvantes, douées semble-t-il de vie, agitées d'inspirations et d'expirations désordonnées. Les murs, le monde entier halètent et vibrent à un rythme obscène. Ici et là, une fenêtre, le coin d'un lit, l'odeur d'une chambre ; pot-pourri sans queue ni tête de tous les endroits où le fantasme de Monsieur m'a suivie, piégée, accaparée.

Je suis à l'hôtel dans le neuvième mais je suis partout à la fois, et nulle part. Notez à ma décharge (et je choisis toujours mes mots) qu'à près de quatre heures et demie du matin il m'est toujours impossible de dormir. Et comme je ne dispose ni de somnifères ni d'herbe, mes deux doigts sont le seul accès au sommeil assuré sur lequel je puisse compter.

Donc je suis là, allongée. Nue. Les miroirs au plafond renvoient une image aussi pure qu'un tableau, mon corps étendu sur les draps pourpres, odalisque de mauvais goût, aussi kitsch que cette chambre pompeusement appelée « chinoise ».

C'est drôle, cette relation conflictuelle que j'ai toujours eue avec ma chatte, et Monsieur qui chaque fois semble tout à fait innocent de cela. Qu'est-ce qu'ils ont, tous, qui les pousse si irrésistiblement vers *ça ?* Que voient-ils ? Que peut-il y avoir de si passionnant dans ce que je regarde entre mes jambes ? Deux lobes de chair tapissés d'un pelage brun, brillant comme celui d'une loutre ; on dirait la gueule d'un animal, barrée d'une large fente – et ces *ondulations gracieuses*, ces *dentelles de l'amour* dont parle Aragon, est-il possible que Monsieur les trouve aussi poétiques ? Pourquoi suis-je incapable de voir autre chose qu'un excédent de chair ? J'aurais adoré avoir une de ces petites chattes closes comme une bouche timide, qui s'écartent et se découvrent avec les doigts. Un coquillage en pâte d'amande, renfermant des miniatures de lèvres nacrées, le petit museau du clitoris, une brèche à amadouer pour qu'elle apparaisse. Et au lieu de ça, à l'époque de mes premiers poils le pudique abricot duveté des gamines s'est mué en cette chatte bavarde de film porno, débordante, constamment ouverte en un sourire obscène, même lorsque baiser est la dernière chose à laquelle je pense. Jambes ouvertes devant Monsieur j'ai l'impression de lui montrer bien plus qu'un sexe – tout mon intérieur. Mais ça ne lui suffit pas. Nez à nez avec elle il lui faut la voir vivre, gigoter sous mes doigts comme lorsque je suis seule et que je ne prête aucune attention à la manière dont toute cette chair outrageusement douce se meut. Comment pourrais-je bien lui dire, de but en blanc, que j'ai besoin d'entendre qu'il me trouve aussi très belle de là ? Monsieur voudrait voir, prendre des heures pour étudier et m'en faire une analyse complète qui me précipiterait dans un état de gêne proche de la catatonie. Monsieur me manipulerait sans scrupule, m'attraperait comme un papillon par ses ailes, tirerait et pincerait en tous sens, et telle que je me connais, telle que je connais l'Ellie Becker la plus tordue, tous ces outrages à ma pudeur finiraient par m'exaspérer et me faire mouiller – et mon Dieu lorsque je suis mouillée c'est pis encore, je me gonfle et me déploie comme une voile sous un vent chaud, impossible dès lors de donner ne serait-ce que l'impression fugace d'avoir une chatte de vierge suintant quelques gouttes, non, vraiment ; et Monsieur le sait bien, ou s'en doute. C'est une cataracte. Une coulée de lave gluante jusqu'à mon cul, en bref si j'ai un visage de première communiante ma culotte cache des replis qui trahissent la marque du démon. Impossible pour moi d'ouvrir les cuisses sans faire d'avances sexuelles honteuses. Se pourrait-il que ça soit justement ce contraste cru qui le fasse bander si fort ?

Peut-être, après tout. La morsure cuisante du miroir au ciel de lit n'est pas dépourvue de saveur. Si je ne regarde rien que mon ventre, je pourrais être en train d'en caresser une autre. Le doigt que je glisse, lentement, disparaît entre les lèvres dans un réduit bouillant, d'une moiteur poisseuse, et l'odeur fade des draps s'efface derrière celle de mes intérieurs. Voilà une odeur qui leur fait tourner la tête à tous, qui leur agace les nerfs jusqu'à l'envie de meurtre – ou alors est-ce moi ? C'est un peu comme entrer dans une cidrerie, où le parfum des pommes devient à terme un supplice, un appel irrésistible à mordre. Sans doute est-ce cette odeur qui les chamboule au point de leur faire trouver tout beau, tout à sa place, dans le corps de n'importe quelle femme, qui leur fait oublier toutes les injures à la géométrie. Et tout imprégnée que je sois de cette immunité, c'est impossible, IMPOSSIBLE de procéder normalement. Le plaisir fait s'ouvrir et se refermer ma fente comme une vraie bouche, et ces articulations muettes me confisent littéralement d'embarras. Je m'exaspère à vouloir deviner quelles sont les grâces de ce langage que je ne comprends pas, et pourquoi je déteste autant me regarder faire ce qui m'excite à blanc venant des autres filles.

Je ressemble à un film amateur. Voilà qui est incroyable à voir ; je me fais rougir moi-même. Je ne peux pas regarder mon visage sans grimacer ou prendre de ces mines cinématographiques auxquelles personne ne croirait une seconde, mais qui me donnent une contenance. Ai-je jamais su quelle tête je fais en jouissant ? Et comment se manifestent les contractions du fond du ventre, sous leurs yeux ? J'ai pourtant l'impression de me branler autant sinon plus que n'importe qui, dans toutes les positions possibles et imaginables, debout, assise, allongée, avec les mains ou les cuisses, le pommeau de douche, tous les objets de la vie quotidienne que mon vice inextinguible transforme en adjuvants. Mais jamais devant les milliers de miroirs qui constellent ma maison. Et à présent que j'ai rencontré l'Homme, quel que soit le moment auquel je me tripote je me sens observée ; il y a trois jours je me surprenais à vérifier dans ma propre chambre (entre les murs saints du domicile paternel) qu'aucune caméra n'y était planquée. Et cette nuit, dans cet hôtel dont Monsieur ne connaît même pas encore l'adresse, les reflets rouges de la galaxie ultra-cheap peinte au plafond me semblent autant de mouchards retranscrivant mes moindres faits et gestes au castel de l'île Saint-Louis, précisément dans ce bureau mythologique où il entasse mes lettres, entre Mandiargues et Baudelaire. Improbable, je sais. N'empêche que je n'ose plus bouger une oreille.

Ce serait sans doute mieux que Monsieur soit là, pour de vrai. Au moins je saurais pourquoi je tremble. J'aurais quelque chose de tangible à craindre et désirer, et non plus ces fantasmes tordus qui m'épuisent, et que je ne lui avouerais que sous la torture.

Est-ce que tu m'entends ? Sens-tu, avec ton instinct suraigu de fauve, que quelque part dans Paris, à l'heure où tu t'endors contre ta femme, j'ai écarté mes cuisses jusqu'à la douleur et je pense à toi, debout près de la porte à me regarder ? Et comme je suis tout à fait paradoxale, fermer les yeux à mon reflet ne m'empêche pas de t'imaginer qui m'ordonne de les rouvrir, aussi grand que mes jambes, encore, *encore plus*. Un peu honteuse, je me brode un scénario à la marquis de Sade version fillette, une base-line éculée bourrée d'ordres et d'insultes, et – oserai-je jamais te le dire en face ou l'avouer à mes copines – le moment qui me captive le plus, au point de lier toutes les scènes entre elles, est celui où je t'entends dire, très calmement mais d'une voix qui écarte toute possibilité de refus :

— Je vois ta chatte, Ellie, mais je ne vois pas ton cul. Lève tes jambes.

Et moi de me regarder faire, au miroir, lentement. (T'imaginer qui m'imagines, perturbé par cette vision au milieu de ta lecture, m'engourdit les doigts et je ne sais plus écrire.)

Comme si ta présence quasiment invisible n'était pas assez, à présent tu viens t'agenouiller près de ma tête, tes ongles plantés dans mes mollets pour m'empêcher de bouger. Effarée, j'observe, à quelques centimètres de mon nez, mon ventre qui se démultiplie et juste au-dessus ma chatte et mon cul suivant péniblement l'écartement de mes cuisses.

— Regarde.

Dans le miroir tous mes trous palpitent ; les poils autour ont l'air luisants de sueur. Le pire, c'est la manière dont tu suis mes yeux dans le miroir, celle dont tu passes et repasses sur mes hanches qui plissent, mes seins écrasés par mes genoux, et juste au milieu toute cette mécanique en branle, mise à nu et ronronnant à plein régime. La violence de ce tête-à-tête et mes odeurs me suffoquent. Tu m'attrapes la main sans ménagement, la plaque sur mon clitoris ; on croirait mon professeur de piano écrasant mes doigts sous les siens pour m'apprendre de force des gammes difficiles. Je suis aussi captive qu'une marionnette dont on aurait sciemment emmêlé les fils et tu te penches vers moi. J'entends ta braguette descendre – on croirait le bruit d'un court-circuit ou celui d'une guillotine tombant à toute vitesse :

— Branle-toi. Tu es tout ouverte, tu as tout devant toi, je veux te voir te branler.

À peine ai-je ouvert la bouche pour protester que tu me coupes, sèchement :

— Non, Ellie, non… ne commence pas à vouloir marchander. Je ne veux même pas t'entendre respirer. Branle-toi, salope.

Je ne me sens pas ridicule mais beaucoup trop sexuelle. Il me semble qu'à présent, quel que soit mon prochain geste, j'aurai l'air d'une pute. Les yeux fermés, je tète un bout de ton pantalon en me frottant tout doucement.

(À ce moment, si les choses étaient bien faites, tu devrais être réveillé par une intuition : je mords la chair de mes cuisses en m'enfilant des doigts.)

Tu me caresses les cheveux. *C'est bien, chérie. Fais-toi jouir.* Dans un autre monde, ces ordres balancés sèchement seraient des gifles, qui claquent sur la joue et me laissent essoufflée et – oh, mon Dieu, mais peut-être en fait que j'aimerais ça, des gifles. Peut-être que dans ce monde parallèle, où je peux tout dire et tout faire et ressortir fraîche comme une fleur, j'aurais envie que tu me craches sur et dans la bouche, comme ça, après m'avoir léché les lèvres, et qu'ensuite tu me gifles. Pour le plaisir. Sans aucune raison particulière. Juste pour m'ôter toute respiration l'espace de quelques secondes et m'amener au bord de la crise de nerfs. Est-ce que je suis un monstre ? Est-ce que ce serait monstrueux d'ajouter une requête supplémentaire de ta part, lâchée comme une bombe dans mes oreilles qui bourdonnent :

— Mets-toi des doigts dans le cul.

Plus tes phrases sont sales et longues, plus je me tortille sous ton étreinte. J'en arrive à un point où les sensations n'attendent pas l'exécution de tes ordres pour exploser : t'entendre parler de doigts dans le cul, c'est déjà être pleine à craquer, avec toutes ces chambres mystérieuses dans mon ventre qui se contractent d'un seul mouvement. Une de tes mains abandonne un instant ma cuisse pour saisir mes joues entre ton index et ton pouce, fermement.

— Qu'est-ce que tu cherches, Ellie Becker ? Tu veux que je te fasse mal ? Fais ce que je te dis, mets tes doigts dans ton cul.

(Et tout en m'exécutant, je lèche et relèche les traces bleues de mes dents sur ma cuisse.)

— Encore un.

— Je ne peux pas !

— Bien sûr que tu peux. Tu n'imagines pas ce que tu peux prendre. Encore un.

D'un seul regard dans le miroir qui réfléchit froidement cette scène atroce, tu ponctues ta phrase par une menace d'une pétrifiante sincérité. Mon cul me serre les doigts par à-coups comme un animal qui meurt, et la peau à l'intérieur ondule et m'agrippe d'une manière désespérée.

— Encore un.

J'entrouvre des yeux de chienne entre mes genoux. Me voilà avec non pas trois mais quatre doigts derrière, ta main m'écrase le clitoris assez douloureusement, et je n'ai jamais eu tant envie de plus.

— Ouvre-toi bien. Je veux glisser dans ton cul comme dans du beurre. Je ne veux pas entendre la moindre protestation quand je vais t'enculer. Plus loin, Ellie.

Je ne produis plus que quelques gargouillis étranglés, entrecoupés de couinements aigus. Si je ferme les yeux je me retrouve encore dans ce monde en tout point pareil au nôtre, et une grêle de fessées me pleut sur les fesses, ta salive tombe dans ma bouche trop ouverte.

— Montre-moi, maintenant.

Tu me tires l'épaule pour appuyer ta dernière phrase – et je peux bien mordre mes lèvres avec l'air le plus contrit du monde ou me cacher derrière ma frange, un observateur extérieur, ignorant du début de la scène, ne pourrait pas trouver autre chose pour me décrire que le mot pute. Et mes parents. Dieu du ciel, mon pauvre père. Comment pourrai-je jamais trouver l'aplomb de les regarder à nouveau en face, leur expliquer qu'on m'a forcée, qu'en somme leur fille n'est pas cette garce fendue jusqu'au nombril qui frotte sa joue contre la bite d'un ami de la famille, qui mouille et qui rougit des cuisses et qui n'a l'air de vouloir que ça.

— Mais tu ne voulais que ça, Ellie, chuchotes-tu (parce que évidemment dans ce monde nos cerveaux communiquent – et le mot est faible). C'est même pour ça que tout a commencé. Dès le premier message que tu m'as envoyé en te tripotant le clito dans ta chambre de gamine, j'ai senti que tu avais besoin de ça, être pliée en deux nez à nez avec ta chatte de salope qui a l'air de fondre au soleil. Tes messages puaient la vicieuse à qui il faut montrer là où ça la démange. Et plus je te ferai mal, plus je forcerai sur tes petites articulations, plus tu me supplieras de continuer. Tu n'as même pas besoin de dire quoi que ce soit ; je vois tes trous qui s'ouvrent et se referment comme un poisson qu'on sort de l'eau. Tu as envie de ça. Tu as même envie de bien pire. Le spectacle pourrait être encore plus atroce pour tes parents quand j'y pense, puisque tu y penses…

— Mais pourquoi est-ce que je pense à un truc pareil ?

— Je pourrais te pincer le bout des seins très fort et t'obliger à jouir maintenant, comme ça, pattes en l'air comme une chienne – ou alors t'enculer, là tu pousserais de beaux hurlements, hein ma poupée ? J'entends déjà ça d'ici, le claquement sec de mon ventre sur ton cul, un coup après l'autre, jusqu'au fond…

La voix que je m'invente est idéalement basse, ponctuée très/trop soigneusement, et dans l'intonation se mêlent autant de désir que de détermination. Et comme je bée toujours, soudain tu reprends :

— Tu pourrais être plus ouverte, mais j'ai trop envie de t'enculer comme ça. Que tu me sentes dans tout ton ventre.

L'instant d'après, tu y es enfoncé jusqu'à la garde et la seule chose que je puisse voir, même yeux fermés, c'est ta queue tapant brusquement puis ressortant très lentement, blanchie de bave, juste au rythme languissant dont je rêvais. Le moindre de mes mouvements me précipite peu à peu vers l'orgasme.

— Regarde bien tout. Je veux que tu te souviennes de ces images le soir dans ton lit. Dès que tu fermes les yeux.

— Han, tu vas me faire jouir…

Enfin, c'est ce que je m'apprête à dire mais j'ai tes doigts dans la bouche et toujours cette voix, planant comme une ligne de basse :

— Tais-toi. Je ne veux pas un bruit, tu m'entends ?

Et comme je te fixe désespérément, tétant salement tout ce que tu me mettras entre les lèvres, tes injonctions bientôt se transforment :

— Jouis.

Je ne sais pas si tu peux imaginer quelle stridence a ce simple mot dans mon cerveau patiemment tordu, corrompu par tes soins. J'y pense tellement que j'en oublie le reste.

— Je t'ai dit de jouir maintenant.

— Mais…

— Ferme-la. Branle-toi. Comme ça. Plus vite.

Tes doigts qui me froissent les lèvres, presque méchamment.

— Plus vite. Je te donne dix secondes pour jouir, d'accord ? Après quoi j'arrêterai de te baiser et je deviendrai très méchant. Neuf…

Je me branle tellement vite que j'en ai des crampes dans la main et le poignet. Le plaisir, étrangement, semble venir aussi de là. On dirait ces spasmes que j'avais en classe, lorsque le prof annonçait la fin d'un DST. Les tables autour de moi se vidaient peu à peu, les gens ne faisaient même plus attention à chuchoter, le pion raflait les dernières copies – et penchée au-dessus de la mienne, à quelques mots de conclure ma dissertation, j'avais soudainement les doigts engourdis par une volupté atroce, inopportune, qui m'empêchait d'écrire lisiblement. En formant mes dernières lettres je me mordais les lèvres pour ne pas gémir. J'avais le dos couvert de sueur. Le même genre de plaisir tordu qui me prenait à cinq ans, quand je serrais les fesses en nageant ; j'aurais pu me laisser couler pour savourer pleinement ce picotement, mais je continuais à me débattre comme une grenouille, affolée de plaisir. Dans ces deux cas, je ne me branlais pas encore ou n'étais pas en mesure de le faire, mais maintenant que j'ai vingt ans, et que mon Dieu cette contraction torride et crucifiante se reproduit, on m'ordonne de le faire.

Je te plaindrais presque d'être un homme pour ne pouvoir connaître cette sensation d'empalement exquise qui donne envie de griffer et de mordre, de sucer jusqu'au sang.

— Huit… Il faut que je t'explique ce à quoi tu ressembles, avec ton cul en l'air et ton con qui bâille ? Tu as besoin que je te décrive ce que je vois pour que tu voies aussi, Ellie ? Tu as besoin que je te baise encore plus fort, peut-être ?

Plus j'y pense, plus la crampe s'étend, prend de l'ampleur, plus j'ai le sang qui monte au visage. Je ne peux que me répéter, inlassablement, au fil de ton langoureux compte à rebours (« sept… six… cinq… ») qu'il faut que je jouisse putain, il FAUT que je jouisse, sous la menace de Dieu sait quoi, quelque chose de douloureux ou de cuisant – à part toi qui sait ce que tu serais capable d'imaginer ? Quel genre de mots obscènes tu pourrais inventer ?

Des trucs en rafale, espèce de salope de pute de chienne de garce de traînée tu me sens là comme ça tu la vois ta chatte tu la vois bien ? Ça ne me semble pas si loin que ça, le moment où je finis repliée sur moi-même comme une icône religieuse, bouffie de gêne, mouchetée de salive, et une interminable giclée de ton foutre me barrant le visage de la bouche au front, ruisselante de mouille et de sperme jusqu'aux seins (d'ailleurs si je pouvais en être recouverte à peu près partout ce serait parfait, juste parfait).

— Deux...

— Ça vient, ça vient !

Parce que ça vient, sous forme de nerfs qui s'entortillent les uns après les autres, et lâchent leur infime mais dévastatrice déflagration autour de ta bite, dans mon cul. J'y suis à quelques centimètres près (mais le centimètre est-il la mesure qui convient ? Ne serait-ce pas plutôt quelque chose de beaucoup plus compliqué, beaucoup plus occulte, comme le bar ou l'ampère, ou une échelle obscure de physique quantique – qu'est-ce qui mesure l'amplitude d'une implosion ?), je suis à un cheveu et demi de la ligne d'arrivée et inlassablement tu me cravaches :

— Un... jouis, espèce de petite connasse, jouis maintenant !...

Je me suis mordu l'épaule et j'ai mal quand je dors sur le côté.

Le lendemain, Monsieur poussait la petite porte chuintante. Je me souviens. Dans l'obscurité ses yeux Dieu sait comment créaient de la lumière – dont il a recouvert chaque détail de la chambre, un sourire charmé aux lèvres. Je l'attendais assise en tailleur sur le lit, savourant comme un repas son émerveillement, puis ses gestes familiers – Monsieur ôtant son manteau, le déposant sur une chaise, puis ces quelques secondes de tension palpable durant lesquelles il bandait tous ses muscles pour se jeter près de moi, sur moi, en moi. Mon moment préféré – où Monsieur n'était plus un homme mais une sorte d'ouragan dans lequel je reconnaissais des bras, des jambes, la dureté parfaite d'une queue, un parfum sournoisement mêlé à l'odeur de l'homme, des lèvres lourdes et empesées d'attente, le lin argenté de ses cheveux.

Un quart d'heure ou trois siècles plus tard, la cantilène obscène de sa voix qui chuchote :

— Caresse-toi.

Et moi, sale tête de nœud :

— Han… arrête de me regarder !…

Quand j'ai commencé à entretenir ce rapport sans définition réelle avec Monsieur, les repas avec mon oncle Philippe sont devenus à la fois passionnants et effroyables. Je me souviens tout particulièrement d'un soir où ils étaient venus dîner, à l'occasion je crois d'un anniversaire quelconque – mais impossible de me rappeler lequel : Monsieur occupait toute ma mémoire vive. Sous la table du salon je répondais à ses messages en contenant mal un sourire devenu presque aussi égrillard que le sien ; seule Alice, en face de moi, savait qui faisait vibrer mon Blackberry – mais ses regards noirs ne m'atteignaient pas le moins du monde. C'était ce genre de repas informels où les conversations s'entrecroisent dans un brouhaha continu, et je me contentais de répondre mollement aux questions d'usage, vues et revues de long en large, que la famille proche aime à poser : et la fac ? Et cette grève, quand finirait-elle ? Et les partiels, comment seraient-ils évalués ?

Et le copain – qui pouvait venir déjeuner un dimanche – comment se portait-il ? Mes deux sœurs se retrouvaient de temps à autre soumises au même interrogatoire, Alice répétant pour la énième fois la localisation exacte de sa future école d'art et son programme de révisions du bac, et lorsque nos regards se croisaient je lisais dans le sien la même hâte d'en finir pour aller dans ma chambre fumer un joint ou deux. Elle s'ennuyait plus encore que moi – son amant n'ayant pas passé quinze ans dans un bloc opératoire à côté de mon oncle. Jamais je ne lui aurais dit quelle jouissance tordue je pouvais éprouver à penser que tout le monde autour de cette table ignorait quels mots Monsieur m'avait soufflés dans les oreilles, sa queue si dure calée tout au fond de mon ventre – et au bord de quel abîme je dansais, depuis quelques semaines. Quel genre de traînée j'étais devenue, combien j'adorais cela.

— Au fait, tu ne devais pas me montrer ton fameux amas de graisse ? s'est brusquement souvenu Philippe – dont la mémoire choisissait les moments les moins opportuns pour se manifester.

— Je suis sûre qu'on pourrait faire une toute petite aspiration sur les cuisses.

— Fais voir.

Je me suis extirpée de ma chaise, quelque peu étourdie par mon verre de vin rouge.

— J'ai beau avoir perdu huit kilos, ce gras-là refuse de partir.

— Ça vaut tout sauf une opération, m'a-t-il répondu comme à son habitude. En tout cas moi, je ne prendrai pas ce risque. Ce serait criminel.

— Mais j'ai carrément un coussin ! Il ne peut pas m'opérer, le Dr S. ?

Alice a dû sentir que je pétillais intérieurement et m'a lancé un regard comme un coup de pied dans le tibia.

— Aucun de mes collègues ne te fera un truc pareil. Dis-moi, Ellie, pourquoi tu ne fais pas juste un peu de jogging ?

— Vous les chirurgiens, vous êtes tous des tortionnaires. Je ne vois pas pourquoi je courrais avec les techniques dont on dispose aujourd'hui. Ou pourquoi je m'affamerais.

Philippe a éclaté de ce grand rire moqueur su par cœur, celui qui disait qu'il ne se laisserait pas prendre à ma comédie. Alors j'ai fait mine de changer de sujet, mais en réalité pas tant que ça. Avec un air badin qui n'a pas trompé ma sœur une seconde :

— Tu sais que je l'ai sur Facebook, S.

— Ah bon ? Et qu'est-ce qu'il te dit ?

— Rien, on ne parle pas beaucoup. À la base, je l'ai ajouté parce que maman m'a dit qu'il aimait Calaferte.

Il a froncé les sourcils.

— Calaferte ? Qui c'est, Calaferte ?

— Un écrivain, ai-je répondu, assez peu étonnée de son ignorance à ce sujet.

Comme pas mal des membres de ma famille, mon oncle s'efforçait de se tenir aussi loin que possible de mon intérêt pour la littérature érotique – ma première et seule publication ayant constitué le début de cet embargo. Ma mère n'a pas pu s'empêcher de préciser, d'un air un peu las :

— Un écrivain de cul, tu penses bien.

— Tu dis ça parce que tu n'as jamais lu *La Mécanique des femmes*, ai-je répliqué, piquée au vif.

Ma mère ne peut pas savoir que c'est sa défiance vis-à-vis de Calaferte qui m'a au départ précipitée dans les bras de Monsieur. Jamais elle n'avait ouvert quoi que ce soit de lui, mais qu'on le range dans les auteurs d'érotisme lui semblait amplement suffisant pour émettre un avis à son sujet. Elle a levé les yeux au ciel.

— Tu parles, c'est moi qui l'ai acheté, ce bouquin ! (se tournant vers son grand frère) C'est là qu'il décrit pendant des pages et des pages une nana en train de pisser.

Ça n'a pas raté, la grande majorité de la table a été secouée par un éclat de rire dégoûté – et je ne savais même pas par où commencer, tant leur bêtise m'exaspérait. Cela faisait partie des choses que je n'osais pas raconter à Monsieur, par peur de capter dans sa voix ce mépris de ma famille que je sentais parfois affleurer en moi. Je me contentais de les haïr par moments fugaces, me demandant ce qui avait pu nous rendre aussi différents sur certains sujets. À bout de nerfs, j'ai presque crié :

— Mais arrête, maman ! Tu l'as peut-être acheté, ce livre, mais c'est évident que tu ne l'as pas lu. À aucun moment Calaferte ne décrit une femme en train de pisser, je le sais ; ça fait peut-être dix fois que je le relis. Et même s'il l'avait fait, il peut y avoir de très belles manières d'en parler.

— Tu as bien raison, m'a dit ma tante en posant sa main sur mon bras, sans doute par pure gentillesse.

Et, pressentant que la situation tendait à s'envenimer, elle a tenté de lancer un sujet sournoisement différent :

— Philippe, comment il s'appelle, déjà, le photographe qui prenait en photo des jeunes filles en train de faire pipi dans la nature ? On a été voir son exposition.

— Enfin peu importe, a repris ma mère. Ça ne m'étonne juste pas que S. aime Calaferte. Il est tellement obsédé, celui-là.

— Je ne vois pas le rapport, ai-je rétorqué. Les vrais obsédés ne lisent pas Calaferte.

— Philippe, dis-lui, toi, que S. est obsédé ! Quand on était à Jersey il n'arrêtait pas de parler de cul.

— Tous les hommes sont obsédés, a répondu mon oncle d'une voix de sage. Certains le cachent juste mieux que d'autres.

— Peut-être, ai-je dit en me rasseyant pesamment, mais en attendant, c'est la seule personne avec qui je puisse parler des livres que j'aime.

— C'est sûr que si tu commences à lui parler de sexe..., a soupiré ma mère, espérant clore la conversation.

— Tu n'as jamais compris que parler de littérature n'est pas forcément parler de sexe. Tu me prends vraiment pour une vermine !

— Ça va, Ellie, on rigole ! a-t-elle lancé.

Et en effet, tout le monde rigolait. À mes dépens. J'avais une envie furieuse de défendre bec et ongles cet amour des lettres qui m'émerveillait bien plus que tout chez Monsieur, et qui n'était pour eux qu'une occasion grossière de faire l'amalgame avec son amour du sexe. Personne n'y comprenait rien. Lorsqu'il m'avait offert *Le Con d'Irène,* j'avais passé toute une soirée enfermée dans ma chambre, étalée sur mon canapé à fumer cigarette sur cigarette, le souffle coupé. « Mon Dieu » était la seule chose qui sortait de ma gorge nouée, presque douloureusement, à une fréquence qui variait selon la splendeur des phrases. Au-delà même de cette beauté purement littéraire, c'était à Monsieur que je pensais. S'il m'avait ouverte à la lecture de ce texte, c'était avant tout parce que Aragon avait sa complète approbation – et que ce regard posé sur le sexe des femmes plus d'un demi-siècle plus tôt ne différait en rien du sien. Cet amour fou me laissait sans voix. Me trouver entre les mains de cet homme me laissait sans voix. C'est ce soir-là que j'avais placé Monsieur à mille lieues au-dessus du reste du genre masculin – et compris que personne sinon lui ne pourrait m'accompagner dans les mondes infinis de beauté que m'offrait la littérature érotique. Sur ce sujet notamment, nous étions coincés l'un avec l'autre.

À peine remise de ce traumatisme, j'avais rampé jusqu'à la cuisine, où ma mère préparait le dîner. Je ne m'attendais pas à un miracle, mais il fallait au moins que j'essaie de lui faire sentir à quel divin nous affleurions au travers de ces quelques pages. Contenir seule tant de génie m'aurait tuée à petit feu. Je m'étais échouée sur un tabouret, le petit livre calé entre mes mains tremblotantes, et avais entamé la lecture d'une voix pieuse, intimidée par Aragon autant que par mon public. Je n'en avais pas vraiment voulu à mes sœurs lorsque le mot « fente » les avait fait glousser – mais jamais je n'avais autant haï et méprisé ma mère que quand elle avait interrompu le silence religieux d'un éclat de rire d'une rare stupidité, à la fin de ce prodige littéraire : *Et les plis joints d'abord des grandes lèvres bâillent.*

— Dégoûtant ! s'était-elle écriée, et comme je savais bien qu'il était inutile de m'énerver je m'étais arraché un rire jaune – jaunâtre, même.

Le plus dur avait été de reprendre ma lecture là où on l'avait impunément coupée ; consciente que l'attention générale n'était plus désormais concentrée que sur la prochaine occasion de tourner la belle violence d'Aragon en ridicule, je m'étais censurée moi-même au bout de deux lignes. J'avais l'impression cuisante de faire le pitre.

— Pourquoi tu t'arrêtes ? s'était étonnée ma mère, sur le ton d'un spectateur hilare lançant des cacahuètes à un nain acrobate.

— Tu ne fais pas le moindre effort pour comprendre ce qui peut être beau dans ce texte ! m'étais-je indignée.

— Ça va, Ellie, on rigole ! avait-elle dit alors, pour la première fois. Puis, plus sérieusement : Tu aimes ce genre de trucs, toi ?

— Oui, *j'aime ce genre de trucs*, avais-je répété en me retirant dignement, *Le Con d'Irène* serré contre ma poitrine, bafouée.

J'avais été suffisamment vexée pour ce soir, et je faisais mon deuil de mes sujets de conversation malsains, quand Philippe a repris :

— Je ne savais pas qu'il était sur Facebook.

— Ça t'étonne ? a grincé ma mère. C'est bien le genre !

— Pourquoi il n'est pas dans mes amis ?

— Parce que tu ne lui as pas demandé, ai-je répondu avec la patience un peu lasse qui convenait. Tes amis ne t'ajoutent pas automatiquement. De toute façon, tu ne sais pas comment te servir de Facebook.

— Ça, c'est vrai, a-t-il approuvé. Mais si je lui demande d'être mon ami, il acceptera ?

— Je ne sais pas, c'est lui qui décide. A priori, il n'a aucune raison de refuser, si ? (*Mis à part le fait qu'il saute ta première nièce, je veux dire.*)

— Tu sais que j'ai vu des photos de ses enfants ? est intervenue ma mère. Ils lui ressemblent comme deux gouttes d'eau. Très mignons. Sa femme n'est pas mal non plus.

— Je l'ai rencontrée plusieurs fois, très marrante.

— Tu te demandes comment elle fait pour vivre avec ce mec. Coureur comme il est !

— Elle fait sans doute la même chose, a glissé mon beau-père, et tous ont pris l'air offusqué comme si c'était vraiment une chose extraordinaire, le non-dit dans un couple.

— Moi, je serais incapable de vivre comme ça, a lâché ma mère. Trop d'abnégation, a-t-elle ajouté après deux secondes de réflexion – et c'est le seul moment de la soirée où j'ai pu être d'accord avec elle.

— Beaucoup de gens mariés vivent comme ça, a observé ma tante. Ça ne les empêche pas de cohabiter en parfaite intelligence. Soit ils savent et le tolèrent, soit ils gardent ça secret.

— Au bout de vingt ans de mariage, ça me paraît difficile de ne pas savoir ce genre de choses, a objecté ma mère. Elle doit faire l'autruche. Lui, je suis sûre qu'il n'est même pas au courant que sa femme le trompe et qu'il se croit insoupçonnable. Les mecs prennent les femmes pour des débiles.

Expédiée la corvée du gâteau d'anniversaire bien trop dense pour suivre proprement une blanquette de veau, je me suis précipitée dans ma chambre. Rien qu'en interrogeant Facebook, j'ai trouvé une ribambelle de photos d'elle ; sur la plupart, elle était perdue au milieu d'une myriade de visages inconnus, mais même sans me servir du marquage je ne voyais qu'elle. Elle se distinguait de la masse comme si ma curiosité l'enrobait de lumière.

— Qui c'est ? m'a demandé ma sœur, alors que je zoomais sur son visage.

— Sa femme.

— Ça y est, tu espionnes sa femme, maintenant ?

— Je n'espionne pas, elle m'intrigue, c'est tout.

— Cette histoire finira mal, a prédit Alice.

J'ai gardé la page ouverte durant toute l'heure qu'elle et moi avons passée à rire sur des clips ringards des années quatre-vingt ; de temps à autre, je fermais une fenêtre par inadvertance et elle réapparaissait, ses grands yeux noirs bordés de khôl et ses jolies dents blanches, son sourire comme un point d'interrogation qui me donnait rendez-vous plus tard dans la nuit, lorsque je serais enfin seule.

Estelle. Voilà un prénom que je n'entends jamais et qui maintenant me fera éternellement penser à cette femme – sa femme. Lorsque je les prononce, ces deux syllabes maniérées et fades ont l'air de sortir d'un mauvais roman de gare ; mais dans la bouche de Monsieur ce doit être une caresse. Je ne sais pas. Je suppose. Ça me terrifie, cette idée de l'entendre dire Estelle. On doit sentir la différence de statut rien qu'à sa manière de prononcer ce nom et le mien.

Monsieur ne peut d'ailleurs pas deviner quelle déférence se cache derrière ma manière de dire « ta femme ». Dans ses yeux gris je la cherche, inlassablement – je cherche une trace de cet amour, et comment il se détache de la tendresse que Monsieur me montre. Quand Valentine ou Babette la plaignent pour ces cornes sur sa tête, quand elles vont jusqu'à utiliser ce mot odieux de « cocue » je m'empresse de leur expliquer à quel point la femme de Monsieur jure avec toutes ces bobonnes de province qui détournent le regard sur les errements sexuels de leur tocard de mari et se contentent d'en souffrir en silence. Je suis persuadée que la vie à ses côtés lui a appris quel genre d'homme partage son lit et élève leurs enfants. Pendant des heures j'ai regardé ses photos, et cette femme a un regard brûlant d'intelligence calme, brillant de cette conscience qu'elle ne changera jamais Monsieur. A-t-elle jamais essayé ? Il est ainsi fait, passionné par la gent féminine, tentant instinctivement de les posséder toutes, mais amoureux d'une seule. Ça n'est pas de la faiblesse que d'accepter cet état de fait ; seulement le bon sens de mettre en balance ses écarts avec tout ce qui fait de lui un homme hors du commun. Même toute nue dans ses bras, même rougissante au téléphone lorsqu'il disserte sur les mille manières de rendre hommage à mes fesses, je n'ai jamais eu la tentation de croire que je pouvais d'une manière ou d'une autre rivaliser avec Elle, je n'ai jamais réussi à occulter son existence ou à la mépriser. Les mardis matin, Monsieur sort en vitesse des draps conjugaux épicés d'un parfum que j'imagine un peu fort (un Dior ou un Lancôme), et sitôt notre petite chambre d'hôtel désertée il regagne la clinique où son épouse peut le joindre sans avoir à trouver des prétextes minables ou des noms d'emprunt. Je ne suis jamais qu'une parenthèse dans la vie de Monsieur, et aussi accaparante ou passionnante que puisse être une parenthèse, après tout ça n'est jamais qu'un minuscule insert au milieu d'un texte déjà dense, une technique ornementale à laquelle on a recours lorsqu'il est impossible de rajouter une phrase en plus. Je ne suis qu'une parenthèse parmi d'autres, oubliées au fur et à mesure, tandis qu'Estelle reste, année après année, assise sur le même piédestal – et ça n'est pas une métaphore : il existe une photo prise durant l'anniversaire de leur troisième fils, où on la voit sautant dans les airs, assise sur une chaise portée par une dizaine de personnes. Parmi elles, invisible au premier coup d'œil, Monsieur qu'on entend presque éclater de ce grand rire juvénile en la couvrant d'un regard où explosent tout l'amour et toute l'admiration du monde. Je suis restée plusieurs minutes à les fixer tous les deux avec mon cœur qui hésitait à saigner, éblouie.

Sur toutes les photos où ils apparaissent à deux, et qui pour la plupart ont été prises à leur insu, sans forcément s'enlacer ils ne s'éloignent jamais suffisamment pour que leurs corps ne se frôlent pas d'une manière ou d'une autre, leurs épaules, leurs bras, leurs joues ou tout simplement leurs regards, qui comme par magie convergent dans la même direction s'ils ne se pénètrent pas complètement. Il semble évident que cette femme a su, Dieu sait par quel miracle, domestiquer Monsieur et son impulsivité autant que faire se peut – chose qui m'a d'entrée de jeu paru si difficile que je ne m'y suis pas risquée. C'est un trait de caractère si prononcé chez lui, la domination, qu'elle se manifeste jusque dans les lits que nous partageons. Impossible pour lui d'accepter ne serait-ce qu'un baiser qu'il n'aurait pas prévu ; aussitôt pris par surprise, instinctivement Monsieur se rebiffe, tient mon visage à distance le temps de me graver dans la chair un regard qui dit « c'est *moi* qui t'embrasse », puis ses lèvres férocement happent les miennes, insufflent dans ma bouche le poison doux-amer de sa salive. Ainsi en va-t-il de toutes nos communications, verbales ou physiques. Et je le pensais rétif à toute autorité avant que de tomber sur cette photo merveilleuse, toujours issue de l'anniversaire de Louis. L'angle est à vrai dire si rapproché qu'on ne distingue que l'essentiel : les deux visages soudés, capturés dirait-on au beau milieu d'un baiser spontané, et les jolies mains d'Estelle, dépliées en éventail, qui caressent et retiennent les joues fraîchement rasées de Monsieur. Leurs yeux sont clos ; au coin de ceux d'Estelle, quelques infimes ridules sont là pour dire que cette brusque étreinte l'a cueillie au milieu d'un éclat de rire – et que si sa bouche prise l'empêche désormais de continuer, c'est tout le reste qui sourira à sa place. Monsieur est partiellement caché par les longs doigts racés de sa femme, mais il n'y a pas trace sur le haut de son visage d'une quelconque volonté de se défendre ; sourcils parfaitement détendus, paupières calmes – Monsieur se donne tout entier à ce sursaut de tendresse. Elle n'a l'air de rien, comme ça, cette photo mal cadrée, floue et trop exposée, elle ne mérite peut-être même pas d'être sur Facebook ; mais c'est là que j'ai compris, vraiment compris, où s'arrêtait mon pouvoir et où commençait celui d'Estelle. Qu'elle ait su temporairement dompter Monsieur le temps d'une mise au point et d'un flash n'est finalement qu'un détail. Le plus important se décrypte dans ce bonheur qu'elle transpire littéralement : cette femme est heureuse parce que son petit devient grand, que tous ces gens se sont réunis pour l'occasion, et dans son exaltation le meilleur moyen qu'elle ait trouvé d'exprimer ce bonheur a été d'embrasser le père de ses enfants. Cette femme, sur cette photo, est heureuse parce qu'elle aime profondément l'homme avec qui elle passe sa vie.

Moi, Monsieur ne m'a jamais fait briller comme ça. Monsieur n'a jamais été là pour étouffer de sa bouche l'explosion de mes pulsions de joie. Monsieur ne me doit aucune dépendance de ce royaume qu'il a construit avec Estelle. Et tandis que je m'accroche fébrilement aux miettes de pouvoir qu'il m'a accordées presque par inattention, au-dessus de nous toutes Estelle se sait intouchable au point qu'elle puisse bien laisser à Monsieur la liberté qu'il veut : il reviendra toujours. Les conquêtes en vingt ans se sont multipliées, passant de dizaines en centaines – Monsieur est toujours revenu vers Estelle, son port d'attache. La seule qui n'ait jamais essayé d'éteindre chez lui le besoin de séduction ou l'instinct mâle. Bien des hommes mariés de leur entourage sont devenus aussi mous et inoffensifs que des gros chats castrés, exerçant leurs réflexes émoussés sur des proies minables – Monsieur n'a fait que se perfectionner, aux dépens de tous les autres.

Peut-être effectivement fait-elle la même chose. Elle et Monsieur ne sont même pas amis sur Facebook.

J'imagine pourtant qu'il aura fallu bien de l'abnégation des deux parties pour en arriver à cet accord tacite qui leur permet à l'un et à l'autre de n'être pas toujours vraiment mariés. Quel processus, fait de quel genre de souffrances et d'espoirs, a amené Estelle à laisser autant de mou à Monsieur ? Comment a-t-elle pu décider un jour que toutes ces ombres bigarrées, ces maîtresses fantoches, importaient peu ? Il a bien dû y avoir un affrontement pour prévenir tous les autres. On ne devient jamais expert dans la dissimulation sans s'être fait pincer une ou deux fois. C'est le métier qui rentre.

J'ai une conception très cinématographique de cette scène qui n'a peut-être jamais eu lieu. Vingt et une heures, Monsieur dans l'ascenseur attend patiemment son étage, tandis qu'à quelques mètres de là sa jeune épouse qui a fini de nourrir le bébé regarde les informations sans rien écouter ou voir. Fébrile, elle pense à ce coup de fil qui a déchiré sa journée : vers deux heures, une voix de femme inconnue au bataillon a demandé à parler au Dr S. Estelle, à travers le tumulte de son cœur battant douloureusement à ses oreilles, tentait vainement de reconnaître sa belle-mère ou une secrétaire, ces deux personnes n'ayant pourtant aucune raison de le chercher chez lui à cette heure, un jour de semaine.

— Il n'est pas encore rentré, a-t-elle lâché, d'une voix pleine de farouche assurance. Qui le demande ? Je peux lui faire passer un message, peut-être ? Je suis sa femme.

Aussitôt l'inconnue a raccroché, laissant Estelle avec le combiné brûlant, assaillie par la pensée que ça ne pouvait être que l'une d'elles – elle n'a jamais eu la bêtise de croire que Monsieur était du genre à n'avoir qu'*une* maîtresse.

Estelle a passé le reste de la journée les mains tremblantes, incapable de réfléchir ou de voir plus loin que cette confirmation qui venait de lui tomber dessus, à la fois folle de rage et de chagrin. Elle n'a pratiquement pas bougé du canapé, ses yeux vides fixés sur les images qui défilaient à la télé. Humiliée. Quand le petit a fait sa sieste, en retraversant le couloir elle s'est arrêtée quelques minutes devant le dressing où les vêtements de Monsieur remplissaient une armoire restée grande ouverte. Instinctivement elle a glissé sa main dans la poche de l'une de ses vestes, se haïssant profondément d'avoir des initiatives de femme trompée, mais le haïssant bien plus encore de l'y forcer : rien qu'un ticket de caisse de station-service et quelques pièces de dix francs. Quinze autres costumes l'invitaient à les fouiller aussi – puisqu'à présent elle fouillait, puisqu'elle était devenue ce genre de femme. Dans une de ces poches, dans une de ces doublures, se cachait forcément une preuve tangible, de quoi avoir encore un peu plus mal, allez Estelle, retourne-nous dans tous les sens, ouvre tous les tiroirs, déplie tous les pantalons : elles sont là, les garces qu'il baise entre deux rendez-vous, pendant les longues nuits de garde, toutes ces filles qui connaissent son corps presque aussi bien que toi. Si l'une d'elles a eu le numéro de votre domicile, il est statistiquement impossible que rien dans ce dressing ne puisse le trahir, tu ne penses pas ? Pendant que votre bébé dort et qu'il ne peut pas voir combien c'est laid une maman hystérique, fouille. Quand il rentrera ce soir et que tu lui parleras de ce coup de fil, il aura encore une bonne excuse. Il te traitera de folle, à sa manière douce et tendre d'hypocrite – et tu n'as de toute façon aucune preuve de ce que tu avances. Venge-toi : dans les milliers de papiers pliés au fond de ses poches, combien à ton avis te donneront raison ? Ne parlons même pas de tous les cheveux blonds, bruns, roux, de toutes les traces blanches parfaitement explicites que tu trouveras sur ses chemises et sur les jambes de ses costumes : si nous pouvions réellement parler, nous te dirions comment elles grimpent sur ses genoux nues sous leur robe, quand son bureau est fermé à clef. À quel pressing il va pour que tu ne voies pas le rouge à lèvres de ces putes qui pour la plupart n'ont pas la moitié de ta beauté ou de ta classe – mais qui le font courir comme un chien parce qu'elles puent le sexe sans engagement. Cherche, Estelle. Fais-toi ce plaisir. À ta place il aurait depuis longtemps mis l'appartement à sac, sans rien trouver puisque tu es maligne comme toutes les femmes – mais les hommes sont bêtes, il y a des détails qu'il n'a pas pensé à planquer, juste là. Ne le laisse pas faire de toi une de ces mégères qui font pitié à tout le monde, défends-toi, pendant que tu es encore jeune et belle change-le, coupe-lui les pattes – les femmes savent faire ça, non ?

Estelle est sortie du dressing les yeux fermés, mâchoires serrées, le ventre tordu. Tout l'après-midi, sur le canapé, elle a senti cette vibration malsaine de la tentation qui l'appelait depuis le couloir. Elle s'est plongée à corps perdu dans des jeux avec Charles, l'assommant de mots d'amour et d'exclamations exaltées que le bébé recevait en ouvrant de grands yeux presque inquiets. À vingt heures il a pleuré pour manifester sa faim, et Estelle durant une demi-heure l'a tenu contre ses beaux seins gonflés de lait sans le quitter une fois du regard, souriant mécaniquement, incapable d'accéder à cette communion silencieuse avec son bébé, qui habituellement l'absorbe au point qu'elle devienne hermétique au reste du monde. Estelle écoutait les bruits alentour, bercée par les clapotis de la tétée. Lorsqu'une fois rassasié il a lâché sa tétine où le lait perlait encore, elle l'a blotti contre sa poitrine et a arpenté le salon – le rituel du rot.

Charles se laissait calmement secouer, innocent de quelle révolte et de quelle humiliation envahissaient sa mère par vagues – une envie de soulèvement qui manquait de l'étrangler. Il a émis une petite éructation chargée de lait, et Estelle calmement a essuyé de sa manche les minuscules commissures trempées. Il était presque neuf heures, elle n'avait fait que tourner en rond, ne s'était ni habillée ni coiffée. Sa trousse à maquillage était restée éventrée sur la table de la cuisine, depuis ce coup de téléphone. Il aurait fallu préparer le dîner, mais l'idée de mettre une seule casserole d'eau à bouillir épuisait Estelle. Jamais elle n'avait eu moins faim.

Monsieur glisse ses clés dans la serrure. Estelle a son cœur qui bat la chamade. Charles roule de grands yeux interrogateurs sur les genoux de sa mère.

— Voilà ton papa, lui dit-elle d'une voix tristement guillerette, et le bébé semble comprendre.

La porte s'ouvre sur cet homme qu'elle ne peut pas s'empêcher de trouver tellement beau, avec son costume gris, sa mallette neuve et la fatigue d'une longue journée sur son visage souriant. L'idée d'une autre femme pendue à ce cou parfumé lui est aussi logique qu'insupportable. Elle se compose un visage neutre tandis que Monsieur se saisit de Charles qui l'a immédiatement reconnu ; tout épuisé qu'il soit, il a comme toujours suffisamment de force pour tenir son bébé à bout de bras en le couvrant d'un interminable regard d'amour – et Estelle sait en voyant ces deux visages si semblables se sourire, en voyant la bouche charnue noyer le petit bout de nez sous un baiser bruyant, qu'il lui est physiquement impossible de ne pas aimer désespérément Monsieur, à qui leur enfant ressemble tellement. Elle ne saura jamais aimer son fils sans en adorer le modèle, et le talent qu'il a pour prendre cette voix de cajolerie puérile des jeunes pères. Monsieur ne grogne jamais lorsqu'il faut se lever au beau milieu de la nuit pour changer Charles en proie à des coliques. Monsieur ne se prive jamais de lui faire faire l'avion, même si souvent le petit rit au point de vomir sur ses costumes préférés – il va se changer, tout simplement. Et c'est une chose si belle à voir qu'Estelle en aura toujours le cœur brisé.

— Comment vas-tu, chérie ? lui demande-t-il avant de l'embrasser, tendrement.

Il tient le bébé contre lui dans ses grandes mains d'homme (et le crâne de Charles ressemble pendant quelques instants à une petite noix de coco), follement amoureux du trio qu'ils forment. Estelle pourtant ne peut pas mentir – pas la force.

— Mal.

— Qu'est-ce qui se passe ? s'enquiert Monsieur.

Elle croyait qu'il lui faudrait des heures pour chercher ses mots, mais tout sort d'un coup, sans la soulager une seconde.

— Tu as une maîtresse.

Monsieur ouvre des yeux comme des soucoupes, s'enfle de la comédie qu'il est sur le point de jouer, mais Estelle sèchement le coupe.

— S'il te plaît, ne dis rien. Ne commence pas à me mentir.

Le déchirement que c'est, d'avoir l'air aussi résignée alors qu'elle pourrait hurler. Sentant que sa voix tend à s'étrangler elle plaque une main contre sa bouche, ferme ses yeux dont les cils se chargent déjà de larmes. Elle aime tellement Monsieur. Tellement.

— Ne commence pas à me mentir, parce que tu mens tellement bien que je vais avoir envie de te croire – et je sais parfaitement que c'est faux.

Elle émet alors un hoquet aigu qui fait sursauter Charles. Monsieur se lève et va poser le bébé dans son parc, à l'entrée de leur chambre. Lorsqu'il revient il semble abattu, sa haute silhouette courbe sous un poids qu'Estelle pense être celui de la culpabilité ou du remords.

— Chérie..., commence-t-il.

— J'ai reçu un coup de fil aujourd'hui. Une femme qui voulait parler au Dr S.

— Pas mal de mes patients ont ce numéro, explique Monsieur. En cas d'urgence ils peuvent me joindre chez moi. Tu sais bien.

— Quand j'ai dit que j'étais ta femme, elle a raccroché immédiatement, poursuit Estelle, brûlante d'une honte pitoyable. Aucun patient ne ferait une chose pareille. Et du reste, aucun patient n'a jamais appelé ici, depuis que tu exerces. Alors s'il te plaît, *s'il te plaît*, ne me mens pas. Pas à moi. Je ne suis pas une de ces filles. Je suis ta femme.

— Ecoute, chérie, je t'assure que je ne comprends pas, dit Monsieur en secouant la tête, avec un air tellement déboussolé qu'elle se sent glisser doucement sur la mauvaise pente.

Une partie d'elle-même, qu'elle n'aurait pas crue si grande, a une envie furieuse d'avaler toutes les excuses qu'il pourra inventer, et recommencer à vivre comme si de rien n'était ; Estelle croit y reconnaître ce talent qu'a toujours eu sa propre mère pour fermer les yeux sur tous les sujets susceptibles de déclencher une crise au sein d'une famille dont elle est terriblement fière. Et c'est autant par fierté, justement, que par mépris pour cet aveuglement lâche, qu'elle refuse de se résigner. Si c'était simple de fermer les yeux, ça ne ferait pas si mal. Ça ne ferait pas si mal que l'homme qu'elle aime lui mente. Monsieur répète, comme une machine :

— Je ne comprends pas.

— Tu es bien le seul, répond Estelle, bien plus agressivement qu'elle ne l'aurait voulu. Arrête de me mentir alors que je viens de te mettre ta merde sous les yeux. Tu ne peux pas toujours t'enfuir comme ça.

— Elle ne t'a pas dit son nom ?

— Si elle m'avait dit son nom, je ne serais pas dans cet état.

— Comment était sa voix ?

Estelle à bout de nerfs éclate en sanglots.

— Que tu me trompes, passe encore, tant que je n'en sais rien ! Mais que tu me mentes comme si je ne te connaissais pas, alors que je te connais par cœur, c'est pire que tout ! C'est immonde !

Du petit parc s'élèvent des cris stridents de bébé.

— Je t'en supplie, ne pleure pas. Regarde, ça fait peur au bébé.

— C'est justement du bébé qu'il s'agit. Du bébé et de moi. Je ne veux qu'une chose, simple et précise : je ne veux pas avoir honte d'être ta femme.

Monsieur, brusquement réduit au silence, a les yeux qui hésitent à se poser où que ce soit. Estelle gronde :

— C'est trop facile. Regarde-moi bien. Je veux n'avoir jamais à rougir de m'appeler Mme S., et je ne veux pas que Charles se demande un jour qui sont ces greluches qui appellent à la maison. Mais quand tu me mens et qu'une inconnue raccroche en apprenant que tu es marié, j'ai honte. J'ai honte de toi et honte de moi, et par-dessus tout ça me fait mal. J'ai honte et mal de t'aimer. Alors ne fais pas ça. Si tu m'aimes, si tu m'as aimée, dis-moi la vérité ; dis-moi que tu baises avec une autre fille, que c'est elle qui a appelé. Sinon je vais devenir dingue.

Monsieur lève alors vers elle son regard gris, et sur le visage trempé de cette femme connue sur le bout des doigts il voit l'attente désespérée, dans ses yeux noirs le gouffre où elle menace de basculer si jamais il lui dit ce qu'elle croit vouloir entendre. Elle hoquette comme une petite fille, ses seins se soulevant convulsivement, et à quelques mètres de là leur enfant s'égosille, effrayé par leur dispute – Monsieur voit alors quel chaos il sèmerait avec ces quelques mots. Quelle peine il ferait à Estelle qu'il aime si passionnément, qu'il admire tant, pour tant de raisons. Et parce qu'il ne se sent pas la force ou le courage de prendre un tel risque, sans la lâcher du regard il lui dit, lentement :

— Il y a cette nana, à l'hôpital – une patiente – qui est venue me voir en mars parce qu'elle avait une déviation de la cloison nasale. J'ai dû l'opérer et elle est revenue un certain nombre de fois, pour des consultations post-op. Je m'occupais d'elle, la majeure partie du temps. On s'entendait bien, et je lui ai donné le numéro de la maison au cas où elle aurait un jour de nouvelles douleurs. Elle est tombée amoureuse de moi – c'est ce qu'elle m'a dit lors de la dernière séance. J'ai coupé court et cessé de la recevoir.

Estelle écoute gravement son mari lui raconter cette histoire dont elle ne saura jamais si elle est vraie ou montée de toutes pièces. Les larmes sèchent sur son visage, durcissent le long de ses joues comme un masque. Charles s'est arrêté de pleurer et émet depuis son berceau une mélopée inquiète de bébé.

— Je ne t'ai rien dit parce que ça n'en valait pas la peine. C'est une obsessionnelle. Maintenant qu'elle a le numéro, il n'y a pas grand-chose que je puisse faire, à part faire changer la ligne – on peut faire changer la ligne. Je vais l'appeler demain à l'hôpital et lui faire peur. Chérie…

Il pose une main sur sa joue trempée ; comme piquée par une guêpe, Estelle se cabre, recule vers l'accoudoir du canapé.

— Tu l'as baisée ?

— Non, répond Monsieur, sans ciller.

Elle a presque honte du poids qui se retire de sa poitrine. Il ne l'a peut-être pas baisée, et alors ? Qu'est-ce que ça change, après tout, quand on y réfléchit ? Ça ne l'empêchera jamais d'y penser, et c'est ça qui tue, mon Dieu, qu'il la trompe mille fois plus en pensée qu'en vrai… Le soulagement lui est alors un sentiment si fragile et déraisonné qu'elle n'ose pas regarder son mari, de peur de perdre ses dernières résistances dans ces yeux qu'elle adore. Elle le sait tellement intelligent que, même s'il était encore en train de mentir, rien dans son visage ne pourrait le trahir.

— Pourquoi est-ce que je te croirais ? lui demande-t-elle enfin.

— Il *faut* que tu me croies. Je n'ai aucune preuve, mais il faut que tu me croies. Bon Dieu, cette femme a une bonne cinquantaine d'années !

Et Estelle effectivement se souvient, vaguement, d'une voix grenue, un peu éraillée – la voix d'une fumeuse ou d'une vieille. Mais comment démêler le faux du vrai ? Comment savoir s'il n'a pas prévu tout cela, en parfait coureur rompu aux intrigues amoureuses ? Monsieur aime les femmes, point final ; et pour un homme jeune comme lui, une dame de cinquante ans fait un trophée tout à fait savoureux. Alors qu'il se penche vers elle pour l'enlacer, Estelle au supplice se lève d'un bond.

— Laisse-moi. Si tu me touchais maintenant, je crois que je hurlerais.

— Crois-moi, s'il te plaît, dit-il en la cherchant des mains.

— *Laisse-moi !*

— Je ne vais pas laisser cette vieille pouffiasse nous faire du mal. Je vais lui coller les flics au cul ! lance Monsieur avec une impétuosité qu'elle lui a rarement vue.

— Lui coller les flics au cul ? Et sous quel prétexte ? Tout est *ta* faute. *Tu* as donné ton numéro à cette fille. Aucun juge, aucun flic n'y peut quoi que ce soit, répond Estelle d'une voix monocorde.

Elle va chercher Charles, le serre contre elle – et ses paupières ploient sous le poids de l'amour fou en sentant sur le crâne velouté le parfum de son mari, au milieu des effluves de Mustela.

— Je vais le mettre au lit, annonce-t-elle d'une voix blanche. Si tu as faim, il doit y avoir des pâtes d'hier au frigo. Il n'y a qu'à les réchauffer.

— Estelle, reste avec moi, demande-t-il, éperdu. Parle avec moi.

— J'ai envie d'être un peu seule, lâche-t-elle, tout aussi éperdue.

Et, le bébé dans les bras, elle tourne les talons aussi difficilement que si on l'avait clouée là, gazouillant tristement dans les petites oreilles qui ne comprennent rien, pour ne pas entendre Monsieur qui appelle Estelle Estelle Estelle d'une voix brisée. Elle entre dans leur chambre comme on va à l'abattoir.

Quelques heures plus tard, alors que la nuit est déjà bien noire, Monsieur la trouve allongée sur le lit encore fait, les yeux secs d'être restés trop longtemps ouverts. Dans son berceau, leur enfant répand un souffle calme d'ourson endormi. Avant qu'elle ait pu dire ou faire quoi que ce soit, son long corps s'imbrique contre le sien et le serre à l'étouffer, lui coupant le souffle et la volonté de se défendre. Submergée par cette tendresse imprévue, elle sent une vague de larmes monter en elle aussi brusquement qu'un orgasme.

— Je t'aime tellement, sanglote Monsieur dans son cou. Crois-moi, chérie, je t'aime comme un fou. Jamais je ne pourrais te faire du mal.

Et ce sont les mots de cet homme, perdus au milieu d'un océan de hoquets et de larmes, qui tuent Estelle bien plus que l'image de lui entre les reins d'une autre. Elle sait bien que sans le vouloir il vient de tout avouer, et se retournant vers lui en pleurant (*ce que c'est que cette douleur, Seigneur*) elle l'étreint à le briser, s'arrachant cette phrase d'ultime revendication :

— Ne donne plus notre numéro à tes patients, j'ai cru que j'allais devenir folle.

— Je te le jure, ma princesse, répond-il, et longtemps ils collent leurs visages tendus d'amour, s'étourdissent de baisers qu'elle ne sait plus combattre, dans la conscience tacite qu'ils viennent d'aboutir à un accord.

Le fantôme de l'autre femme plane toujours dans leur chambre, et Monsieur qui le sent plus encore qu'Estelle chuchote :

— Dis-moi comment faire pour te rendre heureuse. Je ne supporte pas de te voir triste à cause de moi.

Elle ferme les yeux très fort, enroule dans ses cuisses fermes le dos dressé au-dessus d'elle, essuie ses cils dans le tissu précieux du costume qui ne renferme que son odeur rassurante.

— J'ai envie de faire l'amour.

C'est la seule solution que lui a soufflée ce formidable instinct de vie qu'elle sent battre en elle comme un second cœur, recevoir cet homme tout entier et ne l'avoir qu'à elle, puisque leurs deux corps n'ont jamais su obéir et bouder. Et Monsieur qui ne peut pas voir ou toucher sa jeune femme sans avoir envie d'elle bande soudain très dur entre ses bras. À cette époque, peut-être n'est-il pas cet explorateur sans relâche que je connais, toujours à inventer de nouvelles perversions, à instaurer de nouvelles limites ; ce soir en tout cas, il ne veut que la faire jouir, de la manière la plus simple et la plus noble qui soit, sans raffinements exotiques, sans fioritures cérébrales. Il sent sous ses doigts les tétons durs échappés sans aide du soutien-gorge, et c'est peut-être le seul endroit du corps d'Estelle qui soit vindicatif – rien de ce qu'il tient dans ses mains n'agresse ou n'inspire l'angoisse de la blesser. Elle a gardé de sa grossesse une belle rotondité, une force vive qui appelle toutes les caresses, toutes les contorsions. Estelle peut tout subir, tout accepter, elle est de taille face à toutes les attaques ; sa peau douce comme de la soie ne s'effarouchera de rien. Il ne l'a jamais regardée comme une mère ; à ses yeux elle est toujours la toute jeune fille qui le rendait fou de désir dans le Midi, même s'il l'a vue neuf mois durant s'enfler et s'alourdir de leur enfant, errer dans l'appartement en pyjama et vomir par la fenêtre de sa voiture, même s'il était à ses côtés lorsqu'elle s'est ouverte en deux et que son visage défait n'était plus que la violence et l'effort, poussant des hurlements de douleur qui fendaient le cœur de Monsieur. Il bande pour elle aussi violemment, aussi fort, qu'au tout début de leurs premières nuits. Parfois la nuit, il suffit que dans son sommeil elle remue et le touche pour qu'il la veuille, avec une impulsivité de petit garçon. Cette femme est magique. Cet amour est magique.

— Tu es si belle, dit-il en la léchant pieusement, étourdi par son odeur et son goût qui lui vrillent les nerfs.

Et Estelle qui ne peut plus penser à autre chose qu'au plaisir sans fin qu'il lui donne – la faire jouir étant aussi naturel pour lui que le fait de respirer – geint en s'étouffant :

— Prends-moi, chéri, prends-moi !

Monsieur est dur au point qu'il craigne presque de lui faire mal ; il la pénètre très doucement, comme toujours ébahi de se sentir aussi à l'étroit en elle. L'excitation, qui chez tant d'autres ne produit qu'une béance d'attente, la rend convulsive et contractile – pour Monsieur une idée du confort, de la convivialité, qui se situe bien au-delà de ces concepts humains. Elle mord son bras pour retenir ce cri d'animal qui réveillerait le bébé, et c'est toute sa chatte gluante qui aspire la queue comme une ventouse, Estelle rue sous lui avec des soubresauts déments, Estelle pleurniche baise-moi et il doit la retenir d'une main ferme sur sa poitrine, entre ses doigts sa chair tendre trempée de lait sucré, ému aux larmes par l'envie qu'il a d'elle et de son plaisir, mais il est déjà au bord du précipice et Estelle baise toute seule sur cette queue qui ne sait que se tendre vers le fond capitonné de son ventre, Estelle effrontément se branle, à toute vitesse, au rythme effréné de ses doigts son vagin émet des pulsations à rendre Monsieur fou (c'est d'elle qu'il a appris cette admiration pour la manière dont les femmes se caressent, Estelle ne lui a jamais soumis ce projet – elle a toujours agi de la sorte). Que fait-elle, putain, mais qu'est-ce qui lui prend ? Est-ce qu'elle ne le connaît pas assez bien ?

Quel homme normalement constitué supporterait plus de quelques minutes cette situation diabolique, piégé dans une petite boîte chaude très manifestement douée de vie, avec pour seul panorama des doigts de femme qui cajolent cette petite excroissance de chair rose et blonde, de plus en plus excroissante ? Il a beau avoir appris en médecine tous les mots débandants en rapport avec ce secteur-là de l'anatomie, son esprit d'homme n'a jamais pu oublier ce que signifiait clitoris, ce que sous-tendaient ces trois syllabes enfantines. Estelle n'a jamais pu entrer dans le moule du vocabulaire antisexuel des encyclopédies : elle se branle – voilà bien un mot que les sommités médicales n'auront pas.

— Laisse-moi te baiser, dit-il alors, avant de s'élancer tout au fond d'elle, tenant ses deux cuisses comme les pages d'un très beau livre.

Tandis que Charles se livre tout entier à ses rêves mystérieux de nourrisson, enfouis sous la couverture Estelle et Monsieur jouissent presque au même moment en se dévorant de baisers, les grandes mains adroites de chirurgien perdues dans la crinière de sa femme – seuls dépassent de leur cocon les orteils crispés. On discerne les reins puissants de Monsieur qui refusent la reddition, tant qu'elle a ses ongles plantés dans ses fesses il ne la laissera pas, il ne la laissera jamais, même s'il l'a déjà remplie à ras bord, même si à présent ses cris se feutrent, meurent en un soupir brisé de satiété.

— Je t'aime, dit Monsieur qui s'endort encastré dans le dos de sa femme, en guise de bonne nuit.

— Je t'aime, répond-elle, en sentant son grand nez exhaler un souffle calme de sommeil dans son cou trempé de sueur.

Estelle en sombrant à son tour revoit l'amour et la peur dans les yeux de son mari. Ce sont des choses contre lesquelles une autre femme ne pourra pas lutter. Ce sont des choses qu'elle seule peut provoquer.

Ça ne peut être qu'aussi pathétique et beau, une scène entre Estelle et Monsieur. Entre des gens *mariés*.

Livre II

Il prit Marie d'une main, ils dansèrent une java obscène. Marie s'y donna tout entière, écœurée, la tête en arrière.

Georges BATAILLE, *Le Mort*

Aujourd'hui, je n'ai pas la moindre idée d'où Monsieur peut bien promener sa haute silhouette et ses doigts longs. Cela fait facilement trois mois que je n'ai pas de nouvelles, quelques semaines que j'ai cessé de lui donner des miennes, au compte-gouttes. Où es-tu ? Assis à ton volant, courbé sur cette couverture en carton frappée d'un surnom qui appartient à tous les hommes mais te désigne seul ? Enfermé à clef dans ton bureau pour échapper un peu au flot des patients et tourner quelques-unes de ces pages graves qui nous racontent ? Te caches-tu de tes enfants et d'Estelle pour me lire, aux toilettes, la nuit très tard, dès qu'ils ont le dos tourné ? Ou bien tiens-tu *Monsieur* comme on tient un SAS, négligemment, les doigts enduits d'huile solaire ? Suis-je déjà cornée, craquelante du sable que tes bambins m'ont envoyé entre les pages en jouant au beach-ball ? Ai-je enfin réussi, à ma manière, à pénétrer un peu de vos vacances en famille ?

Est-ce que tu as peur ? Quelle est la part de haine dans toutes les émotions, contradictoires sans doute, que je t'inspire de manière – disons – posthume ?

Est-ce que tu te souviens de tout ?

Y compris de ce jour ?

C'était ce premier matin de juin où il a fait si terriblement chaud. J'étais déjà pratiquement nue quand je t'ai ouvert le portail de ma maison à Nogent, et tu m'as troussée sans ménagement sur la table de la cuisine, encore parsemée des miettes du petit déjeuner. Il a fallu que je te supplie pour que tu acceptes d'atteindre ma chambre au sous-sol ; je courais dans l'escalier, fuyant tes mains.

— Allume, m'as-tu demandé en voyant les robes que j'avais accrochées à ma fenêtre en guise de rideaux. Je veux tout voir de toi.

Nous nous déshabillions en silence, chacun à un bout du lit, haletant bruyamment. J'ai feint de ne pas avoir entendu, bondi toute nue sur la couette : palpable hésitation dans tes yeux entre l'urgence de venger cet affront et celle de mes fesses. Puis en un saut tu m'as enlacée, tout entière. Tu avais ton visage dans mon cou et j'ai senti cette odeur lourde de ton désir, cette transpiration musquée dans la paume de tes mains qui couraient dans mon dos. Tu m'as immédiatement allongée sur le ventre, contrainte d'une main fermement appuyée sur la nuque. J'étais encore toute mouillée de ma douche, mais même là, j'avais encore du mal avec cette insistance perverse que tu montrais, lécher mon cul avant ma chatte, et *quel plaisir pouvais-tu bien y prendre, Seigneur ?*

Sentant mon embarras ou souhaitant l'accentuer, tu m'as retournée d'un bras vigoureux, approchant le visage entre mes cuisses béantes, et d'un souffle qui était déjà bien plus qu'une caresse, murmuré :

— Qu'est-ce que tu veux, mon amour ? Tu veux que je te bouffe la chatte ou que je te baise tout de suite ?

Sans réfléchir, j'ai poussé un long hennissement :

— Oh, prends-moi !

Et tu m'as longuement pénétrée, par-derrière mais sur le dos, les yeux rivés sur mon con que tes coups de reins ne faisaient jamais qu'entrouvrir. Je n'en finissais pas de roucouler, balançant entre plaisir et douleur. Une espèce d'inconfort, que j'espérais psychologique, ne me lâchait pas, même lorsque dressé au-dessus de moi tu m'as rempli les oreilles d'exhortations sulfureuses. Au moment où je m'apprête à les écrire, même si je ne ressens plus qu'une nostalgie amusée au souvenir de ton verbe, mes oreilles rougissent – je le sens, sans même avoir besoin de vérifier.

— Chérie, regarde toujours les hommes qui mettent leur queue dans ton cul. Regarde-moi, maintenant.

Lorsque je les ai levés vers toi, mes yeux ne pouvaient soutenir la force vive, le désir cru dans ton visage planant au-dessus du mien.

Te regarder, c'était une activité qui éclipsait toutes les autres. Puis il y a eu ce monologue, dont je ne me souviens jamais sans une contraction mouillée, durant lequel tu n'as eu de cesse que de manipuler mes petits poignets, murmurant :

— Caresse-toi. Tu as le droit. Je comprendrais, tu sais ; avec une queue dans ton cul, ce serait normal que tu te branles.

Tu étais si convaincant, en vérité, et le plaisir si annihilant, que j'ai amorcé un semblant de caresse d'une main lourde comme du plomb, oubliant un peu ma pudeur pour me rouler dans l'ordure de tes mots. Entraînée par ma propre audace, j'ai même fini par enfoncer mes doigts pour sentir ta bite si dure comprimée entre les muqueuses stratifiées de mon cul. Une vidéo à grand succès sur Youporn. La suite nous fait passer à un niveau encore supérieur.

Il t'a soudain pris la fantaisie de me retourner à quatre pattes, et c'est à ce moment que j'ai eu mon premier mauvais pressentiment : quelque chose n'allait pas. Pas comme je le voulais, du moins. Comment t'expliquer ? (Même aussi loin de toi que je puisse l'être, la seule pensée de ton sourire quelque part en France me crispe dans un spasme d'embarras et d'excitation mêlés.) Ça sentait quelque chose. Peut-être pas une odeur réelle ; peut-être n'était-ce encore que celle du doute.

J'étais à présent persuadée que rien de bon ne pourrait ressortir de cet accouplement, s'il durait encore. Et déjà j'imaginais l'immonde mortification, la scène se répétant inlassablement dans ma tête des mois et des mois plus tard, et toi, à jamais incapable de me regarder comme avant. Je voulais te dire d'arrêter. C'était ma seule urgence. Te tirer de là et – je ne sais pas, moi – d'une manière ou d'une autre te garder dans l'ignorance complète de ce possible incident diplomatique. Te sucer, même. Tout, mais pas que tu voies ça.

Heureusement, je n'ai pas été amenée à de telles extrémités. Semblant totalement innocent du drame qui se tramait seconde après seconde, tu as joui plutôt rapidement, me prévenant d'une voix à damner une religieuse que j'allais me retrouver « remplie de foutre » (*sic*). Nombre de répliques très drôles me sont venues à l'esprit, alors même que je priais de toutes mes forces.

Le doute est devenu palpable juste après. Tu t'es retiré très rapidement, me laissant béante à un moment où j'aurais sans conteste préféré ne pas l'être. J'ai passé le plus clair de ces quinze minutes à épier ta queue, manœuvre que tu compliquais considérablement en me retenant contre ton cœur – seule manière de m'extorquer de ces câlineries postcoïtales habituellement réservées à Andréa. Puis le temps, notre temps, a filé, et il a fallu que tu prennes ta douche.

— Pourquoi ? t'ai-je demandé, un peu trop fébrilement.

Il faisait trente-cinq degrés dehors, cent de plus dans mon cul, nous ruisselions de sueur et je portais Shalimar, le moyen le plus sûr de te faire pincer par ta femme. Mais il fallait que je l'entende de ta bouche. Tu as juste souri.

— Je vais être à la clinique toute la journée, tu sais.

Alors je t'ai suivi comme ton ombre jusqu'à ma salle de bains, m'asseyant sur le rebord de la baignoire, t'étourdissant par des discours d'une flamboyante légèreté. Sous ma frange, cette mécanique de surveillance et d'analyse que déploient les filles après des pratiques risquées était en branle. Mais il n'y avait rien. C'était un malentendu.

De retour dans ma chambre, où nos vêtements jonchaient le sol comme un Rorschach de l'urgence, tu m'as longuement couvée du regard, souriant de toutes tes dents pour souffler, presque incrédule :

— Tu me plais tellement...

Et pour moi, ça a été la fin des tourments. Puisque je te plaisais tellement, je ne pouvais pas t'avoir chié dessus.

Tu m'as embrassée une dernière fois sur le pas de la porte, je t'ai regardé t'éloigner et me faire un baiser de la main au volant de ta voiture noire, un sourire de femme heureuse et gavée d'amour aux lèvres. Il y avait la trace rouge de tes ongles dans mes cuisses. J'étais bien. J'ai couru faire pipi, cigarette au bec. Et même si je sais tous les Sade que tu as pu lire, toutes les scènes ignobles des *Onze Mille Verges* et des Mandiargues que tu connais sur le bout des ongles, même si je ne suis jamais qu'une gamine de vingt ans, je ne peux m'empêcher de te prévenir – c'est là que l'histoire devient atroce.

C'est au moment où j'ai voulu m'essuyer que j'ai compris que mes doutes n'étaient pas vains. Du tout. Ma tête a commencé à tourner. J'ai jeté ma clope dans les toilettes, couru avec la culotte sur les chevilles jusqu'à ma chambre, sachant déjà comme dans un film quel cauchemar m'attendait au fond du lit encore chaud.

— Deux énormes traces de merde, ai-je soufflé à Babette par téléphone, au bord d'un fou rire nerveux (et solitaire).

Deux énormes traces de merde qui, comme elle a pu le constater une heure plus tard, avaient la forme exacte de doigts que l'on aurait essuyés en vitesse sur les draps.

— Donc, après moult réflexions qui ont failli me mener au suicide, je pense qu'il a touché sa bite par inadvertance, vu que je l'avais repeint en entier et...

— Mais pas du tout ! est intervenue Babette, scrutant le corpus delicti. Quand il t'a fait mettre à quatre pattes, il a dû sortir et la prendre dans sa main pour la re-rentrer, et comme il fallait qu'il s'appuie sur le lit, il a sans faire exprès frotté ses doigts sur tes draps. Note qu'il aurait pu s'appuyer sur tes fesses. Tu as eu de la chance, dans ton malheur.

— Ça voudrait dire qu'il ne s'est pas rendu compte qu'il en avait plein la bite *puis* plein la main. Je pense que *je* m'en serais rendu compte, dans une pareille situation. Regarde-moi ça, ces traces parlent d'elles-mêmes. On peut presque l'entendre dire « ha, dégueulasse ! » en s'essuyant les doigts. Il a forcément vu.

— T'as qu'à lui demander !

— Je l'ai appelé, un peu avant que tu n'arrives. Répondeur. De toute façon, je ne sais pas du tout comment j'aurais parlé de ça.

— Tu lui demandes si quoi que ce soit de bizarre est arrivé ce matin. Il comprendra.

— Bien sûr qu'il comprendra. Et il me répondra *bah oui, y avait de la merde.*

— Au moins tu seras fixée.

— Oui, d'accord, mais ça c'est loin d'être le plus embarrassant de l'histoire. Qu'est-ce que tu veux que je dise, après ? Je parle de quoi ? Comment veux-tu que j'enchaîne ?

— Lui enchaînera.

— Ça, c'est sûr. Après un rire de gorge de démon, et pour me demander d'une voix fourbe *pourquoi je suis gênée, ce sont des choses qui arrivent quand on se fait enculer comme une salope, hein Ellie ? D'ailleurs j'ai aimé ça, non ? Et même énormément ?* Je ne peux pas emmener cet homme sur ce terrain miné, il serait fichu de me dire que ça l'excite.

— Personne n'est jamais sale à ce point.

— Dans son esprit de mec, ça n'est pas un accident. Il n'y a pas de place pour un accident dans l'univers sexuel de Monsieur, tout ce qui doit arriver arrive parce que c'est naturel. Et il doit penser que je me suis laissé enculer en connaissance des conséquences, que je m'en fiche aussi. Que j'en avais trop envie pour reculer. Alors qu'en fait, Babette, je vais te dire une bonne chose : il n'y avait aucune raison au monde pour ça m'arrive à moi.

J'étais incapable de rabattre la couette, incapable d'abandonner cette vision qui ne me causait plus qu'une horreur molle et muette. Babette s'était carrément assise sur mon lit, penchée sur les traces qu'elle examinait, cherchant des empreintes digitales ou que sais-je. Je me suis laissée choir le long de mon mur.

— Qu'on m'explique *pourquoi* il fallait absolument que ça m'arrive aujourd'hui et avec ce mec. J'ai passé des heures dans la salle de bains à m'enfiler des litres de flotte, j'aurais dû être propre comme un sou neuf ; à côté de ça, cette couleuvre d'Inès se fait prendre par-derrière alors qu'elle est pleine comme un œuf, et il ne lui arrive jamais rien.

— Oui, d'accord, mais si Monsieur n'était pas, au plus profond de son âme noire, au moins un tout petit peu attiré par le Caca, il ne prendrait pas de risque. Il ne t'enculerait pas.

— À mon avis, ça n'est pas lié. Les mecs savent en théorie que les filles font caca, mais l'idée même qu'ils puissent en avoir la preuve de cette manière leur est totalement étrangère.

— Pas lui, Ellie ! Pas lui.

— Certes, ai-je soupiré.

Il n'y avait là rien de réellement rassurant.

Il était alors encore un peu tôt pour que je comprenne cette conception des femmes que tu avais, la façon dont tu les aimais : ton insatiable gourmandise ne s'arrêtait pas là où l'ordure se mêle mystérieusement au sublime. Or, la sodomie seule révèle la subtilité de ce mariage entre la pureté de la femme et sa violente animalité : c'est là où l'image sainte que les hommes ont d'elle se tord et se corrompt jusqu'à devenir, dans un tourbillon de merde changée en or, l'image de la salope multiséculaire qui les fait bander de dix à cent ans. Du moins c'est ce que je continue à espérer, du plus profond de mes entrailles capricieuses : que mon humanité la plus basse ait pu passer à tes yeux comme une marque d'appétit. Dis-moi que c'est ça ; des mois plus tard, par brefs moments je me demande toujours si ces deux traces de merde ont sonné le glas de notre histoire. Si c'est cette maladresse qui t'a poussé à ne plus me répondre, à ne plus m'appeler, à ne plus m'envoyer le moindre de ces messages gouleyants qui enflammaient mes journées. Comment aurais-je pu savoir ? Tu as disparu de la surface du globe. La manière dont ton portable continuait à sonner, inlassablement, était une torture : et sans avoir rien prévu j'étais prise entre deux déflagrations monstrueuses, celle de ton absence inexpliquée et celle de cet incident qui en était peut-être la cause. L'une et l'autre ne pouvaient qu'avoir l'air communicants. L'idée même de changer les draps me paraissait grotesque, comme l'élimination d'une pièce à conviction, et je dormais dans le lit d'Alice où je m'abrutissais de questions insolubles. J'étais rongée de part en part par cette hypothèse ridicule : je te dégoûtais. Tout ce que je savais des hommes, tout ce que j'avais pu lire, toutes mes récentes théories formaient un bloc contre elle, mais au fond, regardons les choses en face, tu n'avais aucune autre raison de partir. Nous parlions la veille comme deux amants que le monde entier n'aurait pu séparer vraiment, et en tout cas pas d'un coup aussi sec.

Et quelque part, après tout ce temps, après que je fus devenue une ancienne maîtresse qu'on ne désire plus que par à-coups, puis une dose de nitroglycérine nerveuse au milieu de ta vie si bien rangée, après m'être vengée plus que je ne l'aurais voulu de toutes tes défections, il me reste tout de même ce rien de reproche. Comment as-tu pu me laisser croire, même une seule seconde, que quelques grammes de nourriture digérée au bout de ton inestimable bite ont pesé plus lourd dans la balance que mon admiration quasi aveugle, que mes lettres interminables arrivant sournoisement à la clinique ? Comment as-tu pu m'abandonner avec la pire conclusion possible pour une fille de vingt ans, celle d'être bandante sous certaines conditions ?

Au milieu de la débâcle, il y a bien une raison qui m'a retenue de débouler à la clinique avec mon front plissé de cocotte en déroute : ce soir où Édouard, mis au courant de mon récent traumatisme, m'a enculée lentement, tendrement, fouillant chaque centimètre accessible de mon cul d'abord avec ses doigts, puis sa queue palpitante d'une excitation pieuse, rugissant *oh putain Ellie, oh Ellie oh ton cul* d'une voix qui anéantissait toute limite dans son désir. J'ai joui comme rarement, bavant des vagues de sève sucrée sur les draps crème, allongée sur son torse, les mains chères d'Édouard pétrissant mes seins convulsivement.

— Ton trou du cul a quelque chose de spécial, que ceux des autres filles n'ont pas, m'a-t-il chuchoté en s'endormant, après m'avoir copieusement déchargé à l'orée du ventre.

Édouard avant de lâcher prise avait toujours le même rituel : il enroulait mes cheveux autour de son index, recommençant interminablement ses rotations molles qui me grattaient le crâne et me faisaient roucouler. Mais ce soir-là, sa main droite enfouie sous les draps était nichée entre mes fesses, semblant n'en jamais vouloir partir – et lorsqu'à cinq heures j'ai ouvert un œil, les cinq doigts étaient encore déployés en étoile sur ma chatte et mon cul. Je me suis légèrement ébrouée ; Édouard sans même avoir besoin de me voir m'a saisi la joue, murmurant « reste là ». C'était sans doute la première fois, depuis des lustres, qu'un homme chez qui je passais la nuit exigeait d'être collé à moi dix heures durant.

Le lendemain, Édouard donnait cours à neuf heures.

— Tu claqueras juste la porte derrière toi, m'a-t-il dit en finissant de s'habiller.

J'étais allongée en travers du lit encore chaud, menant un combat féroce entre l'envie que j'avais de dormir jusqu'à des heures indues et celle de rentrer chez moi, enfin de partir – je n'ai jamais été à l'aise seule dans l'appartement de mes amants. J'allais faire l'effort ultime qui me mettrait debout lorsque Édouard, tout costumé de brun, s'est agenouillé à mes pieds pour m'embrasser le ventre. Tout en m'étirant, je me suis retournée sur le dos. Et lui, que je connaissais si doux et si respectueux de mes pudeurs, m'a brusquement écarté les fesses. J'étais trop molle pour réagir.

— Arrête, ai-je juste couiné. Tu m'as prise par-derrière hier, c'est sale.

— Qu'est-ce qui est sale ? a répliqué Édouard.

C'est la première fois que j'ai fait l'amour avec la langue d'un homme.

Juin

Cher,

Tu ne vas tout de même pas me faire croire que tout va pour le mieux dans le meilleur des mondes. Je ne sais encore peut-être pas grand-chose des hommes et de la vie en général, mais je sais renifler un problème lorsqu'il y en a un.

Si tu crois que je suis à ce point naïve, tu te trompes. Ça fait bientôt deux jours que je n'ai pas reçu le moindre message spontané de ta part, et ce genre de détail met la puce à l'oreille, crois-moi. Maintenant, le mystère, c'est qu'a-t-il bien pu se passer pour que tu sois comme ça avec moi.

Ne me parle pas de manque de temps, tu as toujours manqué de temps mais tu en as toujours trouvé pour me parler.

Tu peux tout me dire. Sinon, je ne serais pas là aujourd'hui.

On a une relation absolument pas conventionnelle, ça n'est pas pour que l'un de nous se mette à être lâche comme si on était en couple.

Tu veux, alors on y va.

Tu ne veux plus, alors dis-moi.

Parce que j'ai dit que je n'avais pas de penchant pour la douleur, mais je penche quand même, ces temps-ci. Et franchement, ça ne me plaît pas. Pour moi la douleur c'est une fessée ; c'est le genre de douleur qui me suffit amplement.

Dis-moi.

Ce que je sais de Monsieur tient en très peu de chose.

Je sais qu'il a quarante-six ans ; que sa femme, une très belle blonde, s'appelle Estelle. Impossible de me souvenir de sa réponse, mais je lui ai un jour demandé comment ils s'étaient rencontrés. Quelque soirée entre étudiants, je suppose, quelque chose de banal et de magique comme ça.

Je sais qu'il a cinq fils de dix-sept, quinze, treize, dix et sept ans, qui lui ressemblent que c'en est scandaleux ; et toute cette petite troupe occupe un appartement que j'imagine somptueux, au cœur de l'île Saint-Louis. C'est d'ailleurs un quartier où j'ai fini de mettre les pieds par hasard : chaque pas que j'y pose est comme un regard que l'on m'autorise à jeter sur cette vie familiale dont je ne sais rien, et qui m'attire comme une mouche. Car je ne peux pas oublier totalement que Monsieur est aussi un père : quel modèle de cette race quasi divine peut-il bien être, lui qui n'a eu que des fils ? C'est peut-être la composition de sa lignée qui l'a empêché d'éprouver la moindre gêne à s'imaginer au lit avec une fille de mon âge : pas de projection possible. Aurait-il eu une adolescente à la maison, glandant en sous-vêtements dans le salon et fumant des clopes comme je le fais moi-même, sans doute Monsieur aurait-il mûrement réfléchi avant de se risquer à caresser des fesses pratiquement semblables.

Ou pas.

C'est aussi, je crois, cette facette d'ombre qui m'électrise ; l'impossibilité de trouver la moindre moralité dans les vices que j'apprends de lui, tout en la sachant présente, là, quelque part. Les chambres que nous partageons le mardi matin sentent le tabac, l'herbe, le foutre, la chatte et l'absence totale de culpabilité.

Monsieur met Habit Rouge de Guerlain ; titre mystérieux qui lui va comme un gant. Mais à tous les endroits où sa peau est nue, l'odeur omniprésente n'est pas celle du parfum. Ses mains, par exemple, ont son odeur épicée personnelle. Son cou sert d'écrin à un savant et cruel mélange de ses cheveux et de la lessive qu'*Estelle* utilise pour laver ses chemises. Que dire alors de toutes ses autres odeurs apprises furtivement, mais jamais oubliées ?

Monsieur se rase tous les jours, mais j'ai du mal à croire que des poils puissent pousser sur son visage, tant sa peau est douce. C'est peut-être d'ailleurs sur cette douceur que se fondent mes répulsions : les joues de Monsieur sont tout aussi veloutées que celles de mon père. Ils ont la peau éternellement glabre des papas qui nous ont couvertes de câlins des années durant.

C'est une de ces répulsions dont on paye cher l'attrait toxique.

Monsieur a été interne puis chef de clinique à l'hôpital Saint-Louis, à une époque où les salles de garde commençaient à peine à ne plus soutenir leur réputation. Personne ne sait ce qui s'est passé alors, mais je suis prête à parier que c'est là que Monsieur a connu une grande partie de ses centaines de femmes – si tant est que cette déclaration ne soit pas qu'une fanfaronnade.

Monsieur a tous les Who sur son iPod : un matin, alors qu'il se rhabillait, je l'ai entendu fredonner *My Generation*. Comment perdre vingt ans en quelques secondes.

D'ailleurs, quel genre d'adolescence fabuleuse a-t-il connu pour avoir ainsi les cheveux gris et un tel appétit de tout ? Car Monsieur en réalité choisit son âge selon les jours, entre quinze et trente-deux ans. Comme un adolescent, il s'emporte et se lasse vite, construire important relativement peu. Même marié et père de famille, même dans son habit de chirurgien, dans cette clinique transformée en terrain de jeu par ses soins, Monsieur trépigne, bouillonne, tout en lui semble hurler *je veux vivre,*

VIVRE – et les plaisirs qu'il s'accorde avec moi, ces heures que l'on dérobe au monde, font briller ses yeux d'adolescent arrivé par hasard dans un corps d'homme sage.

Monsieur a manifestement des goûts vestimentaires éclectiques. À l'hôtel comme à la clinique, je ne l'ai jamais vu qu'en costume, tout à fait élégant, séduisant en diable. Mais si j'étais avec lui en soirée, je découvrirais une autre facette de cet homme : jean cigarette noir huilé, bottes en croco assorties à une ceinture taillée dans la même bestiole, chemise en cuir. Lorsque j'ai appris cela, j'étais nichée contre lui en position fœtale, de telle sorte qu'à cet inventaire chuchoté dans mon oreille j'ai pu me mordre les joues sans froisser sa vanité.

— Tu ne vas quand même pas tomber amoureuse d'un type qui s'habille comme Johnny Hallyday ! me dirait plus tard Babette.

Monsieur peut, à certains égards, m'énerver plus qu'à son tour : qu'il soit aussi fier de sa réussite, par exemple, me chiffonne au plus haut point. Ce manque d'humilité m'insupporte plus chez lui que chez d'autres, parce que les choses dont il peut effectivement se vanter sont innombrables : je lui pardonne cela encore moins qu'à cette dizaine d'hommes que je fréquente régulièrement, et qui m'abrutissent chacun à leur manière par le récit incessant de leurs succès. Chaque jour, pendant que je vase dans mon lit ou que je vois mes copines, il répare des nez, des lèvres, des malformations dont je ne savais même pas qu'elles pouvaient exister. Il a travaillé horriblement dur pour se faire une place de choix dans cette profession éminemment respectable ; lorsque j'ai l'impression d'avoir passé une journée à la mine parce que je grattais une rédaction de cinq pages, je peux être sûre que Monsieur s'est bagarré quatorze heures entre sutures et plasties diverses. Il ne tient pas son prestige de faits d'armes minables ou de mondanités – et je suppose qu'il faut une grande humanité pour se retrouver là où il est aujourd'hui. Mais comment Monsieur, qui après m'avoir vu cinq fois se pique de me connaître mieux que les autres, pourrait-il savoir que les voitures, l'argent et le succès sont à mes yeux des sujets que rien n'orne mieux que la pudeur ?

Lorsque je leur rapporte ses crâneries, Inès et Babette sont bien moins tolérantes que moi, qui fais montre d'une patience maternelle : Monsieur, c'est probable, a besoin d'approbation. J'ai eu envie de le chambrer mille fois, mais je n'ai jamais réagi bruyamment. Je crois que je me contentais de lever les yeux au ciel en souriant à moitié, trouvant au fond touchant ce déballage de cerf en parade, cette poudre aux yeux. Je me sentais précieuse – et naïvement je prenais ce défaut si prononcé pour la dernière barrière qui m'empêcherait de tomber amoureuse de lui.

Je dois un seul fou rire à Monsieur, mais il vaut très cher.

Ce premier matin où je me suis enchaînée à lui, Monsieur a voulu ajouter sa pierre à l'édifice de la levrette, fatigué sans doute de tirer toujours sur les mêmes ficelles usées jusqu'à la trame. Alors que j'écoutais son écho battre sourdement en moi, agrippée aux montants du lit et visage aplati contre le mur recouvert de tentures, Monsieur a fait mine de se tenir à mes hanches qui ne demandaient que ça, puis à mes seins qui se tendaient vers lui, puis à mes cheveux qu'il modelait en une queue-de-cheval enroulée autour de son poignet, avant de me glisser sans autre forme de procès ses doigts de chaque côté de la bouche. Exactement comme un mors de cheval. La manipulation en elle-même a été si soudaine que je n'ai eu que le temps d'ouvrir grand les yeux, me sentant réellement comme le dernier des poneys de ce bas monde – avant que Monsieur ne commence à tirer, avec soin certes mais non sans une certaine fermeté, et je suis sortie de mon corps pour me regarder faire. Toujours hébétée, je me faisais la réflexion qu'après tout ça n'était tout de même pas si grave d'être montée comme un petit shetland – j'adorais bien me faire prendre comme une chienne. À tout prendre, un cheval faisait autant sens. J'en étais là de mes réflexions, largement défigurée par mon jockey, lorsque j'ai imaginé dans quel genre de situation j'aurais été si les tenanciers de ce petit hôtel du quinzième avaient eu la riche idée d'accrocher un miroir au mur auquel je faisais face : peut-on feindre plus de quelques secondes d'avoir envie de baiser une fille qui ressemble à un masque d'Halloween ?

L'urgence de redevenir bandante (de la manière dont je l'entendais) s'est fait cruellement sentir, et j'ai mordu assez fort les doigts de Monsieur – ces doigts inestimables qui venaient là, tout de suite, de me transir de honte. Il n'a pas dû m'en tenir rigueur, puisqu'un peu plus tard, ou était-ce un autre jour, Monsieur réitérait l'expérience en s'enfonçant lentement en moi, chaque centimètre de sa queue semblant interminable. Clouée comme un papillon sous une épingle, je vibrais et ruais, nouant mes jambes dans son dos, et j'étais tant à ce plaisir incroyable que je n'ai pas senti venir le mors. Sauf que dans cette position, et au vu de l'impatience de Monsieur, il semblait évident que je ne pourrais guère me débattre une fois harnachée. Il y a alors eu une scène atroce où ses doigts ont tenté de passer entre mes dents, moi me débattant corps et âme sous mes cheveux, affolée par l'incompréhension totale de ce besoin qu'il semblait avoir de m'enlaidir, Monsieur me maintenant le cou d'une main serrée et étouffant à moitié mes protestations, et je n'ai là encore eu comme échappatoire qu'une morsure violente à la main. L'espace d'une seconde ou deux l'ambiance de notre chambre a changé du tout au tout, j'ai vu Monsieur regarder ses doigts puis me regarder moi, comme incertain quant à la décision qu'il convenait de prendre. Je crois que c'est sans doute le seul jour où j'ai vu un peu de haine dans le désir de cet homme.

Le lendemain, je me suis précipitée chez Babette, et j'ai le souvenir d'un interminable fou rire roulées en boule sur son canapé, tandis que je lui racontais avec force détails quelle technique alternative avait germé dans le cerveau tordu de Monsieur. Ce dernier, par une cruelle coïncidence, m'a appelée juste quand Babette éructait un long filet de bave malgré elle, et j'ai éprouvé toutes les peines du monde à me contrôler. En vérité, je me suis mordu les lèvres à en hurler de douleur pendant près de dix minutes, feignant l'intérêt tandis qu'il me racontait sa journée – et la libération est venue lorsque Monsieur a eu le bon goût de faire un trait d'esprit qui m'a permis d'exploser littéralement de rire, galvanisée par Babette qui bouffait le canapé pour ne pas faire de bruit. Ces grâces que nous font parfois les hommes malgré eux.

— Lorsque tu en auras marre de te faire baiser n'importe comment par des débiles de vingt ans qui confondent sexe et pénétration, tu commenceras à te tourner vers des hommes comme Monsieur, qui ne demandent que ça, et qui te désapprendront tout ce que tu crois savoir du cul, pour tout te réapprendre, d'une manière telle que tu ne voudras plus jamais faire autre chose que ça, chaque jour de ta vie.

Moi, qui parle à mes copines.

Parce qu'il faut bien le dire, le sexe dans ses bras est un immense et luxuriant espace de jeu où rien, mais absolument rien, n'est interdit. J'ai l'impression de gambader toute nue au milieu d'herbes hautes infiniment plus douces que le plus doux des gazons, sous un ciel parfait, et Monsieur me pousse pour que j'atteigne des sommets inédits sur une balançoire née des pinceaux de Fragonard – et bien sûr je ne vais pas dire que je suis tout à fait tranquille en voyant le sol s'éloigner de plus en plus, mais l'ivresse est si grisante, mon Dieu, l'abandon si poignant que je ferme les yeux avec une envie insoutenable de pleurer de plaisir, mise au supplice par ce besoin que j'ai d'exprimer à quel point ce que je ressens est merveilleux, incapable de trouver ne serait-ce que des lettres pour illustrer ce sentiment ; puis lorsque je suis à moitié folle d'excitation Monsieur m'entraîne à me plonger dans des marais sombres exhalant de suaves et scandaleuses vapeurs de soufre, dont l'eau est d'une chaleur obscène, et dans lesquels je me perds, orteil après orteil. Autour de nous le paysage est devenu plus inquiétant, je sais que je suis sur un territoire que Monsieur connaît par cœur, et qu'il va lui falloir me porter dans ces petits chemins de traverse que je ne soupçonnais qu'à peine. Lentement, inéluctablement je glisse dans les ornières les moins débroussaillées, et certes ma petite balançoire fleurie est loin, mais qu'il fait chaud et moite sous les ramures de ces arbres morts, plus près de l'enfer que je l'ai jamais été !...

Il m'est arrivé d'ouvrir la porte à Monsieur et d'avoir à peine le temps de le voir qu'il s'était déjà rué contre moi. Rien qu'un courant d'air tout imprégné de son odeur, puis ses mains qui s'engouffrent sous ma robe et cherchent. Cherchent quoi ? Je suis persuadée que cette urgence avec laquelle il me trousse n'est pas étrangère à la constatation instinctive qu'il manque quelque chose entre mes jambes, et que cette béance n'existe que parce qu'Il possède de quoi la combler. Tout comme la nature a horreur du vide, Monsieur se scandalise de cette faille sous mon ventre et se passionne pour elle – installant un mode de communication muet qui m'échappe. De longues minutes durant il la fixe sans ciller, formant je crois des mots avec l'arrondi de ses pouces, des arabesques mystérieuses de la pointe de sa langue – et il semble lui poser des questions auxquelles il obtient des réponses que je n'ai jamais formulées, entrant en communication spirite avec ce seul endroit de mon corps qui puisse outrepasser aussi facilement les interdits que je fixe.

Monsieur d'ailleurs aime à croire que le monde en entier s'asservit aussi facilement que le petit ventre émotif d'une fille ; et, à dire vrai, il n'est rien que ses jolies mains adroites ne sachent dompter, au moins temporairement.

Je sais que Monsieur est fascinant, même si cette fascination s'entache souvent de ces sursauts de mépris qu'il provoque sans même le savoir : je trouve que cet homme transporte une aura de vive intelligence et de culture. L'intelligence et les grands nez : voilà quelles sont pour moi les mamelles de l'amour.

Monsieur aime bien les mangues, pourtant jamais il n'a voulu en partager une avec moi le mardi matin, pas plus qu'il n'a voulu de mon jus d'orange ou de mon herbe. Je n'ai en fait jamais vu Monsieur manger ou boire quoi que ce soit – cela m'effare un peu. J'ai vu cet homme jouir, mais jamais vider un verre d'eau (et je l'ai sucé avant même de voir son visage. Si ma mère apprend cela, je me demande bien comment je pourrai la persuader que j'ai une sexualité saine).

Je ne connais pas non plus l'écriture de Monsieur. C'est consternant. Je pourrais passer des heures à étudier ne serait-ce qu'un « lu et approuvé » suivi de sa signature : celle de Monsieur est sans doute savamment brouillonne, illisible comme le sont toutes les écritures de médecins, mais je pense que je pourrais trouver dans le plus infime de ses gribouillis quelque chose qui me parlerait de lui, quelque chose de familier dans ses pleins et ses déliés.

Monsieur a sans doute dragué ma mère, quand ils étaient ensemble lors d'un week-end de chirurgiens à Jersey. Il m'a parlé d'elle ce premier matin, en caressant mes seins.

— Ta mère, je ne sais pas comment elle est maintenant, mais quand je l'ai rencontrée c'était une très belle femme. Très racée. On a beaucoup parlé.

(« On a beaucoup parlé », m'a dit ma mère quand je lui ai posé la question, dans la voiture. « Il me demandait toujours si j'avais lu tel ou tel livre érotique. Ça ne m'a jamais passionnée. Mais bon, il était gentil. Il parlait tout le temps de cul, mais il était gentil. »)

J'ai senti qu'il se passait des choses entre nous, on s'entendait bien. On a beaucoup rigolé.

(« Il pouvait être insupportable. Prétentieux. Puant, même. On a beaucoup rigolé, mais dans le fond je n'ai jamais aimé ce genre de type. »)

— Ta mère venait de quitter ton père, je crois. Elle avait un peu le blues. Mais à notre hôtel il y avait aussi un chirurgien israélien, très beau,

(« Yaacov ! »)

qui plaisait beaucoup à ta mère. Ça lui a remonté le moral.

(« Qu'est-ce qu'il était beau ! » s'est extasiée ma mère, soudain toute à ses souvenirs. « Beau comme un Dieu. Con comme une valise sans poignée, mais beau ! »)

— Tu essaieras de lui poser la question, mais je crois que c'était chaud entre eux. Je ne sais pas s'il s'est passé quoi que ce soit.

(« Tu aimerais bien savoir, hein ? » a lancé ma mère d'un ton qui se voulait mystérieux, mais même ce silence parlait : il disait qu'entre ce Yaacov et elle la tension avait été insupportable. Et pour ne rien arranger, elle a repris : « Oh, c'était chaud ! On passait notre temps ensemble. »)

— Ton oncle, protecteur comme il l'est avec sa petite sœur, tu sais bien, ne voyait rien. Notre grand jeu, c'était de lui dire que Yaacov avait passé la nuit avec une gonzesse quand on savait pertinemment que la dernière personne avec laquelle il avait été vu la veille était ta mère. C'était super drôle. (« Tu étais divorcée, à cette époque ? – Mais non, a répondu ma mère. Tu avais dix ans, on a divorcé quand tu en as eu douze. » Voilà quel genre de fantôme Monsieur a convoqué au-dessus de ma sainte petite famille. Il savait faire de ma vie un jeu de Cluedo.)

— Je n'ai jamais touché ta mère, a finalement lâché Monsieur, au terme d'un long silence durant lequel j'avais prié de toute mon âme pour cette précision.

Je me suis alors demandé s'il aurait pu, malgré tout. Finalement, à cette époque, il ne savait pas encore qu'il coucherait avec sa fille.

— Elle était belle, pourtant. Je ne sais pas ce qui m'a retenu.

On se le demande tous.

— Mais tu lui ressembles beaucoup. Ton sourire. Tu es encore plus jolie. Tu dois tenir aussi de ton père, il y a des éléments dans ton visage que je ne reconnais pas.

Monsieur a une meilleure amie, qu'il a mise au courant de notre histoire alors qu'il ne m'avait pas encore vue. Il a même une meilleure amie assez suspicieuse, qui lui a conseillé de se méfier comme de la peste de cette jeune fille de vingt ans qui lisait les mêmes livres que lui, lui disait les mots qu'il adorait et le rendait fou de désir. Monsieur a une amie que personne n'a mise au courant de la réalité des faits : à quarante-six ans, un homme se dégage très, trop facilement, des petites ombres furtives comme la mienne.

La peur de vieillir de Monsieur, qui est peut-être l'homme le plus vivant que je connaisse, m'entraîne moi et mes vingt printemps dans des abîmes d'angoisse inexprimable. Je me repasse en boucle ces mots, le premier de nos matins, alors qu'il me tenait contre lui. Je fixais, les yeux secs, le papier peint fleuri, mesurant avec une acuité dramatique la portée de son discours :

— Tu sais, vous avez une période de grâce entre quinze et trente ans, durant laquelle le monde ne tourne qu'autour de vous. Tout ce que les hommes font, tout ce que les hommes cherchent, que ce soit le fric, le travail, la famille et le reste, n'est motivé que par vous. Tout ce que les hommes veulent, c'est trouver un moyen de vous plaire et de pouvoir profiter un peu, à votre convenance, de cette lumière que les jeunes filles émettent.

— Et après ?

— Après, lorsque tu as quarante ans, tu t'aperçois dans la rue que les hommes se mettent à regarder les gamines du lycée qui marchent devant vous.

Fin de l'acte.

Monsieur n'a pas l'air de comprendre avec quelle urgence je vis, moi qui ai plus de la moitié de son âge. Je suis déjà condamnée par une date de péremption qui ne me laisse que peu de temps à batifoler comme je le fais, avec ce sentiment constant de tenir Paris – pour ainsi dire le monde – au creux de ma main. Je n'ai jamais pu déterminer quelles intentions l'animaient lorsqu'il m'a ainsi parlé. J'avais peur d'y réfléchir. J'avais poussé un soupir, ajouté :

— Qui me baisera, alors, quand j'aurai quarante-cinq ans ?

— Moi, avait-il répondu en m'embrassant l'épaule. Je serai toujours là. Tu seras toujours ma petite fille.

Les *toujours* de Monsieur sont adolescents.

Monsieur ne raffole pas des lesbiennes, contrairement à beaucoup d'hommes ; ça manque trop de queue, à son idée. Pourtant, lorsque je l'attendais un dimanche soir dans notre petit hôtel du neuvième et que pour me tenir compagnie Babette était venue passer la nuit avec moi, il ne vivait que dans l'espoir de nous surprendre enlacées au petit matin.

Mais ça, c'est ma faute : il aime tout ce qui me concerne, et d'ailleurs rien de ce qui vient de moi ne peut être sale. Monsieur sans le connaître déteste plus que tout Zylberstein sur qui j'ai involontairement fait pipi : qu'a bien pu faire ce type pour mériter cela plus que lui ?

Monsieur est un adorateur inflexible du cul des filles. J'ai toujours respecté et craint cet amour à la fois pervers et noble. Ça me semblait joli, cette obsession qui pourtant n'arrivait pas à ternir sa passion de la chatte. Monsieur, et cela en fait mon Dieu, pourrait passer sa journée avec juste l'image de ma chatte dans sa tête. D'ailleurs il le fait. Ses messages me l'ont dit, en des termes fort fleuris.

Ça aussi, c'est une particularité de Monsieur : il adore se servir de mes armes contre moi et m'embarrasser de mots qui me pénètrent de la manière la plus vile qui soit. Monsieur sait très bien qu'il me fait rougir, lorsqu'en plein travail je m'isole pour ouvrir ses textos comme on se planque pour sniffer un rail. Lorsque nous ne nous connaissions pas encore (au sens biblique), son grand jeu consistait à m'appeler quand je n'étais pas du tout seule, en voiture par exemple ; et il me fallait hocher la tête bêtement pendant dix minutes, prise en otage, incapable de lui signifier sans me faire repérer que ça n'était pas le meilleur moment.

— Est-ce que vous me permettez de me branler en pensant à vous ?

— Si je vous l'interdis, vous le ferez quand même, risquais-je, tentant vainement de paraître détachée.

— C'est vrai. Je l'ai déjà fait, d'ailleurs... j'ai très envie de vous avoir contre moi et de vous faire l'amour. Longtemps. De vous lécher jusqu'à ce que vous...

— Oui, alors ce serait peut-être effectivement plus simple si vous me rappeliez plus tard.

— Je vous dérange, là ?

— Un petit peu.

Rire suborneur.

— J'adore votre voix. Votre voix douce de petite fille très sage.

— Oui ?

— Vous me rappelez dès que vous pouvez ? Si je ne réponds pas, c'est que j'ai du monde à proximité. Je vous rappelle après.

— D'accord. Au revoir.

— Attendez, ne dites rien. Répondez juste par oui ou non. Avez-vous envie de faire l'amour avec moi ?

Généralement, et même si cela semblait improbable, c'est là que le conducteur me jetait un regard qui aurait pu s'apparenter à un éclair de compréhension. Je me raclais la gorge.

— Oui oui.

Monsieur, selon la formule très juste d'Inès, adore effaroucher les oies blanches. Surtout quand elles ne sont pas si blanches que ça.

Dire que Monsieur est amoral, c'est tout de même aller un peu vite en besogne. Il obéit simplement à une morale axée sur le plaisir. Il ne semble mû que par une libido inépuisable, et sa vie entière est une somptueuse sublimation, socialement parfaite, bâtie sur une énergie sexuelle qui la rend tumultueuse, brillante, pleine à craquer de conflits et de passions, mouvante et grisante.

Je crois que Monsieur est l'une des rares personnes que je connaisse pour qui chaque qualité appelle un défaut, et réciproquement. Par exemple, Monsieur est un énorme manipulateur, mais il est brillant ; il m'entube de manière intelligente, c'est-à-dire exaspérante, qui pousse à la méditation et encourage les efforts d'analyse. Monsieur est affreusement susceptible, mais aucun homme à ma connaissance n'a son charisme. Monsieur est un goujat de première bourre ; d'accord, mais quel puits de culture. Monsieur est prétentieux comme tout ; mais c'est un passionné. Il ressent toutes les émotions plus fort que le reste des êtres humains – simplement, il contrôle savamment ce qu'il veut laisser paraître. On ne sait de Monsieur que ce qu'il nous donne en pâture.

Il a pu m'arriver, très souvent, de ne pouvoir rien trouver de beau ou de noble chez cet homme. J'ai pu me dire que même son métier, si admirable, n'était à ses yeux qu'une manière de plus de briller en société. Je déteste fondamentalement Monsieur, pour son arrogance et son égoïsme : j'ai dû dire à Babette, une fois ou deux, qu'à part lui je ne connaissais personne de vraiment méchant. Il y a, je pense, un fond de sadisme chez lui, grandi dans le terreau des grands libertins du XVIIIe. Monsieur est d'une incroyable impatience, mais là encore il ne laisse jamais cette impétuosité prendre le pas sur le reste et contrarier ses stratégies. Il tient son infinie rouerie de sa connaissance des femmes ; lorsque Monsieur agit étrangement, c'est généralement qu'il adopte une nouvelle ligne de conduite dont le cheminement se révèle bien trop élaboré, bien trop pervers pour sortir d'un esprit masculin. Chaque silence qu'il m'impose me tue : la première explication qui vient à mon esprit de petite fille est qu'il vient de se faire pincer par sa femme ou que, d'une manière ou d'une autre, il se sent en danger. C'est chercher la solution beaucoup trop loin : s'il ne me répond plus, c'est juste qu'il n'en a pas envie. Qu'il s'ennuie. Cela laisse peu de place à la politesse ou aux bonnes manières élémentaires, Monsieur n'ayant selon lui aucune raison valable de se comporter bien avec une gamine de mon acabit. Et puis parfois, alors que je tente désespérément de dénouer cette intrigue, j'en arrive à la conclusion évidente que Monsieur est profondément mauvais, dans un sens social : il n'aime que lui et, si cet amour lui en laisse le loisir, il peut éventuellement feindre de se passionner pour d'autres personnes.

Monsieur s'apprend comme on assemble un puzzle géant, par de méticuleux mariages de toutes petites pièces retorses. C'est la seule chose dont je puisse être sûre aujourd'hui, après des semaines et des nuits blanches à rassembler tout ce que je peux savoir de lui. Rien de ce que j'ai appris à son sujet n'est réellement palpable, ou n'évoque que des ombres que je suis seule à reconnaître. Je ne sais de Monsieur qu'une poignée de mots et de sourires, d'absences et de résurgences – Monsieur indéfectiblement se dérobe à toute analyse formelle, à toute étude.

J'écris un livre sur cet homme.

Plus d'une semaine sans lui, huit jours exactement après l'avoir entendu pour la dernière fois, je traque Monsieur jusque dans sa clinique, nue et grotesque dans mon jardin pour être sûre de capter tout le réseau du monde. Je sautille nerveusement d'un pied sur l'autre tandis qu'une cassette me propose de taper 1 pour le secrétariat, 2 pour le secrétariat. Il n'y a pas de touche pour accéder à Monsieur.

L'épreuve de la secrétaire me précipite au bord du malaise. Je n'avais pas pensé au rôle qu'il me faudrait jouer, à ses implications : demander le Dr S., de la voix d'une fille qui n'aurait jamais eu son corps planté dans le sien. Me sentir obligée de me justifier maladroitement, inventer à toute vitesse des radios dont on m'aurait promis un commentaire, dire qu'*il* m'avait demandé de le rappeler – moi qui ne me suis même jamais fait une entorse. Je suis la pire comédienne que je connaisse.

— De la part de... ?

Mlle Becker. Ça n'est pas du tout un nom de patiente, bien plutôt celui qu'aurait pu emprunter une fausse malade tentant de joindre son amant chirurgien de manière discrète et intraçable. Un nom *romanesque ;* voilà pourquoi je l'avais choisi. À ce moment précis, j'étais à mille lieues de me douter qu'il sonnerait aussi faux, impliqué dans une histoire de radios et de secrétaire.

— Ne quittez pas, dit-elle, et j'ai à peine le temps d'imaginer Monsieur dans les parages qu'aussitôt je l'entends au bout du fil.

Inutile même d'évoquer son « allô » encore indécis. Pourtant ce minable mot sans queue ni tête, cette interjection apatride, entre dans mes oreilles et dans mon corps tout entier, tous ces endroits cachés sous mes vêtements se réveillent au son de sa voix, l'appelant avec une force presque pavlovienne.

— Monsieur S. ? (question oratoire s'il en est, puisque ce timbre su par cœur ne peut appartenir à un autre.) Mademoiselle Becker à l'appareil.

Et là, Monsieur que je hais, que je frapperais sans doute s'il était en face de moi, Monsieur trouve le moyen de me faire renaître en quelques secondes comme un phénix de ses cendres, juste avec la cantilène miraculeuse, à la fois tendre et amusée, de cette simple phrase :

— Bonjour, mademoiselle Becker.

Un enchantement. Je n'en oublie pas pour autant ces nuits à ne pas dormir, ces moitiés de crises de nerfs à faire le guet devant mon portable, mais la douleur et la rage m'apparaissent soudainement noyées sous un brouillard indéfinissable qui leur ôte toute véhémence. Sans doute parce que, avec cette phrase pitoyable de trois mots que n'importe qui aurait pu prononcer sans me faire réagir, je l'entrevois à la perfection, en costume brun dans son cabinet, une main dans la poche et un sourire qui lui échappe mais ne le trahira qu'à peine. À sa voix, il est impossible qu'il soit en colère.

— Êtes-vous encore vivant ? je demande, avec une pointe d'ironie que j'espère mordante, quand le seul fait de le savoir effectivement en vie quelque part dans Paris m'est aussi violent, aussi euphorisant qu'une dose de morphine dans les veines.

— Tout à fait, répond-il sur le même ton ensoleillé.

Je commence à m'embrouiller dans un galimatias de mots, à moitié suffocante tant mon cœur bat, mais au bout de quelques secondes de logorrhée fumeuse la ligne se brouille. Je m'agrippe à lui tant que je peux, désespérée à l'idée de le reperdre aussi vite, bondissant comme un lapin d'un bout à l'autre de la terrasse – mais en vain : Monsieur, poussé par sa proverbiale phobie de se faire repérer, raccroche sans bruit, lassé de la friture.

— Tu es vraiment devenue une pauvre fille, Ellie, je croasse devant la glace, en fixant gravement ma sale gueule pâle et mes rougeurs maladives aux joues.

Voilà où j'en suis, à la fois follement frustrée et satisfaite de cet échange misérable pour ce qu'il représente d'euphorie à bas prix : entendre la voix de Monsieur. Juste ça. Quelle bassesse, mon Dieu. S'il y avait au monde une hotline surtaxée de type Père Noël, où il imiterait ce genre de dialogue apéritif pour moi, il est évident que je passerais ma vie pendue à l'autre bout du fil.

Mon portable vibre sourdement près du lavabo, mais je suis encore plongée dans une stupeur si profonde qu'avoir reçu un message de Monsieur ne peut plus m'assommer. En revanche, la promesse de lui parler à nouveau ce soir est juste ce qu'il me faut pour reprendre mes vibrations hystériques, celles qui apparaissent dès qu'il m'entraîne sur de fausses pistes. Voilà bientôt dix jours que je me traîne dans cet état bipolaire, par périodes, en transe dès que Monsieur fait ses apparitions christiques sur ma carte SIM. Personne n'a l'air de le remarquer – ou tout le monde s'en fiche. Ce vide. Ce vide qu'est devenue ma vie avec Monsieur. Depuis que je le connais je n'existe plus que deux heures par semaine – et à présent ça ne se compte même plus en secondes. J'occupe le reste de cette vie détestable à surveiller l'activité de mon portable, en tachycardie totale lorsque je reçois un message, retombant dans l'indifférence la plus profonde lorsque dans quatre-vingt-dix pour cent des cas il ne vient pas de lui. Je dors. Je me force à penser à d'autres corps – dont aucun ne m'intéresse vraiment. Cette servitude à laquelle je me suis enchaînée seule devient intolérable, mais je n'arrive plus à me rappeler ce que c'était, ne pas connaître cet homme. J'ai pourtant passé vingt ans en me contrefichant bien de savoir que quelque part dans Paris, tout près de chez moi, Monsieur existait.

Quelques minutes plus tard, alors que je m'apprête à entrer dans mon bain, Andréa par texto me donne une heure à laquelle le rejoindre chez lui – et Seigneur, je me souviens d'une Ellie qui bondissait de joie à chaque manifestation de ce magnifique jeune Ashkénaze du cinquième, je me souviens que j'ai été *amoureuse* de ce type, mais à quel moment, à quel exact moment ai-je lâché le train en route ? Pourquoi est-ce que je me fous complètement de le voir ce soir ? Pourquoi cette perspective va-t-elle jusqu'à m'abattre ? La réponse, la voilà : Monsieur a dit qu'il me rappellerait, et connaissant l'heure à laquelle il sort du travail, ce sera sans doute pile au moment où je serai avec Andréa. Peut-être même déjà en train de faire l'amour.

Se laver les cheveux, se les coiffer, trouver une tenue décente. Autant d'activités qui se transforment en calvaire sitôt que je dois voir Andréa. J'ai la très nette impression que sortir ou coucher avec moi ne lui inspire rien d'autre qu'une excitation polie. J'ai fini, assez tard, par me faire à l'idée que, dans son lit, je déferais mes porte-jarretelles moi-même et que, si je me caressais, ce serait pendant son sommeil avec l'envie de le buter. Andréa ne baise pas mal, mais trop poliment pour moi en ce moment – enfin, d'une manière exaspérante : assez stimulante pour me distraire de ma léthargie, mais trop bien léchée pour m'emporter dans des mondes d'amnésie érotique. Pas assez riche pour faire le poids contre l'ombre de mon portable sur la table de chevet, en tout cas. Et surtout Andréa ne voit rien. Ne sent rien. Andréa n'a à aucun moment remarqué que, durant les trois dernières semaines, j'ai été superbement exaltée, dessalée jusqu'à l'inconvenance, puis d'un jour à l'autre aussi molle et froide qu'un lombric. Souvent, juste par jeu, je lui ai parlé de Monsieur dans des contextes à première vue innocents mais qui pouvaient me trahir, qui *auraient dû* me trahir si Andréa s'était donné la peine d'être un peu possessif. Je lui ai annoncé de but en blanc qu'un collègue de mon oncle avait proposé de m'emmener en séminaire à Genève.

— Tu ne vas pas y aller ? s'était-il contenté de me demander.

— Bien sûr que non, avais-je répondu, énervée de pouvoir être assise nue sur les genoux d'un homme et ne lui provoquer que cette paresseuse jalousie. Tu ne penses quand même pas qu'il ne tentera rien, une fois en Suisse ?

avais-je ajouté en sous-titrant mentalement *mais réagis, merde !*

— Ça, c'est sûr et certain, avait-il répondu, et ce fut tout.

Andréa ne veut peut-être pas voir, après tout. Ce serait une explication franchement moins dérangeante.

Soir de début d'été radieux et mauve. Habillée bien trop légèrement, je trotte dans les couloirs du métro, portant ma trouble lascivité comme une croix. C'est nouveau, ça aussi : en deux semaines et sans raison particulière, mon sérail a doublé et je pue le sexe – de manière malsaine. Mentalement, je suis souvent à mille lieues de là. Je baise frénétiquement ; jamais perdu autant de sueur ni crié si fort. Andréa comme Édouard, comme Zylberstein, Thomas Pariente ou Landauer, n'ont plus assez de mains ni assez de queue pour calmer mes glapissements de loutre. Ai-je jamais connu le sens du mot « privation » si ce n'est par Monsieur ? Partout où je vais je me goinfre des hommes, je les dévore des yeux sous mon rideau de cheveux. L'*homme* me manque aussitôt que je suis seule. Je cherche Monsieur un peu partout et je le trouve dispersé chez mes amants, dans le verbe leste de Zylberstein et dans l'éloquence de Thomas, dans la voix sombre de Jérôme Landauer, dans l'ovale du visage de François. Ainsi, pour chacun de mes « amis » – comme il aime à les appeler, encadrés de guillemets douteux –, j'ai une mauvaise raison de rester subjuguée.

Sauf avec Édouard.

Édouard a trente-six ans. C'est ma copine Mélie qui m'a parlé de lui, alors que nous prenions un café en terrasse place de la Bastille. Avec l'été revenaient le soleil, la chaleur et les poussées d'œstrogènes – mais pas Monsieur. Je m'en plaignais avec une lassitude symptomatique de mon état de nerfs général, mollement.

— Maintenant que je ne le vois plus, disais-je en substance, je n'ai plus de mec qui soit à ce point curieux ou décomplexé.

Mélie alors m'a parlé d'un professeur d'université avec qui elle avait couché peu de temps auparavant ; ce soir-là, alors qu'ils buvaient un verre de vin sur son canapé, Mélie déjà un peu étourdie s'était souvenue qu'elle avait ses règles – et que, comme la plupart des hommes, Édouard connaîtrait une démotivation subite en apprenant cela. Mortifiée, elle avait pris le parti d'être honnête.

— Ça me pose pas de problème, avait-il souri en réponse.

— Vraiment ?

— Toi, ça te pose un problème ?

— Pas du tout. Enfin, c'est juste que je me sens un peu bête d'être venue chez toi ce soir. Je suis un cadeau empoisonné.

— Tu veux rire ! s'était exclamé Édouard, bondissant presque de son fauteuil. C'est que du sang ; et je sais que c'est dans ces moments-là qu'une fille a le plus envie de sexe. Tu rigoles. Tu as bien fait de venir.

Il était parti changer la musique sur ses enceintes, et au retour avait trouvé la ronde et douce Mélie, mains croisées sur ses genoux, encore un peu sonnée par ce qu'elle venait d'entendre. Ils s'étaient embrassés.

— Effectivement, j'en mourais d'envie, m'a-t-elle dit alors que j'écoutais, haletante, ne pouvant même pas imaginer déjà quel dénouement miraculeux se tramait.

Au sortir d'une étreinte particulièrement fougueuse, Mélie qui vibrait, vêtue de sa seule immense culotte d'indisposition, avait soupiré dans le cou d'Édouard :

— Je vais retirer mon tampon, j'arrive.

La mort dans l'âme. Il allait falloir ramper jusqu'à la salle de bains, faire son affaire dans un silence coupable, se laver les mains puis revenir à la chambre en s'excusant platement d'avoir plombé l'ambiance – puisque, même s'il feignait de n'avoir rien remarqué, ce ne serait plus du tout la même excitation noire, au moins temporairement. Le dénouement miraculeux, le voici : Édouard dans ses longs cheveux avait murmuré « mais non, reste là » et avant même qu'elle ait pu dire quoi que ce soit ou prévoir une telle chose, sans cesser de l'embrasser il lui avait retiré son tampon, puis l'avait posé négligemment sur une vieille édition du *Monde*, par terre.

— Tu déconnes ? ai-je lâché.

Je n'y croyais pas un seul instant.

— Je te jure sur tout ce que j'ai de plus cher que c'est vrai, a répliqué Mélie. Je suis restée cinq ans avec un mec, et c'est toujours moi qui allais me planquer comme une lépreuse dans ces moments-là. Je n'aurais pas pu inventer un truc pareil, Ellie.

— Il *faut* que je rencontre cet homme, ai-je alors déclaré, presque en tapant du poing sur la table.

Ça n'était pas une histoire de tampons, en réalité : c'était l'univers de possibles qui s'ouvrait soudain, par l'entremise d'un être qui adorait suffisamment les femmes pour leur éviter sciemment l'impression d'être sales. Dans ma fringale déraisonnée, je parvenais quand même à séparer les tocards des génies – bien qu'au final ils soient tous des hommes, munis du même corps merveilleux.

Quelques heures plus tard je recevais un message d'Édouard, à qui Mélie m'avait vendue en des termes tels qu'il proposait de me voir le lendemain soir.

Bêtement, j'ai pris peur : il voulait m'offrir un verre de vin place du Panthéon, mais, lasse comme je l'étais alors, je ne me sentais pas de taille à tenir une conversation mondaine, surtout si elle s'épuisait par moments. Je ne me sentais pas capable d'être brillante ou drôle, juste de baiser, inlassablement. Mais ça ne se fait pas, d'aller directement chez un inconnu : mon grand malheur. J'ai évité Édouard jusqu'à ce qu'une autre de nos amies communes organise une soirée : c'est ainsi que nous nous sommes rencontrés. Je n'aime pas décrire physiquement un homme, pour la banalité qui en découle automatiquement. C'est le cas avec lui : si je disais qu'il est brun, avec de grands yeux noirs, de belles dents blanches et un long corps puissant rompu au tennis, cela ne dirait rien sur ce qui importe réellement chez lui. Édouard est beau, d'une beauté chaleureuse, solaire. Nous avons une heure durant parlé du roman, qu'il considérait comme un genre moribond. Je me battais bec et ongles pour Maupassant, il répliquait avec Kundera – nous avons fini chez lui quatre jours plus tard. Quand en souriant je lui ai expliqué quel détail de sa soirée avec Mélie m'avait à la base poussée vers lui, il a éclaté d'un grand rire et je me suis immédiatement sentie à l'aise dans son petit appartement de Vincennes, avec son chat fantomatique et ses bouteilles de rosé sucré. Édouard est je crois le premier, excepté Andréa, chez qui j'ai pu dormir sans compter les heures qui me séparaient de ma liberté. Cette nuit-là, je me suis endormie comme une bûche, soûlée de plaisir et de mots à me faire friser les cheveux sur la tête, pâmée.

Édouard n'a jamais été vraiment comme les autres. Il fait partie d'une catégorie à part, au même titre que Monsieur ou Andréa, même s'il n'a jamais compris en quel honneur une case entière lui était réservée.

— On peut pas parler de *case*, lui ai-je expliqué un soir, alors que nous avions déjà trop bu et trop fumé. Je ne classe pas les hommes comme des objets, ou selon leur fonction – quelle horreur ! Je les classe selon leur réseau. D'un côté, il y a Monsieur, d'accord ? Ensuite Andréa, qui est mon copain. Tu as après François et Timothée – qui vont ensemble. Après…

— Attends, m'a-t-il coupé. Je ne comprends rien. Pourquoi ils vont ensemble ?

— Ils sont meilleurs amis. Je les ai rencontrés à la même soirée. Soirée où, en passant, j'ai aussi rencontré Andréa. Il y a Thomas Pariente et Olivier Destelles, qui vont par deux puisqu'ils sont honteusement riches. Après tu as Zylberstein, Jérôme Landauer, Octave et Paul. Ceux-là sont dans la même case, parce qu'ils sont tous docteurs et amis.

— Donc, combien de docteurs ?

— Avec Monsieur, cinq. Mais ne crois pas que je *cherche* des docteurs. C'est juste que, quand tu mets un doigt dans l'engrenage, ça t'attrape tout le bras.

— Et ensuite ?

— Ensuite il y a toi. Je ne pourrais pas te mettre dans une case quelconque, même si tu faisais partie d'un réseau comme celui de Zylberstein. Tu es différent.

— Mais différent *en quoi ?*

J'aurais pu dire toute la vérité, *tu es différent parce que, pour une raison ou une autre, tu comptes plus que tous ces mecs, est-ce parce que tu es d'une galanterie presque désuète, est-ce parce que tu t'intéresses vraiment à ce que je dis ?* Mais il y avait si longtemps déjà que je n'avais pas été concernée, réellement concernée par un homme que j'avais peur, en étant franche, de paraître maladroite et de lui faire peur.

— Tu es différent parce que tu baises extraordinairement bien, ai-je expliqué, et même ça, c'était dur à dire.

Il a éclaté d'un grand rire flatté, et, galvanisée, j'ai ajouté :

— Et aussi parce que je t'aime plus que les autres. Tu es plus gentil.

En fait, Édouard est le meilleur, sur pas mal de points. Quand j'en parle en ces termes, et que mes amies apprennent que nous nous voyons deux fois par semaine, l'une d'elles se sent invariablement obligée de me demander pourquoi on ne *sort* pas ensemble. Question que j'ai toujours rejetée d'un haussement d'épaules, comme si la réponse était évidente, mais je ne l'ai jamais eue. Parce qu'il a seize ans de plus que moi. Parce que ça compliquerait cette relation sublime que nous avons déjà (comment puis-je me permettre d'utiliser un prétexte aussi éculé ?). Parce qu'il n'est pas amoureux de moi et que moi, mon Dieu, je suis habitée, obsédée, possédée par Monsieur. Je peux être totalement fausse devant Andréa, inventer des câlins d'une tendresse de synthèse à fendre le cœur – mais Édouard ne mérite pas ça. Édouard mérite la seule chose que je sois capable de ressentir de mon propre chef : le plaisir, simple mais dévorant.

Rue Gracieuse, je marche à petits pas minuscules dans l'espoir que Monsieur aura la bonne idée de m'appeler pendant ces deux minutes de répit supplémentaire. Même avec mon iPod dans les oreilles, je ne pense qu'à ça ; je tiens mon portable dans une main moite depuis le début du trajet.

Devant l'immeuble d'Andréa je peste en silence, allez, encore trente secondes... j'ai déjà vingt bonnes minutes de retard, chose tellement inhabituelle que n'importe qui aurait reniflé l'embrouille, mais je sais sans aucun doute qu'il ne sentira rien, et certainement pas l'épaisseur du masque que je porte. Voilà typiquement le genre de période durant laquelle je me hais de ne pas le quitter : il se fiche de moi, et j'ai appris à me ficher de lui, mais nous restons ensemble, Dieu sait pourquoi. Par esthétisme, peut-être ; je trouve que c'est plutôt joli ensemble, un adorable jeune Ashkénaze à lunettes et une fille de *goyim* blonde et rose. Un vrai complexe de Portnoy. Par commodité, sans doute ; c'est ainsi depuis cinq mois, pourquoi et comment changerait-on la situation ? Pour en faire quoi ? Andréa et moi sommes de la race des paresseux : c'est même crevant de se donner la peine de tomber amoureux. Trop simple pour moi, aussi. Monsieur, c'est plus douloureux – et fatalement le jeu devient intéressant : je le sens entrer dans chaque pore de ma peau, tout mon corps s'en défendre comme d'un poison, en vain. Je crois que j'ai toujours aimé avoir mal avant que d'aimer les hommes à qui je devais cette douleur : tant que l'on s'en tient à rechercher des émotions, les personnes restent des vecteurs et importent relativement peu. Jusqu'à un certain point – et c'est là que je me suis fait piéger, comme toujours.

20 h 30

Personne ne me croirait, mais si je déteste avant tout voir Andréa dans cet état, c'est à cause du mensonge. Que le fait de jouer un rôle tout le temps ne me gêne même plus. J'ai fini par m'accommoder de baiser beaucoup et avec beaucoup d'hommes, et c'est une chose que je n'ai aucun scrupule à admettre. J'ai fini par me corrompre définitivement à leur contact, jusqu'à chercher chez eux des sensations, des stimulations cérébrales qui m'auraient révulsée quelques semaines plus tôt – mais je déteste mentir de cette manière désinvolte, comme si j'étais vraiment devenu ce genre de fille. Je mens tout le temps, pour tout.

— Ça va ? me demande Andréa en ouvrant la porte de son petit appartement clair.

— Très bien, je réponds, et mon sourire à la fois excité et espiègle n'est qu'un mensonge de plus.

Je suis complètement apathique ; j'ai l'air de mourir d'envie d'aller au restaurant mais je n'ai envie de rien d'autre, en fait, que rester assise sur un fauteuil en fixant mon portable. Je lui fais miroiter mon absence de culotte, Andréa qui a été bien élevé feint de s'y intéresser. Au beau milieu d'un pincement de fesses, son téléphone sonne. Tandis qu'il s'explique avec son collègue, je me penche à la fenêtre. Sa petite rue ressemble à un décor de théâtre, le vis-à-vis a quelque chose de la commedia dell'arte ; pantelante, je regarde les gens qui passent, qui à cette heure-là vont tous rejoindre leurs amis et leurs soirées. Partout j'entends des rires, des claquements de hauts talons sur les pavés biscornus – et je donnerais ma vie pour être ailleurs, loin de cette fenêtre grande ouverte. Putain j'étouffe. Je ne perçois d'Andréa que sa voix souriante, mais elle me porte sur les nerfs. Son rire m'irrite. Sa manie adorable de faire les cent pas en se grattant la tête lorsqu'il est au téléphone m'exaspère. Monsieur me manque physiquement, au point de rendre le reste du monde non pas indifférent mais insoutenable. Cet homme finalement est comme une drogue ; aussitôt qu'il réapparaît, même pour un laps de temps minime, toute ma période de désintoxication est balayée d'un revers de la main et je me remets à trépigner. Parfois mon cœur bat si vite que je me sens presque mal, avec la tête qui tourne comme une toupie et une voix qui répète en moi, inlassablement, qu'il me faut Monsieur, Seigneur, *il me le faut*.

— J'en ai pour deux minutes, me chuchote Andréa. Garde ton manteau.

Soudain, une vibration sourde s'élève de mon sac, mais il pourrait s'agir des trompettes du Jugement dernier : je bondis comme un lapin sur mon portable, où la divine mention « appel privé » clignote langoureusement. Monsieur. Monsieur infiltre sa lourde sensualité jusque dans la formalité glacée des technologies modernes. Même cet « appel privé » semble se dandiner devant moi. *Décroche, Ellie. Prends-moi. Je sais que tu baves à l'idée de savoir qui t'appelle, qui pourrait bien se cacher derrière cette vibration sibylline ? Qui appelle généralement à neuf heures moins le quart sinon cet homme qui t'empêche de dormir la nuit rien que parce qu'il existe ?*

Je décroche. Tant pis pour le reste. À l'autre bout du fil cette voix qui me vrille les ovaires et me déchire en deux. Le flash est d'une puissance telle que mes jambes se plient imperceptiblement. Boutonnant mon trench à la va-vite, j'explique à peine à Andréa, qui me regarde partir avec une circonspection étrange :

— Pas de réseau, je descends.

— Attends-moi dans la rue, répond-il, cette justification bidon lui suffisant manifestement. Je termine et j'arrive.

Il n'y a strictement plus rien au monde que ce téléphone portable dans mes mains.

— À qui tu parlais ? me demande Monsieur.

— À Andréa.

— Tu es chez lui ?

— Je suis sortie pour être tranquille.

Comprendre par là que j'erre le long de sa rue comme une tapineuse, perchée sur mes escarpins qui me font mal et que je ne sens pas ; je ne sens plus rien. Je ne sens que Monsieur.

Il faudrait que je sois forte. Il faudrait que j'aie l'air détachée, surtout qu'il ne sache pas ce que je suis devenue depuis qu'il fait le mort. Il faudrait que je ne perde pas de vue une seconde qu'il ne m'appelle que parce que je lui ai foutu les boules, à l'acculer jusque dans sa clinique. Il me faudrait remonter à cette époque floue où c'est moi qui le laissais me poursuivre en vain, quand après m'avoir appelée quatre fois il m'envoyait des messages comme une main posée sur ma nuque : « Ellie... »

Malheureusement ça n'est plus d'actualité. Ce qui subsiste de moi dans ce petit corps sciemment maquillé et vêtu se consume littéralement du besoin de comprendre ce que j'ai bien pu faire de mal, ce qui dans ma manière d'agir et de parler a inéluctablement éloigné Monsieur de moi, de nos hôtels obscurs.

— Comment tu vas ? me demande-t-il.

— Bien, et toi ?

— Bof. Je déprime, lâche-t-il au milieu d'un brouillard de friture. Je me sens vieux.

— Tu n'es pas vieux, enfin ! réponds-je avec une véhémence qui confine à l'instinct de survie.

Je sais ce que Monsieur s'apprête à me dire. Il y a une semaine, c'était écrit noir sur blanc dans un de ses textos : « C'est ton regard et ton corps de vingt ans qui me rendent vieux. » C'est là que j'ai compris quel atroce revers avait la jeunesse – et que je ne pouvais rien y faire. Je ne pouvais pas m'empêcher de battre des mains comme une petite fille quand Monsieur me rejoignait le mardi matin. Et je n'ai jamais cru que ce genre d'enthousiasme fébrile deviendrait une sorte de défaut. Je ne pouvais pas m'en douter. Je pourrais être plus mince, plus blonde, plus jolie même ou que sais-je, mais pas plus vieille. Horrible, non ?

— Il *faut* que tu me croies. Tu n'es pas vieux.

— Je n'y peux rien. Ça arrive, tu sais, ce genre de période.

— Et moi, dans tout ça ? Qu'est-ce que je deviens ?

— Je sais, chouchou.

Chouchou, c'est le surnom qu'il utilise à la place de chérie quand il lui semble que je fais un caprice.

— Je n'ai juste envie de rien, maintenant.

— Même pas de moi ?

Monsieur a ce même rire attendri, celui que je lui ai toujours connu.

— Dès que je te vois, j'ai envie de faire l'amour. Et les photos de ton cul m'ont rendu fou, au passage.

Je souris ; c'est pitoyable. Comme une traînée j'ai tenté de le harponner avec ou sans ma lingerie, même mes fesses ont l'air abominablement tristes – mais Monsieur n'a vu que ma peau rose, et je souris.

— Tu veux qu'on arrête de se voir ?

— Je n'ai jamais dit ça.

— Alors qu'est-ce qu'on fait ?

— Je ne sais pas.

— Mais qu'est-ce que tu sais, alors ?

Un couple qui marchait enlacé se retourne en m'entendant pleurnicher. Je me sens tellement seule au monde que je parle trop fort, sans voir qu'à quelques mètres de là, derrière l'immeuble qui fait l'angle et me sert de planque, Andréa attend, près de sa voiture. Le signe de la main avec lequel il se signale m'oppresse autant qu'une dizaine de doigts autour de ma gorge ; l'espace d'un instant j'ai l'impression qu'il a senti quelque chose, qu'il aura laissé passer mille perches, mais pas celle-là.

— Tu n'es pas tout seul, dans cette relation. Moi aussi j'existe. Si tu ne veux plus me revoir, je préfère encore le savoir plutôt que de vivre comme ça, comme une droguée qui attend sa dose, dis-je en baissant d'un ton.

Je marche sans entrain vers Andréa, incapable même de concevoir l'idée de raccrocher. Je suis dans un tel état de nerfs que je continue à parler, même assise à côté de lui dans l'habitacle minuscule de sa Fiat 500. J'espère une seule chose, qu'il n'entende pas la voix grave et câline de Monsieur qui se défend :

— C'est pas très gentil, de dire ça. Que tu es comme une droguée.

— Pas très gentil pour qui ?

— Pour moi. Tu sais, je n'ai pas une vie très facile en ce moment.

(Et moi, tu crois que j'aime ça ? Être une huître quand tu n'es pas là, constamment ouverte à attendre tes messages et tes appels, à les attraper au vol ? Être une chatte en chaleur qui se tortille croupe en l'air sur le mur en bas de chez toi, miaulant à s'en fendre l'âme avec sa petite fente trempée, attirant sans le vouloir

tous les mâles à la ronde – et qu'est-ce que je peux bien faire, dans mon obsession morbide de toi ? Je veux dire, à part les laisser me prendre pour passer le temps en mourant d'envie de leur marbrer la gueule à grands coups de griffes ? Tu crois que ça me plaît, me forcer à ne pas penser à toi des journées entières, avec l'espoir dérisoire que mon silence tuera le tien ? Ça ne marche jamais, tous ces efforts. C'est comme ça que je me suis noyée dans ton ombre : je te tape sur Google et, après avoir passé deux heures à apprendre sur toi des choses que je sais déjà par cœur, j'ouvre les yeux quelques secondes : mais qu'est-ce que je suis en train de faire, putain ? *Dernièrement, à part manger ou dormir, je ne fais rien dont je puisse être fière, rien qui ne me rattache pas à toi, et là, mon copain m'emmène passer une soirée que j'échangerais sans hésiter contre cinq minutes de plus à t'entendre me faire des promesses d'ivrogne. J'ai vingt ans et je pourrais bouffer le monde, mais je ne peux pas parce que c'est* toi *qui me bouffes. Qui n'a pas une vie très facile en ce moment, à ton avis ? Le richissime chirurgien établi entouré de sa famille aimante et ses amis admiratifs, ou moi ? Qui en crève le plus ?)*

— Pour moi non plus ça n'est pas facile, crois-moi.

— Je sais bien, chouchou. Mais pourquoi tu dis que tu te sens comme une droguée ?

— Tu sais bien pourquoi. Tu veux juste l'entendre.

Andréa me regarde, calmement, attend comme un petit copain que sa petite copine termine son appel. Cette sérénité dans ses jolis yeux bistre me brise et m'agace tout à la fois.

— C'est facile pour toi, dis-je. Tu as la chèvre et le chou.

— Non, c'est pour toi que tout est facile. À ton avis, combien d'hommes donneraient absolument tout pour être à ma place ?

— Je me fous des autres.

— Tu n'as pas d'attaches, tu es libre. Moi, je dois continuer à vivre comme si de rien n'était.

Monsieur, aussi loin que remonte ma mémoire, a toujours sous-estimé la réactivité d'un cœur aussi jeune que le mien.

— Tu sais que c'est faux. Que c'est dur à tenir pour moi. Tu sais bien comment je suis. Je deviens folle à ne rien savoir de ce qui se passe, si je peux t'aider ou non.

— Tu ne peux pas m'aider. C'est juste moi, ça va passer.

— Tu ne m'oublies pas, alors ?

— Je ne t'oublie pas, sourit Monsieur.

— Jure.

— Comment veux-tu que je t'oublie ?

Je ferme les yeux, extasiée ; quelques minutes plus tard, cette joie maladive me dégoûtera aux larmes, je le sais déjà, mais c'est tellement bon, mon Dieu, tellement ce dont j'avais besoin…

— Tu veux manger quoi ? me chuchote Andréa, et je sors de ma douce torpeur opiacée pour hausser les épaules, *comme tu veux*.

— Est-ce que le livre avance ? demande Monsieur, mais à présent qu'Andréa se casse la tête pour trouver un restaurant je ne peux plus décemment parler.

— C'est compliqué, là tout de suite, réponds-je en espérant de toutes mes forces qu'il comprendra le message.

— Tu ne peux pas trop parler ?

— Pas trop, non. Disons que c'est limité.

Monsieur émet un rire de gorge qui me propulse quelques semaines plus tôt, quand notre jeu favori était de tenir la discussion la plus inconvenante du monde avec mes parents à deux pas. Les règles, d'ailleurs, n'ont pas vraiment changé.

— Je te rappelle demain, tu seras seule ?

— Oui, ça ira, mens-je, déjà résolue à partir de chez Andréa comme une voleuse, à une heure totalement improbable.

— Je t'embrasse, lâche-t-il, et c'est fini.

Jamais il n'a fait si lourd dans une voiture que ce soir. Je sue à grosses gouttes dans mon trench. Quelques millièmes de secondes j'épie Andréa sous mes cheveux, attentivement. *On fait quoi là, mon chéri ?*

— Ça te dit, un japonais ?

— Allons-y.

Puis, comme un étrange silence s'installe, le genre de silence qui appelle les discussions houleuses, je me lance dans un énième mensonge :

— Je t'avais dit qu'on organisait une fête pour l'anniversaire de ma sœur ?

— Non.

— On veut engager un orchestre de free-jazz. J'ai parlé avec un copain qui m'a promis d'essayer de faire venir un groupe trop bien, il va me rappeler.

— Là ? C'était lui avec qui tu parlais ?

— Ouais. J'espère que ça va marcher.

— Bonne idée, du free-jazz, observe-t-il en se garant rue Monsieur-le-Prince.

— J'adore le free-jazz, réponds-je, et bras dessus bras dessous nous entrons dans un restaurant suffisamment exigu pour que deux heures durant une bonne trentaine de personnes assistent aux manifestations bruyantes de mes pulsions de tendresse montées de toutes pièces.

L'idée de Monsieur me rend drôle et pétillante, et Andréa est un public parfait, riant à tout ce que je peux dire, caressant mes genoux sous la table. Nous sommes une arnaque très esthétique.

Le lendemain matin à huit heures tapantes, j'ouvre les yeux tandis qu'Andréa me fait l'amour, à sa manière douce et maladroite de garçon à peine réveillé. Ses mains m'émeuvent. La manière dont il caresse mes seins m'émeut.

— Tu fais ça si bien, je soupire. J'ai juste envie qu'ils soient plus gros pour sentir encore mieux tes mains.

— Tes seins sont parfaits, répond-il dans mes cheveux, exhalant sa chaude odeur de café et de pain grillé – et ses doigts balayent mes tétons dressés. On dirait qu'ils bandent, ajoute-t-il, et cette dernière phrase me fouette tellement le sang que je me mets à baiser à grands coups de cul contre lui.

— Tu m'excites, je murmure, assise sur lui, et d'une main bien plus impliquée que moi je me caresse.

Andréa en moi est dur à éclater. À la lumière pâle du petit jour je regarde, fascinée, sa bite rentrer et sortir lentement de ma chatte encore ensommeillée. Quand je ne sortais pas encore avec lui, la seule idée de le voir nu m'empêchait de dormir. Et quand j'y parvenais, je ne rêvais qu'à la queue d'Andréa Levinger. À présent, je suis tiraillée entre le plaisir et l'ombre de mon portable sous ma culotte.

Monsieur. Monsieur se doute-t-il que je suis en train de baiser ? Se doute-t-il surtout de combien je peux être différente à l'intérieur et à l'extérieur ? Il faudrait qu'il soit là juste pour que je puisse le fixer en pompant machinalement sur Andréa, avec mes yeux morts et tout le reste qui a l'air d'exulter. Je suis une monstrueuse contradiction. Finalement, il est presque impossible de savoir dans quelle mesure je ne feins pas totalement cette sensualité perverse.

— Maintenant, soupire Andréa, et tout son joli dos s'arc-boute, ses ongles s'enfoncent dans mes fesses à me faire crier et je me hais, je me hais.

Je me hais parce que la seule chose à laquelle je pense à présent, avec son foutre qui me coule encore le long des jambes, c'est parler à Monsieur.

— On s'appelle, chéri ? je lui chuchote dans le cou.

— Tu pars si tôt que ça ?

— J'ai oublié mes clés, je dois rentrer chez moi avant que ma mère parte au travail.

Babette me traitera de vermine quand elle saura ça. Mais peut-être qu'elle ne le saura pas. Ça ne regarde que moi, être une pauvre merde.

Quelques minutes plus tard je trotte dans les couloirs du métro, mon portable dans la main.

Ce que c'est, Monsieur, être comme une droguée ? À part espérer tes appels et tes signes de vie comme des bouffées d'oxygène, c'est exactement ce qui s'est passé ce matin-là : jusqu'à neuf heures et demie, t'attendre fébrilement dans ma chambre aux volets fermés hermétiquement. M'ouvrir en deux en réalisant que tu m'as oubliée, malgré ta promesse de la veille. Regarder passer la journée et frémir durant toute l'heure à laquelle je sais que tu rentres chez toi – frémir en vain. Puisque, et je ne comprends pas que cela puisse m'étonner encore, tu m'as glissé des mains comme une savonnette.

Ellie

Chéri,

J'espère que tu vas mieux. Que ton coup de blues est passé.

Mon gros problème en ce moment reste que j'ai totalement l'impression de mendier pour avoir de tes nouvelles – et c'est une chose que je ne supporte pas, parce que sans être particulièrement fière je déteste me voir agir de la sorte. Je sais que je vaux mieux que ça. Et ce qui me peine le plus est de constater la soudaine déliquescence de notre histoire (si on peut appeler ça histoire), même si je n'ai jamais été naïve au point de penser que nous étions au bord d'une folle romance. Je sais qui nous sommes, comment nous vivons. Je pense être restée relativement réaliste quant aux efforts que nous pouvions tous les deux fournir.

C'est pour ça que je ne comprends pas. Tu aurais tort d'avoir pitié de moi – je préfère encore que tu me détestes. Je ne fais que m'étonner devant la totale incompréhension que m'inspire la situation actuelle. J'ai cru comprendre que tu n'étais pas bien… manifestement, c'est en partie ma faute, et je ne peux guère t'aider. Je suppose que tu n'as pas envie de mon aide non plus – c'eût été présomptueux de le penser. Mais je n'arrive pas à me faire oublier, et j'ai besoin de savoir comment tu vas, parce que je t'ai Connu et que, désormais, ce genre de détails m'importe.

J'ai tourné et retourné la situation dans ma tête, mais tu sais, je ne suis pas encore très au fait des sous-entendus masculins, et j'ignore ce que veut dire « je déprime ». Pour toi, c'est peut-être très clair, mais si tu pouvais te mettre à mon niveau et dire les choses exactement comme elles sont, ce serait un gain de temps incroyable, et un soulagement, aussi.

J'avais l'impression que tout se passait tellement bien entre nous, et nous parlions tellement que cette rupture soudaine de communication me tue. Je sais que tu n'es pas toujours disponible, pour de multiples raisons, mais là c'est différent. Tu ne parles plus du tout. Et je ne parviens pas à croire que ça ne soit pas ma faute.

Tu sais, je suis quelqu'un de relativement simple, sur certains points. En te rencontrant je savais qu'il était inutile de trop s'investir, et que nos échanges seraient réduits au minimum – un minimum délicieux, cela dit. Je n'ai jamais eu la connerie de penser que je pourrais changer quoi que ce soit, et je n'en ai jamais eu envie. J'ai entamé cette histoire avec la volonté d'entretenir des rapports complètement honnêtes avec toi, et je me suis interdit d'avoir plus mal que nécessaire. C'est pourquoi je considère comme un très juste retour des choses de me tenir au courant, en des termes simples, de l'évolution de tes envies.

Je me suis aussi dit que mes lettres t'avaient peut-être poussé à penser que je commençais à trop m'attacher. Je suis attachée, c'est vrai, mais je ne sais pas faire autrement, même dans une relation comme celle-là. J'ai besoin d'une émotion plus conséquente que le désir, si violent soit-il, à me mettre sous la dent.

Lorsque je repense au tout début, j'ai tendance à me dire : « OK, c'est pas possible, il se passe forcément quelque chose qui l'empêche de me répondre, il avait l'air tellement bien lorsqu'on parlait ensemble ! » Ma seule naïveté est sans doute de fermer les yeux sur ta lâcheté – je sais que les hommes sont lâches. Aussi lâches que les femmes sont compliquées. Enfin bref, tout ça pour dire que je ne peux pas croire que tu aies menti tout le long, ou que tu aies juste joué la comédie, tout ça pour me sauter. D'ailleurs c'est moi qui suis venue te chercher.

J'ai aussi fini par penser qu'étant marié tu n'avais aucune envie d'entretenir une relation un peu régulière, enfin un peu suivie du moins. Si c'est le cas, je comprendrais tout à fait. En réalité je peux tout comprendre, pourvu que l'on me dise les choses.

Je demande peu. À vrai dire, trois fois rien. Je ne suis pas en train de te supplier de revenir, je te demande juste de m'expliquer. Au maximum dix minutes de ton temps. Je n'ai aucune envie d'avoir mal, j'ai envie de comprendre et de pouvoir statuer une bonne fois pour toutes. Et si tu penses que je suis le genre de casse-couilles qui va te poursuivre comme ton ombre pour te récupérer, tu te trompes. Je me suis traînée par terre un certain nombre de fois devant les hommes, mais je n'ai jamais été aussi loin – et je ne vais pas commencer à vingt ans, maintenant que je sais qu'il n'est rien de plus débandant à voir. Ça m'énerve de me comporter ainsi depuis quelques jours, ne me laisse pas dans cet état.

Ce que je te propose, ce que je t'ai toujours proposé depuis le début, est d'une enfantine simplicité. Je n'ai jamais parlé d'engagement. Ou d'amour. Ou de quoi que ce soit qui puisse être une chaîne pour l'un de nous. Le fait que tu sois quelqu'un de passionnant et que tu m'excites est une raison suffisante de te voir, pour ma part. Et si tu veux de moi, j'ai encore beaucoup de choses à te dire, à te faire, à te montrer. Moi je m'amuse bien avec toi. C'est aussi simple que ça. Si tu ne veux pas de moi je n'ai aucune intention de me rendre ridicule en restant dans les parages.

Je t'ai envoyé il y a quelques heures un message pour te demander une réponse claire. N'ayant toujours pas eu de réponse, je te demande, s'il te plaît, de me passer un coup de fil quand tu peux. Si tu ne veux pas le faire pour moi, fais-le pour toi, que j'arrête une bonne fois pour toutes de t'envoyer des messages. Ça doit être chiant, à la longue.

Chéri… j'ai du mal à croire que tu n'aies pas aimé nos mardis matin. Et tout ce que l'on en faisait. Mais je peux me tromper, ça m'arrive souvent. Fais un effort, réponds-moi. Ça m'étonnerait beaucoup qu'un homme comme toi ignore combien il peut être exaspérant d'attendre un signe de vie des gens.

En plus ça me désespère de savoir que tu es triste. Si je te disais que je comprends un peu ce que tu ressens, concernant le fait de vieillir, tu ne me croirais pas, mais c'est quand même le cas. Tu sais, je crois que c'est encore plus tragique pour une femme, de voir ses pouvoirs magiques disparaître peu à peu. Toi tu es encore jeune, tu es en pleine force de l'âge ; regarde, tu as une espèce de sangsue de vingt ans qui te colle aux basques. Si ça n'est pas du succès, ça…

Sans rire : je voudrais bien pouvoir t'aider. Parce que sans prétendre au rôle de maîtresse en chef, et sans avoir spécialement besoin d'amour, je me sens touchée par ton chagrin. C'est pour ça que je disais : « Sers-toi de moi. » Je ne suis encore qu'une ébauche, et comme telle j'absorbe tout ce que tu peux m'apprendre, me faire, me dire. On n'a pas beaucoup parlé de ce genre de trucs ensemble, mais crois-moi je sais écouter. Et si tu ne veux pas être écouté spécialement, je sais d'autres choses, des mots, des gestes, des techniques pour te faire tout oublier. C'est sans doute dérisoire à première vue, mais c'est déjà beaucoup de pouvoir donner l'oubli. Tu peux te servir de moi parce que je suis forte, je sais que je suis forte. Parfois j'ai l'impression de plier, mais au final je ne casse jamais. Et la souffrance que tu peux avoir, je saurai la gérer si tu m'en parles.

Écoute, en un mot comme en mille, tout ce que je peux mettre à ta disposition, ce sont d'exquis débuts de semaine dans de petites chambres improbables de cocotte, et mon corps tout entier à ta disposition.

Ellie

(Bon, je sais que ça n'est peut-être pas le bon moment, mais j'ai pensé que peut-être, si tu avais un peu le cafard, une photo de mes fesses ferait comme une mini, miniprise d'héroïne. Ça me va plutôt, d'être une drogue dure dans une seringue.)

P.-S. : En plus le livre avance ! Je le termine comment, moi, si je ne peux même pas mettre un point final ?

Monsieur

Surtout n'arrête pas d'écrire *Monsieur*.

Ellie

Parce que, très sincèrement, je suis censée écrire quoi ? *Monsieur est passé dans ma vie comme un éclair, ce même éclair que j'étais censée être dans la sienne, si j'en crois ce que tu m'as dit ? Monsieur m'a baisée très bien, m'a fait entrevoir le cul de manière différente, mais juste entrevoir, parce que à la fin il m'a quittée comme l'aurait fait un mec de treize ans en prise avec sa petite moustache prépubère, sans me le dire, juste en arrêtant de me répondre ? Monsieur m'a plaquée comme une conne, sans avoir même le courage de me le dire ?* Quel genre d'histoire je peux créer, à partir d'une fin aussi piteuse ?

Je suis juste affreusement vexée. La dernière fois que tu m'as eue au téléphone, je t'ai tendu des perches monumentales, tu aurais tout à fait pu me dire « c'est fini » à ce moment-là, j'étais disposée à l'entendre. Je ne comprends pas pourquoi tu te comportes comme ça avec moi. J'ai tout fait pour te rendre heureux, sans rien te demander en échange, sans même demander une quelconque gratitude. La seule chose que je voulais, c'était de l'honnêteté. Tu n'as même pas été capable de m'appeler pour qu'on en parle. Tu as piétiné tout ce que j'ai pu te donner, tout ce que j'ai pu te proposer.

Il y a d'autres moyens de se sentir jeune que de se comporter comme un pré-ado. J'aurais pu t'apporter tout ça, le renouveau, la passion. Aucun engagement. Mon Dieu, je ne vois vraiment pas à quel moment j'ai pu te perdre. J'ai été tentée de croire que je suis trop gentille, mais en fait non. Je ne me reprocherai jamais de l'être, ou de tomber amoureuse.

Alors la seule chose que je te demande aujourd'hui, c'est d'avoir le courage de m'appeler demain. Et qu'on s'explique, une bonne fois pour toutes. Parce que je n'ai aucune envie de te trouver nul, et que, comme je te l'ai dit, quand tu es le Monsieur que j'ai connu, tu me fais envie. Sois ce Monsieur, charmant, élégant, flatteur, brillant – mais ne sois pas lâche. C'est la pire chose au monde. Je n'ai pas besoin d'un mec lâche dans mon livre, et j'espère que tu ne l'as été qu'à cause de circonstances que j'ignore. Tu vois, je suis gentille – j'imagine que cette lâcheté n'est pas de ton fait.

Fais ça pour moi. Laisse-moi au moins le souvenir d'un homme courageux. C'est le moins que tu puisses faire si tu te permets d'attendre un livre de moi. Je pense avoir été très correcte, pour ma part.

Je crois que c'était encore pire au magasin, dans un sens. Moi qui d'habitude manquais déjà de motivation pour me lever à sept heures et demie un samedi matin, j'avais presque envie de pleurer quand je pensais à cette longue, longue journée debout derrière un comptoir, quand la seule chose que je tolérais était la solitude de ma chambre au sous-sol. Du reste, je n'avais pas réellement envie de parler à qui que ce soit. Dès que j'ouvrais la bouche, j'attendais comme une évidence que quelqu'un comprenne, évoque Monsieur ; j'avais l'impression de transpirer cet homme par chaque pore de ma peau et d'en baver depuis des millénaires, alors qu'une semaine et demie seulement avait passé sans lui. Je ne pensais qu'à ça, tout le temps ; j'imaginais des vengeances, des manières sophistiquées de lui faire payer son silence. Ou alors j'effaçais tout, et Monsieur revenait, disant je ne sais pas pourquoi j'ai fait ça. Parfois, alors que je confectionnais le bouquet d'un énième client, au milieu des tas de fleurs il m'arrivait de lever le visage pour regarder dans le vide, mes mains travaillant machinalement, et en l'espace d'une infime seconde d'éternité je croyais voir sa haute silhouette ou entendre sa voix. J'en risquais mes doigts chaque fois qu'il fallait me servir d'un sécateur ; et toutes les autres filles à côté de moi trouvaient, sans rien oser me dire, que j'avais une mine à faire peur.

C'était à la période sombre où Monsieur avait arrêté de me répondre, indépendamment de la nature des signaux que je lui envoyais. Je devenais dingue, agissant contre toute logique, en dépit de tout ce que j'avais pu apprendre sur le fonctionnement des hommes. S'il m'arrivait de jouer la rupture de communication, au bout d'à peine deux jours j'étais terrifiée à l'idée que Monsieur puisse croire que je ne l'aimais plus. Alors je recommençais à taper fébrilement un texto en me haïssant d'un bout à l'autre, pensant pouvoir le duper en parlant uniquement de sexe, mais mes mots puaient le chagrin et l'incohérence. Et tandis que je me débattais sans espoir contre une histoire que le monde entier devait continuer d'ignorer, il fallait que je m'efforce de faire bonne figure devant Andréa (dont je me désintéressais peu à peu) ainsi que devant ma famille. Expliquer à ma mère que ma mauvaise humeur n'était due qu'à cette grève étudiante qui n'en finissait pas. Trouver des excuses pour ne pas aller chez ma tante, où me poursuivaient sans relâche les souvenirs de cette soirée d'anniversaire et la conscience que mon oncle connaissait Monsieur, ayant bossé quinze ans avec lui ; Seigneur, je ne pouvais même plus *le regarder* sans voir Monsieur. Avoir l'air concernée lorsque Andréa annulait un de nos rendez-vous, et folle de joie quand il en fixait un autre. M'arracher des textos mignons pour qu'il ne puisse se douter de rien. N'avoir en tête que mon portable sur la table de chevet lorsqu'on faisait l'amour. À tous ces gens, cacher mon cœur brisé comme une maladie honteuse. Parfois, dans la voiture avec ma mère, je sentais l'aveu monter lentement dans ma gorge, une énorme boule qui faisait de la déglutition un supplice. J'étais sur le point de m'ôter de la poitrine un poids incroyable, songeant qu'après tout je n'en avais plus rien à faire, rien ne pouvant être pire, même si elle s'énervait, même si elle menaçait de parler au concerné ou à Philippe. Il fallait que quelqu'un sache. Que quelqu'un d'autre puisse avoir conscience qu'il était méchant et que malgré tous mes torts je n'avais pas mérité ça. Je me voyais déjà tout balancer, cette édition grandiose de Mandiargues dans ma chambre et qui n'avait rien à y faire, ce mercredi où ma mère m'avait crue à un poker chez Timothée pendant que Monsieur me pelotait à la clinique, toutes ces fois où je m'étais carapatée hors de la maison avec un sac de voyage chargé de victuailles et de lingerie.

Mais je renonçais toujours. Je fournissais un dernier effort pour ravaler cette confession dont je savais pertinemment qu'elle lui ferait mal, et lorsque ma mère me regardait à nouveau je m'étais composé un visage neutre, ou même faussement joyeux ; ces sourires-là me découpaient littéralement en deux. Je retournais à ma petite chambre dont les draps intouchés depuis la venue de Monsieur portaient encore les vestiges de ma catastrophe, à mon portable désespérément muet, à ma boîte mail toujours vide. Je vivais dans un musée à sa gloire. Et le temps continuait à passer.

Je haïssais aussi les moments de solitude pour la propension que j'avais à m'étourdir de questions sans réponses. Comme s'il existait la moindre chance d'obtenir un jour la vérité, je m'abrutissais à rassembler des indices qui auraient pu me permettre de comprendre pourquoi Monsieur un beau jour s'était tu. Quelles avaient été ses motivations. Si les motivations qu'il m'avait données en pâture étaient acceptables ou montées de toutes pièces. Je m'arrachais les cheveux ; impossible de savoir par quel bout prendre Monsieur, déterminer s'il m'avait menti, et pour atteindre quelles fins qu'il ne pouvait pas m'expliquer. Lorsqu'une partie de moi tentait de croire qu'il avait fui pour se protéger, une autre s'accrochait à la minable hypothèse qu'il n'était peut-être qu'une ordure aimant à la folie exercer son pouvoir fléchissant sur une gamine sans défense. C'était à la fois terrible et exaspérant de s'apercevoir qu'un piège aussi grossier m'avait dupée et que la clé était d'une simplicité presque trop enfantine pour ne pas être sophistiquée : Monsieur en avait eu assez. Et lorsque Monsieur en avait assez, il faisait le mort. Je répétais à Babette, inlassablement : « J'aurais *dû* le voir venir. J'aurais *dû* sentir que rien ne serait simple. »

Et Babette qui savait cela depuis le début, depuis mes premiers gloussements devant le verbe leste de Monsieur, n'osait jamais mettre des mots derrière ses longs soupirs d'approbation. Du reste, qu'y avait-il à dire ? Le monde entier pouvait légitimement se moquer de moi. Rire était d'une logique presque ennuyeuse.

Je me souviens encore d'un matin où je rentrais chez moi, après une trop longue nuit chez Andréa. Mal réveillée, j'avançais machinalement dans les couloirs sales, quand soudain j'ai été frappée de plein fouet par un effluve du parfum de Monsieur. Levant brusquement le visage comme après un choc électrique, je suis restée plantée là dix minutes, toutes narines dehors, pour tenter de déterminer d'où venait ce cruel fumet, de quel homme, de quelle ombre. J'avais mal, Seigneur, si mal. Pendant quelques secondes j'ai cru tenir une piste, à l'aveugle ; je ne faisais que suivre fébrilement cette masse de gens sans le moindre espoir d'y reconnaître Monsieur, croyant sans doute que son odeur, si éphémère fût-elle, serait un ersatz suffisant. Le concept de parfum est si traître : des milliers d'inconnus partagent avec des êtres aimés une odeur que vous croyiez singulière. Sans le savoir, ils marchent non loin de vous, vous frôlent et s'en excusent, et vous restez là, exsangue. Vide à en pleurer, envahie par des hordes de souvenirs, ce que ce parfum signifiait, ce qu'il suggérait de battements de cœur et de peau si familière. Voilà qu'à présent c'est tout un monde olfactif qui s'égare dans des cheveux et derrière des oreilles anonymes. Voilà qu'à présent, pour quelques poignées de secondes de bousculade involontaire, c'est toute une période de votre vie que l'on piétine, que l'on galvaude. Et ces gens pourtant ne vous veulent pas le moindre mal.

Un samedi matin, rien n'est allé comme il fallait. Je venais de comprendre, après des semaines d'incertitude, que Monsieur avait à présent des projets qui ne me concernaient pas le moins du monde et que je n'existais plus dans aucune sphère de son existence. Je venais de me faire à l'idée qu'il ne me répondrait plus, et voilà où l'incompréhension se cristallisait à présent ; qu'avais-je bien pu faire, mon Dieu, quelle erreur avais-je bien pu commettre pour que Monsieur soit aussi froidement méchant avec moi ? Comment avait-on pu passer d'un extrême à l'autre en l'espace de quelques jours ? Comment en était-il venu à ignorer totalement une personne qu'il avait appelée mon amour, désirée si fort, une personne qu'il avait poussée, en toute connaissance de cause, à tomber amoureuse ? Pourquoi ne même pas m'expliquer ? Je ne demandais qu'à comprendre. Et si Monsieur voulait oublier définitivement cette histoire, quelles que soient ses motivations, pourquoi m'avait-il la veille envoyé ce message, comme unique réponse à mon monologue de rupture : « Surtout n'arrête pas d'écrire *Monsieur* » ?

Bien sûr, qu'il fallait que je continue ; il ne pouvait qu'encourager la rédaction d'un livre qui parlait de lui. C'était tellement gratifiant, l'idée d'une jeune femme au désespoir mettant son once de talent d'écriture au service d'un homme qu'elle ne pouvait plus avoir. Quelle jouissance, pour un monument d'égocentrisme comme Monsieur : jamais personne n'avait mieux flatté son amour-propre. Lorsque j'ai reçu son message, c'est alors que j'ai vraiment commencé à me mépriser, à mépriser ce manque abyssal de dignité. Si j'avais pu, dans une certaine mesure, écrire par amour de l'art ou pour l'ambition d'être un jour publiée, Monsieur venait de balayer tous ces buts pour n'en laisser qu'un : finir mon livre pour le revoir – et c'était tout. Même ça, même la noblesse d'être écrivain et de bâtir sa vie sur l'impalpable puissance des mots, il l'avait salie. Ces pages que je noircissais à toute vitesse ne constituaient plus qu'un misérable appât, qu'un exutoire pour le chanter et le haïr – et en cela finalement il n'y avait plus aucune différence entre la romancière que je pensais être et tous ces gens qui prenaient l'acte d'écriture pour une catharsis, ignorant quel effort et quel art ils avilissaient en croyant le servir. Écrire, c'était revoir Monsieur – qui s'aimait beaucoup trop pour résister à la tentation de lire deux ou trois cents pages sur lui.

Ce samedi matin, alors que je fredonnais vaguement en égalisant les tiges des roses rouges (le seul moment où je me sentais vivre étant lorsqu'une épine s'enfonçait dans le gras de ma main), une de mes collègues s'est approchée de moi pour déposer de l'argent dans la caisse. Chuchotant :

— Alors, des nouvelles ? Il t'a rappelée ?

— Qui ? Andréa ?

Elle m'a jeté un coup d'œil entendu, et j'ai compris que c'était à Monsieur qu'elle faisait référence. Évidemment. Cela faisait déjà un bout de temps qu'un coup de fil d'Andréa n'était plus un événement à mes yeux. Aux grandes heures de mon histoire avec Monsieur, quand le week-end je trépignais derrière mon comptoir à l'idée de le voir le mardi matin, je n'avais pas pu m'empêcher de lui raconter ce chirurgien marié de quarante-six ans, sa passion pour les livres érotiques et nos étreintes romanesques dans un hôtel obscur de Pigalle. Fatalement, quand la situation avait commencé à m'inquiéter, elle l'avait su aussi ; je n'attendais plus le dimanche avec la même excitation. Je n'attendais plus grand-chose, à vrai dire, sinon la fin du travail pour croupir tranquillement dans ma chambre, fumer des joints avec mes amies ou faire semblant d'être heureuse dans les bras d'autres hommes.

— Le médecin ! a-t-elle précisé à voix basse, comme si Monsieur était classé Secret Défense.

J'ai baissé les yeux vers mes mains noires de crasse.

— Pas grand-chose, ai-je répondu piteusement.

— Oh, laisse-le tomber. Tu vaux mieux que ce type.

Elle faisait partie de ces gens qui ne s'expriment qu'avec des lieux communs, mais que la banalité de leur discours n'empêche pas d'être lucides. « Tu vaux mieux que ce type » était sans doute sa conviction la plus profonde, et comme pour ne rien arranger elle n'était pas par nature portée aux manifestations de sympathie ou de compassion, je me suis malgré moi trouvée emportée par une vague chaude de tendresse et d'empathie, juste pour ces quelques mots qui m'auraient exaspérée dans la bouche d'une autre. L'espace d'un instant j'ai pensé que personne sinon elle ne pourrait comprendre, parce qu'elle connaissait mon histoire, qu'elle avait l'âge de Monsieur – donc que les façons de ces hommes ne lui étaient d'une manière ou d'une autre pas étrangères – et que, mon Dieu, elle était là et il fallait que je parle. Il fallait que je parle au risque de me dévorer moi-même. Alors je me suis lancée :

— Hier, il m'a envoyé un message, et…

Je me suis arrêtée pour reprendre une contenance et croiser son regard ; appuyée au comptoir, elle avait cessé de trier une botte de renoncules pour m'écouter.

— … je veux dire, ça fait bien dix jours que je n'ai pas eu de ses nouvelles, alors j'en ai eu marre et je lui ai envoyé un message pour lui dire que c'était fini, même si c'était peut-être la dernière chose dont j'avais envie. Il a dû comprendre que je ne faisais jamais que le tester, et qu'au fond je voulais juste qu'il change d'avis et qu'il revienne.

Dans ses yeux j'ai bien vu qu'elle savait, depuis le début, que j'avais fait semblant de tenir les rênes, et que l'histoire n'aurait pas pu se finir autrement. Que j'étais de toute façon trop jeune et trop gentille pour avoir à long terme le pouvoir sur un homme comme Monsieur.

— Jusqu'à présent il n'avait rien répondu, ai-je repris en sentant que ma voix tremblait un peu. Et hier vers onze heures j'ai reçu un message, un seul…

Elle m'a posé une main sur l'épaule, chose à ne pas faire car la sollicitude, dans ces moments où je risquais de me briser, m'empêchait de garder une contenance. La déglutition est très vite devenue impraticable. Je me suis cramponnée de toutes mes forces au comptoir, pensant que, si je me concentrais sur mes jointures blanchies, mon menton arrêterait peut-être de trembler convulsivement.

— … un seul message en dix jours, pour me dire seulement « surtout n'arrête pas d'écrire ton livre », parce que j'écris un roman sur lui et…

Au beau milieu de la phrase je me suis étranglée avec cette boule coincée au milieu de ma gorge, mon champ de vision s'est peu à peu rempli d'eau, mais j'ai continué bravement, à présent effondrée en sanglots hystériques. J'ai braillé avec toute la force du désespoir, ignorant totalement une petite vieille qui transportait ses herbes à chat vers ma caisse :

— Finalement la seule chose qui l'intéresse au point de daigner répondre, c'est ce livre que j'écris à sa gloire, tu imagines un peu quel genre de *salaud* il faut être, putain… mais quel salaud !

Elle m'a fait signe que nos deux autres collègues arrivaient, heure de déjeuner oblige, alors je me suis tue pour me contenter de renifler misérablement, yeux en crue baissés vers mes mains crispées sur le bois sale, de temps à autre secouée par un cri pitoyable de fureur mal contenue. Toutes m'ont demandé ce qui se passait, mais j'ai bredouillé que tout allait bien, que j'étais juste épuisée – ce qui n'était qu'à moitié faux ; j'étais à bout de nerfs, même si je passais ma vie à dormir.

— Calme-toi, m'a-t-elle dit en sortant ses Marlboro. Tiens, va dehors cinq minutes fumer une clope.

J'ai essuyé mon nez trempé de morve dans la manche mitée de mon pull, et suis sortie me poser sous un arbre, fumant gravement tandis que dans le fond du magasin elles se battaient toutes pour savoir qui me faisait pleurer, pourquoi et comment.

(Donc, Babette, quand je t'ai dit que jamais je ne pleurerais pour un salaud pareil, c'était faux ; j'ai pleuré pour lui ce jour-là, et sous mon arbre avec la fumée qui montait en tremblotant de ma cigarette, je me suis juré sur tout ce que j'avais de plus cher que jamais cela ne m'arriverait à nouveau.

Jusqu'ici, j'ai tenu parole.)

Peu après, j'ai passé la soirée avec Valentine, dans son appartement haut perché du quatrième. Je sortais à peine du magasin ; lessivée, j'écrivais un bout de *Monsieur* assise devant son immeuble en l'attendant. Il s'était passé alors tellement de temps depuis les dernières manifestations du personnage principal que cette histoire en elle-même avait fini par me sembler un rêve lointain dont j'aurais enregistré tous les détails, et qui me hantait constamment. Par moments seulement, une étrange douleur, comme une ancienne plaie qui se serait rappelée à mon bon souvenir. Quelque part, c'était plus malsain encore que ces nuits passées à transpirer Monsieur et à me retourner sans cesse en sentant tout mon corps pleurnicher d'envie : je ne pensais qu'à lui en m'endormant, en me levant, et finalement je n'y voyais rien de mal. C'était devenu ma vie.

Valentine a klaxonné pour attirer mon attention.

— Monte, ma moule. Il faut que je trouve une place.

— Un soir de Gay-Pride, samedi, par beau temps et dans ton quartier ?

— Je connais des endroits, m'a-t-elle assuré, et je me suis posée près d'elle en grommelant.

Valentine avait poussé le manque de ponctualité à un art de vivre, mais il ne lui serait jamais venu à l'idée de s'excuser. Nous avons allumé nos cigarettes et raconté nos aventures respectives tandis qu'elle manœuvrait sa petite Fiat dans les rues minuscules qui s'enroulent autour de l'île Saint-Louis, par moments l'espoir d'une place qu'elle se faisait voler par des conducteurs plus avertis qu'elle. Dans la rue François-Miron les terrasses étaient pleines, les trottoirs dégorgeaient un flot constant de piétons et de touristes au pas mou, populacier. Valentine semblait d'une manière ou d'une autre prendre son parti de cette foule et pilait avec une sérénité toute parisienne, son discours ponctué de « connard » sans réelle véhémence.

— Et Monsieur ? a-t-elle fini par me demander alors que nous attendions au feu rouge. Pas de nouvelles ?

— Pour changer, ai-je soupiré. Comme je t'ai dit, la dernière fois que j'ai entendu parler de lui, c'était ce message pour me dire de ne pas arrêter d'écrire mon livre. Tu penses.

— Quel salaud, a lâché Valentine sans la moindre ponctuation.

— Depuis, silence radio. Forcément, je ne pense qu'à lui. Mais comme il est imprévisible, rien ne nous dit qu'il ne réapparaîtra pas un beau jour, quand l'envie lui prendra de s'encanailler à nouveau.

— Ah, ce Monsieur..., a-t-elle ajouté, sans plus de ponctuation.

Valentine, par la fadeur de ses interventions, me montrait (involontairement ou non) que cette histoire ne l'atteignait pas plus que ça. Et même si je tentais de lui trouver des excuses, j'étais à la fois blessée et atterrée de constater qu'une amie aussi proche qu'elle ne se donnait même pas la peine de feindre un quelconque intérêt. Avant de connaître Monsieur et d'en payer le prix fort, jamais je ne me serais imposée. Je lui aurais même peut-être fait une remarque mi-amusée mi-sérieuse sur sa désinvolture. Mais j'avais besoin de parler, même à un mur, même à quelqu'un qui s'en fichait éperdument.

— Du coup, tu écris toujours ? m'a-t-elle demandé.

— Comme tu vois, ai-je répondu en désignant du menton mon cahier noir posé sur la boîte à gants.

— C'est cool.

Était-ce parce qu'elle-même exsudait le bonheur qu'elle tenait si peu à comprendre mes tourments ? Elle a utilisé un détail de mes péripéties pour ramener la conversation à ses amours, et je me suis tue pour approuver de temps à autre sans écouter vraiment, partagée entre la tristesse de réaliser que nous étions devenues presque étrangères, et la contemplation muette du quartier qu'elle partageait avec Monsieur. Cela venait juste de me sauter au visage et je fixais les immeubles avec un regard fébrile, comme si je risquais de le voir apparaître aux fenêtres.

— Bon, je laisse tomber, a-t-elle fini par décider en redémarrant brusquement. Tant pis, je vais aller me mettre au parking et ce soir je la bougerai ailleurs.

— Riche idée, ai-je grincé devant cette initiative que n'importe qui d'autre aurait eue au bout de cent mètres de quête stérile.

Devant nous s'est profilé le couloir étroit d'un parking Vinci, et lorsque j'ai eu le malheur de lever les yeux pour lire machinalement le panneau j'ai senti mon restant de cœur se briser en mille morceaux. Parking Vinci Pont-Marie, criait la pancarte en grandes lettres blanches, avec comme sous-titre immédiat dans ma sale caboche de monomaniaque : « Chérie, j'entre dans le parking Pont-Marie, ça risque de couper, je te rappelle. » Et Valentine allégrement sifflotait une chanson de Queen, sans aucune conscience de rien.

— C'est là qu'il se gare, ai-je soufflé d'une voix blanche.

— Ah bon ? Merde.

— Comme tu dis.

Il était vingt et une heures, heure à laquelle Monsieur avait toutes les chances de rentrer du travail, ou d'avoir même déjà regagné l'appartement familial – et ce putain de parking devenait un jeu de « Où est Charlie ». Visage collé contre la vitre, je me laissais traîner de long en large à chaque étage, tendue comme un ressort dès que je voyais une berline noire qui aurait pu ressembler à la sienne. Tous ces gens qui claquaient leurs portières, verrouillaient leur bagnole, et aucune de ces silhouettes anonymes ne se révélait être la sienne. J'en devenais dingue. Il était forcément là, à cette heure-ci il ne *pouvait pas* être ailleurs.

Dans un sursaut de perspicacité, Valentine qui s'escrimait dans un tournant diabolique a lancé :

— S'il habite dans le coin, il a sans doute une place dans le parking des résidents.

Et comme si ça n'était pas assez de traquer Monsieur dans cette immensité de couloirs, le champ des possibles s'est restreint au moment où nous sommes passées à côté du carré VIP en question – dont la plus grosse partie était malencontreusement dissimulée par un mur hideux. Durant quelques infimes secondes je me suis littéralement goinfrée de numéros de plaques d'immatriculation et de dizaines de carrosseries différentes, mon cœur battant à mes oreilles, et puis j'ai abandonné à regret, plus morte que vive. À l'idée d'une soirée en tête à tête avec Valentine qui ne comprendrait pas et ne s'en donnerait même pas la peine, j'avais presque envie d'ouvrir la portière et de me barrer en courant comme un lapin de garenne, aller cuver seule mon dépit et mon chagrin dans les jardins qui bordent Notre-Dame, où je pourrais tout à loisir imaginer voir passer les ombres de Monsieur et de sa famille faisant une improbable balade digestive. Seule, c'était presque supportable de penser qu'il montait tous les jours cet escalier dégoûtant, qu'il prenait cet ascenseur toujours en panne, ou qu'il devait comme tous les autres malheureux habitants de l'île Saint-Louis verser cette dîme exorbitante à Vinci. Avec Valentine qui pérorait sur sa flamboyante histoire d'amour et son copain parfait à tous points de vue, me lamenter en paix devenait impraticable. Elle semblait prendre un malin plaisir à me tirer de mes rêveries sous d'obscurs prétextes, comme ses pieds qui lui faisaient mal, la galère que ça allait être de ressortir de chez elle à minuit pour se trouver une place ailleurs que dans ce parking à riches, et aussi bien sûr la manière dont Frédéric la faisait jouir, inlassablement. Je m'extirpais des grognements d'approbation en me traînant derrière elle avec l'entrain d'une chèvre morte.

Nous avons émergé du souterrain ; dehors, le quai des Célestins inondé de soleil orange n'était pour moi qu'un soulagement de façade. On aurait cru une scène de théâtre bourrée à craquer de figurants, où le rôle-titre se faisait attendre. Et Valentine qui parlait, sans discontinuer, m'assommant de son blabla, s'arrêtant de marcher tous les cent mètres pour fouiller au fond de son sac à la recherche de ses clopes, de ses clés, de son portable dont la carte SIM était saturée de messages – donc, ça ne pouvait pas aller vite. Fallait-il absolument qu'en plus d'étaler son bonheur éblouissant elle s'éternise dans ce quartier ? Fallait-il absolument que cette soirée traîne en longueur, dans cette ambiance délétère d'indifférence réciproque ?

Rien, rien du tout ne pouvait donc être facile ou tolérable ?

— Oh, Fred m'a appelée ! a-t-elle gazouillé au bout d'une interminable pause rue du Prévôt. Ça te gêne si je le rappelle deux minutes ? m'a-t-elle demandé sur un ton qui se passait bien de mon assentiment, recommençant à avancer alors que j'étais restée plantée là, sur une bouche d'aération.

— Mon Dieu, Valentine, ai-je lâché, consternée. Ça fait une demi-heure qu'on parle et tu n'as même pas vu à quel point j'étais détruite.

Sans lâcher son portable, elle m'a fixée, dans l'expectative.

— Je veux dire, cette vie que j'ai depuis quelques semaines ne peut même plus s'appeler de la merde. J'arrive pas à me rappeler que j'ai d'autres buts à part revoir Monsieur, j'ai facilement perdu quatre kilos, et toi, toi tu me connais depuis dix ans et tu n'as rien vu. On fait quoi, là maintenant ?

Quelques secondes durant, Valentine n'a pas bougé. Elle me regardait et je la regardais, avec mes joues rouges et mes yeux brûlants, curieuse de savoir ce qu'elle pourrait bien dire ou faire maintenant qu'il lui était impossible d'ignorer mon chagrin obscène, Monsieur, ou la manière dont mon jean glissait sur mes hanches.

— On va se prendre une cuite ? a-t-elle finalement suggéré.

— Je m'endors tous les soirs défoncée, et rien ne s'arrange jamais.

— Qu'est-ce que tu attends de moi ? Une solution ?

— Très sincèrement, je n'attends rien de concret de toi ou de qui que ce soit. Mais là comme ça, je ne me sens vraiment pas la force de passer trois heures à t'écouter parler de combien tu es heureuse et comblée, pendant que je suis malheureuse comme les pierres. Ça me semble presque naturel que tu veuilles te tenir le plus loin possible des gens comme moi, mais je crois – enfin, je suis même sûre – que les amis sont aussi là pour feindre un semblant d'intérêt quand l'un des leurs ne va pas bien. Donc non, je n'attends rien de toi si ce n'est ce réflexe quasi instinctif d'écoute et de compassion. Je ne vois juste pas pourquoi tu me forces à mendier quelque chose que je t'ai *toujours* apporté sans me poser la moindre question.

— Ellie, je ne m'en fiche pas, loin de là.

L'une face à l'autre, nous divisions le flot irritable des passants.

— C'est juste compliqué à gérer, pour moi, cette histoire avec Monsieur. Ce soir doit être la deuxième fois que je te vois depuis qu'Alexandre t'a quittée, tu as déjà une nouvelle relation et jamais je ne t'ai connue aussi malheureuse pour un homme. Bien sûr que j'ai senti tout ça, mais qu'est-ce que je peux bien dire ?

— Je ne t'ai pas demandé de dire quoi que ce soit, Valentine.

— Je t'écoute, mais non, effectivement, je n'ai pas non plus envie d'écouter parce que cette histoire me met dans une rage noire. Et je ne dis rien parce que la seule chose que m'inspire ce type, c'est un crachat en pleine gueule. J'ai bien vu la tête que tu faisais dans le parking, que tu aurais adoré tomber sur sa voiture, mais je vais te dire une bonne chose : Monsieur peut remercier le ciel que je n'aie pas trouvé sa caisse, parce que je ne me serais pas gênée pour y graver « enculé de fils de pute » avec mes clés. Il y a bien une chose que j'aie envie de te demander au sujet de cette histoire, c'est qu'est-ce que tu peux bien avoir dans le crâne pour te laisser balader par un mec de quarante-six ans qui trompe sa femme, qui se sert de ton fabuleux talent d'écrivain comme faire-valoir, et même pas beau par-dessus le marché ? Même si je doute que tu puisses répondre à cette question.

— Parce que ça ne t'est jamais arrivé, à toi, de souffrir pour des tocards ? Même à quatre heures du matin je décrochais mon téléphone, quand Emmanuel te maltraitait.

Valentine a eu un mouvement d'impatience que je ne lui avais jamais vu, même au plus fort de nos disputes. Elle s'est claqué les cuisses en poussant un mugissement excédé qui m'a intimidée.

— Putain, Ellie, mais regarde-toi ! Tu es la première à dire que ce type ne vaut rien, et tu l'autorises quand même à te faire de la peine ! Et non, je ne crois pas avoir jamais consciemment aimé un tocard, c'est après que je m'en rendais compte. Pareil pour toi. On a toujours été très tolérantes quand l'une de nous tombait amoureuse d'un gros naze, parce que la plupart du temps ils craignaient, mais ils n'avaient pas de mauvaises intentions. Là, c'est différent. Ce mec est méchant. Il te fait délibérément du mal, ça le fait jouir, tu le sais et tu en redemandes.

— Excuse-moi d'être faible ! ai-je crié en priant pour que mes yeux ne commencent pas à me piquer ou à s'embuer.

— Je sais que tu n'es pas faible, c'est bien ça le problème ; tu es jeune, belle, géniale, des mecs adorables te courent après et ne demandent qu'à te baiser aussi bien voire mieux que ce connard de Monsieur sans te faire verser la moindre larme. Si tu n'étais qu'une banane je serais juste triste pour toi. Que tu écrives en plus un roman à sa gloire, c'est aberrant et je ne peux rien y faire – mais tu ne peux pas me demander de te chouchouter alors qu'il te faut un gros coup de pied au cul. Je ne peux pas t'écouter comme Babette ou Juliette le feraient, parce que je serais capable de trouver le numéro de sa femme et de tout balancer jusque dans les moindres détails. Comme je ne sais pas non plus comment te sortir de ce merdier, je me tais. C'est nul, mais ça l'est toujours moins que de faire comme Inès et te dire que Monsieur reviendra. Bien sûr qu'il reviendra, c'est bien le genre.

(Ce frisson de plaisir méprisable à la racine de ma queue-de-cheval.)

— Et ça repartira comme en 40, tu seras encore plus malheureuse... mais enfin Ellie, à quoi tu t'attends ? Tu te seras cassé le cul pendant des mois à écrire un livre pour lui, il le lira, il se sentira comme le roi du monde – et après ? Comment tu as pu devenir si différente de celle que tu étais avec Alexandre ?

— Oh, arrête de me parler d'Alexandre ! En voilà bien un qui ne m'a jamais aimée ou respectée pour ce que je suis, qui n'a jamais accordé le moindre prix à ce que j'écrivais !

— La semaine où Alexandre t'a quittée, tu faisais mille fois moins peine à voir qu'aujourd'hui, à te complaire dans ce misérabilisme malsain. Tu n'écrivais pas pour satisfaire les caprices d'un tyran.

— Si je te fais pitié, je pense que c'est mieux que je retourne chez moi.

— Tu me fais pitié parce que tu es ma copine et que je veux t'aider.

— Je n'ai pas envie qu'on m'aide, Valentine.

— Je sais. C'est de Monsieur que tu as envie.

— Je t'assure que je ne suis pas amoureuse de lui. C'est juste qu'il m'obsède et que je ne comprends rien. Je ne pense qu'à baiser avec lui, à le toucher, à le sentir, mais ça n'est pas de l'amour. L'amour, ça n'est pas avoir mal comme ça tout le temps.

— Tu n'as pas la carrure d'une esclave sexuelle, parce que tu ne sais absolument pas désirer un homme très fort sans que ton cœur soit au moins un peu impliqué dans l'affaire. C'est pour ça que je t'admire et que je t'aime, copine, parce que tu es amoureuse tout le temps et que tu es vivante. La seule histoire drôle que j'aie entendue en rapport avec Monsieur, c'est quand tu lui as chié dessus. Si on compte toutes les fois où tu t'es pris la tête à cause de lui, ça fait peu. Surtout que si ma mémoire est bonne, il ne t'a jamais fait jouir.

— Jamais, mais c'est encore un autre problème. Il est brillant. Jamais un homme ne m'a passionnée comme lui. Il n'y a rien de plus dangereux que l'intelligence. Alors qu'est-ce que je peux bien faire ?

Valentine a poussé un long soupir théâtral.

— Là tout de suite, je n'en sais rien. Dans un premier temps, je te suggère de monter avec moi les six étages sans ascenseur qui mènent à mon appart. Dans l'immeuble d'en face, il y a un nouveau voisin trop moche. On pourrait lui montrer nos seins, il est toujours à la fenêtre, ce gros vicieux.

Comme je me tâtais, plantée comme une courge sur ma grille d'aération, bardée des flèches qu'elle venait de m'envoyer un peu partout, Valentine a repris :

— Bon, je me doute qu'il te faudrait une meilleure motivation pour grimper six étages. Mais je t'assure qu'il est vraiment *très* moche et *très* vicieux. On peut super facilement le prendre en photo et le coller sur Facebook. Tu te souviens que j'ai des dons pour ça ?

Valentine souriait de la même manière qu'à quatorze ans, et je me suis effectivement souvenue que cette année-là elle était parvenue à pousser un horrible type à lui montrer sa bite à la webcam. Quand elle m'avait envoyé la conversation agrémentée de captures d'écran, j'avais littéralement hurlé de rire seule devant mon ordinateur. Alice avait cru que je perdais la tête.

— Et tu me parleras de tes derniers amants en date. Si j'en crois Babette, ils sont assez nombreux pour remplir un wagon du RER A.

J'ai gloussé franchement, et comme par magie recommencé à marcher vers Valentine, qui riait aussi. C'était presque douloureux d'oublier un peu Monsieur, et je sentais qu'il se vengerait d'une manière ou d'une autre d'avoir été négligé dans son propre quartier de Paris, mais j'ai posé ma main dans la petite main tiède de Valentine et nous avons avancé lentement vers la rue Charlemagne, clope au bec. Ça n'était pas vraiment différent de quelques années plus tôt, quand nous rentrions manger le midi en prenant les petites ruelles de Nogent-sur-Marne, toutes à nos aventures torrides avec des garçons de terminale – qui nous semblaient alors la quintessence du genre adulte.

Lorsque j'ai dit cela à Valentine, alors que nous en étions au troisième étage de son Golgotha parisien, elle a fait une observation qui resterait dans les annales :

— Finalement, même s'ils ont les cheveux poivre et sel aujourd'hui, les hommes qu'on fréquente sont toujours aussi bébés. Toi et moi, et toutes les filles qu'on connaît, nous n'avons fait que suivre un processus logique de maturation.

La seule chose qui ait vraiment changé depuis la seconde, c'est la taille de notre trou du cul.

— Élégant ! s'est exclamée une voisine de palier, un étage plus bas.

Premier fou rire depuis au moins mille ans. Mon Dieu.

Juin

Loin de mes amies, que leurs parents ont embarquées dans les Hamptons, je me suis réfugiée dans la maison familiale du Midi, avec une horde de copains de ma sœur cadette. Il faisait exactement un temps à mourir de chaud dans l'indifférence générale. Moiteur accablante. À trois heures trente de l'après-midi, le silence avait un poids tel que les cigales semblaient chanter à travers une couche de coton. Du bitume s'élevait un halo de grésillement : ces jours de canicule où l'on vit dans une poêle à frire. J'étais seule dans la piscine. J'étais seule et je pensais à lui. La douleur alors, c'était un lourd désir qui priait pour le soulagement. Plus vraiment un pincement dans la région du cœur. Je rampais comme une larve de dalle en dalle, vaguement abrutie par les quelques joints que j'avais fumés. Autour de moi, ma sœur et Lucy distribuaient un jeu de tarot. Je suis montée dans ma chambre – le trajet m'a paru d'un érotisme fou – où la lumière, filtrée par les persiennes sans âge, avait l'exacte perfection des journées de mon enfance. Une lumière beige, d'une incroyable douceur. Mais lascive. Très lascive, surtout dans sa manière de s'affranchir des rideaux et d'éclairer beaucoup sans en avoir l'air. Cela faisait bien deux mois que Monsieur n'avait pas donné signe de vie, et brusquement il renaissait, à cause de quelques degrés en plus et de cette lumière, mon Dieu, cette lumière… Monsieur et ses yeux flous.

Alice est entrée dans ma rêverie comme un boulet de canon, et m'a jeté ce regard matois qui aurait pu se passer de mots.

— Lucy vient de rouler.

Je me suis mise dans ma condition habituelle en ces temps où il me fallait constamment cacher au monde que je pouvais être obnubilée par un homme de cet âge (de cette extraction, surtout) : la tête toujours pleine, j'ai feint de suivre le mouvement. Dehors, la partie de tarot battait son plein. J'ai rapidement tiré sur le joint, puis me suis enfuie comme une voleuse, seins nus. Tiraillée mentalement. Que faire de ce téléphone dans lequel le prénom su par cœur avait été remplacé par « Monsieur » ? J'étais encore en train d'apprendre à me servir intelligemment de ces sursauts de dignité, et réapprendre à être fière. Suffisamment pour me trouver des excuses chaque fois que je me sentais sur le point de craquer. Appeler Monsieur maintenant, pour lui parler du livre et de mes fesses. Monsieur adorait mes fesses ; ça n'avait pas pu lui passer aussi rapidement. Ce fut mon excuse du jour : le faire bander.

Les gens qui regardaient par la fenêtre ce jour-là ont dû voir une gamine inconnue à moitié nue qui se dandinait sans chaussures sur le bitume brûlant, son téléphone vissé à l'oreille. Monsieur ne répondait pas, bien sûr. Quoi que cela puisse vouloir dire. Alors, à bout de ressources, je lui ai laissé un long, long message.

Je voulais de tes nouvelles.

Je voudrais que tu arrêtes d'avoir peur de moi.

Je voulais te parler de *Monsieur*, qui avance.

Je voulais te parler de la piscine. Je suis dans le Sud, dans notre maison, avec mes amis. Je ne sais pas si tu vois ce que je veux dire, mais il fait ce genre de chaleur écrasante où même la nature ne fait plus le moindre bruit. Cette chaleur qu'on ne voit que dans le Midi. Tout à l'heure, je me baignais sans maillot, complètement abrutie. J'avais un peu fumé.

J'étais engourdie par l'herbe et la température, une parfaite langueur. Et je me suis mise à penser, Dieu sait pourquoi, qu'on aurait pu être ensemble dans cette piscine. Juste toi et moi. Je t'imaginais contre moi sur le rebord, déjà un peu dur. Je te disais quelque chose comme

Viens, on va dans la chambre, j'ai envie de baiser.

Et tu me répondais

D'accord, mais seulement si tu me laisses regarder ta chatte aussi longtemps que j'en ai envie.

J'étais d'accord. Alors on sortait de la piscine, tout doucement, pour aller dans ma chambre au premier, où la lumière est parfaite, juste tamisée comme il faut. Je suis sûre que tu aimerais cet éclairage.

Je crois que tu regardais longtemps entre mes jambes, mais comme je n'étais pas dans mon état normal j'adorais ça. Je ne protestais pas, ou juste comme tu aimes. Je sais qu'on baisait. Je ne peux pas vraiment t'expliquer comment on faisait. Imagine-le. Imagine comment je me serais cramponnée à ton dos.

C'est tout ce que j'avais à dire. Je sais qu'après t'avoir dit que je ne voulais rien de particulier, c'est un peu bizarre.

Rappelle-moi.

Ou ne me rappelle pas, fais comme tu veux.

J'ai toujours été tout à fait consciente que laisser un message vocal à Monsieur n'était pas le meilleur moyen de le faire réagir. En repartant vers le jardin je ne croyais pas une seule seconde que j'aurais le moindre retour. La manière dont il gérait ses appels en absence a toujours été un mystère pour moi ; il m'a toujours semblé que mes tentatives de le joindre se perdaient dans un vortex spatio-temporel, et que je pouvais bien tirer de toutes mes forces sur le fil ténu qui me reliait à lui, Monsieur sans m'en prévenir l'avait coupé.

Le lendemain, alors que je revenais à moitié liquide du centre-ville, on m'avait laissé un message. Au moment où j'ai appelé le répondeur, j'ai eu le réflexe douloureux d'espérer, sans aucun espoir. C'était un coup à être amèrement déçue.

Maman, qui voulait de mes nouvelles ? Ou alors mon grand-père, qui s'inquiétait du bon fonctionnement de la gazinière ? Zylberstein, qui pensait à moi pendant ses longues heures de garde ?

Mais non. C'était Monsieur. Monsieur qui disait (de cette voix bien trop belle)

Bonjour,

C'était pour que tu me parles du livre.

(Légère hésitation, à peine perceptible.)

Et aussi de la piscine, un peu.

Je t'embrasse.

J'ai reposé mon téléphone avec l'impression que je n'avais plus du tout de cœur, ni dans ma poitrine ni nulle part ailleurs. Pourtant, Dieu sait qu'il battait fort. Je n'en entendais même plus les cigales, ni les rires de ces gens que j'adorais autour de moi. Je ne comprenais plus rien. C'est, je crois, la première fois que je me suis sentie à la masse comme ça à cause de lui. Je n'arrivais pas à digérer complètement le fait que pour une fois ma technique avait fonctionné. Étrangement, je pense que c'est parce qu'elle était peut-être un peu plus primaire que les autres. Je ne montrais aucune volonté d'engagement, je ne voulais que l'émoustiller – Monsieur avait gobé hameçon, ligne et plomb.

Sonnée, je suis montée sur la terrasse, d'où je voyais une partie de volley en cours. Ils riaient tous à s'en fendre en deux, mais aucun, j'en suis sûre, ne vibrait autant que moi. D'une joie d'imbécile. D'une joie insensée de fille que l'on autorise à se faire taper encore. Seule à la table, Flora se roulait une cigarette.

— Un message de Monsieur, ai-je lancé, avec un sourire fait de molle stupéfaction et d'extase.

— Hein ? s'est-elle écriée, manquant avaler le filtre qu'elle tenait entre ses lèvres. Pour quoi dire ?

— Hier, je lui ai téléphoné.

Je me suis tue un instant, le temps de me demander comment je pouvais raconter à une vierge de dix-huit ans à peine sonnés que j'avais appelé cet homme qui m'avait brisé le cœur pour lui parler de la piscine et de ma chatte, sans avoir l'air d'une pauvre fille. Même si Flora depuis le temps était rompue à mes récits d'aventures ; il faut avoir baisé, avoir manié le vocabulaire sale de l'amour pour comprendre que ma démarche minable n'était pas dépourvue de charme. J'ai préféré résumer sobrement, et d'une manière avantageuse :

— Bref, je te la fais courte. Je lui ai parlé de cul, et même si je sais pas pourquoi il a réagi à *ce* message, c'est finalement peu surprenant. Monsieur marche au sexe.

— En tout cas, attends un peu pour lui répondre, a-t-elle lâché en allumant sa clope, tant il était évident que je répondrais tôt ou tard.

Après tout on parlait de Monsieur, l'homme du cahier noir Rhodia que je remplissais peu à peu. On ne pouvait pas ignorer sciemment un signe venant de cet être légendaire.

— Bien sûr que non, il peut toujours se gratter, ai-je tonné, et deux heures et demie plus tard je craquais bêtement, sur les lieux mêmes où cette histoire avait commencé.

Je me suis ruée dehors quand tout le monde faisait la cuisine, et dans le vacarme des casseroles personne n'a entendu la voix langoureuse que je me suis composée.

— Bonjour. C'était pour te parler du livre. Et aussi de la piscine, un peu. Rappelle-moi.

Quelques minutes après, je me haïssais déjà. Et comme Monsieur devait, grâce à une sorte de pouvoir télékinétique, sentir que je n'étais pas sûre à cent pour cent du bien-fondé de ma réponse, il ne m'a pas rappelée du tout. J'ai passé les quelques jours suivants à me bercer de fantasmes le concernant à nouveau, dans lesquels l'insaisissable chirurgien trônait comme un dieu de la luxure, défiant les lois du temps et de l'espace. Sous sa tutelle onirique je me mettais à imaginer des scènes qui jamais n'auraient pu me plaire avant lui. Des images de ces déviances me sautaient dessus à n'importe quel moment, et je secouais la tête comme une épileptique pour ne pas en rougir, me maudissant en silence d'avoir ce genre de pensées. Et Monsieur qui n'arrivait pas. Monsieur se contentait de semer des rêveries obscènes dans mon imaginaire fertile, et je devais m'en débrouiller toute seule. Mais le renoncement était devenu un peu moins cruel : peu à peu, le soir comme le matin, ma tête se vidait des images de lui. Zylberstein, Édouard, des proies plus accessibles, le remplaçaient assez avantageusement. Le temps que je passais avec mes amis remplissait des journées et des nuits : nous restions agglutinés sur la terrasse à jouer au tarot, à fumer des kilomètres de cigarettes en écoutant Michael Jackson. J'écrivais des pages et des pages, galvanisée par l'ambiance de profond amour dans cette maison que chacun remplissait peu à peu de sable, d'aiguilles de pin et de cheveux longs. J'écrivais *Monsieur* sans que cette évocation forcée me provoque la moindre amertume. Un peu comme un docteur, finalement. J'étudiais formellement un être, je faisais l'anamnèse de cette histoire, mais à aucun moment je ne m'arrêtais pour me morfondre. Ça n'est qu'en me relisant, parfois, en vérifiant la force narrative d'une scène de sexe, que je pensais à Monsieur. Pas en ces termes, cependant ; pas de « Monsieur ». Il y avait son prénom, et les bouffées de chaleur qui m'embuaient chaque fois que je le prononçais. Je repensais à tout ce que ce nom en deux syllabes poétiques sous-entendait de noble, d'élevé. À tout ce qu'il supposait d'angoisse et d'excitation, d'incompréhension.

Je lisais des bouts de *Monsieur* à Flora, moments paisibles où nous cuisions en cœur sur des matelas rose et blanc. Elle refermait son livre et, tout en tartinant précautionneusement ses petits seins de crème tiède, disait : « Lis-moi un passage. »

Elle allumait une cigarette roulée et, un peu gênée, je lui livrais mes dernières pages dans un silence religieux, ma voix perdue au milieu des cigales, du vent et des Kinks. Et Monsieur n'existait *que* parce que j'avais bien voulu lui donner vie. Souvent, attiré par le sage binôme que nous formions, Antoine venait s'asseoir à côté, enroulait ses bras autour de ses genoux, et je n'avais même pas besoin de m'interrompre – je jetais un bref coup d'œil à mon public adoré et l'histoire reprenait. Ai-je jamais eu de meilleur auditoire ? Personne ne commentait quoi que ce soit. Lorsque j'avais fini, je refermais simplement mon cahier gonflé d'humidité, et la conversation recommençait là où nous l'avions laissée. Ainsi, je restais seule avec mes doutes et mes vanités ; mais d'autres que moi connaissaient Monsieur. J'avais leur appréciation. Personne, pas même moi, ne se souciait de savoir si cette appréciation était bonne ou mauvaise. Monsieur flottait au-dessus de nous comme une ombre qui donnait une autre densité à mes vacances : je ne faisais pas que dormir ou fumer, ou glander dans la piscine. J'écrivais. Je tissais une histoire à partir d'un homme que j'avais connu intimement, mais qui pour tous les autres habitants de la maison semblait un animal merveilleux, dont l'existence se confirmait miraculeusement par des messages laconiques. Je leur faisais écouter ma boîte vocale – la voix basse et rieuse à la fois les faisait rougir.

Dieu que je les aimais, tous. Le soir, quand les lits et les fauteuils de la salle à manger étaient pris d'assaut pendant l'heure et demie que durait notre émission préférée, je me faufilais sur le canapé avec mon cahier et je grattais inlassablement, nullement gênée par le bruit, les rires ou les joints qui tournaient. Et même c'est au milieu de ce tumulte incessant que naissaient mes plus belles phrases ; lorsque je les relisais le lendemain, je ne voyais rien de concret à corriger. Chaque virgule, chaque point, trouvait par magie sa raison d'être. Les pages étaient maculées de chocolat, de sève de l'énorme pin au-dessus de la terrasse, mais toutes ces traces me ramenaient à un moment de la journée que j'aurais sans doute oublié sans elles, et qui avait à sa manière précipité le choix de tel mot plutôt que tel autre. Lorsque j'écrivais seule, à l'heure tacite de la sieste durant laquelle la maison retrouvait un calme relatif, j'étais trop attentive, à trop de détails, et je m'énervais moi-même à chercher vainement où je voulais en venir. Tout ne s'était jamais passé qu'entre lui et moi – et s'il n'en saura sans doute jamais rien, Monsieur doit tout à ces gens qui sont devenus ma vie, et qui ont mille fois envoyé le ballon de volley trempé sur mes pages ouvertes, mille fois fait tomber des spaghettis sauce tomate là où je m'apprêtais à raconter une fellation, mille fois huilé mes chapitres de leurs petits doigts couverts de crème solaire.

Sans ces vestiges de leur présence sur les pages immaculées que me crache l'imprimante, c'est tout de même beaucoup moins drôle. Ça fait écrivain raté. À côté de ça, mes manuscrits avaient la gueule de ceux d'Henry Miller à Paris. Au moins la gueule.

Parce que Monsieur avait à nouveau disparu de la surface du globe, je me suis nourrie de ce que j'avais à disposition. Mais également parce qu'il avait une fois de plus renoncé à se faire mon exutoire sexuel, et que pour ne rien arranger je passais le plus clair de mon temps à réécrire ses caresses, je suais le stupre par chaque pore de ma peau. Je mangeais comme quatre et fumais comme un pompier, mais je n'avais vraiment faim que de stratégies de séduction et de plaisir et de cul. J'avais faim d'une tension intolérable qui m'aurait tenue en haleine.

Il y avait Lucy.

Je crois que la voir topless pour la première fois, au bord de la piscine, m'a fait bizarre – et il me semble que ça n'aurait pas dû. Avant ça, je n'étais jamais vraiment parvenue à me dire que sous ses vêtements Lucy était aussi nue que moi. J'ai commencé à y penser.

Lucy… il y a toujours eu quelque chose avec Lucy, qui aime les filles autant que j'aime les garçons. Je ne m'en suis pas rendu compte immédiatement ; je l'ai vue grandir au même rythme que ma petite sœur, crapahuter dans mon jardin en pyjama DPAM pendant que je donnais mes premiers baisers pleins de dents baguées. Je n'ai réalisé qu'elle était une femme que récemment, et d'une façon aussi singulière que banale, finalement. Chez elle ; un verre de punch à la main, un joint dans l'autre, je la regardais, engourdie de fumée, ses grands yeux noirs fermés sur sa peau brune, longs cheveux sombres dénoués sur ses épaules. Ça ne pouvait même pas s'appeler danser, ça n'était pas tout à fait une transe, et plus du tout un trémoussement normal. Elle était totalement cette guitare, enclose dans son monde que personne ne pouvait atteindre, les jambes pliées à chaque note, en orbite. D'une intolérable sensualité ; tous ces petits mecs qui la regardaient, et qui ne savaient pas pourquoi, comment, qui ignoraient quel était ce feu qui sortait d'elle, de cette gamine qu'ils voyaient tous les jours au lycée sans lui prêter une attention particulière. Leur pote. Quel est ce moment où les filles deviennent des femmes et les garçons des hommes, comme ça, sans prévenir, sur une chanson des Pink Floyd ? Pour des yeux troubles sur la voix de Jim Morrison, pour des poils de torse découverts à l'improviste, à la lumière d'un briquet pour allumer les premières clopes ?

Depuis ce moment où j'avais vu Lucy sortir à jamais de son enveloppe de petite fille, elle était devenue à mes yeux bien plus qu'une amie, mais autre chose qu'une sœur – statut auquel Flora pouvait prétendre au même titre qu'Alice, ou presque. Il y avait trop d'affects, de natures différentes et discordantes, autour de Lucy, pour qu'elle entre dans une case vraiment précise. Vis-à-vis d'elle je n'étais jamais sûre de rien. Je passais le plus clair de mon temps à analyser ce qui faisait d'elle la seule fille dont j'avais consciemment et violemment envie. Je voulais Lucy, beaucoup trop, à beaucoup trop de niveaux, pour imaginer des gestes précis, ou quelque chose d'aussi bassement pragmatique qu'un orgasme. J'avais envie de me nourrir d'elle, de sa substance, de ce qu'elle émettait. Le moindre de ses mouvements éclatait dans l'air avec autant de sensualité et de gravité qu'une des meilleures chansons de Pink Floyd. Elle avait le même charisme calme que Monsieur – sauf qu'elle ne semblait pas le savoir. Elle n'en jouait pas ; cela sortait d'elle, simplement, naturellement. Des actes complètement anodins, comme ouvrir un paquet de gâteaux ou poser une pile d'assiettes, étaient ainsi transformés en ballet. Même si je me trouvais en plein milieu d'une partie de tarot, elle remplissait mon champ de vision. Pis encore : je sentais sa présence sans avoir besoin de la vérifier.

Elle ne m'inspirait pas le même désir pressant qu'un homme, mais lorsqu'elle se trouvait à proximité je ne pensais qu'à ses cheveux, ses grands yeux noirs, sa bouche pleine de dents blanches, et sa manière de se mouvoir d'un point à un autre aussi silencieusement qu'un petit animal. Elle s'asseyait brusquement à côté de moi, se saisissait d'un tas de cartes et changeait mon innocent poker en un flirt éhonté qui rendait ma sœur folle de rage.

— Tu peux pas être discrète. C'est fou, ça ! s'est-elle exclamée un soir dans la cuisine lilliputienne.

— J'y peux rien, c'est plus fort que moi.

— Fais-toi violence ! a-t-elle lâché, comme si c'était aussi simple, comme s'il existait au monde un moyen d'ignorer les longs regards empesés de cils que Lucy me plantait dans la chair avant de me voler un pli avec ses atouts.

C'est ça ; tout, avec elle, devenait une partie de tarot. S'il me prenait la fantaisie de me défendre d'elle, considérant bêtement qu'après tout elle n'était pas aussi jolie que pas mal de mes copines, Lucy brisait le silence d'un grand rire qui explosait puis s'amenuisait lentement comme le plaisir, et j'avais à nouveau perdu ; elle venait de sortir son 21. C'était ça, ou quelque chose de minuscule du même acabit. Elle avait absolument toutes les cartes en main. On ne pouvait pas réellement dire si elle était belle ou pas ; comme beaucoup, il lui suffisait de se trouver dans un rayon de lumière opportun pour écarter momentanément tout doute. Et alors que j'étais déjà une victime toute désignée, Lucy sans le savoir m'achevait de son charme omnipotent, qui la rendait bien plus attirante et dangereuse qu'une jolie fille lambda. Cela semblait n'atteindre personne sinon moi, sans doute parce que le cercle dans lequel nous évoluions était depuis longtemps tombé en amour et ne le ressentait plus de manière vive.

C'est donc cet été-là, alors que je me débattais comme une minable sardine dans les filets de Monsieur, que Lucy est venue m'en tirer à moitié, pour me proposer les siens. Et si dans le Midi j'avais pu gérer à peu près raisonnablement cette situation, il en a été bien autrement quand elle nous a ouvert les portes de sa maison de campagne. J'avais honte de moi-même quand je me surprenais à la regarder un peu trop longtemps. C'est-à-dire que je l'étudiais. Je n'en revenais pas.

Je détournais l'attention générale en usant de mes techniques éculées sur Antoine, qui répondait comme ils le font à cet âge – et cela énervait encore plus Alice, qui imaginait à tort que je me faisais les dents sur tout le monde pour oublier Monsieur. Je ne me suis jamais fait les dents sur Lucy ; c'est plutôt elle qui me rongeait jusqu'à l'os, effrontément, alors même que sa copine se lovait dans ses bras.

Il m'a toujours été impossible de déterminer ce qui se cachait vraiment derrière tous ces regards et ces provocations en demi-teinte. Parce que au fil des ans nous avions tissé une relation de profond respect mutuel, je ne peux pas imaginer n'avoir été qu'un jeu ou une proie comme une autre. Il faudrait lui demander, en fin de compte. Qu'est-ce que tu en dis, Lucy ? Que faut-il que je pense de tout ça ? Est-ce parce que je passe ma vie dans des bras d'hommes que l'enjeu te semblait au moins un peu piquant ? Ou est-ce totalement autre chose ? Quelque chose de plus simple, peut-être ? Ça n'a sans doute aucune importance. Moi-même je ne me suis jamais vraiment demandé pourquoi tu me plaisais à ce point, malgré tes seins (qui ne sont pourtant pas si gros), ta taille fine et souple, malgré la protubérance dans ta culotte de maillot qui t'inscrit définitivement dans la sainte race des filles. Ça n'est la faute de personne ; jamais je n'ai pu partager avec quiconque sinon toi de véritables orgasmes sur Jacques Brel ou Pink Floyd, ou instaurer avec une autre de ces communications quasi télépathiques, comme cela nous est arrivé maintes fois à la campagne ou en Normandie.

— Je propose qu'on roule, et qu'ensuite on se fasse un ping-pong.

Tu te souviens ? Il était l'heure du dîner, soit presque deux heures du matin, et j'ai bondi de ma chaise en te regardant comme un tableau de Fragonard.

— Comment tu as su que j'étais en train de penser à ça ?

Tu as eu ton fameux sourire qui s'étire très loin sur ton petit visage unique au monde, et c'est ainsi que nous sommes parties faire une tournante endiablée sur « Do You Love Me » des Contours, Alice manquant à plusieurs reprises de faire pipi dans sa culotte, moi payant chacun de mes fous rires par une élimination. Je riais trop pour voir la balle, mais je te voyais, toi. Sans le vouloir, tu prenais une place folle.

Un soir, j'ai eu la fantaisie de te faire lire un bout d'une lettre destinée à Andréa, et qui parlait notamment de toi. Évidemment, ç'a été le début de la guerre ouverte. C'est ce même soir que tu m'as défiée de draguer Flora – ma sœur ! – puis Clara – ta copine ! – et j'ai commencé à réaliser qu'en fait, tu avais peut-être des défauts. Joueuse ou manipulatrice – mais sont-ce vraiment des défauts ? Sur toi, ces travers ressemblaient à des taches de rousseur ; selon les gens, cela peut être mignon ou déplaisant. Parfois les deux à la fois. La preuve la plus flagrante de ce que j'avance est que je me sois endormie en pensant à faire l'amour avec toi, dans ce sens abstrait et ornemental que j'affectionne ; je suis partie me coucher avant tout le monde pour y penser plus longtemps, et le lendemain, lorsque je t'ai croisée avec ta queue-de-cheval brouillonne et les plis de l'oreiller sur tes joues, tu m'as souri comme si d'une manière ou d'une autre je portais cette culpabilité sur mon front.

À cette époque, pour tromper le manque de Monsieur, j'avais régulièrement au téléphone un de ses avatars, Maxime Zylberstein, trente-cinq ans, gynécologue de profession (et de cœur, avant tout). Lorsque je lui ai parlé de toi, il m'a immédiatement poussée dans tes bras – évidemment, me diras-tu : deux lesbiennes de dix-huit et vingt ans, qui dit mieux ? Il ne comprenait pas que je m'embarrasse à ce point de considérations métaphysiques, le fait que tu sois la meilleure amie de ma sœur, qu'il ne soit pas très correct vis-à-vis d'elle de minauder comme je le faisais. Aurais-tu été un garçon, je me serais lancée depuis bien longtemps, tant certains signaux pouvaient s'interpréter facilement. Mais Lucy, penses-y une seconde : comment aurais-je pu survivre si tu m'avais repoussée ? Et comment aurais-je bien pu te toucher, sans paraître naïve ou maladroite ? Pour toi j'aurais voulu inventer de nouvelles caresses, des baisers que tu n'aurais jamais connus et qui auraient su exprimer mieux que des mots à quel point je t'adorais, à quel point tu me fascinais. Ça, c'est quelque chose que les hommes en général n'ont jamais pu comprendre ; cette appréhension que peuvent avoir les filles à se mêler entre elles. Il leur semble que deux filles ne s'en tiennent finalement qu'à des apéritifs, et que toutes les techniques dont elles disposent pour jouir manquent de conséquence puisqu'elles manquent de queue. Et même si j'avais éprouvé toutes ces techniques, depuis bien des années, je m'étais fait tant d'idées sur la manière dont tu faisais l'amour que te sembler gourde était devenu ma hantise.

Comment j'imaginais ça ? Comme une transe. Exactement comme te regarder danser, entre émerveillement et sereine contemplation. Tes petits doigts précis partant à la recherche aveuglément, ou feignant de découvrir des zones érogènes à ce jour inconnues – car au fond je suis persuadée que depuis le début de ta vie amoureuse tu as eu le temps de baliser la grande majorité du corps féminin. Je n'imagine pas réellement le plaisir lorsque je pense à toi, mais bien plutôt ce que ça doit être de pouvoir te regarder sous toutes les coutures, tout te faire, entendre les bruits que tu émets et connaître le goût de ta bouche, le goût de ta chatte, avoir au moins une chance, Seigneur, de te rendre aussi heureuse que je le suis grâce à toi quand tu es dans les parages.

Dieu merci, dès que je me suis éloignée de la campagne j'ai pu respirer à nouveau. Monsieur a repris ta place, avec son cortège interminable de frustrations et de promesses dans le vent. Toujours ce silence radio. Telle était alors la vie que je menais, péniblement à cheval entre son absence assourdissante et vos constants pépiements qui fendaient l'air – je m'en souviens : à cinq heures du matin il aurait pu être midi.

Juillet

Ma sœur, qui ne parvient manifestement pas à choisir entre son amitié pour Lucy et l'énervement que lui inspire ma manière de la regarder, l'a invitée en Normandie chez notre père. Comme elle est magique – il faut bien le dire – elle a sauté dans le premier train avec son sac à dos contenant le nécessaire, un tee-shirt, des culottes et de l'herbe. Alice et moi l'attendions avec une fébrilité qui confinait à l'instinct de survie. On s'ennuyait à mourir. J'écrivais *Monsieur* mollement, manquant désespérément d'énergie sexuelle et d'inspiration loin de Lucy et des autres. Après le déjeuner, on prenait les petits chemins qui se perdaient dans les bois pour aller fumer sans se faire voir, et le reste de la journée passait à une lenteur effarante, comme si tous les éléments se liguaient pour nous faire définitivement haïr la Normandie et ses habitants. Nous nous fichions d'avoir l'air défoncées ou que nos cheveux puent l'herbe ; Alice était tellement en colère contre mon père pour cette ambiance délétère qu'il ne cherchait pas à améliorer, qu'elle ne se privait plus d'avoir les yeux rouges ou des fous rires. De toute façon, le jardin était bien assez grand pour vivre les uns avec les autres sans se croiser.

Lucy. Lucy est arrivée le quatrième jour. Le seul où la pluie nous ait épargnées. Coïncidence ? Ou pas du tout ? C'est cet après-midi que nous avons pataugé dans le ruisseau malingre qui longeait la maison et embaumait une partie du jardin dans sa lourde odeur de vase putride. Alice, occupée à nous rouler un énième joint, nous avait chargées d'aller chercher les bottes dans le cagibi, et tandis qu'elle ouvrait la marche je regardais son petit derrière étroit toujours à demi révélé par son jean trop grand. J'étudiais la manière dont elle parvenait à paraître aussi masculine, bien que traînant derrière elle une aura et des effluves de femelle : je peinais à déterminer quelle facette me touchait le plus. Arrivée à sa hauteur, je me suis mise à lui parler de choses et d'autres, nos épaules se heurtant parfois sans qu'aucune de nous ne le fasse exprès, chaque fois un petit coup de 220 dans le bas du dos. J'ai mis suffisamment de temps à allumer la lumière pour lui inspirer ce commentaire :

— Cagibi à viol, non ?

— Un peu, ai-je concédé, le cœur battant d'être seule avec elle dans un endroit où personne sinon Alice ne penserait à venir nous débusquer.

J'ai vu ses yeux pétiller, l'éclair blanc de ses jolies dents tacher l'obscurité.

— Viol, alors.

Si Dieu m'avait faite un peu plus dégourdie, j'aurais cessé de chercher fébrilement l'interrupteur et ces satanées bottes, et sans toutefois répondre je me serais laissée caresser contre l'étagère pleine de toiles d'araignée, furtivement. Imaginez la densité de ce silence. Mes mains sous son tee-shirt et le bruit feutré de ses lèvres sur les miennes. Ses doigts. Comme j'étais au bord de l'infarctus et qu'une horde de prétextes futiles me sautaient à la gorge (culotte ridicule, pas lavée ce matin, épilation qui craint), j'ai tout gâché :

— Viol au retour.

— Ça marche, a-t-elle répondu, ses frémissants sourcils se plissant à peine pour souligner ma défection.

Après avoir crapahuté quelques minutes dans le ruisseau – pour s'apercevoir très vite que ça n'était que modérément drôle –, l'idée nous avait toutes les deux désertées. Nous avons jeté les bottes devant le cagibi, dans une flaque de soleil, sa botte échouée sur la mienne – voilà le genre de détails infimes que j'ai retenus, consciente déjà que je les coucherais sur papier.

À la nuit tombée, mon père nous a ramenées chez ma grand-mère. Noir d'encre. Tu te souviens, Lucy ? À peine étions-nous montées à l'arrière que j'ai senti ta petite cuisse brune mouchetée de boue sèche frôler la mienne, puis s'immobiliser suffisamment près pour que sa chaleur me soit toujours délicieusement perceptible. Alors j'ai déplacé mon genou droit sournoisement, et durant tout le trajet ta peau dorée et ma peau blanche ont fait comme si tout cela n'était jamais qu'un pur hasard, soudées même quand mon père avait le mauvais goût de passer sur un ralentisseur qui nous faisait toutes brinquebaler. Je guettais Alice, qui se disputait avec Louise à propos d'une chanson de Michael Jackson, et je n'osais pas te jeter le moindre regard. Je pensais fébrilement à tous les hommes que j'avais eus dernièrement, dont aucun n'avait su me procurer ce genre de frissons minuscules : la situation étant d'emblée très claire, capter une caresse de leur part était plus légitime. La déflagration occasionnée était mille fois, un milliard de fois moindre.

Tout, ou à peu près tout, s'est passé le même soir, dans la petite chambre que tu partageais avec Alice au premier étage. Coup classique du mal de dos. J'ai grimpé sur tes petites fesses dures pour te faire un massage. Alice tirait une tronche d'enfer mais je l'ignorais superbement. C'était beaucoup plus intéressant de griffer doucement ta peau douce et te regarder serrer les dents dans des mimiques d'étonnement et de plaisir. Je me suis vue cent fois tout gâcher et saisir tes seins à pleines mains, juste parce que passer à côté d'eux en étant forcée de les ignorer était insupportable : ils bombaient sous tes bras, écrasés sur le matelas, la lumière fauve de la lampe de chevet jouait à cache-cache sur ta peau nue, *et j'étais censée ne rien voir*. OK, Ellie, calme-toi. Calme-toi, c'est une fille. Voilà ce à quoi j'étais réduite à penser. J'ignore si tu as vu que je me battais de toutes mes forces contre cette envie terrible de toi, contre ces images mortifères de tes tétons durs entre mes doigts, mais c'est tout à fait probable, puisque tu m'as rendu la politesse quelques minutes après. Qu'aurait-on dû faire ?

Peut-être exactement ce que l'on a fait : rien.

— Bonne nuit, les salopes, ai-je murmuré en me levant pour regagner ma chambre.

Alice a accueilli ma déclaration de son gloussement classique, répondant : « Toi aussi, connasse », mais Lucy, dont les yeux brillaient dans un rayon de lune, semblait avoir pris l'insulte au sens propre. Elle en souriait, évidemment. J'ai volé à mes amants leur vocabulaire brutal ; et il est de notoriété mondiale, même pour une lesbienne, que le terme salope est d'une rare tendresse.

— Comment il est, Monsieur ? me demande Lucy alors que nous fumons, assises dans une allée pleine de moustiques.

Alice vient de se lever, contre toute attente, pour aller chercher de quoi réhydrater nos gorges ultra-sèches. La chaleur est telle que toute l'eau du corps semble s'évaporer en une poignée de minutes, pompée directement dans notre bouche.

— Physiquement ? Mentalement ? je demande en fixant mes genoux, comme toujours gênée à l'idée de peut-être forcer, malgré moi, cet intérêt chez mes amis. Je vis dans la hantise de leur imposer Monsieur à tous, depuis le début de l'été.

— Je ne sais pas, dis-moi juste comment il est, dans les grandes lignes, répond Lucy qui ne s'est jamais mêlée d'être indiscrète, ou de demander les détails graveleux que j'adore fournir à Flora ou à Babette.

— Je peux d'entrée de jeu te dire une bonne chose : je n'ai jamais connu si peu un homme avec qui j'ai fait autant de trucs sales.

Lucy fronce le nez, l'air de trouver bien peu conséquente cette déclaration solennelle.

Presque au même moment, un coup de tonnerre à nous crever les tympans retentit au-dessus de nous, où s'amoncellent des amas de nuages d'un gris étonnamment foncé, gris ennui dans la maison minuscule, gris Normandie, finalement. Soupirant et frissonnant simultanément, je reprends :

— Je pense que Monsieur est profondément pervers.

Demi-sourire de Lucy.

— Pas juste sexuellement. Sa manière de se comporter avec moi est perverse. Cette histoire tout entière l'est.

— D'accord, Ellie, mais c'est le genre d'histoire que tu voulais, non ?

— Peut-être. Ou pas. Je voulais une histoire romanesque, mais pas forcément ce genre de romanesque. Je ne voulais même pas d'histoire, quand on a commencé Monsieur et moi. Je me suis fait piéger comme une conne. Et je pense que je ne m'en sortirai pas.

Lucy lève ses grands yeux noirs vers moi.

— Tu ne t'en sortiras pas ?

— Je veux dire que je ne vois pas comment je pourrai un jour vivre sans penser au fait que j'ai connu ce mec. Il y a quelques semaines, je pensais encore que tout serait fini une fois *Monsieur* bouclé, mais c'est faux. Ce que j'ai avec lui est tellement bizarre que, même si je voulais l'oublier, une partie biscornue de mon inconscient en serait incapable. Quoi que vaille cet homme. Même s'il n'en vaut pas la peine, ce dont je suis persuadée.

— Ça vaut la peine d'écrire sur Monsieur, rétorque Lucy, impérative. *Monsieur* est un très grand livre. *Monsieur* est le Livre.

Sous mes fesses, le cahier numéro 2 avec sa couverture mauve semble émettre de douces pulsations pour manifester sa fierté.

Parfois, Lucy de cette manière retourne la discussion, quand elle se charge de trop de tension pour ne pas devenir périlleuse. Elle délaisse temporairement son statut d'obsession en chef pour ramener Monsieur à la surface – mais les choses d'une manière ou d'une autre nous rattrapent toujours. Maintenant que nous ne sommes que deux, le silence ornemental s'enfle de tous les actes manqués du monde, et je sais pertinemment que d'ici une heure je me maudirai de n'avoir rien fait, rien tenté, quelque chose de bête comme toucher sa main par inadvertance ou faire semblant de tomber sur elle, quelque chose qu'elle pourrait me pardonner ou utiliser à des fins intéressantes. Je ne fais rien, et je ne ferai rien parce que je suis une empotée – le temps nous l'a bien montré.

Les nuages crèvent peu à peu. Lucy et moi reculons d'une seule poussée sous les branches lourdes d'un chêne. Elle allume une cigarette, n'ayant bien entendu aucune intention de rentrer maintenant, tout de suite, alors que cet orage attendu comme un orgasme depuis midi va commencer. Je ne sais pas ce que l'on espère quand on reste à attendre sous la pluie battante, mais ça doit être quelque chose de profondément inconscient ou en tout cas de terriblement fort, parce que je n'ai jamais pu regarder un éclair depuis ma fenêtre sans mourir d'envie de me trouver juste en dessous. Que peut-il bien se passer, sous un orage ? Qu'y a-t-il dans l'air, sinon cette idée que n'importe quoi peut se produire sans forcément porter à conséquence ? Les mêmes questions sans réponse se promènent comme de la brume dans les yeux sombres de Lucy. Assise sur *Monsieur*, je me vois déjà profiter honteusement de cette folie passagère, me ruer sur elle comme un violeur, comme ça à cru dans les fourrés, avec l'herbe piquante qui nous irrite les fesses et les éclairs qui passent à ça du haut de mon crâne. Je la vois déjà étendue serrée contre moi avec ses lèvres bleues et l'odeur de son désir, l'odeur douloureuse de son désir et de la tempête, qui par à-coups anime ses yeux languissants de lueurs fluorescentes. Putain. Je la vois comme je vois sa cigarette, que j'aurais l'impression de fumer un peu en avalant sa salive – que ça doit être inconfortable de se peloter dans ces broussailles ! À part la sieste, existe-t-il une activité que la Normandie encourage ?

À des années-lumière de mes considérations lubriques, Lucy a décroché son téléphone.

— Alice veut qu'on la rejoigne. Elle est à la maison.

— Dis-lui de venir, c'est génial d'être sous l'orage. Ça nous changera de la bicoque.

Mais Alice proteste tellement au bout du fil, et l'orage handicape la conversation à tel point que Lucy raccroche, l'air las.

— Elle dit qu'on va regarder *The Wall* sur le plasma.

— Mais je voulais rester dehors !

— On se mettra sur la terrasse.

Lucy me tend sa petite patte brune – dont l'étreinte puissante a quelque chose de masculin, peut-être la longueur de ces doigts souples. Et comme d'habitude je ne sais pas comment je dois vivre cette caresse, si le mot caresse lui-même a un sens ou si je ne fais que charger d'une tension imaginaire une simple poignée de main. Lucy n'a jamais fait quoi que ce soit pour faire basculer la situation d'un côté ou d'un autre – mais au milieu de la débâcle de mon histoire laborieuse avec Monsieur, cette indécision m'occupe, me préoccupe.

Sur les chemins boueux où la pluie s'abat déjà avec une certaine violence, je saute au-dessus des flaques. Au flanc d'un large tournant je me souviens de ce dimanche en Normandie, un dimanche de mai très doux, où j'avais fait pipi contre un immense sapin gluant de sève. Monsieur s'en réjouissait au téléphone, et même si je ne voulais guère imaginer la représentation qu'il pouvait avoir de moi en train de faire, j'avais lu et relu son message. Il sonnait mal, la culotte sur les chevilles pendant que je m'égouttais encore.

— J'adorerais être là et te regarder faire pipi. J'adorerais venir lécher les dernières gouttes dorées sur ta petite chatte.

— Ah non, ça c'est dégoûtant ! avais-je écrit en retour, avec un peu de mauvaise foi mais un fond d'effarouchement sincère. On irait rôtir en enfer, pour un truc pareil. J'ai été élevée dans une famille chrétienne, moi, Monsieur !

— Pas moi, avait simplement répondu le sulfureux mécréant.

Famille chrétienne ou pas, j'avais peu après commencé à faire pipi dehors un peu partout, dès que j'en avais l'occasion. Chaque fois je pensais au message de Monsieur. Chaque fois je regardais autour de moi, persuadée d'une présence qui m'épiait. Chaque fois je m'inventais de toutes pièces un mélange d'embarras et d'excitation, incapable de m'empêcher de fixer le jet qui sortait d'entre mes jambes, me demandant comment j'allais bien pouvoir gérer cette nouvelle lubie, faire pipi devant Lui. Ou s'il allait falloir me résoudre à la cacher comme une tare.

Autour de moi, le monde se compose de femmes qui poussent des cris de putois à l'idée d'une telle scène, et d'hommes qui – Dieu sait pourquoi – sont intarissables quand je les lance l'air de rien sur le sujet, des hommes dont les yeux brillent lorsqu'ils évoquent une femme accroupie dans un champ, ou carrément empalée sur eux et libérant d'un seul coup une vague brûlante (brûlante, d'accord, mais on peut bien retourner le problème dans tous les sens, ça reste de la pisse, suis-je alors forcée de leur dire). Les hommes manifestement se soucient peu du poids de la notion de propre et de sale dans leur imaginaire sexuel : la réflexion ne se fait jamais qu'en termes de bandant ou pas. Et moi dans tout ça, je fais quoi ? Après avoir passé dix-neuf ans à éplucher les fantasmes bien léchés des filles, je rencontre Monsieur et juste à son contact, juste à la lecture de ses messages, je me retrouve assaillie par des rêveries que seule la sensualité éhontée d'un homme peut broder. J'ai vingt ans, une robe en coton et des jambières, un serre-tête comme une auréole posée sur mes cheveux blonds, mais derrière mes yeux bleus c'est désormais un cerveau masculin qui bouillonne, un cerveau précis et pervers d'homme. Et je n'ai pas la moindre idée de comment me défendre des images qu'il m'impose à tout moment. Je ne sais pas comment redevenir aussi naïve qu'avant, ou m'empêcher de darder sur les jolis bras de Lucy ces yeux concupiscents de mâle, qui me sont aussi étrangers que ce rut permanent. Mes rêves en ce moment ne se composent plus de ces sensations aériennes, de ces concepts flous, la manière qu'a Monsieur de me regarder la chatte alors qu'elle est encore ouverte et qu'en arrière-plan sa queue trempée se tient prête au second assaut. Je ne passe plus des heures à me caresser en pensant au bruit de Monsieur qui entre dans notre chambre d'hôtel – le claquement feutré de ses chaussures sur la moquette, chaque pas qu'il y imprime me faisant déjà l'effet d'un coup de rein, mon Dieu, mon Dieu. Dernièrement, je me suis amusée à dresser un top 10 de mes fantasmes récurrents : quand ma vessie n'est pas impliquée dans l'affaire, je me venge sur ce souvenir que j'ai de Monsieur s'enfonçant dans ma gorge pour jouir, et moi suffoquant sous le coup de la surprise, incapable de distinguer le foutre de ma bave. Ça, ou alors l'idée de deux hommes en moi, quelle qu'en soit la configuration, du moment que l'imaginer n'est soutenable qu'une poignée de secondes. Mes nuits sont peuplées de gros plans absolument indécents, d'odeurs éphémères sorties de nulle part, mes nuits ne sont que la main de Monsieur sur mon cou pour m'obliger à rester tranquille. La Normandie, ça n'est que ça, à répétition : des centaines d'heures que je passe en silence, affichant un air de méditation grave derrière lequel grouillent les hypothèses de perversions inédites. Les gens n'ont pas idée des horreurs que je peux concevoir.

Ce que je veux être, plus tard ? Comme Monsieur, perverse polymorphe.

Assise sur le canapé, je glande. Je regarde Alice et Lucy se disputer l'ordinateur et je glande. À certains moments, comme celui-ci, Paris me manque de manière plus vive, plus cruelle que la plupart du temps. J'ai l'impression dérisoire d'être totalement impuissante en province. Plus je m'éloigne de Paris, plus mon pouvoir sur Monsieur s'amenuise. En vacances à la campagne, c'est comme si j'étais au couvent : mon regard se perd derrière les vitres, s'alanguit et se brouille, comme si faute de pouvoir imaginer des immeubles haussmanniens à la place des hêtres, je recréais Paris dans le flou artistique de mes yeux insensibles. Même les couleurs ici sont différentes : il y existe une gamme de vert qui repousse les limites du bon sens, mais je cherche en vain les trois seules nuances qui me soient familières, le vert RATP, celui des grillages qui entourent le square Boucicaut, et finalement le vert-de-gris qui recouvre toute statue parisienne qui se respecte. Le ciel a un bleu exceptionnel, la pluie une odeur qui ne me rappelle que ces journées trop longues chez mes grands-parents, à l'époque où Monsieur n'était pas encore là pour remplir ma tête.

L'orage a un arrière-goût d'apocalypse : voilà qu'à présent ce sont des grêlons gros comme des calots qui défigurent la surface de l'étang, en plein mois d'août – il n'y a qu'en Normandie, à ma connaissance, que l'on se trouve livré à un tel microclimat.

Déprime. À Paris, beaucoup des hommes que je vois actuellement sont rentrés de vacances, ou se préparent lentement à partir. Zylberstein, Dieu sait pourquoi, est en ce moment la personne que j'ai le plus au téléphone. Mais il y a aussi son ami Octave, qui a malgré lui égayé une de mes journées en plaçant le mot « clito » dans un de ses messages, et jusqu'au soir je me suis échauffée toute seule en imaginant la stridence de ce diminutif dans une bouche d'homme.

Je m'apprête à proposer une activité que je regretterai sans doute au bout de deux secondes, comme un tarot, quand mon portable vibre. Bientôt deux semaines après notre dernier contact, Monsieur accuse réception d'un courrier dont je me souviens à peine, mais dans lequel je racontais en tout cas mes déboires avec Zylberstein : « J'ai beaucoup aimé ta lettre... »

— OK, un message de Monsieur !

Je braille dans le salon, et même avant d'avoir pu mesurer à quel point ce serait misérable de lui répondre tout de suite, je renvoie : « Elle date cette lettre ! Tu l'as reçue quand ? Tu ne pars jamais en vacances ? »

Question dont la réponse m'est tout à fait égale, mais je ramperais pour un mot de Monsieur, et je ne peux pas décemment lui parler de cul comme ça, de but en blanc. Rien ne m'oblige à lui signifier clairement qu'avec lui, avec tout ce qui touche à cet univers qu'il constitue seul, je suis constamment sur la brèche. Pour ainsi dire physiquement incapable de séparer les messages qu'il m'envoie de la possibilité de lui parler. Imaginer sa voix me les lire est aussi efficace qu'un doigt cassé pour se branler : à part me donner une envie absolument dévorante de l'entendre vraiment, je ne peux espérer aucun soulagement. Plus j'essaie, plus je me fais mal.

Peut-être que si j'expliquais cela à Monsieur avec des mots, noir sur blanc, il prendrait conscience de comment je vis sa perpétuelle rétention d'informations. Peut-être qu'il n'attendrait pas toujours trois jours pour répondre à des textos bardés de « rappelle-moi ». Peut-être me rappellerait-il.

C'est au beau milieu d'une partie de tarot que le verdict tombe : vingt heures quarante-cinq, Monsieur m'appelle. En fait de Monsieur, c'est la mention « numéro privé » qui s'affiche, donc théoriquement il pourrait s'agir de n'importe qui, mais je connais ces appels. Je connais ces faux mystères, ces loups de carnaval que Monsieur porte au téléphone, mais par-dessus tout je sais depuis lui une gamme immense de crampes au ventre sensiblement différentes, et celle-ci précède toujours Monsieur, d'une manière ou d'une autre. Ce « numéro privé », si privé soit-il, ne m'est en rien inconnu. Je me rue sur mon portable en me claquant la peau des bras sur la table, et Lucy immédiatement comprend. Tout en décrochant je l'invite à me suivre d'un sourire bien plus assuré que je le suis personnellement, et Lucy qui dans l'après-midi m'a fait remarquer sur un ton de défi qu'elle ne m'avait jamais vue avec un homme (moi !) s'enrobe dans un plaid et me talonne.

— Ça va ?

— Et toi ? répond Monsieur.

C'est bon, putain, c'est tellement bon.

— J'ai beaucoup aimé ta lettre. Je l'ai reçue ce matin.

— Seulement ce matin ?

— Je l'ai lue en attendant un patient. Elle m'a fait rire… !

Je souris, pieds nus sur l'herbe trempée.

— Qu'est-ce que tu fais, là ?

— Je rentre du boulot, j'ai fini plus tôt. Et toi, qu'est-ce que tu me racontes ?

— Pas grand-chose, je suis en Normandie. Je me fais chier comme un rat.

Monsieur ponctue ma phrase d'un de ses rires feutrés, et aussitôt je l'imagine comme si j'étais dans son rétroviseur, ses grandes mains sur le volant, exécutant tous ces gestes appris mais instinctifs de la conduite, sans perdre une miette de notre conversation. Ça fait bientôt deux mois que Monsieur fait le mort, à tel point que j'avais même abandonné l'idée de jamais lui reparler. À tel point qu'être en train de l'entendre me paraît aussi irréel que ces mardis matin dont je me souviens pourtant par cœur. Monsieur n'a pas une seconde l'air de soupçonner ce que j'ai vécu ces derniers temps. L'idée que j'aie pu souffrir ne l'a manifestement pas effleuré – ou alors, et c'est tout aussi probable, cela lui fait plaisir, un genre de plaisir tordu à faire mal, qui chez le reste du monde n'est souvent qu'inconscient. Mais ça n'est certainement pas moi qui vais éclairer sa lanterne, plutôt mourir : aux yeux de Monsieur, Ellie Becker a une vie lorsqu'il n'est pas là. Ce en quoi il n'a pas tort : j'écris. Un livre qui porte son nom, et qui ne parle que de lui.

— *Monsieur* avance.

— J'ai lu ça, tu disais que tu aurais fini en septembre.

— À ce moment-là, je te le ferai lire.

Les silences que Monsieur entretient après chaque déclaration péremptoire de ce genre sont autant d'occasions de me réjouir à l'avance, bêtement, naïvement. Ainsi vont les choses avec lui : quand il ne dit pas non, instinctivement je comprends oui.

— Et alors, Zylberstein ? reprend Monsieur.

— Oh, j'ai arrêté. J'ai assez donné, tu ne crois pas ?

— Il t'a enculée ?

Jamais totalement sûre de comment je serai reçue par Monsieur, Monsieur qui me parle comme si nous avions toujours été ensemble, je me hasarde :

— Oui.

— C'était bon ?

C'est un genre de torture encore inédit : faut-il lui dire oui (et intrinsèquement « je t'emmerde ») ou choisir de mentir alors que Zylberstein m'a fait jouir, et tout ça pour quoi ? Pour faire croire à cet homme au bout du fil que j'ai attendu son retour comme Pénélope ?

— C'était bon, réponds-je, et même si personne sinon l'indéboulonnable héron cendré au milieu de l'étang ne peut me voir, je me campe fièrement sur mes jambes.

Comprendre par là que j'ai tiré de Zylberstein tout ce que je pouvais espérer au vu des circonstances ; comprendre par là que j'ai joui malgré lui, malgré cette espèce d'ombre qui plane constamment au-dessus de moi quand je baise, qui me défie de prendre le moindre plaisir de mains qui ne sont pas les siennes.

J'ai réussi et je ne dis pas qu'en jouissant je ne l'ai pas senti derrière moi, je ne dis pas que je n'ai pas eu envie de crier son nom, non, je ne peux pas dire une chose pareille étant donné que même seule dans mon lit je lui attribue chaque miette du plaisir que je me donne, chaque pli de mon oreiller correspondant aux morsures que j'y imprime en scandant ces deux syllabes précieuses et toxiques. Je ne peux pas me retenir d'ajouter, piteusement :

— Mais quand même moins qu'avec toi.

— Ah bon ? Pourquoi ? s'enquiert Monsieur d'une voix douce.

— Parce que ça n'était pas fait de la même manière.

— De quelle manière ?

— Tu sais bien de quelle manière.

Sitôt cette ambiance antique rétablie, celle où Monsieur et moi jouons aux amants éternels, je me fais un plaisir de lui livrer les détails de ma soirée avec Zylberstein.

— En fait, je sortais de chez Édouard, et...

— Édouard ? Qui c'est, Édouard ?

— Un ami, prof de français. Ce soir-là j'étais chez lui, et il m'avait prise par-derrière. Quand Zylberstein m'a appelée je m'apprêtais à dormir, et puis je me suis dit que j'avais envie de le voir. Du coup, j'ai pris le métro et je suis allée chez lui.

— Attends, attends... tu es en train de me dire que le même soir tu t'es fait enculer par deux mecs ?

Monsieur a l'air médusé, comme si c'était vraiment un scoop, que je sois devenue vicieuse à son contact. D'un ton badin, je réponds :

— Bah oui. Et donc, je suis allée chez Zylberstein, et…

— Deux mecs…, soupire Monsieur, mais impossible de déterminer ce que cache ce soupir.

— Et quand je lui ai dit que je venais de me faire enculer, tu sais ce qu'il m'a répondu ?

— Dis-moi ?

— « Ça m'excite. »

Pour la première fois depuis des semaines, Monsieur et moi partageons un éclat de rire de vermines que le vice amuse. Immédiatement après, le délicieux silence qui s'installe le pousse à chuchoter :

— Tu as une jolie voix, Ellie.

Sa voix est presque désolée. Je saisis l'occasion, les yeux perdus dans le bleu étrange du ciel, en haïssant chaque mot, chaque souffle entre chaque mot :

— Pourquoi tu es parti ?

— Ellie… ?

Pardonne-moi, je pense. *Je me vomis moi-même, mais ça n'est pas comme si j'avais le choix. Il faut que je sache.* Je m'efforce de prendre une voix neutre, que Monsieur ne puisse pas percevoir, même à trois cents kilomètres de moi, que mon cœur est sur le point de me lâcher.

— Je ne t'agresse pas. Je ne comprends juste pas.

— Qu'est-ce que tu ne comprends pas, chouchou ?

(Quand Monsieur dit « chouchou », instantanément je sens combien mon statut a pu s'altérer en si peu de temps ; comment, par quelle manipulation psychologique obscure, me suis-je retrouvée sous la même étiquette que toutes ces autres que je devine ? Comment passe-t-on de « mon amour » à « chouchou » bordel ?)

— Je ne comprends pas pourquoi du jour au lendemain tu as arrêté de m'appeler, de me répondre, ou de communiquer d'une manière ou d'une autre. Je ne comprends pas en quoi c'était plus simple de faire comme ça, plutôt que de me dire que tu en avais assez.

— Je n'en ai jamais eu assez. Je...

— Attends. S'il te plaît, attends, laisse-moi finir. Je te connais assez pour dire, sans doute possible, que tu en as eu assez. Tu n'aurais pas arrêté sinon.

— Ellie...

— Tu es comme moi. Tant que c'est bon, on continue.

— Tu sais bien que ça ne peut pas être aussi facile. L'envie que j'ai de toi, ça n'a rien à voir avec le problème.

— Qu'est-ce que c'est le problème, alors ?

— Je sentais qu'on partait en vrille. Que ça devenait dangereux.

Merde, je pense. Voilà, on y est. Le moment où je peux choisir de le croire, ou de rester arrimée à ma conviction profonde : Monsieur ment, comme un arracheur de dents. Voilà le moment où j'ai le crâne ouvert en deux, et je n'ai jamais su comment refermer la plaie. Je vais rester comme ça pendant des jours – et lui bien sûr n'en saura jamais rien. Pas forcément envie, à la base, que Lucy voie une chose pareille, parce que là, tout de suite, je n'ai absolument plus rien de commun avec l'Ellie brillante que j'ai l'air d'être loin de cet homme. Sans même parler de ma queue-de-cheval trempée ou du sweat énorme de mon père, je ressemble à une merde. Je récupère en deux secondes mes tics nerveux, entortiller mes petits cheveux fous autour de mes doigts jusqu'à faire des nœuds.

— Comment je peux être dangereuse pour toi ? Moi ? Jamais je ne t'ai parlé d'engagement ou de conneries de ce genre.

— Je ne parle même pas de ça. Je parle de risques que je peux ou ne peux pas prendre. Ça n'est pas facile pour moi, tu sais.

— Par rapport à ta femme ?

— Par rapport à un tas de choses. On partait en vrille. Tu le sais bien.

Je modère assez mal mon indignation.

— Si c'est ça, pourquoi tu me rappelles ?

— Pour te dire que j'avais beaucoup aimé ta lettre. Celle-ci te ressemblait vraiment.

— Mais si tu as bien lu ma lettre, tu te rappelles sans doute que je la terminais en te proposant de baiser ensemble.

— C'est juste, dit Monsieur, et je vois sans avoir besoin de fermer les yeux que son sourire vient de s'étendre considérablement. J'ai aussi beaucoup aimé ce passage.

— Juste ce passage ?

— Et l'idée de baiser avec toi. L'idée de ton cul.

Pour quelques minutes au moins, l'Ellie que Lucy veut voir a une chance de briller un peu.

— Et donc ?

— Et donc quoi, chouchou ?

— Qu'est-ce qu'on fait, Monsieur ? On baise ou on ne baise pas ?

Il éclate d'un rire franc – mais l'espace de quelques infimes secondes il y a dans ce son que j'adore, dans cet entier déploiement de sa gorge, un trop-plein d'allégresse qui ne ment pas : Monsieur est gêné. Il a été pris de court, se figurant sans doute qu'il avait le monopole des propositions malhonnêtes – mais ce malentendu est symptomatique du reste. Il ignore tout de la misérable période que je traverse ; depuis bien longtemps j'ai pris mon parti de ne plus jouer subtilement. La subtilité exige du répondant des deux parties. Ça n'est pas vraiment un choix, d'être aussi culottée : c'est juste la seule manière d'exploiter efficacement les quelques moments de grâce comme celui-là.

— Je ne sais pas, répond Monsieur. Il faut que je dise quoi, Ellie ?

— Tu n'en as pas envie ? J'esquive, de cette voix nouvelle également, pleine d'une lascivité de courtisane cherchant les bons arguments.

— J'en meurs d'envie, tu le sais bien. Dès que je te vois, je bande.

(Monsieur à bien des égards est comme *Eclipse* de Pink Floyd : par brefs instants les mots qu'il choisit éclatent en moi et m'emmènent à des années-lumière de là où je me trouve, Dieu sait où – dans un endroit où tout ce qu'il dit se réalise forcément.)

— Alors dis-moi qu'on baise. Il n'y a rien de plus simple, toi et moi dans une chambre, un mardi matin.

— J'adorerais. Tu le sais bien.

— Faisons-le, alors ! Tu répètes « tu le sais bien », mais je ne sais rien du tout. Tu me parles comme si tu crevais d'envie de me voir, mais tu passes ta vie à fuir. Tu crois que ça a été facile pour moi ? Du jour au lendemain je n'ai plus eu le moindre signe de vie. Si c'est fini, je préfère que tu me le dises.

— Mais je n'ai pas envie de te dire une chose pareille. Je ne *peux pas* te dire une chose pareille, ce serait malhonnête de ma part. *Mais qu'est-ce qu'il me fait, ce connard ? Tu te gares, tu te gares pas ?*

Dans le brouillard qui enrobe sa voix j'entends vaguement le ronflement de sa voiture et celui, plus lointain encore, du trafic dans les rues parisiennes. Je retiens un soupir qui dirait à Monsieur combien cette ville me manque, combien au-delà même de mon envie de Paris je voudrais être assise à côté de lui à le regarder, puisque je sais sans l'ombre d'un doute qu'à cette distance il ne pourrait pas s'empêcher de me toucher. Et finalement, c'est tout ce qu'il me faudrait. Le jour qui tombe sur les rues du Marais et les mains de Monsieur qui m'attrapent sous la robe tandis qu'il m'explique – mais ses phrases ne font plus sens – pourquoi cette histoire entre nous ne sera jamais viable.

Lorsqu'il a fini de pester, il reprend :

— Excuse-moi, ils conduisent comme des cons. Tu sais, tu ne réalises pas que pour toi la situation est mille fois plus simple.

— En quoi ? Explique-moi *en quoi* c'est plus simple pour moi, parce que je suis persuadée pour ma part que c'est toi qui as le beau rôle.

— Moi ?

— Oui, toi. Tu as ta femme, ton métier, et à côté de ça une nénette qui ne t'a jamais rien demandé d'autre que de baiser. Tu as tout.

— Tu prends le problème à l'envers. Tu as vingt ans, aucune attache, le monde entier t'appartient. Moi, je dois faire avec toutes mes contraintes. Crois-moi, c'est plus facile pour toi.

— Mais c'est FAUX ! m'écrié-je, avant de réaliser que Lucy m'écoute et que mon père allume le barbecue à quelques pas de là. C'est faux, et c'est injuste de ta part. Tu dis ça comme si ce qu'on a eu tous les deux ne m'avait pas marquée, comme si j'oubliais tout au fur et à mesure. Ça ne t'a jamais effleuré que je puisse avoir envie de statuer une bonne fois pour toutes sur cette histoire ? Je ne te demandais pas grand-chose, même « va te faire foutre » aurait fait l'affaire.

— L'histoire qu'on a eue était tellement violente qu'il fallait une fin violente.

J'accueille sa déclaration – péremptoire s'il en est – par un long silence indécis, même si je crève d'envie de lui dire, simplement : « Mais *ça,* chéri, ça n'était pas violent. Tu as disparu de la surface du globe et je ne pouvais pas t'atteindre, de quelque manière que ce soit. C'était juste atrocement douloureux, une sorte de longue agonie. Pour parler en termes concrets, c'est un peu comme si tu m'avais percutée avec ta voiture et laissée pour morte sur le bas-côté. Sauf que je n'étais pas morte. Qu'aurais-tu pu trouver de plus méchant à faire à une fille de vingt ans qui voit toutes ses copines gambader et ne peut les suivre qu'en traînant la patte ? Il aurait fallu que ça soit toi, pendu au téléphone à empiler des messages incohérents, il aurait fallu que tu sois à ma place et moi à la tienne. Qu'on rigole un peu. Qu'on voie si tu préfères une mort rapide ou interminable. Et je… »

Mais attends. Attends attends attends. Pourquoi il me parle de fin si…

— Si tu considères que c'est fini, pourquoi tu accuses réception d'une lettre comme celle-là ? Tu aurais pu faire comme d'habitude, absolument rien.

— Je pensais à toi.

Que peut la raison contre ce genre d'argument ? Monsieur trouve toujours le moyen de retourner la situation, de telle manière que je sois à la fois folle de rage et pleine à craquer du bonheur d'être encore dans sa tête, même par brefs instants, même si l'envie que Monsieur a de moi s'éteint aussi brusquement qu'elle se réveille.

— C'est une bonne raison, je concède, sans entrain.

— Tu m'as l'air étrange, note Monsieur qui n'a pas la moindre idée de la justesse du terme.

— C'est juste que je ne vois pas où on va, ce que je dois penser.

Monsieur prend une lourde inspiration.

— Je ne sais pas non plus. Tu reviens quand à Paris ?

— Je ne sais pas.

Un mot, une date de Monsieur suffiraient pour que je prenne immédiatement mon billet de retour, mais j'aime bien comment sonne ce « je ne sais pas » dans ma bouche. « Je ne sais pas et je me fiche de ne pas savoir. »

— J'entre au parking, je vais devoir te laisser. Je peux te rappeler à un autre moment ?

— Quand tu veux, je soupire en tournant sur moi-même. Tu n'as qu'à me rappeler demain, quand tu vas au travail.

— OK.

Ça n'est pas faute de me mordre les lèvres de toutes mes forces, il faut que je sorte ce P.-S. qui plombe la fragile impression d'indifférence que je crois avoir transmise :

— Je pensais que tu ne m'aimais plus du tout, moi.

— Ne pense pas ça, Ellie.

— Non ?

Je souris déjà, de manière incontrôlable.

— Non. Ne pense pas ça. Si je pouvais te voir, si ça n'était pas risqué, je le ferais le plus possible.

— Bon.

— D'accord, chouchou ?

— D'accord, réponds-je à cette voix qui me cajole le lobe des oreilles.

— On est d'accord, alors. Je dois filer, je te rappelle demain.

— À demain.

— Je t'embrasse, chuchote Monsieur.

— Moi aussi.

Il me serait compliqué de décrire efficacement les trois ou quatre secondes de silence total qui précèdent la fin de la communication, ce court moment d'éternité où je l'entends respirer, hésiter peut-être à ajouter quelque chose, l'onde très grave du moteur, puis plus rien, fini. Il faut que je tienne jusqu'à demain matin en faisant sans cesse l'inventaire de tout ce que Monsieur et moi aurions pu nous dire entre ces deux parenthèses, dans cette petite page de hasard restée blanche.

Aussitôt mon téléphone muet, je reste bras ballants plantée sur l'herbe détrempée : alors comme ça, Monsieur est revenu. De nulle part. Je n'ai aucun indice, aucune piste qui pourrait m'aider à déterminer comment il a occupé tout ce temps loin de moi. Je ne sais qu'une chose, mais qui me contente parfaitement, au moins pour deux minutes : Monsieur est là. Monsieur existe, Monsieur est vivant – je lui ai parlé.

J'ai encore la poitrine rouge de l'avoir tenu dans mon oreille.

— Alors ? me demande Lucy, qui s'est rapprochée comme elle le fait toujours : dans le silence le plus total.

— Alors je ne sais pas.

— Il veut recoucher avec toi ?

— Oui. Enfin je crois. Il a l'air d'en avoir envie, en tout cas. S'il ne ment pas. On ne sait jamais, en fait. C'est Monsieur.

Tandis que nous repartons vers la maison, je suis rongée de part en part par l'incompréhension. Mais oui, qu'est-ce qu'il attend de moi, celui-là ? Alors que je ne devrais pas, alors que je sais pertinemment que ce sont des agissements comme celui-là qui m'ont valu de ramper aux pieds de Monsieur, je lui envoie par texto ma question ultime :

— Tu veux que j'arrête de me tortiller devant toi comme une chatte de salon ?

Quelques minutes plus tard, Monsieur :

— Non.

Ma permission d'être heureuse, au moins quelque temps.

Le lendemain à huit heures et quart, je fume ma première cigarette dans le petit jardin de ma grand-mère. Comme Alice, Lucy et moi avons veillé très tard, j'ai les yeux qui peinent à rester ouverts. À cette heure, Monsieur doit sortir en trombe de la salle de bains enfumée, une serviette nouée autour de la taille. Rasé parfaitement, parfumé derrière les oreilles et sur ses poignets soyeux. Je suis sûre qu'il se branle dans la douche, lentement, sous les jets d'eau brûlante. Ce à quoi il pense alors est une grande inconnue, mais rien, a priori, ne l'empêche de penser à moi. Ensuite, il s'habille sans bruit dans la chambre moite où sa femme sommeille encore. Il se cogne à Charles dans le couloir, caresse brièvement ses longs cheveux. Dans la cuisine, Monsieur avale un café en signant des papiers d'Adam pour l'école. Il ne prend même pas la peine de s'asseoir, déjeune dans l'urgence comme il fait tout le reste : finalement, il n'y a guère qu'au bloc que Monsieur se permette des gestes lents, précautionneux. Il n'y a qu'au bloc que Monsieur soit un génie. Le reste de sa vie il court, tout le temps, pour tout. Même si je l'ai souvent entendu s'en plaindre, il lui serait sans doute difficile de vivre autrement.

Huit heures et demie : Monsieur embrasse Estelle, qui vient de sortir de la chambre en chemise de nuit. Les petits sont déjà partis.

— À ce soir, dit-il, et quelques minutes plus tard le voici dans sa voiture.

Son portable dans le vide-poches, branché sur haut-parleur. Le monde à l'extérieur un peu fumé par les vitres sombres. Je vois tout cela sans avoir besoin d'y réfléchir beaucoup : j'imagine son odeur dans l'habitacle, les commissures de ses lèvres qui auraient encore le goût de café si j'y posais ma langue. Monsieur sort du parking, négociant les virages étroits sans y penser vraiment, déjà tout à cette journée qui l'attend. Dehors, sur le quai de la Mégisserie rose et pâle de soleil, les passants qui le remercient d'un bref signe de tête – c'est incroyable – ne le voient qu'à peine, rien qu'une ombre derrière le pare-brise teinté. Si cela m'arrivait à moi, que Monsieur me fasse la grâce de me laisser traverser, je crois que je resterais prise dans ses phares comme une bestiole, à le fixer interminablement.

Neuf heures moins le quart : au milieu des embouteillages, Monsieur bouillonne. Il parle avec Estelle des dernières formalités pour les vacances, sans grand entrain car les vacances, pour lui, c'est encore très loin. Trois opérations aujourd'hui, et Dieu sait combien de consultations, la tête de Monsieur est pleine, pleine, *pleine à craquer*. Pas de place pour y loger des idées de repos ou de soleil seul avec sa femme. Ou pour m'y loger moi.

Neuf heures moins cinq : Monsieur se gare devant les grilles de la clinique. Aussitôt sorti de sa voiture il est intercepté par un collègue, qui tout en l'entretenant de choses et d'autres l'escorte jusqu'au bloc. Dans les vestiaires où il revêt sa panoplie de chirurgien, Monsieur laisse sa mallette, son portefeuille, son portable et moi, enfermés dans son casier. Monsieur *opère*. Monsieur est un *adulte*. Monsieur a des *responsabilités*.

Comme je n'en ai aucune, je retourne me coucher sans bruit. Dans le lit, ma plus petite sœur se retourne et grommelle :

— Mais qu'est-ce que tu fous ?

— Rien, j'arrivais pas à dormir.

Louise, elle, s'est déjà probablement rendormie. L'odeur de son sommeil plane au-dessus de nous ; noir total dans le salon. D'ici quelques minutes ma grand-mère sera debout ; si je ne trouve pas l'oubli d'ici là, ce sera fichu. Mais comment faire, Seigneur ? La haine de Monsieur agit sur moi comme un excitant.

Une fois que j'ai bien énervé Louise à gigoter comme un ver, je décide de me retirer dignement. Je grimpe au premier étage où Alice et Lucy dorment, dans une atmosphère moite et bleue. Je me fais une place dans le lit de ma sœur qui s'efface en ronflant. Dans ma complète et dévorante exaspération (moins avouable : dans mon infinie tristesse), la seule promesse dont je puisse me bercer pour trouver le sommeil reste celle-là : fumer. Fumer, et rire comme une baleine, yeux rouges de lapin, paupières lourdes, bouche sèche. Depuis Monsieur, heureusement que la drogue existe pour pallier ses manquements.

Août

Mardi.

Me voilà depuis une semaine à Berlin, entourée par toutes ces filles adorables et adorées, parmi lesquelles la désormais légendaire Lucy, que j'ai accueillie d'une grande tape virile dans le dos – c'était ça ou les plus délicates et indicibles des caresses, il fallait trancher. Le premier jour, il faisait un soleil de plomb et j'ai initié les Petites à l'art de la clope allongées dans le Monbijoupark, en sous-vêtements, nos enceintes portatives toujours à côté. Je les regardais toutes, les unes après les autres, estimant combien de temps il leur faudrait pour ne plus jamais vouloir repartir d'ici. Au bout de cinq minutes étalées en étoile de mer sur l'herbe douce, elles ont très distinctement cessé de se battre. Je les avais prévenues.

Au beau milieu d'une partie de tarot, Lucy m'a subtilisé *Monsieur* – donc tout ce que j'ai pu écrire sur elle n'est plus un secret ; elle était tellement concentrée qu'il fallait constamment lui rappeler quand jouer et quelle couleur on appelait. L'estomac noué, j'essayais de deviner ce qui pouvait bien se passer dans sa jolie tête, derrière ses grands yeux sombres, si elle croyait parcourir une fiction ou bel et bien les méandres de mon imaginaire sexuel torturé, sur lequel Monsieur et elle règnent à présent sans partage. Secret défense ; elle a calmement reposé le cahier, sans mot dire, comme s'il était inutile de débattre des heures de pourquoi lorsqu'elle est dans les parages je ne pense plus à Monsieur mais à elle, pourquoi sa queue ne me fait plus autant d'effet que l'idée de son corps nu.

Jeudi.

Si je meurs autant d'envie de sexe, c'est sans doute parce que Zylberstein et Landauer m'appellent tour à tour, avec une voix sournoise de médecin qui prend des nouvelles d'une patiente à la diète. Depuis dix jours que je suis expatriée, je me contente de mes petits doigts pleins d'encre, et voilà bien une chose qui semble leur poser un sérieux problème d'ego – puisque, aussitôt la conversation finie avec Landauer, Octave m'a appelée pour être bien sûr qu'on lui avait dit la vérité : Ellie Becker est partie pour un mois entier sans homme. La belle affaire.

J'aurais pu, pour la beauté de la phrase, appuyer bien plus la nuance : « un mois sans *homme* ». Mais mêler Lucy à tout ce cirque sexuel, graver son nom dans la mémoire de ces garçons et montrer des prétentions qui ne s'appuient pour l'instant sur aucun fondement valable, c'était un peu gros. J'ai eu peur de me porter l'œil, alors j'ai fait mine de porter ma croix, bravement, assurant avec le plus grand calme qu'une période de jeûne me reposerait les nerfs.

Ce dont je ne suis pas persuadée.

Et de toute façon, parler de jeûne n'a aucun sens puisque depuis mon arrivée fracassante à Berlin je n'ai pas loupé une occasion de me faire jouir dans mon petit lit inconfortable – activité assimilable à un doudou vu que malgré les voyages, malgré les changements de résidence et le chamboulement des habitudes, le monde dans lequel je m'égare pendant dix minutes tous les soirs ne change jamais. Les protagonistes et leurs attitudes restent immuables : Monsieur, Lucy. Et moi au milieu, montrant une bonne volonté qui se plie à tous les vices, improbables ou indicibles.

J'ai rejoint les filles à Viktoriapark, dans Mehringdamm. Il faisait tellement chaud que nous nous sommes vautrées sur les pelouses en maillot de bain, enveloppées dans une bonne odeur d'herbe et un goût de bière miellée qu'on ne retrouve pas ailleurs. Par un hasard qui n'en mérite même pas le nom, lorsque j'ouvrais les yeux, j'apercevais Lucy, encadrée par les deux pointes de mes hanches.

En repartant, sur Kreuzbergstrasse nous avons déniché une sorte de coffee-shop sournoisement déguisé en magasin de camping. Le vendeur n'avait pas d'herbe (évidemment) mais nous a refilé une quinzaine de graines magiques. À l'heure où j'écris, nous trottons plus que nous ne marchons vers Wedding, et je détiens dans mon sac de quoi passer une très bonne ou une très mauvaise soirée.

Ai-je déjà dit que Monsieur était plus fort encore que toutes les drogues ? Aucun paradis artificiel ne peut le maintenir loin de mes pensées. Les filles et moi avons fait une telle mascarade pour prendre ces graines que je n'étais plus concentrée que sur elles, sur l'amour dense que je leur portais. Nous déambulions de la salle de séjour à la grande cour ombragée, au gré de nos nausées, Lucy menant la marche d'un pas cassé par la main qu'elle gardait sur son ventre. Parlant peu. S'arrêtant au milieu de nos phrases lorsqu'une vague désagréable dans l'estomac nous rendait tout effort insupportable. Au début nous n'étions que quatre, assises près des garages à vélo – les autres avaient décidé de s'allonger. Lucy fumait une clope avec l'air d'endurer bravement un calvaire interminable, et je tentais tant bien que mal d'oublier mon propre malêtre pour maintenir le moral des troupes au beau fixe, à grands coups de jeux de mots de CP : Alice par solidarité sororale s'arrachait un long sourire douloureux puis replongeait la tête dans ses épaules. Flora, en tailleur sur la pelouse, se grignotait les ongles en regardant dans le vide. Les silences alors n'avaient rien d'embarrassant : ils constituaient un temps de mise en commun de nos fardeaux respectifs, les courbatures aux cuisses, la respiration courte et une furieuse envie de rendre tripes et boyaux. J'avais tout de même un peu peur de commencer à considérer l'hypothèse de s'être fait avoir par ce connard de vendeur, mais brusquement il faisait si beau et si chaud, l'air sentait si bon que le fiasco semblait impossible. J'attendais.

— Allez, haut les cœurs ! ai-je braillé, assez fort pour m'agresser moi-même – et une crampe au ventre m'a muselée aussi sec.

Alice a pris le parti de se redresser, pour venir allumer une cigarette à côté de moi, contre le mur.

— Ça fait combien de temps qu'on a pris les graines, maintenant ? a-t-elle demandé à voix haute.

— Bientôt une heure, a répondu Flora d'un ton laconique, avant de se lever également, clope au bec. Du feu, s'il vous plaît.

Le bras doré de Lucy s'est tendu, prolongé d'un briquet.

— Tu crois que ça va durer encore longtemps ? l'ai-je entendue demander, dans un flot de fumée.

— La gerbe ? Il me semble que ça devrait s'arrêter bientôt.

En réalité, je n'en savais rien. J'étais déjà bien contente d'avoir pu maintenir le contenu de mon estomac à sa place habituelle. La possibilité d'être nauséeuse comme ça pendant huit heures ne m'avait même pas effleurée – c'eût été à pleurer.

— Vous vous sentez déjà bizarres ? a lancé Flo à la cantonade.

— Impossible de te répondre, a répondu Lucy. J'ai des courbatures horribles dans les hanches. *Dans les hanches !* Ça ne m'était jamais arrivé.

— Moi, je me sens bizarre, ai-je répondu en esquissant un rictus étrangement crispé.

— Toi, t'as surtout les yeux full dilatés, a ajouté Alice en se penchant pour coller presque son petit visage blond au mien, étudiant mes pupilles de ses pupilles d'un noir à faire se pâmer Lovecraft.

— C'est l'hôpital qui se fout de la charité, ai-je répondu en me ruant sur la porte vitrée pour regarder mes yeux.

— C'est maintenant qu'on serait mal si les flics arrivaient, a ri Alice en se fixant intensément.

Incapable de retenir un rire comme un hoquet, je me suis aperçue que je ne parvenais pas non plus à cesser de sourire. Quelque poison contenu dans les graines forçait les muscles de mon visage à la contraction.

Cinq minutes plus tard nous hurlions de rire dans la cour intérieure, légères comme des plumes, le ventre enfin dompté. Pour dire à quel point tout allait mieux, Alice ou moi suggérions d'aller chercher la musique lorsqu'une locataire cacochyme du cinquième nous a depuis son balcon menacées d'appeler la police. Nous nous sommes carapatées comme des vermines dans l'appartement, tentant de passer à quatre par la même porte au même moment (mon bras en garde une estafilade plutôt élégante, que je presse toute seule pour retrouver l'ombre de cette douleur – de cette euphorie). Clémence alors est sortie de la chambre où elle faisait une sieste pour calmer ses nausées, puis Claire et Anne-Lise, et enfin Hermance qui n'a montré son nez qu'en nous entendant sangloter de rire. Il y a une scène que je reverrai toute ma vie : dix minutes après sa triomphale arrivée, alors que nous nous décrivions mutuellement cette impression inconnue d'être heureuses tout le temps et à tout propos, lovées les unes contre les autres sur les canapés comme une portée de petites chattes, Hermance brusquement s'est levée comme un ressort, le visage dans ses mains fines. Persuadées qu'elle venait de se faire mal d'une manière ou d'une autre, Clémence et Alice se sont redressées comme des suricates, piaillant Hermi Hermi Hermi – et je ne parvenais pas à *m'arrêter de rire*, putain ! Hermance a poussé un hululement totalement indescriptible, déplaçant ses mains sur son abdomen agité de spasmes, et Flo en voyant des larmes qui diluaient son mascara s'est écriée :

— Mais elle pleure ! Hermi pleure !

Et elle pleurait bel et bien, mais de joie. C'est ce que nous avons fini par comprendre quand, en se faisant frictionner le bras par une Lucy encore un peu inquiète, elle a hoqueté :

— Je ne sais pas pourquoi je pleure ! Je ne sais même pas si je pleure ! Tout est parfait, tout, tout, tout ! Cette ville est parfaite, vous êtes parfaites, la musique est parfaite !

Son menton s'est mis à trembloter violemment et d'une voix de petit violon aigu, elle a ajouté :

— Ça me fend le cœur !

Et en sanglotant de plus belle elle s'est resservi un verre de punch.

Nous avons eu plusieurs moments de grâce de ce genre au cours des sept heures qui ont constitué notre soirée. Ce sont d'ailleurs les seuls souvenirs précis que j'en garde : Alice, prise d'une mollesse inexplicable, s'est trouvée incapable de tenir son assiette de spaghettis et sans tenter le moindre geste a tout renversé sur sa robe. En riant. Plus tard, assise en tailleur dans le fauteuil d'osier entre les deux canapés, j'ai entrepris de trouver pour chacune des petites une description à la Maison Tellier. C'était le but premier de la discussion, trouver le type de femme correspondant à chacune, tout comme dans le bordel de Maupassant on trouvait la Belle Blonde, la Belle Juive, la Normande. Mais face à tous ces visages différents, face à ces corps jurant tous les uns avec les autres, à ces cheveux impossibles à confondre ou à définir, j'en ai perdu mon latin. Je me foutais bien des arguments de vente qu'une mère maquerelle aurait choisis pour tenter le client, puisqu'il me semblait tout à coup être le seul client, posséder les seuls yeux capables de voir combien elles étaient belles. Elles étaient toutes à mille lieues au-dessus d'un bas désir animal rapidement assouvi. Les enfermer dans un type de femme me semblait un crime de lèse-majesté. On parlait de *sensualité*, d'une aura de sexe particulière et personnelle – on en parlait même trop. Imperceptiblement les longs membres charnus se relâchaient sur les coussins, les paupières alanguies tombaient sur leurs pupilles sombres, et tous les éléments de ce petit troupeau charmant s'abandonnaient les uns après les autres, complaisamment, à la flatterie et aux caresses des mots les plus baroques de mon répertoire. Garder un langage châtié me demandait un effort d'abnégation auquel je me soumettais tant bien que mal – car pour Flora, par exemple, je ne trouvais guère à expliquer d'autre que cette image inventée d'elle, culbutée dans un grand lit en satin, bouche ouverte mains crispées dans un oreiller gigantesque. Loin de savoir décrire avec des mots suffisamment racés la joliesse étrange de son visage, je ne la voyais que pâmée dans les bras d'un homme totalement interchangeable.

— Flora ne ressemble à personne d'autre, ai-je conclu d'une voix molle comme du caramel, en repliant mes jambes sous moi.

— Lucy, maintenant ! a annoncé Clémence.

Lucy, elle a tout simplement des yeux qui sentent le cul et je vais la bouffer toute crue dès que vous aurez le dos tourné, ai-je pensé en regardant la concernée, accroupie près de la table basse, qui attendait son jugement avec un demi-sourire de sphinx, consciente de la difficulté que je pouvais ressentir. Me composant une mine convenable (mais qui n'était sans doute qu'obscène), j'ai soupiré :

— Lucy... Lucy, c'est Lucy. Vous savez toutes bien que c'est indescriptible.

Visiblement flattée, sans se départir de son sourire qui allait s'élargissant, elle a baissé les yeux.

Satisfaite de mon petit effet, j'ai croisé et décroisé les jambes, prises de violents accès de chaleur dans les cuisses.

Plus tard encore, elle et moi avons fait un tour de balançoire dans le square qui séparait leur rue en deux. Me projetant trop haut, j'ai cru que j'allais être absorbée par ce ciel littéralement brodé d'étoiles, plus brillantes que jamais. Effarouchées, mes pupilles trop dilatées créaient des halos autour de chaque lumière. Je voyais le monde en aquarelle ; des kilomètres semblait-il au-dessous de moi, Lucy suivait mon ascension en poussant des glapissements ravis. Fermer les yeux, quand la loi de gravité brusquement me rejetait en arrière, m'amenait à des nausées euphoriques, où l'ivresse du vertige et cette inégalable sensation de liberté égalaient presque un orgasme. Mes cheveux se rabattaient violemment sur mon

front et je relâchais mon souffle en palpitant du bas-ventre, derrière mes paupières closes le nom de Monsieur clignotant comme un néon.
Monsieur.

Qu'on m'explique un peu ce que Monsieur est venu faire là. Pourquoi, même absorbée comme je l'étais dans nos promenades sans queue ni tête, dans nos jeux de mots vaseux, pourquoi alors que je ne voyais que Lucy l'ai-je laissé reprendre sa place ? Et à quel exact moment de la soirée cela s'est-il produit ?

Nous étions encore à l'appartement, je crois. Oui, j'en suis sûre. Dieu sait pourquoi j'étais en maillot de bain. Alors que la discussion battait son plein, je me suis la mort dans l'âme extirpée de mon fauteuil pour aller faire pipi. Coup d'œil dans le miroir ; le genre de regard vitreux qui ne m'aurait pas laissé la moindre chance face à mes parents. Mon reflet me fascinait, un peu comme lorsqu'on se voit dans une glace qui ne réfléchit pas le regard. Debout, brusquement peu soucieuse de ma vessie proche de l'éclatement, je remuais mes mains, étudiant gravement leur trajet, avant de me caresser les joues. Voilà qui était amusant, très amusant, même ! Une jeune femme qui me ressemblait terriblement juste en face de moi, portant le même maillot noir, avec les mêmes cheveux décoiffés, le même sourire incohérent. J'entendais un constant bruit de grésillement.

Lâchant à regret le miroir, je me suis assise lourdement. Et tandis que j'accomplissais ma corvée humaine, gloussant à mes propres pensées, la porte s'est entrebâillée. Sans doute un petit courant d'air – mais c'est une évidence qui ne m'a effleurée que quelques heures plus tard, car à ce moment précis, sans nourrir la moindre peur ou le moindre sentiment d'irréalité, j'ai cru que Monsieur venait de se manifester. *Et pourquoi pas, après tout ? Pourquoi aurais-je les hallucinations les plus improbables du monde, mais pas la moindre concernant le plus grand problème que j'aie jamais eu ?* Moi, mon maillot sur les chevilles, assise sur le trône nue comme un ver, mes grands yeux sombres rivés sur l'entrée – autrement dit sur Monsieur, qui se tenait immobile dans l'encadrement de la porte. Monsieur, son regard planté dans ma chair comme un harpon, avançant lentement avec un sourire à la fois sournois et appréciateur. Disant par chaque battement de cil *c'est moi ma poupée, moi et ma queue qui n'a jamais cessé de bander pour toi, pour toi dans cette position par exemple, toi en train de pisser avec ta petite fente rose vif déjà trempée, parce que tu l'es sans doute – si tu as une hallucination pareille c'est avant tout parce que ça te fait mouiller, non ? Dis-moi la vérité, ma douce petite salope : au début, l'idée de me laisser te voir te dégoûtait, mais en y pensant bien ça t'excite autant que moi, non ? Voilà bien un terrain sur lequel Lucy ne pourra pas me battre (et le peut-elle, vraiment ? Ellie ?), tes idées toutes neuves de faire pipi devant moi sorties dirait-on de nulle part. Elle ne comprendrait pas. Elle est trop jeune – alors que moi, Seigneur, j'ai l'âge auquel plus rien ne choque. Les pires perversions auxquelles tu pourrais penser ne me surprendraient pas, parce que je les connais sur le bout des doigts et surtout, Ellie, surtout parce que j'ai toujours soupçonné ces vices grouillant en toi comme de la vermine. Alors, dis-moi : tu pensais vraiment pouvoir m'oublier tout un été ? Quelle rigolade. Je suis là, à présent, et on va bien se marrer.*

Et je souriais, d'un sourire de chienne, à l'entrebâillement vide. Monsieur se penchait sur moi pour me prendre avec ses doigts lorsque Alice a balancé un coup de pied d'ivrogne dans la porte. Monsieur a éclaté comme une bulle, et j'ai secoué la tête, sonnée.

— Magne-toi, faut que j'y aille ! a-t-elle vociféré, d'un ton de poivrot.

Plus tard, nous sommes allées dormir. Flora et Alice m'avaient gardé un lit dans leur petite chambre. J'étais partie pour m'offrir un de ces orgasmes qu'on étouffe en bouffant l'oreiller, quand derrière mes paupières closes Monsieur est revenu, tout en regards serpentins, en sourires comme des fessées données à pleine main, l'air de dire « où en étions-nous ? ».

Là, Monsieur. Juste là.

Lundi.

C'est dans un petit musée confidentiel de Berlin, lors d'une exposition sur la photographie érotique en noir et blanc, que Monsieur a repris sa place, avec une intransigeance d'amant rancunier. J'arpentais rapidement les couloirs dans l'espoir de semer un groupe de touristes quand je les ai vues. Vues, pas remarquées. Pas immédiatement.

« Aubrey Beardsley pour *Salomé* d'Oscar Wilde », ai-je lu négligemment, avant que mes neurones ne se connectent, à une vitesse supersonique, et que je me souvienne des mails qu'il m'écrivait, dont l'un d'eux évoquait cette pièce, ces illustrations. J'ai cru que j'allais pleurer ou hurler d'envie de le voir, au beau milieu du musée, au nez des gardiens et dans ce silence d'église.

L'idée sournoise a décanté une nuit en moi. Au matin, alors que le jour était encore un peu rose, je lui ai envoyé :

— Des dessins de Beardsley pour *Salomé*, à une expo. Magnifique.

Surprise des surprises, alors que je m'y attendais aussi peu qu'à un coup de canon, Monsieur quelques minutes plus tard s'est manifesté :

— Quel musée ?

— À Berlin.

— Est-ce que tu as vu Von Bayros et Kokoschka ?

Dieu seul sait pourquoi, Monsieur au sujet de l'Art se montrait soudainement intarissable. Toute ma journée ne fut plus qu'une conversation, rythmée par le U-Bahn et les repas devant mon Facebook. Monsieur m'expliquait tout très doctement, scandalisé par cette zone d'ombre dans ma culture. Je venais de poster ma longue lettre brûlante – qui s'ornait à la fin d'un rendez-vous : mardi 14 septembre. Alors que j'écoutais les Rolling Stones en me rendant chez Catherine, je lui ai demandé :

— Au fait, tu as reçu ma lettre ?

Ce qui constituait visiblement un exemple parfait pour étoffer ma théorie du Message de Trop, puisque Monsieur mystérieusement s'est tu.

Avant de conceptualiser ce phénomène, je me torturais mentalement à essayer de deviner ce qui dans mes textos avait pu consterner, vexer ou effrayer Monsieur au point qu'il rompe le contact. Je n'avais pourtant pas l'impression d'avoir été oppressante en lui parlant de mes journées d'écriture. Mais j'ai fini par comprendre : quelquefois, poussé par Dieu sait quelle pulsion de vice, Monsieur accepte de me répondre. L'échange peut s'étendre à deux ou trois messages envoyés à un rythme languissant, mais atteint très rarement plus, car à un moment (que seul Monsieur peut définir) un de mes messages emportés par l'enthousiasme se heurte à un mur – le Message de Trop. Personne sinon Monsieur ne sait quand et pourquoi il intervient – mais avec le temps et l'expérience j'ai fini par renifler les impasses, de manière assez juste. Les banalités passent à la trappe en premier. Les avances pressantes également, celles qui demandent avec un peu trop d'insistance une date, un repère chronologique concret, ne tiennent pas Monsieur en haleine bien longtemps. Ajoutons-y un autre élément, insondable celui-là : Monsieur contre toute attente, avec une goujaterie telle qu'elle en devient presque comique, sait aussi me tourner le dos au beau milieu d'un échange torride, alors que je bave déjà sur le clavier de mon téléphone. N'a-t-il pas ainsi laissé en poste restante un mail lourd de photos de mon cul ? Je me serais giflée.

À croire cependant que l'on s'habitue à tout, j'ai fini par accepter cette idée d'une communication parcellaire, menée par les pulsions imprévisibles de cet homme.

Je suis donc arrivée chez ma tante berlinoise avec mon portable muet. Elle faisait la sieste – et de rage de m'être à nouveau enfilée dans un cul-de-sac j'ai noirci dix pages de *Monsieur* en fumant mon quota journalier de Lucky Strike.

Deux heures après, le personnage éponyme depuis le côté jardin :

— Tu l'as postée quand ?

Moi (frénétiquement) :

— Il y a une semaine. C'est bizarre, un de mes amis a reçu la sienne hier, et je l'avais postée plus tard.

Monsieur (grondant) :

— Comment ça ? Quelle lettre, quel ami ? Tu envoies la même à tous tes « amis » ?

Moi (après avoir éclaté d'un rire impressionné par tant de culot) :

— J'ai bien le droit d'envoyer des lettres à qui je veux, et je ne baise pas avec tous mes amis ! Qu'est-ce qui a bien pu te donner l'idée saugrenue d'une même lettre en plusieurs exemplaires ?

Tu l'as eu, ton Message de Trop, ai-je pensé trois heures plus tard, en m'empiffrant de muffins devant une version allemande des *Feux de l'amour* (la déception et l'attente induisent des comportements puérils qui passent toutes les frontières).

— Sale Monsieur de merde, grommelais-je plus tard encore dans le U-Bahn.

À Babette j'ai envoyé :

— Ou alors, je me trouve un Monsieur cool, pas un Monsieur de pacotille comme celui-là.

Ajouté en appendice :

— Le problème, c'est qu'il n'y a qu'un Monsieur.

Et puis, n'ayant jamais été moins à propos, à Mehringdamm il m'a appelée. Au milieu de mon trajet j'ai bondi comme un lapin hors du wagon, trouvé une place sur un banc vide, laissé passer deux trains espacés chacun de sept minutes, alors qu'il fallait que je sois chez moi à vingt et une heures précises. Vous comprenez, je devais l'entendre parfaitement, sa belle et profonde voix caressante, sa belle voix qui s'infiltre dans les robes et délace les bottines. J'avais passé un mois sans ce son et ce serait un mensonge d'écrire, juste pour la beauté du terme, « je ne me souvenais pas que ça pouvait être si bon ». Je me souvenais de tout, pas un détail ne s'était évaporé. Je me souvenais avec une précision crucifiante que Monsieur au téléphone était si atrocement, si détestablement bandant. Je n'ai pas été surprise ; juste pénétrée. J'ai mis cinq bonnes minutes à réaliser que je me frottais le long de mon banc, au vu et au su de tout le monde. Le rire de Monsieur, surtout, me provoquait des sourires très sales, et l'envie dévorante de tester mes meilleurs traits d'esprit pour en avoir encore, encore, de ce rire frais et large, éclatant comme un orgasme dans le combiné. Monsieur voulait aller à Berlin. Le ton impératif qu'il a pris pour me dire « emmène-moi » balayait d'un revers du bras ces quelques mois où il n'a cessé de m'échapper. Comme toujours, Monsieur m'a parlé comme si nous venions juste de sortir du lit. L'idée même de l'interroger sur ses dérobades était obsolète.

— C'est déjà la croix et la bannière pour t'avoir au téléphone ! me suis-je exclamée, et Monsieur, sans la moindre sollicitation de ma part, m'a parlé de congrès factice à Potsdam, de week-end prolongé main dans la main, pétard au bec dans la plus tendre ville du monde, de moi en guide spirituel des nuits berlinoises, Monsieur m'a parlé sans vraiment tout dire de ces nuits devenues des jours redevenus des nuits, allongés nus sur le lit défait de notre hôtel à Friedrichshain. Étant moi-même en plein cœur de la ville, emplie du bon air chaud du U-Bahn, je n'osais même pas imaginer son épaule contre la mienne sur le banc, de peur d'en crier de hâte. J'adorais y penser. Je me persuadais que d'une manière ou d'une autre on pourrait y arriver, si seulement Monsieur pouvait – si seulement Monsieur *voulait*.

— Tu es jolie, aujourd'hui ? m'a-t-il demandé.

— Pas trop.

Il a éclaté de rire.

— Pourquoi ?

— Je ne sais pas, j'ai une sale queue-de-cheval, un jean tout déchiré... je ne suis pas au top de ma forme.

— Tu mens..., a-t-il répliqué. Regarde-toi bien dans la vitre du métro. Tu te vois, là ?

— Oui.

En face de moi, mon reflet cramoisi et les mines précieuses que prenaient toujours mes pieds, même dans les plus abominables tennis. L'air amoureuse ; c'est en tout cas ce que devaient penser les voyageurs en entendant la cantilène universelle de mon babillage. L'air maladive, mais j'étais la seule à le savoir.

— Tout à l'heure, je relisais ton message et j'ai pensé à ces photos de Bellmer, je ne sais pas si tu connais. Hans Bellmer.

— Bien sûr. Les poupées.

— Il y en a une, tout particulièrement, qui m'a fait penser à toi, la première fois que je t'ai vue. Je ne savais même pas ce à quoi tu pouvais ressembler, j'ai juste distingué ton petit corps rose sous les couvertures – rose comme les poupées de Bellmer.

— Tu ne m'avais jamais dit ça, ai-je glissé, en m'empêchant tant bien que mal de lui signifier combien j'avais envie de plus, bien plus, encore ce genre de phrases, ce genre de mots caressants.

— Tu rentres quand de Berlin ?

— Le 3.

Je me suis mordu les joues quelques secondes, et puis bon, ce fut plus fort que moi :

— On se voit à mon retour ?

— Oui, a répondu Monsieur d'un ton grave, et tout mon corps soudain m'a paru plus léger, pour rien, pour de mauvaises raisons, comme si désormais Monsieur ne pouvait plus se dédire, et je flottais, je flottais, même après qu'un caprice du réseau nous eut coupés, je flottais sur *Honky Tonk Women*, et jusqu'à Steglitz je n'ai pas touché terre.

Une fois dans mon lit, comme si ces circonstances particulières exigeaient une célébration tout aussi peu orthodoxe, je me suis enfilé le manche de ma brosse à cheveux, rapidement au bord d'éclater nerveusement en larmes. Faute d'avoir Monsieur à disposition, il me fallait au moins de quoi combler la brèche qu'il venait de rouvrir, et les sensations que j'en tirais étaient aussi insaisissables que lui.

Jeudi.

Bien des retours de Berlin m'ont vu effondrée en larmes d'ennui dans mon lit. Le plus souvent, c'est l'odeur des rues qui me manque, cet air qui mélange le pollen, l'eau verte de la Spree et le fumet de toutes les échoppes qui jalonnent les trottoirs. Les gens me manquent. L'euphorie perpétuelle me manque. Errer seule sans avoir d'horaires à donner en otage à qui que ce soit me manque. Mais maintenant que j'ai Monsieur à attendre, Monsieur qui ne s'éloigne jamais de moi de plus d'une quinzaine de kilomètres, l'ennui a un tout autre goût. Cela fait à présent deux soirs que nous frôlons la catastrophe, par la faute de ce maudit téléphone fixe. Et parce que je suis d'une stupidité qui ne me laisse aucun répit. Qu'est-ce qui m'a pris de l'appeler depuis cette ligne inconnue de lui ? J'étais planquée dans le bureau et sur son répondeur j'ai laissé un message, disant qu'il ne fallait sous aucun prétexte tenter de me joindre à ce numéro. Pour cause : c'était celui de mon oncle, à qui il ne faudrait pas deux secondes pour renifler l'embrouille. Mais c'était oublier un peu vite que Monsieur n'a jamais le temps ou la patience d'écouter sa messagerie, où une trentaine de messages millésimés l'attendent constamment. Quinze minutes plus tard, alors que j'avais déjà oublié ma énième tentative de le joindre, la sonnerie stridente du téléphone a retenti. J'écrivais à mon bureau. Première sonnerie : au-dessus de ma tête, j'ai entendu des galopades, ma sœur se précipiter sur le combiné. Deuxième sonnerie : en l'espace d'une seconde j'ai compris ce qui me pendait au nez si jamais la personne au bout du fil était par miracle celle à laquelle je pensais, et j'ai bondi en renversant toute une étagère de culottes, hurlant « c'est pour moi ! » d'un ton dissuasif. Le téléphone dans mon oreille était brûlant.

— Bonjour, m'a dit Monsieur. Vous m'avez appelé, et je ne connais pas ce numéro.

— C'est moi ! ai-je souri, le cœur battant la chamade.

— Qui ?

— Moi, Ellie. Fais un peu gaffe à ton répondeur, je t'ai dit de ne pas me rappeler ici ! Je suis chez Philippe !

Mais Monsieur ne m'écoutait déjà plus, occupé à répéter mon nom du ton le plus allègre que je lui avais jamais connu, comme si avec ce redondant appel en absence je venais d'illuminer sa journée.

— Comment vas-tu, ma poupée ? Ça me fait tellement plaisir de te parler !

— Ça va, et toi ?

— Le boulot, comme d'habitude, rien de nouveau. Tu es à Paris ?

— Je suis rentrée hier. Tu as eu ma lettre ?

— Toujours pas, non. C'est incroyable, cette histoire. Qu'est-ce que tu me disais dedans ?

Lovée dans mon lit en position fœtale, je serrais de toutes mes forces mon bras libre entre mes cuisses.

— Je disais plein de trucs, je te racontais Berlin, je te parlais du fait que je n'ai pas couché avec un mec depuis un mois. C'est trop long pour être dit par téléphone.

— Je sais. On se voit quand ?

— J'avais pensé au 14.

— Ça fait loin, le 14.

Monsieur ignore combien ses mots parfois sont justes, tranchants, acérés. Il ne reste pas moins de dix nuits avant de le voir.

Livre III

« You are the last drink I never should have drunk
You are the body hidden in a trunk
You are the habit I can't seem to kick
You are my secrets on the front page every week

You are the car I never should have bought
You are the dream I never should have caught
You are the cut that makes me hide my face
You are the party that makes me feel my age

You're like a car crash I can see but I just can't avoid
Like a plane I've been told I never should board
Like a film that's so bad but I gotta stay till the end
Let me tell you now – it's lucky for you that we're friends. »

Pulp, *Like a Friend*

Septembre

Ce que je sais de Monsieur, finalement, tient en une phrase qu'il répète souvent sans saisir les subtilités de sa superbe concision : « Ce serait génial, si j'avais le temps. »

S'il avait du temps, Monsieur et moi aurions de longues conversations au téléphone. Nous boirions des cafés en terrasse. Peut-être irions-nous dîner dans ce restaurant italien qu'il considère comme le meilleur de Paris. Il inventerait de toutes pièces des séminaires en province, comme il l'a sans doute déjà fait pour une autre, pour des autres. Dans la sphère de l'imaginaire, Monsieur et moi menons une vie trépidante, celle que mène n'importe quel homme marié avec sa maîtresse ; et si je n'y ai pas droit, ça n'est pas le fait d'un manque de temps, comme il l'affirme à sa manière péremptoire – j'ai fini par penser que je n'en vaux pas la peine. Tandis qu'il me baise et que je ne sens rien, je soupèse gravement cette hypothèse : je n'en vaux pas la peine, mais je ne sais pas non plus qui de nous deux est le plus misérable. Lui, qui s'abaisse à me prendre, ou moi qui m'abaisse à gémir. Je peux compter sans problème les baisers et les mots auxquels j'ai eu droit avant la pénétration (mot qui ce matin ne mérite certainement pas une majuscule), et je compte les minutes qui me séparent du moment où il va jouir, pour pouvoir enfin discuter.

C'est ce mardi matin de septembre que je sens palpiter en moi les premiers mouvements de révolte. Tout aurait pu commencer plus tôt, quand j'y pense. Si j'avais eu une once de volonté, j'aurais passé mes vacances à me dégoûter de lui comme on s'empêche de rouler un énième joint, en ne perdant pas de vue une seule seconde les dommages collatéraux, la déception, l'abrutissement, la perte de repères, en bref le gâchis total contre quelques secondes d'euphorie. Mais j'ai pris exactement le mauvais pli, rassemblant mes souvenirs comme des reliques, faisant de cet homme un héros et de ses bras un paradis ; alors que Monsieur n'est rien qu'un mec et que c'est moi seule qui ai fait de ses bras ce qu'ils étaient. Rien en lui n'a changé ; au-dessus de moi il m'abreuve de mots sales et égrène des directives obscènes, mais je ne suis plus prise entre le feu de l'excitation et celui de l'embarras. « Branle-toi », chuchote-t-il, et j'ai envie de lui répondre qu'il m'emmerde. Que je ne jouirai pas de toute façon. Et qu'il n'a qu'à faire comme moi s'il a besoin de visuels dégueulasses, fermer les yeux et s'inventer des films où j'aurais des cuisses plus fines, une vertu moins prononcée, une chatte plus mouillée.

Mais Monsieur baise, calmement. La recherche de l'orgasme, qui ne paraît pas systématique chez lui, l'absorbe désespérément. Et je sens bien que s'il m'étreint avec une telle force, c'est surtout pour éviter de croiser mon regard ou me laisser le loisir de lui reprocher quoi que ce soit. Après tout, c'est moi qui ai décidé, non ? JE lui ai demandé de baiser. Alors on baise.

Je me revois deux jours plus tôt, au téléphone avec Monsieur, lui rapportant une conversation où mes amies, prenant son parti, approuvaient chaudement sa lubie de me voir me caresser. L'argument principal d'Inès était le suivant : « À quarante-cinq ans, il a compris qu'il n'arriverait peut-être pas à te faire jouir tout seul. » Monsieur s'était dressé sur ses ergots pour répliquer, sur un ton de défi incroyablement prétentieux :

— Tu lui diras que je peux la faire jouir toute une nuit, si elle veut !

J'avais alors pensé très fort, engluée dans ma hâte de le voir et la désillusion qui pointait déjà le bout de son nez, *commence déjà par me faire jouir, moi ! Quand tu veux !*

Mais à Monsieur je m'étais contentée de répondre, en feignant de rire :

— Non, non, tu ne feras jouir personne !

Et finalement il m'a scrupuleusement obéi.

Après l'amour, Monsieur a des éclairs de regards que d'autres poseraient sur un cadavre encore chaud. J'ai les jambes écartées en travers du lit et je me sens comme une poupée mise en pièces, qu'il observe et détaille, fasciné par l'état dans lequel il m'a mise. J'ai une trace de dents à l'intérieur des cuisses. Comme j'esquisse les premiers mouvements pour me retourner sur le dos, Monsieur s'empare de moi et me serre dans une pression constante, qui n'a ni apogée ni déclin, où il tente sans doute de me communiquer cette tendresse maladroite, forcée, à laquelle les hommes se croient parfois obligés de recourir après l'amour. Pourtant, avec son bras en travers de mon cou et l'autre contre mon ventre, je pense à un serpent étouffant sa victime après une grêle de morsures.

Quelques minutes plus tard, je suis allongée dans son dos et je nous regarde dans la glace collée au mur droit, moi à cheval sur mon obsession – et comment ai-je pu un jour, rien qu'un instant, croire que je saurais asservir cet homme ? Monsieur a des muscles fins et faits semble-t-il pour la fuite impromptue autant que pour la prise de contrôle d'une proie ; tandis qu'il suffit d'un coup d'œil sur moi pour comprendre que je suis de celles qui ne montrent d'agilité et de rouerie que dans l'alcôve. Et qui, sorties de ce ring improbable, trimbalent la rondeur de leurs membres comme un éternel ralentisseur.

— Tu as baisé à Berlin ? me demande Monsieur soudainement.

— Au contraire, mon Dieu, j'ai eu un été de jachère sexuelle super éprouvant, réponds-je en me laissant glisser de son dos, le long de ses flancs.

— Avec tous tes mecs, tu n'as rien pu faire ?

— Aucun d'eux n'est venu à Berlin.

Monsieur étale son bras en travers de ma poitrine, visage tourné vers moi. Au creux de sa joue s'esquisse déjà l'empreinte d'une fossette, la queue d'un sourire qui n'attend que de naître.

— C'est vrai, je me souviens maintenant, ton histoire de brosse à cheveux.

— J'ai bien précisé que je ne voulais plus jamais entendre parler de cette histoire.

— Pourtant elle est très drôle, cette histoire.

Cherchant à tout prix un sujet pour détourner Monsieur de cette image ridicule de moi avec une brosse à brushing dans la chatte, je reprends :

— Zylberstein, Atlan, Landauer, ce sont des mecs avec qui je baise volontiers, mais pas au point de les avoir sur le dos en continu pendant deux jours.

— Dis-moi… Zylberstein, Atlan, Landauer…

— Je sais. Tous mes amants en ce moment sont feujs. Dieu sait pourquoi.

Dieu sait pourquoi également je ne peux pas m'empêcher de préciser :

— Feujs et médecins.

Et là, Monsieur a le genre de moue que pourrait se composer mon père à l'annonce d'une de mes bourdes, la bouche décalée sur une seule joue, tandis que de ses belles narines dédaigneuses sort une expiration lourde de sens.

— C'est mal de faire ça.

— De faire quoi ?

— De ne baiser qu'avec des docteurs.

— Mais... je ne les choisis pas. Ça s'est juste fait comme ça. J'en ai rencontré un, ensuite un autre, puis un autre – et comme ils se connaissent tous... on n'en sort pas.

Monsieur n'ajoute rien, comme si cette explication lui avait globalement suffi. Mais ce pli de la bouche qu'il a encore montre que cette théorie nouvelle n'est peut-être pas si fantaisiste : l'écrivain romantique pourrait, en somme, être une petite garce arriviste que le prestige excite, et qui collectionne les docteurs par amour d'un scénario éculé. Et cette théorie pue, mais franchement je n'ai pas la force de m'en défendre.

Sous un oreiller, mes trois *Monsieur* font tout autant profil bas. En les feuilletant, et tandis que je le fixe, à la fois excitée comme une puce et morte d'angoisse, le personnage éponyme conserve un visage absolument impénétrable ; seuls ses yeux, habités d'une élégante avidité, se déplacent le long des lignes – très rapidement. Mon cœur bat de manière obscène, éperdue. À chaque paragraphe qui passe je suis prête à bondir pour lui arracher mon cahier.

Vers le dernier chapitre (celui, bien entendu, qui étudie sa femme et son couple sous toutes les coutures), les prunelles grises ralentissent la cadence, pour atterrir doucement sur un mot, une phrase peut-être, que ce mystérieux psychisme en face de moi croit remarquable. Autant dire que je ne vis plus. Tout aussi doucement Monsieur relève le visage, une question sèche éclatant hors de ses belles lèvres charnues, sur un ton beaucoup trop calme pour ne pas être inquiétant :

— Qu'est-ce que tu en sais, que ma femme me trompe ?

— Je ne sais pas, dis-je immédiatement (je suis morte de peur, Seigneur, *terrifiée*). Ça n'est qu'une supposition. Mais il me semble que c'est possible, non ?

Voyant que Monsieur fouille à présent le passage dans son entier, trouvant sans doute ce postulat saugrenu, je m'empresse de préciser, lâchement :

— Ça n'est pas moi qui dis ça. Je le fais dire à un personnage.

Après un souffle je reprends :

— De toute façon, tu penses bien que j'ai changé tous les noms, dont le tien.

Monsieur, qui tourne lentement les pages, reste impassible. Sournoisement, j'ajoute :

— Même ta femme, j'ai changé son nom.

— Il faudrait quand même que tu m'expliques ce que ma femme a à voir là-dedans.

— Mais… des tas de choses ! Tu ne t'imagines pas quelles implications il y a derrière cette histoire. Bien sûr que parler de ta femme a un sens, un sens énorme. Même si je ne sais rien d'elle. *Surtout* parce que je ne sais rien d'elle. C'est d'ailleurs ce que je passe ma vie à répéter dans *Monsieur*.

Ne m'écoutant guère, il vient de passer au décryptage de l'intérieur des couvertures, qui depuis la nuit des temps me tiennent lieu de bloc-notes où je griffonne mes bons mots, mes idées encore sans fondement, mes plans de rédaction. Tout un enchevêtrement de phrases incompréhensibles pour tout autre que moi, mis à part quelques déclarations de Monsieur encadrées de guillemets précautionneux, noir sur blanc les obscénités qu'il m'a murmurées un de nos mardis matin et que j'ai eu peur d'oublier (crainte vaine puisque je suis à peu près sûre que dans cinquante ans elles résonneront toujours aussi violemment dans ma mémoire de vieille dame) :

— Branle ta petite chatte.

Ça, et des mots balancés au hasard, qu'il faut que j'exploite : « La queue de Monsieur dans son pantalon. Monsieur quand il se branle. Couilles de Monsieur ? » (Après avoir disserté des pages et des pages sur son culot, je m'aperçois que je n'ai aucun souvenir visuel de sa très manifeste paire de couilles – déconcertant.)

J'imagine sans peine la froide incompréhension, l'angoisse peut-être devant ces notes sans queue ni tête et qui ne parlent que de lui, « Monsieur » écrit mille fois, de mille manières : mon cahier comme ces chambres de psychopathe aux murs desquelles ont été collées des photos de victimes, des articles de journaux, des mèches de cheveux. Lui pénétrant avec une retenue effrayée dans cet antre et constatant que, des mois après la période glorieuse de notre histoire, j'ai retenu des détails de lui, de nous, dont il n'a peut-être aucun souvenir. Ce qu'il peut considérer comme pathologique est pour moi la seule manière que j'aie trouvée d'écrire un livre un tant soit peu objectif sur un sujet qui ne l'est absolument pas, à grands coups de citations exactes – et aussi un moyen de le garder vivant, puisque la brûlure de cet homme semble ne pas vouloir se calmer, même au plus fort de son absence. Piteusement je le regarde se gorger de mes secrets, s'infiltrer dans mon monde *rose et noir* de petite fille encore, presque révoltée déjà par le jugement qu'il ne manquera pas d'y apporter.

En refermant mon dernier tome, il fronce les sourcils et pousse un long, long soupir de mec que l'on a mis devant le fait accompli.

— Comment je m'appelle, dans ton bouquin ?

— Monsieur. Tu sais bien.

— Qu'est-ce que tu as trouvé comme métier ?

— Chirurgien. Je t'ai déjà dit que je ne pouvais pas changer. C'est Toi.

À nouveau, Monsieur se fend d'une expiration consternée, murmurant comme pour lui-même :

— Tout le monde va savoir.

Si je m'écoutais, je hurlerais cette phrase à peine audible :

— Tu n'es pas le *seul* chirurgien de Paris.

— Je suis le seul qui soit proche de la littérature érotique.

— Alors quoi ? Tu veux que je fasse de Monsieur un vendeur de beignets qui lit San Antonio ?

Monsieur esquisse un sourire qui fait légèrement baisser cette pression intolérable.

J'ai bien vu qu'en lisant ces deux pages Monsieur n'a pas seulement eu peur : il vient de comprendre que cette idée géniale d'écrire un livre sur notre histoire se retourne contre lui, d'une manière ou d'une autre. Forcément, ça énerve. Impossible néanmoins de lire sur ce visage impénétrable. Le regardant sous mes cils je lâche :

— Tu me détestes.

— Moi, je te déteste ? rebondit-il, l'air véritablement choqué, comme s'il était si surprenant qu'il puisse par moments au moins me haïr. Pourquoi je te détesterais, chouchou ?

— Rien de ce que je fais, rien de ce que je te montre n'est bien.

— Tout ce que tu fais est bien, au contraire.

— Tu crois que je veux te mettre dans la merde ?

— Tu ne me mets pas dans la merde, réplique-t-il. Je veux juste ne blesser personne. Tu comprends ?

— Moi non plus. J'ai autant de choses à perdre que toi.

— Je n'ai rien à perdre ! C'est inutile de faire du mal aux gens. Voilà pourquoi il faut que tu changes les noms.

— Ce sera fait.

Discrètement, je rabats mes cahiers sur le côté du lit. Restent Monsieur, moi, et nos corps qui ne se reconnaissent plus tout à fait. Menton niché dans le pli de son aisselle, je n'écoute plus cette voix chérie me résumer un livre récemment dévoré. Je nous étudie en silence, Monsieur collé tout entier contre moi, pourtant à des kilomètres de là. Sa diatribe contre la supposée imprudence de mon livre n'était finalement qu'un détail : il est dans ce lit, j'y suis aussi, mais *nous* (ce concept abstrait mais reconnaissable immédiatement du Nous) avons manifestement loupé le coche.

— Je dois partir, annonce-t-il à onze heures moins dix, soit une demi-heure après sa triomphale arrivée.

— Tu te fous de moi ?

Je bondis sur le côté du lit, le fixant – incrédule.

— Maintenant ? Tu viens à peine d'arriver !

— Je sais, mais qu'est-ce que tu veux ? C'était tout ce que je pouvais faire. J'ai même failli ne pas venir.

Une demi-heure. Voilà ce que j'ai eu pour ma peine. Je me compose une moue puérile – qui d'une façon ou d'une autre émeut Monsieur puisqu'il gémit, encore nu à genoux dans le fouillis des draps défaits :

— Ne me regarde pas comme ça. Tu sais bien que, si je pouvais faire autrement, je le ferais.

— Non, justement. Je ne sais rien. Je *pense* savoir des choses.

— Alors sache-le. Je n'ai juste pas le choix.

Je reprends, d'un ton amer :

— Tu ne m'as pas beaucoup courtisée, ces derniers temps.

— Quand ça ?

— Ce week-end, par exemple.

Et comme il semble ne pas comprendre, désormais absorbé par la recherche de son caleçon, je poursuis :

— Je me souviens des premières fois où on se voyait. Tu avais autant de boulot, tu manquais autant de temps, mais tu te débrouillais pour m'en créer. Tu passais ta vie à m'appeler, à m'envoyer des messages. Et là, néant. Jusqu'au dernier moment je n'étais pas sûre que tu viendrais.

— J'ai fait comme j'ai pu. Je manque de temps, pour tout, tu ne t'imagines pas. C'est horrible. Quatorze heures de boulot par jour, tu vois le truc.

— Mais tu sais bien que ça n'a pas changé. Je t'ai toujours connu pressé, je ne te parle pas de ça.

— C'est encore pire maintenant.

Monsieur un instant semble réfléchir, son caleçon à la main.

— Quand est-ce qu'on s'est vus pour la première fois ?

— Ça a commencé en mai, réponds-je piteusement, incapable de le regarder et de gérer simultanément cette constatation qui vient de me frapper : *Monsieur m'a traversée comme un fantôme.*

— En mai... ça devait être la crise, à ce moment-là. J'avais moins de boulot.

Monsieur et ses beaux yeux rompus au mensonge, qui insolemment soutiennent les miens. Je connais cet aplomb vacillant ; je mens comme lui, mais Monsieur l'ignore, s'imagine que toutes ces ruses sont brevetées à son nom et inconnues du reste du monde.

Je rallume mon demi-joint, décidée à passer ce silence gêné d'une manière ou d'une autre. Laborieuse expiration de fumée.

— Tu te méfies de moi, hein ?

Défoncée, cette idée qu'il soit possible de renverser son existence d'un simple revers du bras, comme une table chargée de plats fumants, est plus qu'amusante. Un mot ou deux suffiraient pour que Monsieur dégoûte viscéralement sa femme, s'aliène ses enfants, se ridiculise au boulot et devienne la risée de ses amis. J'ai vingt ans, aucun rôle dans la société, je ne suis rien qu'une maladroite ébauche de femme – et j'ai ce pouvoir. C'est comme tenir un flingue énorme ; parfois je meurs d'envie de tirer, mais la conscience citoyenne, la gentillesse ou la morale, que sais-je, éloigneront à jamais mon doigt de la détente.

Monsieur s'accroupit pour chercher sa dernière chaussette, visage tourné vers moi.

— Non. Non, je ne me méfie pas de toi.

— Tu ne me le diras jamais, mais je le vois. Tu te méfies de *Monsieur* comme de la peste.

— Si tu changes tout ce qui peut être explicite pour les gens qui nous connaissent, je ne vois vraiment pas pourquoi je me méfierais. Au contraire, putain ! C'est ton premier roman ! Je t'ai toujours encouragée à écrire, non ?

— C'est vrai.

— Je dis simplement qu'il nous reste un peu de temps avant que tu ne sois tirée à trente mille exemplaires. Le temps de rendre tes personnages opaques.

— Trente mille exemplaires, c'est un peu beaucoup, je note, les yeux dans le vide.

Je dois avoir l'air plutôt dépitée, car Monsieur délaisse un instant sa quête pour me caresser les genoux.

— Crois-moi, tu es faite pour écrire. Je n'ai aucun doute là-dessus. Je l'ai su dès que j'ai lu ton texte dans *Stupre*.

— Oh, à ce propos…

Je me jette sur mon sac éventré, duquel dépasse la couverture rose de mon dernier exemplaire, largement dédicacé. Monsieur avec un immense sourire se saisit du petit cahier, pliant et dépliant la couverture ajourée, explorant chaque page avec une minutie d'expert.

— C'est beau ! s'exclame-t-il, et rien que pour ces deux mots, répétés encore et encore, je donnerais ma vie.

Pourquoi autant d'importance attachée à l'approbation de Monsieur, quand l'objectivité est si manifestement bannie de son psychisme ? Tous les compliments qu'il me fait sont préalablement mesurés, analysés, formatés, et je ne parle même pas des flatteries sous lesquelles je me tortille pendant l'amour, qui la plupart du temps naissent d'un afflux de foutre au cerveau et tombent en désuétude sitôt cet afflux endigué. J'ai toujours su cela ; mais rien, aucun ressort de mon intelligence ne m'a jamais poussée à l'intégrer. Monsieur dit « c'est beau » et c'est le monde entier soudain qui resplendit.

— Je t'ai fait une super dédicace.

Alors que tant d'autres n'ont vu que les mots bite et chatte, vous avez vu Lucie – et l'avez comprise. Je laisse donc cet exemplaire entre des mains fort adroites. À Monsieur C.S., Ellie Becker.

Les belles lèvres s'écartent, découvrant une rangée de dents superbes.

— C'est pour moi ? demande tout de même Monsieur, avec des mines étonnamment timides.

— C'est pour toi. Depuis le tout début, je te l'avais promis.

— Il est magnifique, ce bouquin. Merci.

J'imagine déjà ma place dans la sainte bibliothèque de l'île Saint-Louis, près des livres licencieux dans lesquels Monsieur planque mes lettres. Les gens ne peuvent pas savoir quel genre d'orgies se déroule dans ce bureau, auquel je prête les dimensions d'un boudoir et d'un château. Tous les plus grands livres y mélangent leurs poussières et l'odeur grasse de leurs pages, des milliers de concepts s'y combattent et se chevauchent – et d'ici ce soir j'y serai aussi, avec ma petite couverture rose vagin qui sent encore l'imprimerie et les fantasmes calmes des adolescentes.

Mais il est déjà onze heures et il faut que Monsieur parte, le plus vite possible. Les quelques minutes qui nous restent sont d'ores et déjà dévolues à la recherche de ses vêtements, éparpillés un peu partout dans la pièce (je n'ai pas le souvenir d'une telle tornade lorsqu'il est arrivé).

— Ne prend pas cet air triste, s'il te plaît.

— Je ne suis pas triste. C'est juste trop court.

— Je sais bien. Pour moi aussi ça l'est.

Détournant les yeux à regret, je rampe pour m'asseoir sur le rebord de l'estrade, feignant de chercher quelque chose sur mon ordinateur. Monsieur lace consciencieusement ses bottines, avec cet air grave qu'ils ont tous et qui nous les fait entrevoir à douze ans, dans la cour du primaire. Puis, tout aussi gravement, il se redresse, attrape ses lunettes de soleil, et tout en m'écoutant babiller regarde aux quatre coins de la pièce, aux abords du lit déserté, dans les plis des draps. Je sais déjà ce qu'il va dire en revenant bredouille de sa chasse aux petits objets sournoisement échappés de sa poche :

— Tu repasseras derrière moi ?

Phrase culte de Monsieur pour clore chacune de nos entrevues, et je ne me le rappelle que maintenant.

— Je repasserai derrière toi.

— Merci.

L'air que son enjambée a remué est d'un froid glacial, déjà presque celui du dehors. Et il transporte simultanément des effluves si poétiques – mon odeur sur ses vêtements précieux – que je ferme les yeux, dans une pâmoison douloureuse. Il m'a fallu des mois pour finalement enfermer Monsieur avec moi une petite heure et il m'en faudra bien le double pour reproduire ce tour de force, ce qui m'épuise d'avance.

— Tu avais du monde, hier ? me demande-t-il en touchant du bout du pied le sac d'un restaurant japonais.

— Mes copines.

— Quelles copines ? Babette et Inès ? risque Monsieur.

— Ma sœur et nos copines. Lucy, Flora, Clémence.

— Elles savent ce que tu faisais là ?

Les sourcils inquiets de Monsieur, presque caricaturaux.

— Elles savent que je t'attendais, oui.

— Elles savent qui je suis ?

Je me tais un instant, atterrée à l'idée que Monsieur ait pu seulement espérer que je ne dirais rien à mes meilleures amies. Moi. Une *fille*. Je balbutie :

— Mais… bien sûr qu'elles savent qui tu es !

— Elles connaissent mon vrai nom ?

Si une évidence pareille peut ne pas frapper Monsieur, me justifier sera encore un moment terrible à passer, insensé, le genre d'escarmouche dont je ressortirai forcément perdante. Alors je m'applique à mentir :

— Non. Elles t'appellent Monsieur.

Demi-bobard : elles l'appellent ainsi en effet, et en partie parce que moi-même, traumatisée par les deux exquises syllabes de son prénom, je n'ai plus recours qu'à celui de son personnage.

— Fais attention. Tu ne peux pas imaginer à quel point ce genre de bruit circule.

— Je connais mes copines. Aucun rapport possible entre elles et les gens que tu fréquentes.

Monsieur pousse un long, long soupir oppressé.

— Ça, tu ne peux pas le savoir. C'est Paris.

— Fais-moi confiance !

En quel honneur ? pourrait se demander Monsieur quelques secondes. On n'aborderait pas de sujet douloureux comme la confiance si je savais me la fermer un peu. Néanmoins il se penche vers moi et m'embrasse longtemps le front.

— Il faut que j'y aille.

Je lui jette un regard que j'espérais perçant.

— Alors vas-y.

Monsieur s'éloigne.

— Tu veux me revoir ?

— Bien sûr.

Puis, comme je ne le lâche pas du regard, par ailleurs parfaitement immobile, il ajoute :

— Quand on s'est connus, la conjoncture était telle que j'avais moins de boulot.

Maintenant, la crise est passée, ou quelque chose comme ça, et les affaires reprennent. Heureusement, en général…

Langoureux coup d'œil partant de mon cou jusqu'à mes hanches.

— Malheureusement, parfois.

La lascivité qui brûlait dans le visage de Monsieur vacille, pour laisser place à une lucidité froide, chirurgicale.

— Mais c'est comme ça.

Je hoche la tête, sans dépit ni gaieté.

— Bisou, quand même, gémit Monsieur, comme si j'avais déjà eu le cœur de le spolier d'un baiser.

Ses lèvres ont déjà perdu une partie de leur mollesse languide. Tout chez lui appartient à présent à sa femme et à sa clinique. Je préfère lui tendre mon ventre en murmurant :

— Appelle-moi, alors.

— Je t'appellerai.

On sent bien qu'il est presque mal à l'aise d'oser me faire un pareil serment, après tant de défections. On croirait ma sœur quand ma grand-mère lui arrache la promesse de lui envoyer une carte postale pendant les vacances : n'importe qui sait d'avance qu'un coup de fil de deux minutes sera déjà énorme à notre échelle, qu'une carte même de trois mots est un objectif inatteignable. Grand-mère elle-même sait déjà qu'elle peut oublier l'idée d'avoir une quelconque trace écrite de nos vacances et le pire, c'est qu'elle sourit et pardonne d'avance, trouvant toutes les excuses à ce qui n'est jamais qu'un égoïsme crasse, que la pitié et l'amour ne peuvent fléchir. Si cette situation est métaphoriquement applicable à tout le monde, il faut croire que j'ai trouvé mon petit-fils ingrat venu faire sa b.a. et récupérer ses étrennes. Tant mieux, en fait, si ce petit misérable se sent coupable, tandis qu'il descend les marches de l'escalier. C'est un maigre salaire pour tout ce que je me suis retenue de dire, de faire.

Comme je n'ai pas le courage de le regarder partir, je remonte me terrer sous les draps, devant le miroir. J'essaie vaguement de dormir mais je ne peux pas m'arrêter même une minute de penser à Monsieur, en des termes qui rendent le sommeil impossible. C'est-à-dire que je ne trouve pas de terme – exactement ! Je ne parviens pas à m'inventer les scènes torrides qui bercent habituellement ma phase d'endormissement. Ce qui sépare le fantasme de la réalité, ce décalage cruel, censure toutes les rêveries auxquelles je pourrais me livrer.

Je me regarde fixement, mon mégot de joint à la main. Quelques cendres tombent sur ces draps où l'odeur de Monsieur subsiste encore, insaisissable, cachée dans des plis qui m'échapperont toujours. Cette morsure à la cuisse que je prenais pour un hommage, cette brûlure molle au ventre qui me ferait un souvenir, ne sont que l'expression d'une excitation qui s'est contrefoutue de la mienne.

Moins de deux minutes après son départ je suis déjà sous le coup d'une sensation de manque atroce, impossible à raisonner, et toutes les supplications du monde, toutes les prières à fendre le cœur n'adouciront pas Monsieur, ne dégageront pas cinq minutes pour moi dans son emploi du temps, jusqu'au moment où une envie de baiser impromptue le prendra à la gorge.

Je sais d'ores et déjà ce que je dirai à Babette au téléphone. Ce mec est un monstre. Ce mec ne m'aime pas, ne m'a jamais aimée. C'est un salaud de la pire espèce, qui jusqu'à la dernière minute refuse de me dire s'il viendra ou ne viendra pas. Il arrive en retard, part en avance, et entre les deux empile les récriminations, me reprocherait presque les cinquante-six minutes que nous avons passées ensemble, moins d'une heure que j'ai l'impression de lui avoir volée, le couteau sous la gorge. Ce mec arrive tout gonflé des compliments que je lui ai faits cet été, des espoirs que j'ai fondés sur lui, des fantasmes dont j'ai cru bon de lui donner le premier rôle, il se tient là devant moi tout bouffi d'importance et m'embroche alors que je ne suis même pas mouillée, se moque de mon envie de lui parler. J'écris un livre sur ce mec mais il ne voit finalement en moi qu'un péril vivant, tout prêt à dévorer son couple et sa vie, un danger sur pattes malencontreusement doué d'écriture qui se venge bassement de lui, il se casse en me faisant l'affront de promettre des choses, *il me laisse payer la chambre*, mais je lui pardonne, Babette. Je lui pardonne tout. Je suis amoureuse.

Octobre

— Allô ?

— Oui, c'est moi.

— Qui ça, moi ?

— Mais... *moi !*

Je fronce tout le visage comme une vieille habituée du Martinez dont on voudrait qu'elle s'abaisse à donner son nom.

— Qui ça ? Je n'entends rien, excusez-moi.

— Ellie ! je souffle, indignée.

— *Ellie ?*

— Oui *!*

Frottements à l'autre bout du fil. On entend brièvement les semelles de Monsieur qui claquent, élégamment, sur le carrelage de l'hôpital.

— Excusez-moi, je n'ai pas compris. Qui est à l'appareil ?

Le ton est dur. Je ne le connaissais pas. Meurtrie, je répète :

— Ellie. Tu ne m'entends pas ?

— Bon, écoutez, je suis à la clinique, la réception est très mauvaise et j'ai autre chose à faire que de me battre des heures au téléphone, donc *qui est à l'appareil ?*

— *Ellie !*

— Ellie comment ?

— Becker, Ellie Becker ! je me résous à préciser, rouge et blanche de honte, à présent d'une humeur massacrante qui fera de ma journée un enfer.

L'humiliation, la vraie, ça n'est pas avoir la robe par mégarde rentrée dans la culotte ou dégringoler dans les escaliers du métro. C'est peut-être, avant toute chose, se voir confondue avec mille autres par un homme sur lequel on écrit un livre.

— Ellie Becker, répète Monsieur d'une voix radicalement différente, chaude comme du caramel. Bonjour. Tu vas bien ?

— Tu connais beaucoup d'Ellie ? je lui demande, vexée à mort.

Monsieur éclate d'un rire qui est comme ces gifles que l'on donne pendant l'amour.

Novembre

Vendredi. Je m'en souviens parfaitement. Même si j'étais plutôt fière d'avoir obtenu une entrevue avec Monsieur, je me haïssais. Je n'avais aucun besoin matériel de le voir, aucune urgence. Je m'infligeais cela toute seule, les textos qui repoussaient le rendez-vous dix, vingt, trente minutes plus tard, l'attente dans le froid rue François-Miron. J'étais comme ces fumeurs qui au bout de six mois de sevrage crucifiant s'autorisent à en griller une, et qui après leur forfait balanceront le mégot, l'haleine fétide et les cheveux enfumés, regrettant amèrement le souvenir fugace de ce vice. On ne devrait jamais arrêter de fumer. La culpabilité est un fardeau assez pesant pour se passer d'une astreinte quelconque.

Babette, lorsque je l'avais appelée pour me distraire de mes genoux bleus, avait poussé un long soupir.

— Mais tu es où, là ?

— Je… dehors. J'attends Monsieur.

— Dehors ? Il fait trois degrés à tout péter !

— Si je vais dans un café, impossible de cloper.

— Et depuis quand tu ne peux pas te priver d'une clope ?

— Depuis Monsieur. Ça fait une demi-heure que je poireaute. Vu mon anxiété, ça fait une clope toutes les cinq minutes, je te laisse faire le calcul.

— Il est à la bourre ou c'est un lapin qu'il te pose ?

— L'hôpital l'a rappelé au moment où il partait. C'est moi qui ai proposé de l'attendre, Babette.

J'avais reniflé discrètement.

— Mais je bade.

— C'est *vraiment* pas de chance, ce coup de fil de l'hôpital, a grincé Babette.

— Comme tu dis. Ça tombe mal.

— Et concrètement, pourquoi tu l'attends ? Je suis sûre qu'il va te parler dix minutes au coin de la rue et repartir comme un pet sur une toile cirée.

Alors voilà où se trouvait la limite de tolérance de Babette. J'avais perçu celle de Valentine en juin, et maintenant c'était ma meilleure amie qui ne cautionnait plus. Mes appuis tombaient un par un.

— Il *faut* que je le voie. Tu sais bien.

— Et quand il arrivera et te crachera à la gueule, tu lui diras merci.

— Qu'est-ce que je t'ai fait, Babette ? ai-je articulé, étreinte par cet affront auquel je ne m'attendais absolument pas.

— Mais rien, Ellie... pourquoi tu t'acharnes ? Tu ne trouves pas que tu as dépassé depuis longtemps le stade du deuil ?

— Quel stade du deuil ?

— Je conçois parfaitement qu'il y ait des conventions, un moment où il est presque poli d'avoir du chagrin et de faire n'importe quoi, mais là, tu t'y complais. Sérieusement, il ne vaut pas huit mois de ta vie, ce mec. C'est insensé.

— Je sais. Mais il faut que je lui parle. Il me faut des réponses.

— Des réponses à quoi ?

— Pour mon livre. Je ne veux pas écrire un livre injuste.

— *Un livre injuste*. C'est la meilleure, celle-là. Ne serait-ce que cette peine que tu te donnes pour écrire ton livre, ça t'exempte à vie de lui devoir quoi que ce soit.

— D'accord, mais...

— Et tu penses vraiment qu'une fois face à lui tu auras envie de lui poser ces questions ? Ces questions dont tu sais qu'elles lui casseront les couilles ?

— Donc, tu pars du principe que je vais accumuler les faux pas.

— Déjà, je parie que tu es sur ton trente et un.

Coup d'œil d'ensemble. Robe, porte-jarretelles, jambières et Bensimon percées.

Mon genre de trente et un décontracté. Monsieur le saurait parfaitement.

— Absolument pas.

— Tu n'as pas la voix d'une fille qui porterait une culotte Snoopy. Ni la voix d'une élève qui aurait été à la fac ce matin.

Excédée, j'ai aboyé :

— Bon, merde !

Avant de raccrocher, d'une humeur délétère. Dieu merci, durant ce court appel Monsieur m'avait passé un texto pour me donner rendez-vous dans le parking Vinci Pont-Marie, cinq minutes plus tard. LE parking. La plus sulfureuse des antichambres.

Fébrile, je me suis assise sur les marches sales. Mon cœur battait à tout rompre, presque à en couvrir la musique lénifiante chère à ce genre d'endroits dans lesquels personne ne s'attarde jamais suffisamment pour avoir une envie pressante de musique. Sauf moi. Et Monsieur. Et puis, tandis que tête baissée je refaisais mes lacets, j'ai perçu tout à ma droite un déplacement vif, le loquet électrique de la porte, ce souffle d'air déplacé brusquement. J'ai levé les yeux et Monsieur, Monsieur était là, coulant sur mon corps ce cher regard appréciateur. Il me tenait la porte ouverte comme à une patiente, et quand je l'ai frôlé pour passer j'ai senti l'espace laissé entre nous crépiter, bouillonner de mon désir craintif et coupable de cet homme.

— Tu m'as dit que tu avais des questions ?

— Pour *Monsieur*. Il y a des points que je voudrais éclaircir, des choses que je n'ai pas comprises.

— Quoi, par exemple ? Regarde-moi.

Quelques millièmes de seconde je le regarde dans les yeux, pour immédiatement regretter cette audace. Puis je reprends, à un débit de mitraillette :

— Je n'ai pas compris pourquoi on ne se voyait plus, même si tu as essayé de m'expliquer je n'ai rien compris – pourquoi tu n'établis aucune communication d'aucune sorte alors qu'il est évident que nous avons des choses à nous apporter, pourquoi…

— Doucement, doucement, me coupe Monsieur. Tu parles vite !

Je me mords la lèvre inférieure, en tentant vainement de reprendre mon souffle.

— Tu es stressée parce que tu me vois ?

— Ça, c'est *très* prétentieux de ta part.

— Moi aussi, j'étais stressé. Montre-moi ton pouls.

Avant que je puisse émettre le moindre signe de protestation, Monsieur se saisit de mon poignet et le tient entre ses doigts. Levant les yeux au ciel, à la fois excédée et souriante, je couine :

— Mon pouls va *très bien*.

— Il est rapide, réplique Monsieur, presque en murmurant. Comme le mien.

— Il n'est pas rapide du tout, je conclus en récupérant d'un geste vif mon poignet, que je sens palpiter follement.

Mais, si sèche que je puisse paraître, j'ai plongé allégrement dans le piège à mouches qu'est l'idée de ne pouvoir rien cacher à Monsieur, rien. Pas même ce qui se planque sous des côtes et de la chair. Je mouille. J'aime que Monsieur soit aussi intrusif, de manière aussi élégante, qu'il lise tout ce que je ne lui dirai jamais. Une bouffée de chaleur me pousse à retirer mon manteau, et aussitôt il ouvre des yeux comme des soucoupes devant mon décolleté. Enfin, la dentelle qui me tient lieu de.

— Tu es malade de te balader comme ça en pleine rue ! C'est dangereux !

— Dans la rue, je ferme mon manteau. Comme les gens normaux.

— On voit tout tes seins dans cette robe, observe Monsieur qui hésite entre le ton paternaliste et intéressé, et ses doigts précautionneusement m'attrapent un téton qui pointe.

— Qu'est-ce que tu fais ?

Sans me regarder il sourit, peu soucieux de l'agressivité inhabituelle que je lui oppose.

— Ça te déconcentre, si je te caresse un peu pendant qu'on parle ?

— Pourquoi tu fais ça, si on ne peut plus baiser ensemble ? Tu imagines dans quel état je rentre chez moi après ?

— Et moi, alors ! Regarde !

En baissant les yeux, je distingue très nettement l'érection dans son beau pantalon de costume. Ce que ce serait, Seigneur, de descendre sa braguette. Juste ça. Une fois la queue à l'air, Monsieur serait un autre homme. Il en oublierait de regarder l'heure toutes les deux minutes, et ce couperet au-dessus de nous disparaîtrait instantanément. L'air froid sur cette peau douce lui rappellerait mon corps comme un refuge. Mais au fil du temps j'ai désappris la façon de lui opposer l'audace et les mauvaises manières – et aujourd'hui si Monsieur bande, à travers son pantalon c'est tout un monde qui se dresse entre nous. Je détourne le regard, troublée.

— Qu'est-ce que tu veux que je te dise ? Regarde comment tu es. À quoi ça nous mène, ce supplice de Tantale ?

— Quel supplice ? C'est normal que j'aie envie de toi. Regarde-moi.

Monsieur prend mon menton entre ses doigts et, comme je ne sais que lui tendre cet éternel regard de biche traquée, son sourire lentement s'élargit, jusqu'à découvrir ses dents fascinantes, carnassières.

— Qu'est-ce que tu es belle, lâche-t-il enfin. On dirait que tu as embelli.

Amère, je réponds :

— Je ne suis pas sûre que ça me serve à quoi que ce soit.

— Ellie, ça n'est pas que je ne veuille pas te voir. Bien sûr que j'en ai envie. Je ne *peux* pas.

Les yeux dans les yeux, Monsieur chantonne, émiette son éternelle litanie :

— Ça finira par nous rendre malheureux, tu sais. Si j'avais le temps, je serais avec toi tout le temps. J'ai constamment envie de te voir, de te parler, de te prendre dans mes bras. Rien ne me plairait plus que parler de lettres en prenant un verre. Je connais peu de gens avec qui je puisse discuter de livres comme avec toi.

Regardant son volant il secoue la tête, l'air confondu.

— On ne pourrait pas avoir une relation absolument pas sexuelle ?

J'éclate d'un rire médusé, qui claque comme un aboiement.

— Regarde-toi ! Regarde ton pantalon ! Tu crois vraiment qu'on est capables de ce genre de choses ?

— Plus je te vois, plus je me dis que je n'en suis pas capable, non, admet Monsieur piteusement.

— Non. Personne ne peut. On est dans une situation sans issue.

Je croise et décroise mes jambes, entre colère et consternation. Toute cette attente pour entendre Monsieur se demander à voix haute si nous sommes suffisamment *raisonnables* pour se tenir l'un en face de l'autre sans s'imaginer dans un lit. Le concept de raison, face à Monsieur, n'existe plus chez moi depuis des lustres. Il serait d'ailleurs intéressant de se demander ce que serait ma vie s'il m'en restait rien qu'un peu. Tout ce que j'aurais construit.

— Je ne peux pas te voir, reprend-il, parce que quatre-vingt-dix pour cent de ma vie en pâtirait. J'ai ma famille, mon boulot, et il me faudrait au moins une autre vie pour te faire de la place, celle que tu mérites.

— Et... comment ils font, tous les autres hommes mariés qui trompent leur femme ?

— Comment ils font ?

Monsieur étouffe un court rire sardonique.

— C'est facile ! Ils se voient une fois par semaine dans un hôtel, se déshabillent en se racontant leur semaine, baisent et puis repartent, elle lui demandera peut-être « comment va ta femme », « bien, merci », et voilà. Tu vois, c'est simple. Je ne veux pas de ça.

— Et nous, on a fait quoi ? Sinon ce que tu viens de décrire ?

— On n'était pas comme ça, réplique Monsieur en secouant la tête, visiblement outré par cette hypothèse.

— Mais si. La dernière fois, dans le seizième, on était exactement comme ça.

Je le regarde tristement.

— Tu es arrivé, on a baisé, parlé pendant une demi-heure, et puis tu es parti.

— Tu penses que ça n'était que ça ? Vraiment ?

— J'écris un roman sur toi. Si ça n'avait été que ça, qu'une histoire simple, j'aurais fait de la BD.

On sent bien, à certains moments, la jubilation de Monsieur qui s'imagine dans un livre. Je suis sûre d'une chose à présent : si cette histoire a été si compliquée, depuis son début jusqu'à ce que j'imagine comme une sorte de fin, c'est en partie parce qu'il ne sait pas faire la différence entre réalité et fiction. La vie que mènent les amants dans la littérature lui paraît trop belle, trop excitante pour rentrer dans le moule du quotidien. Mais ce qui semble héroïque ou romanesque dans un bouquin de Stendhal n'est qu'une longue souffrance pour les gens comme moi, qui ne font jamais que vivre.

Monsieur, qui ne se cache pas de regarder mon porte-jarretelles (il se pourrait même qu'il *veuille* que je le voie), me dit :

— C'est sympa, ce que tu portes.

Avec une pudeur agacée que j'ai apprise au contact de tous ces hommes qui ne me convenaient pas puisqu'ils pouvaient être chirurgiens, mariés, quadragénaires, passionnés ou vicieux mais jamais tout en même temps, je rabats ma robe sur mes cuisses. Je sens Monsieur sourire, se repaître du défi qui vient de naître.

— Fais voir, reprend-il, et une main bien trop belle s'engouffre sous mon manteau.

Au moment où elle remonte vers mon ventre je me courbe en avant, farouchement décidée à lui compromettre l'accès tant que c'est humainement soutenable, tortillant des genoux pour le chasser de moi. Monsieur se penche vers moi et, d'une voix à la fois brûlante et glacée qui me paralyse, chuchote :

— Ne bouge pas. N'aie pas peur.

Sous la caresse je me rétracte un petit peu, les yeux et le souffle comme un lapin qu'on attrape par les oreilles.

— Je ne veux que toucher ton petit sein. N'aie pas peur.

La grande main prend la forme et la taille exactes, m'enrobe dans une douceur et une chaleur telles que j'en trempe instantanément ma culotte trouée. Je sens très distinctement mon sein qui gigote et tressaute dans sa main, mon téton entre ses doigts qui crie oui oui oui à ce pelotage furtif. Puis Monsieur dégringole le long de mon ventre et se glisse entre mes cuisses. Je me cabre et recule ; il se retire, sourire aux lèvres.

— N'aie pas peur de moi, répète-t-il, en caressant ma joue de ces doigts si racés, que le poids de l'anneau en or n'a jamais empêchés d'être légers.

— Je n'ai pas peur de toi, dis-je en un souffle, et dans le froid de crypte de sa voiture ma respiration produit cette buée lourde, lourde de la peur que j'ai de lui.

— Embrasse-moi sur la bouche.

Monsieur imperceptiblement me tend ses lourdes lèvres, ses lèvres comme un défi de trouver plus attirant, une meilleure incarnation de la séduction sur terre.

— Pourquoi Dieu ferais-je une chose pareille ?

— En amis, précise Monsieur, et comme j'éclate de rire il me rejoint.

— En amis ? Tu te moques de moi ?

— On n'est pas des amis ?

Avant que je puisse émettre le moindre son, Monsieur répond à ma place :

— On *est* des amis. Embrasse-moi.

Comme je ne sais absolument pas comment me défendre, quels arguments trouver pour contrer ce baiser dont j'ai tellement envie, je pose ma toute petite bouche gercée sur celle, immense et si accueillante, de Monsieur. Pas longtemps, une demi-seconde peut-être. Une demi-seconde qui me permet de me souvenir de ce que c'était, cette époque où les baisers de Monsieur, étant monnaie courante, ne suscitaient ni l'analyse ni ce genre de réticences. Mais je n'embrasse jamais mes amis sur la bouche. Maintenant je sais pourquoi : on est amis ou amants – et lorsqu'on est amants et ennemis comme Monsieur et moi, on finit avec le cœur brisé.

— Ce serait plus simple pour moi si tu étais mariée, ou que tu avais un vrai copain.

Je n'ose parler à Monsieur d'Édouard. Ou de tous ceux qui auraient pu prendre sa place s'il leur en avait laissé le loisir.

— Si tu avais un peu d'affection pour moi, tu me mentirais ! Tu me dirais que tu ne veux plus jamais me voir !

— Je ne peux pas faire ça, répond Monsieur en secouant la tête. C'est mon défaut, je ne peux pas mentir sur ce genre de choses.

Ses grands yeux gris ne me livreront jamais la réponse, même si je cherche fébrilement ; une sorte de mur inébranlable me sépare de tout ce que Monsieur pense. Je pourrais bien m'en tenir là, mais je me vois déjà remonter les quais jusqu'au métro avec dans ma tête toutes ces hypothèses qui tournent comme le tambour d'une machine à laver. Je lève le menton avec une fierté de pacotille qui me fait honte.

— Jure.

— Que veux-tu que je jure ?

— Jure que tu ne dis pas ça uniquement pour que je te tourne autour.

Monsieur garde son visage immuable, et ses yeux immuables restent effrontément plantés dans les miens.

— Mais je ne *veux pas* que tu me tournes autour !

— Non ?

— Non, bien sûr que non. La situation est déjà suffisamment douloureuse comme ça.

Il jette un bref coup d'œil à sa montre, je le sens qui trépigne. Monsieur doit partir, Monsieur va partir, et jusqu'à la prochaine fois je me maudirai de n'avoir rien fait, rien dit de plus, rien tenté pour le retenir. Déjà le flot de la foule entraîne imperceptiblement son regard. Monsieur intérieurement est sans doute perdu au milieu de tous ces gens, fondant remarquablement sa haute silhouette et ses vêtements précieux dans la médiocrité des autres. Monsieur peut-être est-il déjà dans les bras de sa femme. Devant le monde qui nous sépare à présent, je m'efface, d'un pas en arrière vers les quais. Tout en reculant aussi il pose sa main sur mon visage, prend mon nez entre deux doigts tendres, disant :

— Tu es belle, Ellie.

— Adieu, alors, je lance, avec le regard le plus triste du monde.

— Pourquoi, « adieu » ? répond Monsieur.

En fait de réponse, j'esquisse un sourire et m'éloigne à reculons, jusqu'à ne plus voir de cet homme qu'un pan d'écharpe en soie outremer, rentrée dans le haut col d'un manteau Lanvin. Là où les gens ne verront qu'un assemblage de tissus et de matières nobles, je devine Monsieur, son parfum, et sous l'odeur du parfum celle de sa peau. Je ne l'ai pas sentie depuis des mois mais je la sais, par cœur, comme un catéchisme.

Alors que je trottine avec le cœur en berne vers le métro, Monsieur m'appelle et fait quelques pas avec moi.

— Tu as déjà trouvé une fin, pour le livre ?

— Pas vraiment.

— Il faut une fin violente, observe Monsieur.

— Je sais, je suis en train d'y réfléchir.

J'ai d'ores et déjà prévu une fin qui, sans être particulièrement violente ou spectaculaire, établit entre lui et moi une sorte d'égalité – quoi que cela puisse vouloir dire dans le contexte. Mais je ne vais pas m'épuiser à lui expliquer cela, pourquoi je veux que nous soyons quittes. *Quittes ?* Quittes de quoi ? se demanderait Monsieur. Il n'y a pas de comptes à rendre en amour. Et que pourrais-je bien répondre à cela ? Comment pourrais-je bien lui dire, au téléphone et en deux minutes trente, que l'amour n'est jamais à ce point unilatéral ? Ou qu'à vingt ans je compte encore les points dans nos escarmouches comme je compte mes amants ? Monsieur se vexerait, et les quelques aspérités qui se sont dégagées, qui m'ont permis de le voir ce soir, disparaîtraient.

— Il faut que l'un de nous meure, suggère-t-il, et je me retiens d'opposer un refus trop rieur.

— J'écris une histoire vraie, tu sais. Pas un vrai roman.

— Je sais bien, mais comment tu comptes faire si personne ne meurt ? Tu as besoin d'une idée forte. Ellie pourrait apprendre un beau jour que Monsieur est mort.

J'avais ralenti considérablement l'allure pour savourer en toute tranquillité la voix de Monsieur et l'envie qu'il semblait avoir de parler de mon grand œuvre. Je n'ai compris que des semaines plus tard qu'il savait la part de réalité et de fiction dans les trois cents pages dont je me targuais. Et qu'au-delà de toute considération littéraire, au-delà de la conscience que Monsieur avait de ma soumission, au-delà même de la froideur relative qu'il me montrait, nous n'étions en rien différents des personnages du livre. Il nous fallait une fin violente, irréversible. Sans une cassure nette et définitive, nous pouvions continuer comme ça éternellement, année après année. Moi, en tout cas. La lassitude n'avait absolument pas de place dans cette course molle, où je ne cessais d'entrer en collision avec Monsieur, comme le font les enfants qui jouent : il lui arrivait de ne me prêter aucune attention, d'autres fois il se retournait, m'apercevait et prenait cinq minutes de son temps pour me caresser la tête – et je n'avais aucun moyen de savoir avant de me cogner à lui quelle serait sa réaction du jour. Je *voulais* savoir, vérifier régulièrement que ce pouvoir méprisable – le faire bander – était toujours effectif. Forcément, c'était haletant. Et bien sûr que Monsieur aussi s'amusait, autant sinon plus que moi. Le supprimer dans mon livre ne le supprimerait pas en vrai. Et même, je prévoyais déjà le choc, l'effet contraire : déprimée par mon crime, je me ruerais à la clinique, attendrais qu'il traverse la cour qui relie son bureau au bloc, et sans même lui avoir adressé la parole je me jetterais contre lui, rien que pour sentir sa chaleur, le battement de son cœur contre ma joue, toute cette vie en lui. Aucun moyen plus efficace de retourner à la case départ que de tuer Monsieur, banalement. Il faudra bien que j'en sorte à un moment ou à un autre, mon Dieu.

J'ai repensé alors à cette phrase qui lui avait échappé (mais peut-on dire que quoi que ce soit *échappe* à Monsieur ?) au téléphone quelques jours auparavant :

— Un jour, je vais mourir. Et à ce moment-là, bien sûr que je regretterai de n'avoir pas pu passer plus de temps avec toi.

C'est vrai qu'avant cela je n'avais jamais pensé en ces termes : Monsieur va mourir, un jour. Il faudra bien. Lorsque cela arrivera, j'aurai sans doute déjà un certain âge, celui de Monsieur maintenant, voire plus. Un mari, des enfants, une vie. Dieu fasse que Monsieur alors en soit sorti. Dieu fasse que je l'apprenne dans les dernières pages du journal. Dieu fasse que je ne l'apprenne jamais.

Janvier

OK, j'ai dit que je partais. Soutien-gorge, bas, robe, cape. Chaussures. Ma culotte est trop loin. Si je m'approche à ce point du lit il va se réveiller et – putain – il voudra savoir pourquoi je pars. Je ne peux pas trouver une seule réponse polie, pas actuellement.

Mardi midi et demi et je rentre chez moi – enfin je crois.

La porte pèse trois tonnes et dessus il y a marqué Olivier Destelles. Si cette fois-ci est la bonne, si je peux me faire confiance, c'est la dernière fois que je lis ce nom, la dernière fois que je touche cette poignée, la dernière fois que je vois sa gueule, la dernière fois que je découvre la mienne dans le miroir de son ascenseur.

J'ai mille changements pour regagner la maison, et actuellement je suis vautrée contre la fenêtre d'un bus qui relie Balard au douzième, quartier depuis lequel j'espère bien retrouver ma maison, d'une manière ou d'une autre. Ça s'annonce difficile mais je suis en cruise-control, depuis que j'ai commencé à courir dans l'appartement Destelles. Je ne suis pas sûre d'avoir même dormi. Il ronflait. J'ai allumé sournoisement mon iPod dans le lit et écouté *Atom Heart Mother.* Je n'arrivais plus à m'émouvoir du tout, mais j'ai construit toute une théorie établissant un parallèle entre Pink Floyd et Wagner, ma foi assez élaborée. C'est à peu près la seule théorie intéressante que j'aie bâtie récemment et je me suis promis de l'écrire, mais si je le faisais maintenant ce serait terriblement chiant. En ce moment j'ai déjà du mal à apposer joliment des mots les uns derrière les autres – mais alors ce matin, dans ce bus, dans cet état, je pense que c'est totalement infaisable. Je meurs d'envie de connaître les fringales de cet été qui me tenaient des heures durant étalée à ma table, mais l'inspiration se barre en courant dès que je me pose devant une feuille de papier. Et puis je sors trop. Je fume trop. *Trop de putains, trop de canotage*. Trop de vodka-glace. Trop de mecs. Trop de journées qui commencent à seize heures. Trop de sommeil. On dirait que je me débrouille pour atteindre des états qui m'interdisent toute productivité.

Parfois j'y pense, en rentrant de soirées comme celles-là. La tête contre la vitre du bus, morte de froid : je me noie. Cette recherche incessante de Monsieur, que je croyais pleine de sens et en tout point mesurée, s'est transformée en une débâcle totale. Ma mère le sous-entend assez souvent, même mes amis ont fini par me le suggérer, et il n'y a guère que dans ce genre de moments que je le sente aussi. Depuis quelques semaines je suis fermement persuadée d'avoir trouvé mes limites, mais une partie de moi souhaite sans doute n'en pas tenir compte puisque je continue, comme si pour arrêter j'attendais pire que ces matins sans pouvoir dormir, pire que cette lassitude et ce dégoût uniformes du monde dans le métro du retour. Pourtant comme ça, à première vue, ça ne pourrait guère être pire. Ce RER ne mettra pas moins de *vingt et une* minutes à me ramener chez moi – et comment vais-je faire pour le supporter ? Je tombe de sommeil et tous mes membres sont durs, j'ai trop froid et trop chaud, l'immobilité sur mon strapontin est un supplice mais la position allongée me donnerait envie de hurler, je ne serai bien nulle part sur cette terre mais au moins, par pitié, au moins que tous ces gens disparaissent, que je me retrouve seule dans un endroit où je pourrai chercher la bonne position pendant des heures, comme un chien. Je trépigne juste d'une envie subite et impossible à satisfaire d'être *ailleurs*, selon toutes les définitions que l'on pourrait donner à ce mot. Les moyens d'évasion restent la lecture et la musique, mais je n'ai rien à lire et Pulp dans mes écouteurs pourrait être comme ces symphonies sublimes de Beethoven que les lignes surtaxées galvaudent. Six chansons ont défilé sans que je puisse les suivre ou les aimer – tout ce que je sais c'est que *Bar Italia* me rappellera toujours Olivier Destelles, ses soirées, et ces heures où l'explosion brutale de ma vie me semble plus imminente que jamais.

Il y a tout, dans cette chanson. La nappe de synthé hystérique et au milieu, comme beaucoup trop saillante, la voix de Jarvis Cocker qui imperceptiblement peine à suivre la cadence ; le sifflement suraigu et cette reprise sous forme de déferlante, absolument jouissive. L'écouter dans l'état qu'il décrit fait se sentir un peu moins seul. Mais une fois normale, rien que la musique me rappellera le malaise dans son intégralité, comme si j'y étais. Pas sûre que je puisse même me taper les trois minutes quarante-quatre en entier, pourtant c'est le genre de miracle de la chanson qui me fait aimer les mots à la folie. Pouvoir donner à ce point et dans des quantités idoines envie de vomir et de danser, je trouve ça prodigieux. Putain. La compréhension totale de cette chanson, l'acuité géniale des paroles, me précipitent presque au bord des larmes. Et qui revient sur son noir destrier sitôt que je fais une de ces découvertes à couper le souffle ? Qui donc se découpe soudain du demi-oubli dans lequel les mois et l'absence l'ont relégué ? Car il y a peut-être bien une personne au monde que je pourrais supporter de voir, actuellement – avec qui j'oublierais un peu qu'aujourd'hui, à cette heure précise, tout va si terriblement mal. Monsieur me prendrait dans ses bras et, pour une fois, la manière qu'il a de se piquer de tout connaître, d'avoir tout fait avant moi, cesserait de m'énerver et deviendrait rassurante. Je pourrais répéter « je suis mal, je suis mal » jusqu'à ce que ça aille mieux ou que je m'écroule de fatigue, et je sais que Monsieur comprendrait, n'aurait pas un commentaire désobligeant à faire en me voyant regretter si fort. Monsieur connaît le prix de la curiosité. Je lui parlerais de *Bar Italia* à cette cadence infernale, impossible à dompter – il caresserait mes cheveux pour me calmer, et nous aurions le même frisson de bonheur à la dernière reprise, comme avec *Le Con d'Irène*.

J'en ai ras le cul d'écrire des histoires au conditionnel.

J'ai pensé à lui une poignée de fois hier. Il neigeait à pierre fendre et je sortais du Baron au bras d'Olivier Destelles – littéralement ; c'est-à-dire que je me laissais tracter. Il était quatre heures et Paris était vide et sale, mais en regardant juste le ciel on se serait cru dans cette pub Chanel avec Estella Warren. Jamais je n'avais été dans un état pareil, aussi bien et aussi mal, par bouffées. Je haletais comme si j'allais mourir, chaque mot était séparé en trois syllabes. J'aurais pu me pisser dessus, au point de m'arrêter en pleine rue derrière une voiture enneigée ; mais, une fois accroupie culotte baissée, je regardais Olivier désespérément en lui demandant pourquoi je n'arrivais pas à faire pipi, pourquoi, *pourquoi ?* Et lui calmement, avec les yeux que j'aurais voulus à Monsieur dans une pareille situation, m'expliquait que c'était normal. Que je pisserais plus tard. Le tout prononcé avec une lubricité qui me dégoûtait et me fouettait le sang, parce que sans éprouver le moindre désir pour lui ou la moindre envie de cul, j'avais besoin comme d'air d'une scène grave, gravissime, à la *Madame Edwarda*. J'étais presque assise cul nu dans la neige sous ma cape noire, capuche relevée, avouez que le parallèle était tentant.

Olivier nous ramenait vers sa voiture, mais tous les trois pas je m'arrêtais pour lui poser une question ridicule de fausse profondeur, des promesses que je ne voulais sûrement pas qu'il tienne – *est-ce qu'il me comprenait ?* C'était ça, mon dilemme. Je lui racontais ma vie dans ses détails les plus intimes, chancelante à son épaule, persuadée que malgré tout ce qui m'éloignait de lui, ce qui me révulsait chez lui, Olivier m'avait mieux cernée que tous les autres. Parfois la répugnance qu'il m'inspirait me laissait immobile quelques secondes, dévorée de fascination. L'euphorie faisait de toutes ces déceptions et ces dégoûts des expériences cosmiques : être dans une certaine mesure familière de ce genre d'homme et de cette perversion me réjouissait de manière malsaine, était la chute et son poignant vertige. Au tournant d'une rue je me suis adossée contre un immeuble, jambes écartées, jupe relevée sur ma touffe – exhortant Destelles à me lécher, là, maintenant. Impossible de retranscrire ce qu'il y avait dans ses yeux lorsqu'il m'a dit non ; il souriait. J'aimais ça. J'aurais aimé le plus sale, le plus étourdissant de vice.

En passant près d'un arrêt de bus tout s'est transformé. En plein milieu d'une phrase sur un sujet extrêmement personnel, et alors que je lui parlais comme à mon alter ego, j'ai soudain perdu toute motivation, toute envie de discuter ou d'être là avec ce mec. Je voyais les gens nous regarder, moi avec ma tête d'avoir quinze ans et mes mâchoires serrées, mes talons trop hauts, Olivier et son costume, son long manteau, sa tête d'être mon père, sa tête d'être le diable. Je ne comprenais pas ce qui avait bien pu me traverser l'esprit pour lui confier des trucs pareils. L'ennui aurait pu me tuer en pleine rue. Et alors que j'étais au fin fond, une poussée d'adrénaline immense me ramenait aux sommets et je repartais de plus belle, lui jetant tous mes secrets comme des ragots sans valeur avec une respiration de catin qu'on monte. J'étais en mode négatif quand Olivier m'a chuchoté, en voiture :

— Nous sommes faits l'un pour l'autre. Vous le savez bien, Ellie. (Parce que j'avais pris le pli de le vouvoyer – on se serait cru dans un Harlequin.)

J'ai souri jaune et pensé Monsieur Monsieur Monsieur si fort qu'il s'est sans doute réveillé inexplicablement, en pleine nuit. Je crois à ce genre d'intuition. J'y crois et je le sais parce que, tout de suite après, rien n'est devenu vraiment tolérable – comme s'il me voyait à quatre pattes sur le canapé d'Olivier, transformant en « Oui » ridicules des débuts de bâillements, trop défoncée pour mouiller, un bas filé, l'autre roulé à la cheville. Comme si je n'avais pas déjà assez de mon Surmoi en pleine révolte, chacun de mes gestes passait par la censure imaginaire de Monsieur, soupirant *Ellie, qu'est-ce que tu fais, là ? Passe encore que ce mec soit un pervers et un boulet fait expressément pour t'entraîner dans les bas-fonds, passe encore que tu sois aussi dangereusement fébrile qu'un rat dans une toute petite cage et à deux doigts de ronger ses propres pattes – la seule faute de goût, c'est que c'est moche à voir. On pourrait te mettre sur un site de détraqués avec comme titre accrocheur « petite salope droguée se fait bourrer n'importe comment » – et les commentaires diraient « pauvre nana » ou « pathétique ». Je me fais vraiment du souci, Ellie. Est-ce que je ne te l'ai pas dit, le jour de ton anniversaire, dans ma voiture : « Fais attention à toi » ? Et tu m'avais répondu en haussant ton joli petit menton : « Je ne vois pas pourquoi tu t'inquiètes, tu ne m'appelles pas et on ne se voit jamais. » Tu faisais la tête de mule, comme si tu ne comprenais pas, alors que tu le sais parfaitement ; voilà pourquoi je me fais du souci. Parce que je sentais venir ce genre de scène que tu regrettes, et les regrets sont pires que tout. Tu puais le mec qui ne sait pas te toucher et que tu n'as même pas envie d'instruire. Je l'ai vu à la manière dont tu as sursauté quand je t'ai appelé mon Petit Amour, comme si c'était totalement inconcevable que malgré tout je puisse t'aimer toujours. Je t'avais parlé de ce regard de bête qu'on tue, ces yeux flous que tu fais quand je t'encule et que tu arrêtes de bouger – et toi tu lui imites ces yeux qui sont à moi, tu laisses ce connard se tortiller sur toi et te souffler des mots dégueulasses dans l'oreille, t'appeler Chérie même si ça te fait grimacer et tourner la joue le plus loin possible – et comment peut-il ne pas s'en rendre compte, hein Ellie ? Par quel miracle d'aveuglement occulte-t-il si parfaitement la raideur de ta nuque et ta manière si manifeste de subir chacun de ses baisers ? Tu le détestes tellement fort qu'il devrait le sentir, toi tu le sentirais, non ? Est-ce qu'il croit juste que tu es défoncée ? Peut-on être aussi con ? Moi j'ai une autre idée : peut-être qu'il a compris cette haine féroce que tu lui voues, là tout de suite, et qu'il s'en fout. Tant que tu ne hurleras pas pour qu'il s'arrête il entrera dans ton jeu et répondra à tous tes faux cris, à tous tes faux spasmes. Et toi tu n'es pas de celles qui hurlent. Tu attends sagement que ça passe et ensuite tu l'écris, le médiocre, l'humiliant, l'emmerdant. Tu essaieras tous les mecs avant de comprendre, mais une chose est sûre, Ellie, tu n'as strictement rien à faire dans un monde où on baise une fille tant qu'elle peut encore produire des sons, quels qu'ils soient. Il faudrait que tu te barres, même si tu n'as nulle part où aller, mais je préférerais te savoir traînant dans les rues à cinq heures du matin par un froid polaire que sous ce gros porc bien au chaud. Toi-même tu préférerais ça, au fond.* Ultime insulte, que je n'avais pas remarquée avant et qui pourtant avait dû m'induire sur toutes ces mauvaises pistes, Olivier Destelles portait Habit Rouge. Alors j'ai su qu'il fallait qu'il arrête ou que je meure, tout de suite. Cet ultimatum a duré une fraction de seconde mais je ne l'oublierai jamais.

J'ai sur moi cette édition superbe et sans âge des *Fleurs du mal* de Baudelaire, qu'il m'a offerte pour mes vingt et un ans. Elle m'a empêchée de fermer mon sac toute la soirée. Personne ne comprenait pourquoi je sortais avec un si vieux livre (cela étant personne ne devait comprendre pourquoi je sortais avec un si vieux mec – mais là-dessus on ne m'a pas posé de question). À l'intérieur, un petit bout de papier que je déplie gauchement : « offert par C.S., le 14/12/2009. » Habituellement je cache les cadeaux de Monsieur dans un amas de fringues tire-bouchonnées, mais dernièrement ma mère a voulu y mettre de l'ordre et il s'en est fallu de peu qu'elle ne trouve cette petite note, où le nom traître se trouve inscrit en pleines lettres, très franchement, comme un défi. Lui et moi savons bien pourtant qu'il n'y a guère que ce joli papier qui nous relie encore – c'est la raison pour laquelle je le trimbale partout. Voilà aussi pourquoi même en position fœtale sur mon lit, dans la maison qui se réveille et part travailler, je le garde à côté de moi à hauteur de visage. Ainsi, entre les relents d'alcool et les spasmes maxillaires je me rappelle de ce mercredi de décembre, dans sa voiture. Dix minutes, c'est assez rapide à se repasser, et c'est le seul moment où mon cœur a battu récemment – par amour, j'entends.

J'ai pris le parti de ne plus écrire ces coups de fil et ces rendez-vous banals que Monsieur m'accorde, presque sans le faire exprès. Dans quelques mois je n'aurai sans doute rien retenu de ses dernières manifestations à part peut-être deux ou trois choses, et avant de m'endormir je préfère les noter :

J'ai à présent deux très beaux livres dans ma bibliothèque.

Même si je n'exprime plus cette rage de lui appartenir, il faut toujours que je lui parle. Et lui parler me donne envie de retomber amoureuse.

Il se pourrait bien, après réflexion, que Monsieur m'aime aussi et que cette relation soit une pièce de Racine où tout sépare les amants. Mais dans ce cas précis, ça ne rend pas le drame central plus beau : sa voiture noire est venue remplacer les hôtels du mardi matin, nous nous voyons un quart d'heure dans un parking ou en double file, et Monsieur ne retire même pas ses lunettes de soleil. Je persiste à mettre des porte-jarretelles pour qu'il les voie. J'ai introduit le sarcasme dans notre mode de communication et lui ne comprend pas, se vexe pour un rien, m'attaque sur les sujets où je reste évasive. Contre toute logique il refuse d'admettre que des amants ne puissent pas tolérer d'être éloignés l'un de l'autre plus d'un jour – donc, que nous sommes autre chose. Et que cet autre chose n'est pas spécialement gai – mais *hey*, c'est tout ce que j'ai.

Voilà, je crois que j'ai trouvé la bonne allégorie – et oubliez toutes les conneries que j'ai pu marquer avant : on croirait un dessin animé qui a trop duré, avec une souris usée agitant mollement le cul devant un gros chat trop nourri. Condamnés à continuer, juste parce que la vie serait vraiment trop bizarre sans cette interminable course-poursuite.

Mars

Monsieur a glissé lentement son doigt dans mon cul – et comme un animal tapi que l'on agace je me suis contractée violemment autour de lui, avec une spontanéité qui m'a fait honte.

— Oui, chérie, me berçait Monsieur d'une voix presque attendrie, tandis que de moins en moins discrètement je me frottais contre les draps rêches (la combinaison des deux était – mon Dieu – était à hurler). Oui, ma chérie.

L'idée qu'il puisse voir à quel point j'étais lourde, enflée, incapable de contenir le sournois débordement qui s'amorçait sous mes fesses, avec les replis des draps qui m'écarquillaient comme une pivoine, me faisait grincer des dents convulsivement. Il y aurait forcément un moment où cette excitation poisseuse deviendrait intolérable.

— Ta petite chatte, a articulé Monsieur d'une voix basse profondément calme. Qu'est-ce qu'elle est jolie, chérie, ta chatte. Et mouillée juste comme j'aime.

— Oh, mets-moi tes doigts, ai-je miaulé en réponse avec un timbre pâmé d'actrice porno, frissonnante de fierté (ça y est, je parle le Minitel !).

Mais la main qui s'abaissait pour m'exaucer n'a pu s'empêcher de me déposer une fessée au passage – celles qui éclatent sur la fesse comme un coup de jus.

— Je vais te mettre mieux que mes doigts. Sois un peu patiente.

Je ne crois pas me souvenir exactement de ce qui s'est passé alors. Je me suis sans doute étouffée dans mon oreiller, irritée au plus haut point par ce parfait pli dans le lit et ce doigt de Monsieur dans mon cul, auquel il a rapidement joint sa langue ; attitude que subitement je trouvais être le comble du coquet.

Puis, de fil en aiguille, il a entrepris de me dévorer littéralement, tenant mes deux fesses retroussées, et quoi qu'il fasse il avait soin de contourner ma chatte de manière parfaitement cruelle – même lorsque je me révoltais en ruant contre son visage, jamais Monsieur ne laissait plus que la pointe de son menton tremper. Il me semblait n'être plus qu'une excroissance de chair palpitante d'attente, démesurément engorgée. Et alors que quelques mois plus tôt (qui dans mon esprit ont la durée de millénaires) m'adresser à Monsieur tandis qu'il me léchait le cul m'était une chose absolument impraticable, l'envie – impossible à définir – était alors si terrible et si forte qu'en frémissant des fesses sous son nez j'ai gargouillé :

— Mais fais quelque chose !

— Qu'est-ce que tu veux que je fasse ?

Je me suis rétractée dans l'oreiller, calant sur la définition de ce qui aurait pu me faire plaisir, ses doigts ou sa bouche, ou peut-être même sa queue ? Comment était-il Dieu possible de choisir ? La multitude de réponses correspondant à la question de Monsieur m'étourdissait jusqu'au vertige, et sa langue sournoise, parfois longue et veloutée, parfois dure et intrusive, brouillait considérablement les pistes. J'ai froncé les sourcils avant de bredouiller dans les draps :

— Fais quelque chose avec ma chatte !

Récupérant d'on ne sait où un semblant d'aplomb, j'ai repris :

— Ça m'énerve que tu fasses exprès de ne pas la toucher.

Aussitôt il a détaché son visage de moi, et derrière les demi-lunes de mes fesses je le regardais fixement, yeux à demi clos, blanche et rouge d'excitation. Cette bouche merveilleuse s'était parée de rondeurs encore inconnues, l'enflure de m'avoir longuement et savamment préparée à l'intrusion, et Monsieur ainsi contrefait avait des airs animaux – l'air dangereux d'une bête interrompue pendant un festin. Je m'apprêtais à lui soumettre une directive quelconque, d'une petite voix mal assurée, lorsque deux mains sèches m'ont retournée sur le dos comme un doryphore, et le terme de bête même ne suffirait pas à décrire ce à quoi ressemblait Monsieur, à genoux devant mes jambes grandes ouvertes, sa queue dépliée et tendue contre son ventre, émergeant de ses poils bruns. Quelle crudité avait son regard quand il l'a braqué sur mon ventre, forcé à l'impudeur par l'emprise de ses deux grandes mains. On aurait dit tout, sauf un chirurgien – parce que c'était inconcevable, parce que le moindre instrument entre ses doigts, là tout de suite, aurait été dangereux ! Fatal ! Dévoué à mon asservissement total et sans faille ! Monsieur en réalité, ainsi dépouillé de ses vêtements, n'était plus qu'un long corps mince, dessiné autour de sa bite, qui elle seule décidait des gestes à effectuer, des attitudes à prendre, du traitement à me réserver. Il n'y avait plus trace de cette sophistication chantée mille fois, outrageusement louée auprès de mes amies, écrite et rêvée et sublimée, et cherchée chez tant d'autres en vain : ce qui semblait se tramer dans l'esprit de Monsieur était vieux comme le monde, à son origine même, lui faisait retrousser les lèvres sur ses dents lorsqu'il a grondé, yeux rivés sur ma fente dégoulinante :

— Ne bouge pas. Laisse-moi te regarder.

Il a alors empaumé fermement sa queue sans me lâcher du regard – et de gêne je me suis enfoncée dans mon oreiller, aussi prestement qu'un insecte. Je me serais attendue à tout, sauf à ce qu'il me saisisse le cou de sa main libre, sans douceur aucune, et dans mon affolement j'avais les yeux qui piaillaient *tu ne vas tout de même pas faire ça, tu ne vas tout de même pas m'étrangler ?* Parce qu'il aurait suffi d'une pression un tout petit peu plus forte pour que ses doigts précis commencent à s'enfoncer dans les chairs moelleuses de ma gorge, rompant les cartilages roses. Je le regardais avec une telle fixité terrorisée que Monsieur du pouce m'a caressé la joue, murmurant :

— N'aie pas peur, mon bébé.

Mais mon cœur battait à tout rompre et je respirais comme on s'écroule.

L'étreinte s'est relâchée graduellement et j'ai pu reprendre mon souffle, ma déglutition douloureuse. La bite de Monsieur tressautait dans sa main droite et moi je béais, honteusement, avec ma chatte chamboulée, bousculée devant lui, mes chairs en désordre exposées là. *De quoi je dois avoir l'air, mon Dieu,* ai-je pensé en me forçant à fixer le visage grave au-dessus de moi.

Tu as l'air d'une pute, m'a répondu le regard de Monsieur. *Je te vois le cul, la chatte, je te vois même à l'intérieur et tu as l'air d'une pute. Suffisamment pour que je sois dur à éclater en te regardant qui miaule dans les draps, avec tes yeux qui fuient et ta bouche qui ne sait plus quoi dire. Comme si ta bouche avait besoin de parler. Comme si ta deuxième bouche n'en disait pas beaucoup plus. Tu peux bien te planquer où tu veux, resserrer tes jambes même, si tu veux, je sais ce qui se niche entre elles, quel petit con vorace et permissif qui pleure à s'en fendre l'âme pour qu'on lui en mette un coup, écoute ces couinements de chienne que tu pousses. Écoute-toi.*

Tu as le ventre grand ouvert, le gosier dilaté, et tu te permets de fermer les yeux – quel sens ça a, Ellie ? Pourquoi je ne pourrais pas avoir l'un et l'autre, ton âme et ton cul ? De quel droit fais-tu un tel embargo sur les idées tordues qui cavalent dans ta petite tête de blonde, quand sous mes yeux un interlocuteur bien plus sincère que tu le seras jamais serait prêt à tuer pour mes doigts ou ma queue, peut-être même pour ma bouche ? Tu veux donner ça à un autre ? À un connard qui ne comprendra pas quel cadeau tu lui fais en lui tendant tes yeux ? Ellie ? Je passe si vite chaque fois qu'on croirait un courant d'air. D'ici quelques jours tu te branleras frénétiquement en revoyant cette scène, parce que tu n'auras pas eu le courage de la vivre maintenant, là tout de suite, maintenant que tu as tous les outils pour jouir à me lacérer le dos avec tes ongles. Tu t'en voudras et tu te compromettras dans des textos embrouillés, mal organisés, dont je comprendrai juste que je te manque. Alors regarde-moi. Pose tes petits doigts sur ta petite fente baveuse en me défiant du regard de trouver une aussi belle salope que toi sur terre. Pose-les. Touche-toi.

Mais je ne me suis pas touchée. J'ai juste dit à Monsieur, avec une bouche en cul de poule mouillée de salive :

— Lèche-moi la chatte.

Lèche-moi la chatte !

Alors Monsieur a posé ses deux mains à la naissance de chaque cuisse, m'écarquillant en un bruit mouillé qui m'a fait sursauter. Voilà ce que ça voulait dire, être ouverte, vraiment ouverte, démesurément. Ses pouces qui longeaient l'entrée ont lentement coulissé le long de mes lèvres, jusqu'à se rejoindre à un endroit parfait, avec une assurance capable de calculer au millimètre près (cette rigueur – chirurgicale). J'ai cligné des jambes comme un papillon cloué sur une planche, Monsieur qui surveillait scrupuleusement le chavirement sur mon visage s'est empressé de me saisir entre index et majeur, comme on pinçote le petit bout de nez d'un enfant. Même derrière mes paupières je savais la fixité de ses yeux, leur pénétrante fixité.

Enfonçant deux doigts il m'a ouverte comme une plaie, avec la même délicatesse grave, mettant au jour ce velours de chair que personne ne voit jamais, dépliant chaque repli – et je me tordais comme un asticot sur le lit, balbutiant des débuts de mots absolument incompréhensibles (cette langue presque primitive de l'amour).

On s'était demandé, avec Babette, quelle question muette nous posaient les hommes pour que l'on répète Oui, Oui, Oui pendant l'amour. Comme il y a des questions oratoires, il y a des réponses strictement ornementales, qui n'assermentent et n'approuvent rien en particulier : le Oui qui naît à ce moment précis, de cette gorge précise, est une approbation totale – est l'Approbation même, son essence. Ça n'est pas dire Oui à des doigts ou à une queue, de toute façon interchangeables à merci, même s'ils sont l'axe de rotation de cet éphémère univers parallèle.

C'est accepter en bloc un moment t, le plaisir, le sens véritable du fait d'être heureux, au-delà de tout ce qui se passe avant et après cet instant de grâce. Il n'y a rien d'autre à dire que Oui. C'est l'interjection qui résonne le plus fort, qui habille le mieux cette impression fragile et outrageusement puissante de complète liberté, d'amour inconditionnel.

Et je repensais à la manière qu'avait eue Henry Miller de décrire le bruit d'un doigt dans un con, une espèce de micro-son à la *squish-squish* – tandis qu'en dessous de mon ventre Monsieur me tirait des gargouillis trempés que mes balbutiements ne parvenaient pas à masquer, des bruits de succion très loin de ce *squish-squish* policé sorti tout droit d'un boudoir du XIXe. Miller évoquait un petit animal que l'on contraint à la parole, quand il me semblait être à présent dotée d'une gueule immense et ruisselante de salive, une bouche remplie de langues qui se bousculaient pour parler toutes, en même temps, jusqu'à investir ma gorge – et je me suis entendue dire :

— Embrasse-moi.

Monsieur sans opposer la moindre résistance (il me trouvait sans doute cuite à point) s'est empressé de poser ses lèvres sur les miennes, imprimant d'abord un baiser chaste sur cette chair qui hurlait des insanités. Tétanisée, je regardais sans y croire cette tête d'homme entre mes cuisses, ces mains dont chaque doigt creusait des fossettes dans mes fesses. J'ai senti plus que je n'ai entendu son souffle chaud.

— Tu sens bon... Qu'est-ce que ta chatte sent bon !

Tandis que je reprenais ma respiration, fourbissant déjà mes prochains glapissements, Monsieur s'est mis à me laper consciencieusement, d'abord très lentement pour que je sente chaque centimètre carré s'entrouvrir sous sa langue – *comme un timbre !* Voilà quelle image m'a bondi dessus alors, pour quelques secondes, juste avant qu'il ne s'enfonce en moi comme pour me baiser, et cette sensation de n'être jamais qu'un tout petit peu remplie m'a horripilée au point de battre des cuisses contre ses oreilles à un rythme dément. Me neutralisant d'une poussée brève sur les genoux, il m'a picorée avec des œillades de complète domination pour cette partie toujours rétive, toujours fébrile, de moi. Je me voyais presque enfler et durcir sous ses lèvres, pointer comme un petit téton mouillé entre ses dents, comme une lentille entre ses doigts lorsqu'il posait sa bouche tout entière à mon entrée, semblant boire, boire, boire encore, inlassablement. En quelques minutes, Monsieur avait rendu tout ce supplice, cette attente perpétuelle, ces vexations, ces humiliations, une route nécessaire pour parvenir à ce moment de communion extraterrestre, dépassant les mots et tout ce à quoi l'humain a habituellement recours pour s'exprimer. La langue de l'amour est faite de frôlement de cuisses, de crissements de draps, de raideurs soudaines et – bien sûr – de Oui, Oui, Oui.

C'est au moment où je m'y attendais le moins (je roucoulais sans discontinuer, perdue dans un tourbillon de plaisir crucifiant) que Monsieur a sans autre forme de procès glissé deux de ses doigts dans mon cul – et j'aurais pu hurler, mon Dieu, crier comme un âne, d'ailleurs je crois que c'est ce que j'ai fait. Je bénis celles qui savent ; elles constituent la mince tranche de lecteurs qui comprendront la violence exquise et écœurante de ce que j'ai pu vivre alors. La vitesse à laquelle je me suis ouverte et refermée m'a tordu les entrailles – et je m'égosillais, les jambes paralysées.

— Je vais t'enculer, a chuchoté Monsieur. Je vais t'enculer, Ellie.

— Pourquoi pas par-devant ? ai-je balbutié, m'étouffant avec mon propre souffle.

— Parce que ça va être magnifique, ma queue dans ton petit cul et juste au-dessus ta chatte qui dégueule.

Monsieur alors s'est redressé lentement au-dessus de moi. Sa queue luisait dans l'obscurité rose de la chambre (j'avais oublié ce que c'était, les hommes dont la bite est toute mouillée après quelques minutes de câlins).

— Écarte-la avec tes doigts.

Je me suis exécutée, tenant ma fente grande ouverte en émettant une sorte d'ultrason vibrionnant. Monsieur entreprenait de se faire un passage, forçant du bout de sa queue la brèche mouillée de salive. Un bref éclair de douleur m'a traversée lorsque d'une poussée des reins il s'est trouvé à demi englouti, chuchotant :

— Ça y est, chérie… ça y est.

À peine ai-je eu le temps de reprendre mon souffle que je sentais ses poils contre mes fesses, et en elles quelques centaines de mètres de chair incandescente qui me tenaient pleine, pleine à craquer, *pleine comme une pute*.

— Tu l'as, Ellie. Bien au fond de ton cul.

— Oui, oui, oui…

— Parle-moi, dis-moi ce que ça te fait, dis-moi comme c'est bon quand je t'encule.

— C'est bon, ai-je répété, le son s'étirant comme de la guimauve, changeant maintes fois de tonalité. Ta queue est tellement… (instant de contrition totale où mon vocabulaire m'a trahie, et au-dessus de moi il semblait attendre l'adjectif – masculin s'il en est) tellement *bonne* !

— Regarde-toi, a souri Monsieur.

Je n'ai jeté qu'un bref coup d'œil en réponse à son coup de menton, embarrassée jusqu'à la nausée par l'obscène enflure de ma chatte qui se déployait, indolemment, humide et carminée. En un mouvement réflexe j'ai voulu la cacher et j'ai commencé à me branler. Monsieur aussitôt m'a écartelée d'une poussée de ses mains et j'étais là, vautrée sur ce lit d'hôtel avec les cuisses ouvertes à craquer, le ventre plein (et la sensation de réplétion tenait autant de l'extase que du supplice), la moitié d'une bite presque douloureusement dure dépassant de mon cul puis s'y plongeant jusqu'à la garde, et juste au-dessus ma fente, béant benoîtement dans une mimique d'ébahissement. Et tandis que je me sentais comme la dernière des dernières, Monsieur me fixait intensément, à des années-lumière de toute répugnance, semblant trouver génial cet affrontement entre mon corps pantelant et mon visage encore civilisé, encore – comment disait-il, au téléphone ? – *poupin*. Mais comme le plaisir miraculeusement allait croissant, la civilisation peu à peu perdait du terrain, se laissait ronger seconde après seconde – et le monde sous mes paupières basses était soudain plus flou, le cœur battait plus fort, les nerfs bandaient plus dur. L'air devenait plus dense. Tout était soudain plus beau, plus chaud – comme si sans renoncer à Monsieur j'avais pu être seule dans cette chambre, absolument pas inquiétée d'un quelconque regard sur moi. Comme si, en pleine séance de masturbation, on m'avait catapulté un homme capable d'agrémenter mon rituel de sa queue comme un métronome, sachant trouver les paroles parfaites pour accompagner mes roucoulades incohérentes. Juste au moment où mon ventre s'emballait, pris d'une contraction violente autour de lui, Monsieur – qui jusqu'ici avait éprouvé en vain toutes ses ficelles pour m'effaroucher – a trouvé l'attitude la plus obscène de toutes : sortant brutalement de mon cul, il s'est figé comme une statue, ses mains me forçant à la docilité, et a entrepris de contempler longuement son œuvre, sa queue dressée fièrement contre son ventre, semblant presque vouloir rentrer dans son nombril.

— Arrête ça ! me suis-je étouffée, terrifiée par la crudité de la situation et par l'hypothèse – bien trop pragmatique au vu des circonstances, mais je ne suis après tout qu'une fille – d'être assez béante pour aspirer involontairement tout l'air de cette chambre.

Mais Monsieur n'était qu'un homme, et les dommages collatéraux de ce genre de pratiques le frappaient ou l'incommodaient trop peu pour l'empêcher de rester là, ses doigts dans le pli de mes genoux pour me regarder le trou du cul et la chatte tout à son aise pendant que je me confisais dans ma gêne. Ou peut-être au contraire était-il totalement conscient que je n'oserais pas bouger une oreille, de peur de prendre le moindre risque. Voilà comment je me suis retrouvée paralysée avec ma main qui frétillait inlassablement, frénétiquement presque, pour éviter de penser à l'air que je pouvais bien avoir, avec toutes mes embouchures fraîchissant au vent. Je couinais :

— Baise-moi !

— Attends, laisse-moi encore te regarder, répétait Monsieur qui s'amusait à promener le bout brûlant de sa bite entre mon cul et mon con.

— S'il te plaît, ai-je miaulé, pensant l'attendrir par cette soumission sucrée.

— Continue à te branler, a-t-il éructé en réponse.

Oui, d'accord, ai-je pensé, lésée. *Mais ça manquera tout de même de queue, cette histoire.*

Et comme Monsieur, fasciné, ne pouvait se résoudre à écourter le spectacle, d'une seule ruade je me suis enculée toute seule, verrouillant mes jambes dans son dos pour lui rendre impossible toute dérobade. Aussitôt, l'une de ces longues mains que j'adorais et craignais à doses égales a bondi dans mon cou, *très bien*, a dit Monsieur, et tandis que neutralisée je levais mes yeux écarquillés de surprise vers le plafond il a rempli ma chatte de Dieu sait combien de doigts, sans cesser de me baiser à un rythme – existe-t-il au monde un mot qui puisse décrire ce rythme parfait qu'ils trouvent parfois, comme par miracle, après des éternités de tâtonnements ? Un rythme qui semble épouser exactement chaque contraction de chacune de ces muqueuses mystérieuses, en prévoir la fréquence. J'en avais presque les larmes aux yeux.

— Quelle salope, Ellie, a-t-il souri tandis que je répétais que j'allais venir à un rythme absurde.

Mon nom, dans sa bouche et dans ce contexte, sonnait comme le coup bien ajusté d'un fouet très fin. Je n'ai pas pu me retenir suffisamment longtemps (mais le simple fait d'avoir à me *retenir* était une victoire sur la vie et le monde) pour entendre parfaitement sa dernière et superbe phrase, mais je crois me souvenir qu'au milieu de mes hurlements, au milieu de la déferlante il a juste tonné, d'une voix qui était comme deux points avant le mot orgasme :

— Qu'est-ce que tu mouilles, ma chérie…

Après, il y a eu quelques secondes où je n'ai pensé qu'à respirer à nouveau, cotonneuse – ne percevant mes cuisses trempées et la bite encore dure de Monsieur qu'à travers une sorte de brouillard dense. Baignée dans une sensation de plénitude complète, vautrée comme une truie sur le lit défait, je rattrapais mon souffle du mieux possible, indifférente soudain à ses gesticulations sur moi, à la raideur subite de sa queue parmi mes muqueuses lasses. C'est lorsqu'il a enfoncé ses ongles dans mes cuisses, me pétrissant à m'en faire des bleus, que j'ai ouvert un œil torve. La jouissance de Monsieur a commencé comme un souffle de vent à la surface de l'eau ; sous mes yeux, son torse puis son cou ont été parcourus d'une vague de chair de poule et, comme agacés, ses sourcils se sont violemment froncés. En dessous de ses paupières à demi baissées, deux prunelles d'un gris profond cherchaient les miennes. *Qu'est-ce qu'il est beau, mon Dieu,* ai-je pensé très distinctement, je ne pouvais rien penser d'autre et, fascinée, je me jetais à corps perdu dans ma contemplation. Ce nez aux ailes fines, palpitantes, qui m'avait couru entre les fesses et les genoux. Cette bouche toujours entrouverte pendant l'amour, cette lèvre inférieure charnue, tendue comme un joli derrière de femme. Ces longs cils indolents. Cette peau douce jusqu'au scandale, cette peau de fille sur un corps intégralement masculin. Cette brutalité dans ses traits, la beauté violente de ce visage quand il vibrait ainsi, au-dessus du mien, entre lutte et reddition. Monsieur ne se battait plus. Monsieur me regardait comme on s'agrippe, pendant que je le tétais avec mon cul, brusquement passionnée par les frémissements sur ses lèvres, par ses yeux pâmés qui en oubliaient parfois de s'ouvrir.

— Je vais venir, a-t-il murmuré en emmêlant savamment ses doigts dans mes cheveux.

Je t'aime, ai-je pensé, avant de répondre, en caressant sa joue de toute ma main : « Viens. »

Il a alors bondi hors de moi, tenant sa queue dans une main sur laquelle la fébrilité avait dessiné des veines, des os, des ligaments, toute une architecture caroline insoupçonnable. Incapable de me résoudre à briser ma confortable immobilité, je l'ai laissé décharger interminablement sur ma chatte. Le blanc lunaire du foutre brillait comme de la salive sur les babines d'un convive enfin rassasié. Une goutte seule sourdait encore, que j'ai cueillie du bout des doigts pour la porter à ma bouche, suppliant d'une voix étrangement rauque :

— Prends-moi dans tes bras, d'accord ?

Le silence, dans cette chambre jaune, était tendre comme les siestes qu'on fait, à cinq ans, avec ses parents. Je n'avais pas dans mon carquois de quoi le briser joliment. Alors, d'une voix qui partait en un chuchotement, j'ai dit :

— Je ne veux pas parler de choses banales avec toi. On se voit tellement peu que chaque fois je me hais de t'avoir parlé de ma fac, de mes copains, de trucs débiles.

— Ils m'intéressent, ces trucs débiles, a rétorqué Monsieur dont les mains, croisées sur ma poitrine, n'avaient pas bougé d'un iota. Tout ce qui te concerne m'intéresse.

— Je veux parler de lettres. C'est ce qui nous lie le mieux. Mais j'ai tellement de choses à te dire, à te demander sur le sujet, que j'ai l'impression d'étouffer.

Me retournant, ensuquée :

— Reste avec moi le temps qu'on puisse au moins parler de Bataille.

— Ellie, tu crois vraiment que même en deux ou trois heures on aura tout dit de Bataille ? On ne peut pas faire des dissertations littéraires comme ça, de but en blanc. C'est normal qu'on se raconte nos vies, il faut ce genre de discussions préliminaires.

— Oui, mais tu restes si peu de temps que ces discussions préliminaires sont tout ce qu'on a.

Comme je baissais le menton, Monsieur s'est redressé brusquement, sa main dans mon cou.

— Ça me pèse, tu sais, mes obligations.

— Je sais.

— Qu'est-ce qu'on peut bien faire, Ellie ? Tu veux qu'on arrête de se voir ?

— Je ne sais pas. À vrai dire, depuis un bon moment, je n'en sais plus rien.

— Tu ne veux plus me voir ?

— *Je ne sais pas !*

Je me suis enfouie dans l'oreiller quelques secondes, le temps de reprendre mon souffle, dissimuler mon irritation.

— Tu vois, en entretenant cette rareté, en distillant les rendez-vous au compte-gouttes, tu as fait en sorte que notre histoire soit hors de toute banalité.

— Et alors, c'est mal ?

— C'est à double tranchant. Tu sais bien.

— Je ne voulais pas qu'on vive comme des gens banals. On vaut beaucoup mieux que ça, toi et moi.

Monsieur a toujours parlé avec un tel aplomb que je n'avais pas le cœur, ou pas l'audace, de lui opposer une résistance trop manifeste. Avec des mines désolées que je cachais dans son épaule, j'ai repris :

— D'accord, mais j'aurais peut-être préféré être un peu moins extraordinaire et te voir plus. Peut-être que ça m'aurait plu, à moi, de te rejoindre toutes les semaines dans un hôtel et de te demander comment va ta femme pendant que tu te déshabilles. Ç'aurait été mieux que de te voir cinq minutes tous les trois mois et de ne jamais te parler. C'est peut-être d'une banalité affolante, mais tout n'est pas mauvais là-dedans. Si les gens font comme ça, ça a forcément des avantages.

J'ai senti au plissement de sa bouche dans mes cheveux que Monsieur faisait la moue. Son dédain s'exprimait ainsi, du bout du visage, et dans la manière qu'il avait d'ôter brusquement son nez de mon crâne, comme si ma vulgarité émettait une odeur désagréable.

— Tu penses que tu aurais tiré un livre d'une histoire que n'importe qui aurait pu vivre ?

— J'aurais été plus heureuse de te voir. Excuse-moi ! Combien des trois cents pages de ce livre ont été écrites parce que je ne te voyais pas et qu'il fallait quand même que je te parle, d'une manière ou d'une autre ?

— Je sais, chouchou, a soupiré Monsieur en frictionnant tendrement mes petits seins, l'air de pouvoir ainsi chasser les doléances que j'avais à lui faire.

— Tu t'en fiches.

— Bien sûr que non, enfin ! Pourquoi est-ce que tu dis des choses pareilles ? Si je pouvais passer plus de temps avec toi...

— Mais tu n'as pas de temps. Tu n'as jamais de temps. Je sais bien. J'en ai marre des phrases qui commencent par « si ».

— Non, je n'ai pas de temps. Je travaille quatorze heures par jour et j'ai une famille.

— Alors pourquoi tu ne me dis pas que c'est fini ?

— Parce que je n'en ai absolument aucune envie !

Qu'est-ce qui m'a le plus frappée, à cet instant précis ? Qu'ai-je pensé en premier, était-ce *quel sale égoïste* ou *il n'a pas envie de me quitter* ? Ai-je été d'abord soulagée ou consternée ? J'avais les yeux secs de regarder devant moi, sans rien voir.

— Alors quoi, tu préfères traîner constamment derrière toi une espèce de magma humain qui ne fait que pleurer ou mouiller ?

— Qu'est-ce qu'il faut que je te dise, Ellie ? Que je ne veux plus te voir ? Je ne peux pas te mentir.

— Moi, je ne peux pas tenir comme ça, indéfiniment.

— Que je te dise « c'est fini » ne changera rien à l'envie que tu as de moi, ou à celle que j'ai de toi.

— Je ferai semblant. Je passerai à autre chose. J'ai vingt et un ans.

Décontenancé, Monsieur a repris sa main chauffée par mes hanches. J'ai abandonné son bras qui gisait mollement contre le mien, ajouté d'une petite voix :

— Je ne veux pas être encore amoureuse de toi à quarante-cinq ans. Voilà le revers de la médaille : notre histoire est tellement peu banale que je me souviendrai de toi toute ma vie.

— Et alors, est-ce que ça n'est pas mieux comme ça ?

— Et toi, quand tu auras soixante-dix ans, tu repenseras à moi. On a trouvé le meilleur moyen d'être malheureux.

Et pour la première fois, Monsieur m'a reprise contre lui, demandant :

— Qu'est-ce qu'on fait, alors ?

— Je ne sais pas.

Je voulais lui laisser le temps d'avoir peur. Je voulais le sentir se museler, s'empêcher de me demander plus de précisions, une décision tranchée, me supplier de couper court à cette attente intolérable. Qu'il sache, au moins pour quelques secondes. Mais c'est moi qui ai craqué.

— Je ne vais pas rester comme ça dans ton sillon, éternellement. Ça ne mène à rien. Ça me rend triste.

— Qu'est-ce qui te rend triste ? Fondamentalement ?

Monsieur s'est penché sur moi, sa longue main parcourant nerveusement mon ventre jusqu'à ma fourche, avec une conscience incroyable et irréfléchie de chaque courbe, chaque renflement. En fermant les yeux, on se serait cru dans l'ombre d'un psychiatre particulièrement peu porté sur le protocole.

— J'ai...

Je me suis interrompue brusquement, brisée. Alors que je voulais parler, j'ai senti ma gorge se serrer comme dans un poing, et tourné la tête dans l'oreiller. Monsieur a saisi mon menton entre ses doigts, mais je pleurais et d'ici quelques secondes j'aurais deux rigoles de morve sous le nez, les yeux bouffis, on n'avait vraiment pas besoin de ça.

— Laisse-moi tranquille ! ai-je protesté, en espérant vainement que l'irritation cacherait le bruit des larmes, mes reniflements encore discrets, mais d'un seul coup d'un seul il s'est plaqué contre moi de tout son long corps tiède, attrapant mon visage entre ses mains.

— Qu'est-ce qu'il y a, chouchou ?

— Et puis arrête de m'appeler chouchou. Tu appelles tout le monde chouchou.

— Qu'est-ce qui te rend triste ?

— Intelligent comme tu l'es, *brillant* comme tu l'es, tu n'as toujours pas deviné ?

— Je te connais peu, tu sais, Ellie.

Entravée, je cherchais par tous les moyens à fuir son regard, espérant lui cacher les larmes et les narines en crue. Mais Monsieur poursuivait.

— Je n'ai aucune idée de ce qui se passe dans ta tête. Ce que tu attends des autres, ce que tu aimerais être, ce que tu attends de moi.

— C'est ta faute, moi...

— Je sais, chérie, je sais, m'a coupée Monsieur en m'embrassant le front. Puis le bout du nez.

— Si tu m'en avais laissé le temps, je t'aurais tout raconté sur moi. Tu aurais pu me connaître mieux que tous les autres, ai-je sangloté, éperdument, et le baiser qu'il m'a donné pour me calmer ou me faire taire avait un goût de sel. Ça me rend triste de ne jamais t'avoir au téléphone, que tu ne répondes jamais à mes messages, que tu ne me rappelles jamais, que tu me donnes de faux espoirs pour me poser des lapins au dernier moment. C'est évident que dans ces conditions, tu ne peux pas apprendre à me connaître. En dix mois de course-poursuite épuisante, tu n'as pas pu te débloquer une minable soirée pour la passer avec moi, et tu as le culot de me dire que tu ne veux pas que ça soit fini !

— Ellie…

— Et, même moi, je ne te connais pas. J'ai écrit un livre sur toi mais je pourrais aussi bien avoir tout faux, puisque je ne sais de toi que ce que tu m'as montré. Peut-être en tout six heures de ton temps.

J'ai eu ce haussement de sourcils fataliste dont Babette dit qu'il permet de m'entraperce-voir dans vingt ans. Ce haussement de sourcils que je hais.

— Voilà, en gros, ce qui me rend triste. Ne pas te connaître, et être une quasi-étrangère pour toi me rend triste. Que ça ne te fasse strictement rien me rend triste.

— Qui te dit que ça ne me rend pas triste ?

— Justement, personne. Tout ce que tu penses, je dois le deviner en demi-teinte. Tu ne me dis rien.

— Ça me rend triste, a dit Monsieur en collant son nez au mien. Ne pas te connaître suffisamment bien, ne pas te voir, ne pas te parler, est une horreur pour moi.

Au fond je voyais bien qu'il aurait suffi de ne rien dire, de rester juste comme ça lovée contre lui avec mon visage gluant pour qu'on en reste là, et que tout reparte pour quelques mois encore, dans des conditions sans doute inchangées, mais toujours avec en filigrane l'espoir de capter son attention, ses faveurs. Cela ferait bientôt un an que nous en étions là. Ça n'était pas au bout d'un an que j'allais me faire une place entre Monsieur et sa femme, isolée des autres filles dans une marge qu'il ne consultait que d'un œil distrait, de temps à autre, quand l'idée lui venait. Dans un infâme bruit de gargouillis j'ai suggéré :

— Mais dis-moi que c'est fini, alors.

— Je ne peux pas faire une chose pareille.

— Qu'est-ce que tu peux être égoïste !

Je me suis relevée en m'essuyant le nez sans scrupule aucun, à présent à genoux devant Monsieur qui, étendu, ouvrait déjà la bouche pour me contredire.

— Tu ne veux juste pas te retirer la possibilité de me baiser quand l'envie t'en prend. Ça me paraît humain, mais comprend que ça puisse me rendre malheureuse.

— Tu savais quand on a commencé à se voir que je n'avais pas de temps. Chaque fois que je te vois, ce sont des minutes volées à mon emploi du temps, à mon travail, à ma…

— Ne commence pas à me parler d'elle.

Elle. Depuis quand parlais-je comme une maîtresse ?

— Ne me parle pas de ta femme. J'ai toujours eu le bon goût de ne même pas la prendre en compte dans les obstacles qui nous empêchent de nous voir, alors ne me parle pas de ta femme. Jamais je n'ai eu la moindre envie d'être en concurrence avec elle.

— Je ne te mets pas en concurrence avec elle, mais c'est aussi parce qu'elle est là que je ne peux pas prendre un plus grand soin de toi. C'est cette vie que j'ai choisie parmi mille autres.

— Ou alors c'est juste que tu t'en fiches complètement.

Monsieur s'est brusquement raidi, et sa main dans les draps a retrouvé ses raideurs préorgasmiques, mais cette fois ça ne présageait rien de bon. Sa voix était comme celle des pères que l'on sait contrariés et qui n'auraient besoin que d'un signe de révolte supplémentaire pour éclater.

— Quand est-ce que tu cesseras de croire que je me fiche de toi ?

— Quand tu auras fait quelque chose pour me prouver le contraire, ai-je répondu en me répétant qu'il ne pourrait jamais lever la main sur moi, même si je le poussais à bout. Quand tu auras le courage de me dire que c'est fini parce que tu n'as objectivement pas le temps de t'occuper convenablement de moi.

— Il faut que je t'appelle davantage ? C'est ça, le nœud du problème ?

— Le problème tout entier est un nœud.

Renfilant ma culotte, une boule dans la gorge :

— J'ai rampé pendant huit mois à tes pieds en espérant que tu finirais par me remarquer, par me parler comme à une adulte. J'ai peut-être eu tort, peut-être que tu as eu tort de me laisser faire, mais le fait est là : je ne peux pas continuer.

— Je n'ai jamais voulu te rendre malheureuse.

— Je sais. Personne ne voulait rendre personne malheureux. Personne ne veut jamais rendre personne malheureux, mais ça arrive.

— Je ne veux pas qu'on arrête de se voir, moi.

Ce ton d'enfant qu'on vient de mettre au coin m'a donné envie de me jeter dans ses bras. J'avais beau y soupçonner la rouerie, la manipulation tortueuse, rien ne me prouvait réellement que Monsieur n'avait pas de la peine. Autant de peine que moi-même, peut-être. Que devoir s'empêcher d'avoir le moindre contact régulier avec moi ait pu lui coûter. Que mon prénom soit devenu douloureux à prononcer, même à penser. J'avais le choix entre me jeter dans ses bras et me haïr de le faire, ou rester campée sur mes genoux et regretter des mois plus tard d'avoir raté une occasion de respirer son parfum, de sentir tout son corps autour du mien. Serrant les poings, j'ai eu un rire comme un claquement de porte, incapable de le regarder.

— Mais moi non plus je ne veux pas qu'on arrête de se voir. C'est peut-être la dernière chose que je veuille faire. Tu crois que j'ai qui, dans ma vie, qui me parle d'Aragon ou de Mandiargues comme toi ?

— On peut toujours en parler, sans baiser, a suggéré Monsieur d'un ton que j'ai trouvé fort honnête.

— Tu sais bien que c'est impossible. L'envie de te toucher continuera à me bouffer. Et tu ne pourras jamais t'empêcher de me tripoter les jambes sous les tables des cafés. Je te verrai aussi peu. Voire moins, encore. Mais toujours suffisamment pour que je me souvienne de ce que c'était, t'avoir à moi. Ça ne changera rien.

— Alors quoi, Ellie ? On arrête de s'appeler, de se parler, de se demander des nouvelles ?

— J'arrête de t'appeler, de te parler, de te demander des nouvelles. Toi, tu continues juste comme tu faisais avant.

— On dit que c'est fini ?

J'ai serré les dents, excédée par cette propension que Monsieur avait de me pousser à bout, un coup après l'autre, inconscient de combien j'avais pu perdre de naïveté loin de lui. C'est peut-être d'ailleurs par provocation que j'ai lâché, le cœur battant :

— Bah oui, c'est fini.

Puis, comme pour moi-même :

— Il faut bien prendre une décision.

J'aurais pu m'évanouir durant le temps qu'il m'a fallu pour me rhabiller. Jambières. Culotte. Robe à col Claudine. Bensimon. Monsieur ne me lâchait pas du regard, et de temps à autre semblait tirer sur un fil invisible qui me faisait tendre le nez vers lui – pour évaluer sa réaction, mais aussi surtout, je crois, parce que j'avais déjà conscience que je ne le reverrais pas. C'était impossible à concevoir. Le calme avec lequel il me suivait des yeux assermentait ma conviction profonde : il savait, depuis le début, que je partais. Que j'étais déjà un peu partie, depuis quelque temps. Et que ma fuite impromptue avait été mûrement réfléchie, consciemment ou pas. Alors pourquoi, pourquoi me regardait-il comme ça ? Pourquoi l'entendais-je presque s'offusquer de ce que je puisse lui échapper ?

J'ai refait ma queue-de-cheval, trois fois, avec deux élastiques différents.

Je me suis assise sur le rebord du lit pour lacer proprement mes chaussures.

J'ai fait semblant d'envoyer quatre messages.

Je gagnais du temps. Je faisais tout sans y penser, morte. Quand enfin, mains croisées sur les genoux, j'ai réalisé que je n'avais plus rien à faire que partir, Monsieur m'a vue tremblotante et a murmuré mon prénom. Tête baissée, sous mes cheveux j'ai vu sa main qui avançait vers moi lentement, totalement ouverte et inoffensive. En une fraction de seconde elle a disparu, et soudain c'est sur mes cheveux que je la sentais, du haut de la tête jusqu'au milieu du dos. J'ai jeté un bref regard à Monsieur, l'air de lui dire *mais qu'est-ce que tu veux que je fasse ?*

— Pars, disait-il sans mot, ce qui était pire encore que « Reste ».

En un éclair j'ai pris une pleine conscience de la tragédie qui se déroulait dans cette chambre. Quel gâchis immense et complet. Des centaines de personnes venaient de mourir dans un séisme au Chili, la Terre après cela en avait changé son axe, il y avait eu ce truc d'Haïti – et mon seul drame, le seul événement capable de me tirer des larmes était de quitter cet homme, huit petits mois d'une vie, mais autant dire mon existence tout entière. Mes yeux ont dû devenir rouges, comme dans les cartoons, et je me suis littéralement jetée contre lui, terrant le museau dans son cou, gémissant et pleurant à m'en fendre, épongeant la moitié de mes larmes dans sa barbe drue du matin. Monsieur a enfoncé ses ongles si fort dans mon dos que j'en ai gardé la trace, longtemps – quelques jours peut-être : trois croissants de lune d'abord rose, et qui sont devenus rouge et brun. Alors que je sanglotais en silence, ma joue contre sa joue, il a pris entre ses mains mon visage ruisselant de larmes.

— Prends soin de toi, s'il te plaît. Et ne m'oublie pas.

— D'accord, ai-je promis en reniflant.

— D'accord ?

— Toi aussi, prends soin de toi...

— Jure, m'a dit Monsieur en posant son nez contre le mien – entre les longs cils ses yeux gris avaient toujours cette apparente neutralité, à lire comme bon me semblait.

— Je jure, ai-je couiné en m'arrachant ses mains du visage.

A-t-il eu la moindre idée de ce que j'ai pu vivre alors ? Je me tenais debout, mais à peine (et comment Dieu en étais-je capable ?), et Monsieur resté assis gardait l'empreinte gluante de mes joues sur ses joues. Comme il fallait que je parle, sous peine de perdre définitivement la raison, j'ai ajouté comme pour moi-même :

— Ne commence pas à me parler de souvenirs ou d'adieu. Je ne crois pas aux adieux.

— Moi non plus.

— Tu sais, ai-je repris alors que mon menton s'écroulait pour la énième fois, quand j'avais quinze ans j'ai eu mon premier chagrin d'amour. J'ai raté un après-midi de cours tellement j'étais triste. Je me souviens, on avait été avec mon père à la boulangerie pour acheter des fougasses, je pleurais comme une madeleine. Je crois qu'il ne savait pas trop quoi faire pour que j'aille mieux – on ne parle jamais de ces choses avec mon père – alors il m'a dit *on recroise toujours les gens qui comptent ou qui ont compté*.

Me retournant pour me moucher discrètement dans mon col, j'ai repris :

— Voilà la seule chose à laquelle je puisse penser maintenant, là tout de suite. C'est une phrase complètement nulle.

— C'est une phrase géniale, a rétorqué Monsieur.

— Peut-être un peu des deux, ai-je concédé en enfilant ma veste.

Mi-saison : on était encore en mars, mais mai arrivait au galop. L'air sentait presque l'année d'avant. Les marronniers en fleur. La mangue trop mûre. Un mélange d'Habit Rouge et de poussière, d'encaustique. Le ciel pouvait être aussi bleu. Fallait-il y voir une quelconque conclusion logique, la fermeture d'un cercle que je n'ai jamais pu décrypter ? J'aurais tout le temps d'y penser dans le métro, puisque aucune piste d'aucun iPod ne saurait me distraire. Autour de moi les conversations iraient bon train, les gens s'embrasseraient, riraient, écouteraient les Beatles, liraient leur *Cosmopolitan*. Le monde continuerait, bordel de merde ! Comment est-ce possible ? Comment des univers individuels peuvent-ils s'écrouler sans avoir la moindre influence sur le monde dans sa globalité ?

Quand je me suis penchée pour attraper mon sac, j'ai souhaité très fort perdre connaissance. Mais ça n'est pas si facile que ça.

— Je ne verrai plus jamais ta culotte, alors, a remarqué Monsieur, d'un ton qui n'était ni spécialement provocateur, ni spécialement drôle, à vrai dire. Neutre. Lisible à l'envi.

Plus jamais. Il y a des mots comme ça, qui accolés l'un à l'autre donnent envie de vomir.

Aucun homme je crois ne vaut cette culotte qui m'avait vue faire mes premières orgies, galoper sur mes premières conquêtes, pénétrer dans mes premières soirées. Ça n'était pas une question de prix – même si à l'époque celui-ci m'avait paru tout à fait exorbitant : les mains les plus nobles, les plus précieuses, avaient tiré sur ses élastiques comme sur les cordes d'une harpe. Les yeux les plus estimables avaient dévoré ma chair grasse sous cette dentelle cirée. J'en avais mouillé le fond un nombre considérable de fois, dans les endroits les plus extraordinaires. Au Baron, chaperonnée par Olivier Destelles. Quelques semaines après, bourrée de MDMA je déambulais dans l'appartement de Thomas Pariente, ne portant qu'elle et un carré Hermès. Bien des années plus tôt, Alexandre en la voyant, à peine sortie du petit sac précieux Agent Provocateur, l'avait baptisée ma « culotte à arrêt cardiaque ». Toute ma vie sexuelle était écrite sur son fond en satin noir. J'avais perdu du poids, grossi encore, et encore reperdu, mais jamais elle ne m'avait fait l'affront d'être trop lâche ou trop étriquée. Comme par miracle le tissu se refermait autour de moi. Cette culotte m'*appartenait*.

— Tiens, ai-je dit à Monsieur, avec un sourire malade.

À peine était-elle dans ses mains que sans me lâcher du regard il la portait à son nez, humant l'empreinte de ma chatte avec les paupières alanguies d'un parfumeur devant une essence exquise. Voilà pourquoi j'avais aimé cet homme – la raison première qui avait précipité tout le reste : pour le recueillement dans son visage lorsque je lui ouvrais mes jambes. Pour cette gourmandise de tous les sens.

— Elle est beaucoup trop belle pour que tu me la donnes, cette culotte, a remarqué Monsieur dont les doigts s'entremêlaient dans la dentelle.

— Cette histoire l'était aussi, ai-je répondu avec une intonation fataliste qui m'a paru ridicule, un ton d'actrice de sitcom.

Il m'a souri.

Quand j'ai posé le premier pas vers la porte, je me suis trouvée étrangement légère pour quelqu'un qui ne reverrait jamais Monsieur. Je bougeais comme si l'air n'avait plus aucun poids. Le plancher sous moi a eu l'indélicatesse totale de couiner : j'aurais voulu m'échapper sans le moindre signe tangible de départ. Je sentais dans mon dos les yeux de Monsieur scannant une dernière fois ma silhouette déculottée (cette promesse de nudité ayant toujours eu sur lui un effet cataclysmique), et lui que j'avais connu si bavard n'osait pas briser le silence d'une manière ou d'une autre. Mais peut-être avait-il deviné qu'il n'y avait rien à dire. Qu'il y avait une douleur nécessaire, comme pour l'extraction d'une écharde, contre laquelle aucun mot ne pouvait rien.

J'ai ouvert la porte, me suis battue au sang une dernière fois pour ne pas faire demi-tour ; dans la chambre et dans le couloir l'absence de bruit était identique. À l'intérieur c'était un silence qui hurlait. Dehors, c'était un silence de deuil. Me mordant les lèvres j'ai tiré la poignée, une dernière bouffée d'air plein d'Habit Rouge est venue me caresser la joue, et ce fut tout.

Ce fut tout.

L'impression de s'en être bien tirée est quelque chose d'éminemment fragile. Quand je me suis remise à marcher, la moquette m'a semblé moelleuse, d'un moelleux écœurant. L'odeur des lis en vase était intolérable, les murs beaucoup trop orange. Je ne craignais rien tant qu'entendre Monsieur bouger là, à quelques mètres, se déplacer dans la chambre. Le cliquetis de la poignée.

J'ai dévalé les marches quatre à quatre, suis passée devant la réception comme un courant d'air, incapable de jeter le moindre regard à cet hôtel dans lequel je ne pourrais jamais revenir, jamais, marmonnant « merci, au revoir » d'une voix aussi fantomatique que le reste (*encore aujourd'hui je ne peux pas donner le nom de cette noble enseigne du dix-septième sans être prise d'une nausée générale. Je dis ce mot et pendant une dizaine de secondes mes interlocuteurs, le monde environnant, la musique comme le silence se figent et perdent leurs couleurs, finissent par ressembler à ces photos argentiques qui ne font jamais sourire sans un pincement au cœur*).

C'était un midi rue des Dames. Debout sur le petit escalier je regardais, incapable de trouver mon air, le flot continuel des passants gris. Les immeubles me semblaient culminer à des hauteurs vertigineuses, les fenêtres avaient l'air d'yeux morts. Sans grande conviction, j'ai avancé un pied et descendu une marche, un jeune cadre dynamique m'a évitée de justesse en grommelant « pardon ! » de ce ton qui est tout sauf celui de l'excuse – et j'ai rebondi comme un chat là d'où je venais, sur le seuil de la porte d'entrée. J'avais l'impression d'être beurrée, maladroite comme on l'est après trois verres. Et seule, surtout. Perdue. À mi-chemin entre deux catastrophes, celle d'être absorbée dans la vague de toutes ces insignifiances agglomérées, et celle de retourner dans la chaleur cotonneuse de l'hôtel où Monsieur m'attendrait, avec un sourire de piège à loup. Je me suis souvent demandé comment les gens à part moi vivaient cette perte totale de repères et de motivation ; si des phrases en italique naissaient à leur esprit comme au mien, ou plutôt surgissaient sans la moindre sollicitation.

Si tu retournes là-dedans tout est foutu. Et si tu t'en vas c'est pareil. Que te reste-t-il, au final ? Rien. Aucune envie de lire, d'écrire, de baiser ou de voir des gens, aucune envie de dormir ou d'être seule, mais que me reste-t-il, putain ? Ai-je seulement pensé en ces termes, je ne reverrai jamais Monsieur ? Ne le fais pas. Si tu le fais tu hurles. Tu ne le reverras jamais, ni à la clinique, ni chez Philippe, ni à l'hôtel, ni dans sa voiture – nulle part. Aucun endroit sur cette terre ne vous rassemblera plus. J'ai aimé Monsieur plus que tout au monde. Je ne le reverrai pas. Nos deux vies seront à présent parallèles, je… je continuerai à grandir sans qu'il en sache rien. Je ne saurai rien de sa vie. Il t'oubliera, forcément. Ou pire encore, il ne t'oubliera jamais.

— Aïe.

Tu ne l'oublieras jamais. Tout ce qu'il me reste sont ces souvenirs mais mon Dieu je ne me souviens plus de rien, mon Dieu j'ai même oublié son visage, son visage qui n'a jamais accepté d'être le même en photo. Je n'ai que des flashs – oui, et bientôt ils disparaîtront comme le reste. Même si tu écris. Écrire n'a jamais empêché le temps de passer et d'emporter tout sur son passage. Qu'est-ce qui est le plus terrible ? Oublier ? Ou le contraire ? Mais je ne veux pas, moi ! Je ne veux pas oublier ! Je ne veux pas qu'il m'oublie, ô Seigneur, qu'il finisse par oublier mes fesses ou mon odeur ou tous ces messages que je lui envoyais, mon nom et ma pitoyable dévotion, ma dévotion canine pour lui, je – oh, qu'importe l'oubli après tout puisque je ne le reverrai JAMAIS. *Respire. Je ne peux pas respirer. J'ai peur, je meurs de peur. De froid. Je… assieds-toi. Ne t'écroule pas devant ces gens. Assieds-toi et sors une clope. Tiens-la dans tes petits doigts qui tremblent. Oh, je ne veux plus être moi. Je veux me réveiller quand le nom de Monsieur aura disparu de ma mémoire vive, quand le souvenir de lui me fera sourire franchement. Est-ce que ça arrivera un jour ? Est-ce que j'en suis seulement capable ? Pourras-tu jamais regarder une photo de lui sans avoir l'impression de prendre une gifle au ralenti ? Je ne veux plus être moi. Je ne pense pas pouvoir tenir cette souffrance plus de quelques minutes. Ou plutôt je sais que je la tiendrai – je sais que je prendrai le métro normalement, que je retrouverai mon chemin normalement, même si je pleure ou que je suffoque ou que je morve pendant tout le trajet, après tout ça qu'est-ce que ça peut bien faire ? J'ai envie de vomir. Je vais vomir. Avale cet amas de salive. Respire, respire. Ne fais pas l'erreur d'oublier de respirer.*

Si je me souviens aussi bien de ce moment, éphémère au demeurant, c'est que Monsieur m'a retrouvée ainsi, assise adossée contre le mur, en haut des marches qui m'isolaient de la foule, les yeux écarquillés, les joues baignées de larmes qui me piquaient comme du citron, étouffant mes glapissements d'angoisse dans mes mains. J'ai juste perçu une ombre près de la mienne – je m'en fichais. J'avais si peur et le ventre tellement entortillé que je ne sentais rien, ni honte ni besoin particulier de retrouver ma dignité. J'aboyais en sourdine. Tout était trop grand. Je ne comprenais pas qu'on puisse me laisser marcher seule dans une ville aussi grande. Qu'on puisse me faire confiance à ce point.

J'ai jeté un coup d'œil à ma gauche, dégagé de mon front une mèche trempée de sel, vu Monsieur et sa veste de costume, sa poche déformée par ma culotte. Je n'ai pas arrêté de crier. Il avait dû percevoir dès ma fuite dans le couloir que mes genoux ne me porteraient pas loin. Ça n'était plus si grave ; je n'avais jamais que vingt et un ans. C'est un âge auquel on galope à une vitesse qui empêche de sentir la douleur ou la fatigue ; ça vous prend comme ça, sur les marches d'un hôtel, en pleine course folle.

— Je t'en supplie, ne pleure pas, m'a-t-il dit d'une voix douce au point que j'en ai eu mal, j'ai abaissé mes mains pour gargouiller quelque chose, Monsieur a cru que j'allais le toucher, et avant que je puisse articuler quoi que ce soit il a sorti de sa poche intérieure un grand mouchoir en soie couleur os, qui en bas à droite portait ses initiales brodées en gris : C.S.

— Prends, ai-je entendu, et une demi-seconde plus tard je tenais entre mes doigts ce que l'Homme a probablement fait de plus exquisément velouté, un tissu qui était déjà un câlin sans bras et sans torse, mais une caresse, assurément.

Au prix d'un effort de tout mon être, j'ai esquissé un sourire à Monsieur qui me souriait aussi, cachant derrière les ridules au coin de ses yeux une ombre de chagrin, insoupçonnée jusqu'à ce jour. Longtemps nous nous sommes regardés comme ça, sans conscience de rien. Puis mon cœur que je croyais déjà en miettes s'est brisé une énième fois, j'ai enfoui mon visage dans le mouchoir qui sentait Guerlain, ouvert la bouche – mais Monsieur avec l'air de s'enfuir a baissé les yeux avant de descendre à toute vitesse les quatre petites marches qui menaient à la rue. Tendant le cou à m'en faire mal, je l'ai suivi pendant quelques mètres, me repérant au bleu de son écharpe – mais plus loin il a tourné, ou disparu comme il a toujours su le faire, et il n'y avait plus qu'Ellie, rue des Dames, Ellie et son mouchoir plein d'Habit Rouge.

— Aïe, ai-je balbutié à nouveau, d'une voix caverneuse.

Parfois on extrait une écharde. Parfois on s'extrait d'une écharde. Le reste importe peu. Le reste n'est que ce long processus de désamour qui ramène toutes les petites filles à des rivages où elles désapprennent la douleur, la compromission, l'abnégation, le tourment – où les chagrins sont moins poignants et le plaisir moins dense.

13044

Composition
NORD COMPO

Achevé d'imprimer en Espagne
par BLACKPRINT
le 19 juillet 2020.

Dépôt légal juillet 2020
EAN 9782290240038
OTP L21EPLN002903N001

ÉDITIONS J'AI LU
87, quai Panhard-et-Levassor, 75013 Paris

Diffusion France et étranger : Flammarion